KB106000

100개의 리드

100개의 리드

이홍 장편소설

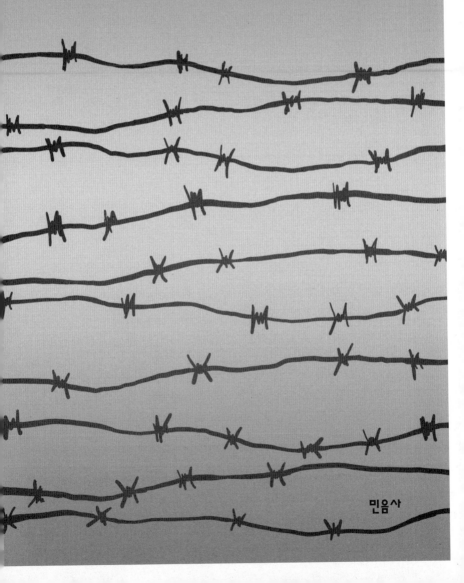

민음사

프롤로그

2017년 2월 19일 베이징

납치였다.

약속 장소로 이동하기 위해 박재희는 호텔 로비 앞에서 차를 기다리다가 여자를 목격했다. 일행들의 어깨 너머로 저 멀리에서 한 여자가 호텔 쪽으로 걸어오는 게 보였다. 영하 12도라 날이 몹시 찬 저녁인데 여자는 점퍼조차 걸치지 않고 왕푸징 로열호텔을 한번 올려다보고는 당차게 계단을 올라왔다. 그 뒤로 검은색 세단이 달려와 멈추어 섰다. 세 남자가 부리나케 차 문을 박차고 나왔다.

잠시 후 여자는 남자들에게 붙잡혀서 세단 쪽으로 끌

려갔다. 한 명은 여자의 등 뒤에서 손으로 목을 감은 후 수건으로 입을 막았다. 나머지 두 명은 양쪽에서 여자를 포박하여 차 안으로 밀어 넣었다. 여자는 벗어나고자 몸부림치면서 거듭 로열호텔을 뒤돌아보았다. 박재희는 그때서야 그 여자가 강유나라는 사실을 알아차렸다.

황급히 계단 쪽으로 내달렸다. 그러나 계단 두 칸을 남겨두고 그 장면이 발걸음을 붙잡았다.

1996년 여름, 교내에서 언약식을 하던 도중 그는 지금처럼 학교 계단을 내려간다. 앞서 달려가던 친구들이 계단 두 개를 남겨 두고 갑자기 멈추어선 그를 뒤돌아본다. 몇몇은 큰 목소리로 이름을 부른다. 재희야! 재희야! 뭐 해, 재희야! 그는 우두커니 서 있다. 하얀 원피스를 입은 그녀가 친구들 사이에서 그를 기다린다. 그는 더 이상 함께 갈 수 없다고 고개를 젓는다. 그녀의 얼굴에 깊은 실망감이 배인다.

달라진 건 없었다. 냉전의 그림자가 드리운 남과 북은 여전히 지구상에 남은 마지막 분단 국가였다. 이 계단을 벗어나서 저 밖으로 나가는 순간 위험이 따르긴 예나 지금이나 마찬가지다.

또한 지금은 일행들이 그를 지켜보고 있다. 냉정을 찾고자 호흡을 고르는 동안 심장이 요동쳤다. 그는 가족과 당원들 앞에서 우렁찬 목소리로 '백두산 기슭' 한 문단을 외워 박수를 받는 어린 꼬마이고, 남조선 여학생과 같은 학교 동급생이라는 이유로 수요 자아비판 모임에서 지적을 받는 동시에 감시까지 받게 된 남학생이며, 가족들의 볼모가 되어 평양 밖으로 한 발자국도 벗어날 수 없는 소중한 누이를 둔 북조선 당원이다. 사소한 마음의 표현이, 사소한 한마디가, 이토록 사소한 한 걸음이, 가족과 친구들의 뒤통수에 비수를 꽂을 수 있었다. 그가 가진 모든 걸 잃을지 몰랐다.

21년 전처럼.

어느새 일행 중 한 명인 친구 오민수가 박재희의 곁으로 다가왔다.

"혹시 아는 여자야? 누군데?"

오민수가 일행들을 의식하듯 흘긋거리며 속삭였다. 박재희는 대답할 수 없었다. 오민수는 박재희와 그녀의 관계를 아는 유일한 사람이다. 친구를 믿지 못하는 건 아니었지만 현재는 발설할 수 없었다.

그는 차를 향해 달려갔지만 이미 자동차 문은 닫히고 난 후였다. 차가 떠난 콘크리트 바닥에 작은 조각이 떨어져 있었다. 박재희는 손가락으로 그 조각을 집어 올렸다.

"누구냐고······."

은구슬로 엮은 줄 끝에는 보라색 천이 말려 있었다. 천 아래로 옻칠을 입힌 나뭇조각이 매달렸다. 리드였다. 작은 대나무 리드 조각에서 부화한 수많은 리드들이 부표처럼 그의 심장에서 회오리쳤다.

"100개의 리드."

1장
퀸 유나

1994년 2월 중순, 서울

이 집은 외풍이 심하다. 올해 추위는 여느 해보다도 사나워 난방기를 틀어도 집 안 곳곳에서 냉기가 사그라지지 않는다. 찬 바람을 맞은 낡은 문틀은 밤새 덜그럭거리며 요란한 소리를 낸다. 창문 옆 빨래 건조대에 걸어 둔 교복 셔츠 소매 끝이며 타월 가장자리에 살얼음이 잡힐 지경이다.

달동네의 낡은 다세대주택. 주변으론 바람막이 건물 한 채 없는 맨 꼭대기 층 옥탑. 늦은 아침 강유나는 게슴츠레 눈을 뜨고 점점이 흘러가는 구름뿐인 창 쪽으로 시선을 돌렸다가 놀라서 벌떡 일어난다. 간밤에 리드를 물컵

에 담가 두었는데 빼는 걸 잊어버렸다. 그 안에서 리드가
얼어 버렸다.

강유나는 방바닥에 깔린 전기장판의 온도를 높인다. 리
드가 담긴 컵을 그 위에 올려 둔다. 책상 앞에 앉아서 차
가워지는 손등을 비비고 연신 입김을 후후 불어 가며 편
지를 쓰기 시작한다.

　보고 싶은 철수 씨에게

　첫 문장을 여러 번 지웠다가 다시 고쳐 쓴다. 그 바람에
편지지 위에 짤막하게 끊긴 지우개 가루가 어지럽게 널려
있다. 다음 문장이 잘 떠오르지 않는다. 아버지를 장난치
듯 철수 씨라고 부르곤 했다. 아버지는 다른 부모들과 달
리 적금 불리기나 새 집 장만이나 자동차 구입이나 자식
들의 성적표에 당최 관심이 없다. 아버지의 표현에 따르
면, 도움이 필요하지만 도움을 요청할 곳조차 없는 약자
들을 도우며 사는 것이 생의 주 관심사이자 일거리다.

　그녀의 가족은 비록 가난하지만 그런 아버지를 존경하
고 지지하는 이웃들로부터 각별한 관심과 애정을 받아 왔
다. 그건 냉장고가 증명해 준다. 좁은 부엌으로 미처 들
어가지 못하고 거실과 부엌 사이의 대들보에서 삐드렁니

처럼 툭 튀어나온 누렇게 색 바랜 금성 냉장고를 열면 그 안에 이웃들이 싸 들고 온 갖가지 음식물들이 들었다. 청송 사과, 논산 곶감, 영광 굴비, 강화도 새우젓, 제주도 옥돔…… 아버지의 부재를 대신하는 각 지역 특산품들. 그러나 이 금빛 마크들은 그녀에게 조금도 위로가 되지 않는다.

동이 틀 무렵 어서 일어나라고 등허리와 팔마디를 두들기던 손바닥 온기, 앞치마를 두르고 달걀프라이를 부치고 비엔나소시지를 구워서 도시락 통의 하얀 쌀밥 옆에 가지런히 넣으며 부엌 창가 카세트에서 흘러나오는 「가브리엘의 오보에」를 허밍으로 흥얼거리던 아버지의 옆모습. 올 '우'인 성적표를 보고 "우유나! 다른 집 아이들처럼 학원을 다니거나 과외를 받지 않고 이만한 성적을 받아 온 게 얼마나 대견해!" 격려해 주던 따스한 목소리. 블라디보스토크로 떠나기 전날 전기료 아낀다고 교자상 위에 촛불을 켜 놓고 그 아롱거리는 작은 주홍 불빛 아래서 맥가이버 칼로 대나무 조각의 리드들을 정성스레 손질하다가 마지막 리드를 들어 보고는 흐뭇하게 지어 내던 미소.

예전엔 몇 달씩 장기간 선교 활동을 가게 되면 그녀와 언니를 데려갔다. 그런데 이번에 체류하는 지역은 안전하지 않거니와 이제 고학년이 되어 학업에 지장이 생길지 모르니 데려갈 수 없다고 했다. 이번 활동 지역은 발음하기조차 어렵다. 블라디로스, 불리다도스크, 아, 블라디보스토크. 아버지가 그곳으로 떠난 지 4개월째 접어들었다.

늦은 오후, 지하 교회 예배당의 피아노 앞에 선 강유나는 오보에 가방을 연다. 자주색 벨벳 위에 삼단으로 가로놓인 흑단 오보에를 꺼내어 조립한다. 은색 단추들이 열을 맞추어 제자리를 찾아가자 기다란 흑단 오보에가 된다.

그 목관악기를 양손에 쥐고 따분한 표정으로 몸을 배배 꼬며 악보를 쳐다본다. 초보자 연주곡인 「노바」의 음계들을 보자 속이 울렁거리고 목덜미가 갑갑해 온다. 악보 옆에는 선생님이 팔짱을 끼고 못마땅한 얼굴로 서 있다.

오보에 선생님은 대학에서 오보에를 전공하는 음대생이다. 선교 활동을 하다가 강유나의 아버지이자 선교사 강철수와 인연이 닿아서 다른 학생들의 10분의 1밖에 되지 않는 교습비를 받고 일주일에 한 번씩 그 딸을 가르치기로 했다. 그런데 연습도 잘 안 하고 열정을 보이지도 않자 그 무렵 슬슬 인내심에 한계를 느끼는 터다.

그녀는 물컵에 담가 둔 리드를 꺼내 물기를 털어 낸 후 오보에에 끼운다. 침으로 한 번 적신 입술로 치아를 감싸고 그 사이에 리드를 문다. 복식호흡으로 끌어 올린 숨을 얇디얇은 리드 틈에 불어 넣는다. 차디찬 날씨에 혀가 얼얼해진 까닭에 텅잉이 매끄럽지 않다. 오보에에선 연달아 삑삑 갈라지고 날 선 소리가 터진다.

오보에를 입술에서 떼고 대나무 리드를 분리하여 좌우로 돌려 가며 살펴본다.

"아이씨, 리드가 왜 이러지?"

"리드엔 아무 문제 없어. 문제는 너야, 너."

오보에 선생님이 그녀를 나무란다. 그녀는 리드를 다시 오보에에 끼우고 입술 사이로 성급하게 넣으려다가 그만 앞니에 긁힌다. 그 바람에 리드 끝이 조금 떨어져 나간다.

"조심하라고 했잖아. 리드는 예민하다고."

선생님이 또다시 꾸짖는다. 오보에를 배운 지 일 년 가까이 됐지만 그녀에게 오보에 연주는 여전히 고역이다. 그녀는 부주의한 편이다. 연습 중 번번이 치아나 옷깃에 긁히거나 부닥쳐서 리드를 망가트렸다. 리드 끝에 흠집이 나거나 부서진 걸 볼 때마다 가슴이 철렁 내려앉고 짜증이 치밀었다. 리드가 없으면 오보에 연주는 불가능하다. 그런데 악기사에서 판매하는 리드는 터무니없이 비싸고, 리드 다섯 개 값은 언니의 한 달 치 피아노 교습비와 맞먹는다. 그래서 아버지는 손질되지 않은 대나무 조각들을 도매가에 사 와서 손수 손질해 주곤 했다.

"우리 형편에 오보에는 무슨…… 리드 살 돈도 없는데……."

그녀가 불평하자 선생님이 둘둘 만 악보로 머리를 퉁 내리친다.

"아씨, 제가 음악엔 젬병이라고요!"

"그래, 너희 형편으로 오보에를 배우는 건 무리야. 그리고 내가 보기에 너는 음악적인 재능이 눈곱만치도 없어. 그런데도 아버지는 네가 이 멋진 악기를 연주하길 바라는 마음으로 교습비를 내시고. 그럼 넌 리드값이 껌값인 부잣집 애들보다 더 열심히 해야 하지 않겠어?"

강유나는 선생님의 꾸지람을 들으며 입술을 이죽거린다. 아버지가 돌아오면 당장 오보에를 그만둘 거야.

1994년 2월, 블라디보스토크 외곽

따뜻함을 부르는 모든 생명은 깊은 땅 아래서 잠들고 지상으로 떨어지는 햇빛마저 단숨에 얼어 버리는 날이다. 지난 며칠간의 폭설에 우랄산맥은 새하얀 눈으로 끝없이 펼쳐져 있다. 강철수는 외길이 끝나는 지점에서 1985년식 포니를 세우고 시동을 끈다. 차창 너머로 좌우와 앞뒤를 살핀다. 하얀 눈과 눈 사이로 보이는 거라곤 더 새하얗게 빛나는 또 다른 눈의 입자들. 이곳에서 접견하기로 한 북한 벌목공 최 씨는 보이지 않는다.

최 씨가 나오지 않을 시 이곳에 박스만 남겨 두기로 약속했었다. 강철수는 문을 열고 나간다. 살을 에는 바람이 불어온다. 부르튼 입술에서 하얀 입김이 쏟아진다. 적막한 눈밭에 발걸음 소리가 사각사각 일어난다.

차 트렁크를 열고 그 안에서 삽자루를 꺼낸다. 나무 밑동 옆으로 평평해 보이는 자리에 눈을 치우고 삽질하여 딱딱하게 언 땅을 판다. 한 시간이 지나서야 두 개의 박스가 들어가고도 가장자리 사면으로 4~5센티미터 정도 공간이 나게끔 네모난 자리를 만든다. 다시 트렁크를 열고 이번엔 박스 두 개를 차례로 꺼낸다. 눈을 치운 자리에 구호 식료품과 의료품이 든 박스들을 쌓아 올린다. 그 위에 파란 방수포를 덮는다.

차로 돌아온 그는 두 손을 맞대어 비빈다. 점화구에 끼운 열쇠를 돌린다. 하아, 입김을 내뱉고 내장 트랜지스터에 카세트테이프를 끼운다.

"자, 슬슬 돌아갈까."

액셀 페달을 지그시 밟으며 핸들을 돌린다. 차 한 대가 통행할 수 있는 눈길을 따라 달린다. 차 안으로 엔니오 모리코네의 「가브리엘의 오보에」 선율이 울려 퍼진다.

강철수는 한국전쟁 중 교회 부속 고아원 앞에 버려졌다. 어린 시절 고아원에서 지내는 동안 그곳으로 봉사를 나온 음대생들에게 음악을 배웠다. 학생들이 기증한 여기저기 고장 난 불량 악기들에 대한 기억이 떠오른다. 조율이 필요하고 건반 하나가 떨어져 나간 낡은 오르간, 턱 받침대와 활 한 줄이 사라진 바이올린, 녹슬어서 버튼 하나가 잘 눌러지지 않던 연습용 플루트처럼 음계 하나를 상실한 악기들.

그리고 리드를 구하지 못해 결국 소리를 잃었던 그의 흑단 오보에.

그의 오보에는 지금 둘째 딸 유나가 가지고 있다. 유나의 열 살 생일에 그것을 선물로 주었다. 아직 열정을 보이지 않지만 그 오보에로 기초를 배우고 있는 둘째 딸 유나가 먼 훗날 「가브리엘의 오보에」를 연주하는 모습을 상상하는 건 일상의 작은 즐거움이다. 지난밤 꿈에 유나가 수십만 명이 촛불을 들고 집결한 광장에서 오보에로 그 곡을 연주했다. 멋진 꿈이었다.

룸미러에 걸린 딸들의 사진을 바라보며 미소 짓는다. 눈 덮인 장엄한 산맥 사이로 구불구불한 길을 달리는 동안 듣는 오보에 곡은 더없이 아름답다. 그는 허밍으로 서

정적인 선율을 나지막이 흥얼거리며 눈길을 달린다. 감미로운 오보에 선율에 피식 날카로운 파열음이 끼어든다. 느닷없이 차가 들썩한다. 반사적으로 핸들을 꺾자 자동차 바퀴가 외길을 이탈하여 눈밭으로 미끄러진다. 바퀴가 덜덜거리며 나아가는가 싶더니 휘청하고는 멈춘다.

강철수의 낯빛이 차를 둘러싼 눈처럼 창백해진다. 하얀 눈만 끝없이 펼쳐진 평화롭고 고요한 그곳에 불시에 나타난 세 개의 낯선 그림자 때문이다. 그에게 총구를 겨눈 거뭇한 형체들의 윤곽이 드러난다. 셋 중 한 명은 강철수가 익히 아는 얼굴이다.

1994년 3월 초, 서울

꽃샘추위가 기승을 부리는 3월의 첫째 주다. 강유나는 오보에 교습을 마치고 집으로 달려간다. 오들오들 떨면서 기대에 찬 얼굴로 우편함을 열어 본다. 허리를 숙이고 안을 들여다보지만 아무것도 없다. 혹시나 싶어서 손을 쑥 밀어 넣고 바닥을 더듬자 손바닥에 까만 먼지만 쓸려 나온다.

아버지에게 편지를 부치고 두 주가 지나도록 답장이

오지 않았다. 이전에는 없었던 일이다. 매주 금요일, 아버지가 보낸 편지가 꼬박꼬박 도착했다. 이렇게 긴 시간 아버지로부터 편지가 오지 않기는 처음이다.

잔뜩 실망하여 어깨를 늘어트리고 대문 안으로 들어간다. 계단을 올라가는데 문득 아버지에게 받은 마지막 편지의 내용이 떠오른다.

지난 2월 둘째 주에 받은 마지막 편지에는 불미스러운 소식이 담겨 있었다. 러시아 주재의 한국 외교관과 그곳에서 일하는 활동가 한 명이 연달아 의문사를 당한 후 그 지역·분위기가 흉흉하다는 내용이었다. 신문과 뉴스에서도 단신으로 보도되었던 사건이다.

강유나는 신발을 벗고 대들보에 걸어 놓은 자그만 나무 십자가를 마주 본다. 제발 그런 종류의 사고가 아버지에게만큼은 일어나지 않기를, 제길, 벌목공들이야 숲에서 얼어 죽든 나무에 깔려 죽든 아버지만 무사히 돌아오게 해 주세요.

방으로 들어가 오보에 가방을 내려놓고 점퍼를 벗는데 초인종 소리가 울린다.

아버지? 내 편지를 받았나 봐!

반가움에 울컥해져서 그만 목구멍이 훅 조여든다. 이튿날이 고등학교 입학식이고, 지난번에 편지를 쓰며 아버지에게 고등학교 입학식 때 참석해 줄 수 있는지 물었다. 그 편지를 읽고 아버지가 돌아온 것일지 모른다.

강유나는 현관문까지 허둥지둥 뛰어나간다. 문을 열어젖힌다. 문 앞에 선 사람은 아버지가 아니다. 두꺼운 겨울 점퍼를 입은 목사님이다. 그 뒤로 검정색 양복 위에 모직 코트를 덧입은 낯선 남자 두 명이 박스를 들고 있다.

"유나구나."

아버지가 블라디보스토크로 떠나고 나서 매주 수요일에 목사님이 방문한다. 혼자 오기도 하고 교인들과 함께 오기도 한다. 늘 손에는 빵이나 반찬들을 들고 있다. 목사님은 언제나 그녀와 언니가 내준 따뜻한 녹차 한 잔을 마신 후 시베리아의 혹한 속에서 학대당하는 북한 벌목공들을, 그들을 돕기 위해 떠난 아버지의 용기를, 아버지의 부재를 잘 견디고 있는 언니와 그녀를 위해 기도해 준다.

현관문으로 들어서는 목사님의 표정이 심상치 않다. 무언가 이상하다. 현관 옆에 걸린 달력을 보니 수요일이 아니다.

"목사님, 오늘 월요일인데 어쩐 일이세요?"

"유진이는?"

목사님이 집 안을 휘둘러보며 언니를 찾는다. 목사님의 표정뿐 아니라 목소리도 평소와 사뭇 다르다. 두 손은 비어 있다.

강유나는 언니가 있는 작은방 문을 연다. 담요를 어깨 위로 뒤집어쓰고 앉은 언니는 눈이 마주치자마자 재빨리 뾰족하게 세운 검지를 입술에 가져다 댄다. 통화를 방해하지 말아 달라는 뜻이다. 언니는 손가락으로 고불고불한 전화 선을 배배 꼬면서 간지러운 콧소리를 낸다. 보나마나 엔진 소리를 요란하게 내는 빨간 외제 스포츠카를 몰고 이 좁은 골목까지 찾아왔던 그 날라리와 통화하는 거겠지.

얼마 전 골목 앞에 세워진 차에서 내리는 언니를 우연히 보았다. 옥탑 난간에서 지켜보는데 언니가 손짓하며 그녀를 불렀다. 마지못해 내려가서 기생오라비처럼 생긴 차 주인과 인사를 나누었다. 골목을 떠나는 스포츠카의 날렵한 뒤꽁무니를 지켜보던 언니는 실실 쪼개면서 그 남자가 새 남자 친구라고, 압구정 오렌지족이라고 의기양양하게 말했다.

얼핏 보기에도 이전에 언니가 만났던 당구장 죽돌이나 고시원 재수생과는 확연히 달라 보였다. 훨씬 자신감 넘치고 거만하고 차림새도 근사했다. 고등학교도 아직 졸업하지 않은 언니가 엄마의 유품이 담긴 상자들을 뒤지기 시작한 이유다.

그 무렵 언니는 헤어 롤을 말아서 한껏 부풀려진 머리

카락에 스프레이를 뿌리고, 입술에 분홍이나 빨간 립스틱을 바르고 외출했다. 엄마의 스웨터, 핸드백, 스카프, 귀걸이까지 걸쳤다. 하루는 사진 속 엄마가 입고 있던 바바리코트에 오렌지색 스카프, 감청색 핸드백으로 꾸미고 나가는 언니의 뒷모습을 일별했다. 그날 하마터면 언니를, 기억에조차 없는 사진 속의 엄마와 너무나 닮은 언니를 엄마라고 부를 뻔했다.

"쯧쯧, 강유진, 너, 이제 고3인 건 알지? 그러다가 수능에서 물먹고 대학에 떨어져야 정신을 차릴래?"

그녀는 방문을 쾅 닫는다. 목사님과 함께 온 낯선 남자 두 명이 거실의 물건들을 뒤지면서 몇몇 물건들을 박스에 옮겨 담는다. 그러곤 안방으로 이동하여 다른 물건들을 마구잡이로 뒤진다. 그녀는 영문을 몰라서 목사님을 물끄러미 쳐다본다. 목사님은 아무런 반응이 없다.

의자에 앉은 목사님이 두 눈을 감고 고개를 약간 숙인 채 양손을 그러모으고 있다. 그 비탄적인 자세와 표정을 보자 더욱 조바심이 난다.

"목사님, 저 사람들은 누구예요? 혹시 아버지 소식 들으셨어요? 제가 3주 전부터 계속 편지를 보냈는데 아직 답장이 없어서요. 이런 일이 없었는데……."

"내일이 입학식이라고 했지?"

그녀는 질문 끝에 목사님을 빤히 쳐다본다.

목사님이 왜 수요일이 아닌 월요일에 오셨을까. 저 남자들은 누구일까. 왜 집 안의 물건들을 뒤지는 걸까. 목사님은 왜 저들을 그냥 내버려 두는 것일까.

그때 그녀를 향한 목사님의 그 길고 아련한 시선이 닿는다. 눈물을 애써 참는지 눈자위가 벌겋다. 지난 2주 내내 그녀의 주위를 맴돌던 불길한 예감이 현실로 덮쳐 오고 있음을 깨닫는다. 손가락 끝에서부터 온몸이 차갑게 경직된다. 막 방문을 열고 나온 언니가 목사님을 보고 인사를 건넨다.

"아, 목사님 오셨어요."

언니의 명랑한 목소리가 비현실적으로 들려온다. 목사님은 그녀와 눈을 마주치지 못한다. 쟁반을 들고 있던 손아귀의 힘이 스르륵 풀려나간다. 쨍그랑 소리와 함께 바짓단에 뜨거운 물이 확 스며든다. 살갗에 화상을 입은 것도 모르고 목사님의 바짓단을 잡고 사정한다.

"목사님, 아니라고 말해 주세요. 아니라고, 아버지에게 무슨 일이 생긴 게 아니라고 말해 주세요."

찬 바람이 새어 들며 덜덜거리는 소리를 내는 옹색한 창밖으로 3월의 때늦은 눈이 점점이 떨어진다. 블라디보스토크에서 아버지가 실종된 지 2주째다.

2017년 1월 말, 프라하

차가운 눈송이 하나가 이마에 떨어진다. 박재희는 시나몬 가루가 뿌려진 토드라 아이스크림을 혀끝으로 핥으며 이라스쿠프 다리를 건너다가 눈송이 몇 개가 떨어지기 시작하는 하늘을 올려다보았다. 잿빛 구름은 두껍게 장막을 치고 대기는 차갑고 우중충했다. 칼바람이 불어와 앞머리를 헝클어트렸다.

저 멀리 노란 프라하성이 시야에 들어왔다. 1938년 독일 점령군이 들이닥치자 체코 정부는 비공식 석상에서 자신들의 문화재를 훼손하지 않겠다는 독일의 약속을 받아낸 후 항복을 선언했다. 영하 8도의 추위 속에서도 그들이 지키고자 했던 프라하성으로 이어진 찰스 다리 위에는 외국인 관광객들이 장사진을 이루고 있다.

그는 청바지와 회색 터틀넥 스웨터를 입고 가죽 재킷을 걸쳤다. 갈색 레이밴 선글라스를 끼고 다리 아래로 흐르는 블타바강을 바라보았다. 그때 이라스쿠프 다리 막바지에서 들려오는 바이올린 연주가 발걸음을 붙들었다. 누더기 같은 거적때기를 걸치고 머리를 산발한 노인이 연주하는 곡 때문이었다.

「죽음의 무도」.

박재희는 노인 앞에 멈추어 섰다. 20여 년 전 싱가포르 국제 학교 UWC에 재학 중이던 당시 그가 교내 오케스트라에서 바이올린으로 연주했던 곡이다.

오보에로 이 곡을 함께 연주했던 강유나의 모습이 떠올랐다. 오보에에 끼운 얇은 리드 틈새에 새벽의 닭 울음을 표현하는 마지막 두 음절을 불어 넣은 후 마침표를 찍듯 그를 바라보던 맑고 빛나는 갈색 눈동자. 박재희는 그 눈동자를 애써 떨쳐 내려는 듯 가벼운 동작으로 동전 하나를 노인 앞의 동전함에 던져 넣었다.

레스슬로바 거리에 진입해 걷는 내내 휘파람으로 「죽음의 무도」를 불었다. 붉은 지붕 아래 하얀색 회칠을 한 건물 앞에서 간판을 확인했다. 세인츠 씨릴 앤 매쏘디어스. 동방정교회 교인들이 북새통을 이루고 있었다. 겨울 코트와 목도리로 몸을 친친 감싼 사람들 틈을 비집고 계단을 올라갔다. 예복을 입은 목사 두 명이 버들개지 나뭇가지들을 한 움큼 들고 십자가 앞으로 줄 선 사람들에게 하나씩 나눠 주었다.

박재희는 긴 줄에서 비켜 가며 나아갔다. 계단을 따라서 지하로 내려갔다. 군인들의 관이 보관된 공간은 동굴처럼 어두침침하고 습했다. 거무스름한 암석 기둥마다 주홍빛 램프를 켜 놓았다. 조셉 가비크의 청동상 앞에 긴 밍크코트를 입고 꼿꼿하게 서 있는 메이가 보였다.

"이 군인들은 자신들이 참몰당하는 것을 알았는데도 끝까지 싸웠어."

메이가 이제는 죽음으로 텅 빈 조셉 가비크의 눈을 마주 보며 속삭였다.

"이 교회는 독일 점령군과 맞서 싸우던 일곱 명의 체코 군인들이 마지막 혈투를 벌인 장소야. 독일 짐령군에게 쫓기다가 이 교회로 잠입한 일곱 명 중 네 명은 2층 기둥 뒤에, 세 명은 지하에 있었지. SS부대와 게슈타포로 군집한 700명의 군사가 세인츠 씨릴 앤 메쏘디어스를 포위했어. 수백 개의 총구가 교회를 향했지. 그 밤 2차 세계대전 중 울리던 흔하디 흔한 총성으로 교회는 피에 물들었지."

메이가 시선을 돌리지 않은 채 말했다.

"오랜만의 재회 인사치고는 너무 무거운걸."

박재희는 장난기 어린 목소리로 응대했다.

"조국은 그들에게 무엇이었을까?"

휙— 박재희는 대답 대신에 까불거리는 휘파람을 불었다. 그는 이런 진지한 대화에 흥미가 없었다. 매번 접선 장소를 역사적인 사건이 일어난 장소로 정하는 것도 지겨웠다. 손가락 하나만 까딱하면 호가 몇 억짜리 밍크코트와 물방울 다이아몬드를 획득할 수 있는 그녀에겐 이 일이 무료한 삶에 활력과 긴장감을 주는 재미난 놀이일지 모르지만 그에겐 아니었다.

"나는 문관보다 무관을 더 신뢰해. 적어도 무관에겐 죽음도 불사르는 신념이 있거든. 그들에게 조국은 곧 신념이지. 펜대 들고 거들먹거리는 부류에게 사실 신념이라는 건 없어. 신념이란 유행처럼 언제고 바뀔 수 있는 거지. 우리 같은 족속에게처럼."

박재희는 인내심을 갖고 메이의 지루한 이야기에 귀를 기울였다. 어쨌든 모든 거래와 협상에서 그녀가 갑인 점을 간과할 수 없었다.

메이는 사업가인 중국인 아버지와 피아니스트였던 러시아인 어머니 사이에서 태어난 외동딸이다. 북반구 혼혈인 그녀는 외모만 출중한 게 아니라 지적 호기심이 넘치고 매사 활동적이다. 아시아 전역에 뻗친 부친의 막대한 재산이 모두 그녀에게 상속될 거라는 사실은 누구나 알았다.

메이가 어떤 알 수 없는 분노를 억누르고 있음이 느껴졌다. 메이는 사교계의 여왕이고 파티에서 잘 웃는 편인데, 그조차 어딘지 모르게 억지스럽고 신경질적인 데가 있었다. 언제부터인가 그녀는 늘 화가 나 있고, 분노의 민낯을 완전히 감추지 못했다. 그 부자연스러운 웃음과 매서운 눈초리는 이제 메이 콴의 일부가 된 거 같았다.

인상만 부드러웠어도 더 예뻐 보였을 얼굴일 텐데. 박재희는 그렇게 생각하며 긴 밍크코트 위로 뻗어 나온 길고 튼튼한 목을 바라보았다. 각진 턱선과 둥글고 훤한 이마, 꼬리가 올라간 눈매, 다른 골격에 비해 얇아서 날카로워 보이는 콧날. 메이가 지나갈 때마다 남녀노소 가리지 않고 선망의 시선으로 그녀를 흘긋거렸다. 그만큼 관능적이고 매력적인 여성이다. 하지만 오랜 시간 동안 그녀의 매력은 단 한 번도 그를 동요시킨 적이 없었다.

박재희는 메이가 이곳으로 호출한 이유가 궁금했다. 프라하 공항에 도착하자마자 곧장 만나자고 연락을 해 왔다. 시민 광장 전철역 근처의 숙소에 짐을 내려놓고 곧장 이곳으로 왔다. 시급한 일이니 지체하지 말아야 한다고 했다.

"시리아 쪽 애들과 만나는 건 내일로 정했어."

"역시, 메이 콴이 나서서 안 되는 게 없다니깐."

"성사되도록 도와줄게."

"대가는?"

"테세우스."

"테세우스?"

그와 그녀는 중학교와 고등학교 동창이었다. 중학교 시절 방과 후에 그리스 신화 동아리에서 공부했다. 테세우

스 이야기는 어렴풋이 기억나지만 정확히 무엇을 원하는
지는 감이 잡히지 않았다.

"미노타우로스에게 바칠 아이들이 필요해."

그렇게 말하고 나서야 메이가 인사하듯 돌아서서 그를
바라보았다.

2017년 1월 말, 몽골

"젠장, 아이들과 지내야 한다고요?"

윤 부장의 제안을 듣고 처음에 이한수는 기가 찼다. 석
달 전 윤 부장을 통해서 짭짤한 건수 하나를 맡았다. 위장
취재까지는 좋았다. 한몫 챙길 건수인 데다 승진까지 보
장된다니 못 할 것도 없었다. 그런데 황사로 뒤덮인 한겨
울의 베이징에서 아이들과 뒤섞여 한 달 동안 지내야 한
다고 했다. 그가 상상할 수 있는 최악의 조합이었다.

이한수는 아이들을 싫어했다. 요구 사항 많고 거추장스
러운 존재라면 질색이었다. 그러나 강유나에게 접근하려
면 당장은 그 방법밖에 없었다.

그렇게 이한수는 김동철과 먼저 몽골로 떠났다. 공항
에 마중 나온 장 목사의 차를 타고 강유나를 만나러 울란

32

바토르까지 이동했다. 처음 만난 날 강유나는 울란바로트 시내의 누추한 뒷골목에서 북한 사람들에게 어떤 소년의 사진을 내밀어 보이고 있었다. 혹시 북한에서 그 사람을 알거나 보았는지 물었다. 모른다고 하자 다시 한번 눈여겨봐 달라며 채근했다.

등 뒤에 서 있던 이한수는 장 목사의 소개를 받고 그녀 앞으로 가서 악수를 청했다.

"피차 아군인지 적군인지도 모르는데 악수는 생략하죠. 강유나입니다."

강유나는 그가 내민 손을 무시하고 곧장 길가에 세워둔 지프차로 걸어가 시동을 걸었다.

"뭐 해요! 어서 사막으로 출발해야 해요!"

이한수와 김동철은 눈을 마주치고 아연해졌다. 야간 비행을 했고, 곧장 목사의 차를 타고 막 도착한지라 피로감이 무겁게 짓눌러 왔다. 가까운 숙소에 짐을 풀고 두 다리를 뻗은 상태로 한두 시간이라도 눈을 붙이고 싶었다. 그런데 당장 출발해야 한다고 호령이었다.

이한수와 사진기자로 따라온 김동철은 하는 수 없이 그녀가 모는 지프에 올라탔다. 어쨌든 강유나의 호기심을 사서 목적을 완수해야 했다.

지프는 고비사막의 초입인 차강소바르가에 접어들었

다. 바람과 물의 작용으로 만들어진 불그스름한 퇴적층들을 지나고 있었다.

"《선데이 K》는 스캔들을 다루는 잡지던데. 그런 곳에서 왜 갑자기 탈북 아이들을 취재하게 된 거죠? 안타깝게도 이쪽 판에서 스캔들 같은 건 좀처럼 일어나지 않는데 말이죠."

강유나가 한 손으로 핸들을 돌리며 빈정거렸다. 다른 한 손은 보조석에 앉은 장 목사에게 뻗었다.

"혹시 모르죠, 인권운동가에게 일반인들은 상상할 수 없는 거대한 삼각파도급 스캔들이 일어날지."

이한수가 능글맞게 웃으며 대꾸했다. 장 목사가 보드에서 몽골 지도를 꺼내 강유나에게 넘겼다. 그녀는 능숙한 솜씨로 한 손에 지도를 펼쳐 들고 동시에 다른 손으로 운전대를 돌렸다. 룸미러에는 가죽 끈으로 연결한 동그란 쇠 나침반이 흔들거렸다.

"이건 뭐죠?"

뒷자리에 앉아 있던 그는 몸을 앞으로 숙이고 손가락으로 나침반을 지목하며 물었다.

"수호신이요."

지프는 이윽고 고비사막에 당도했다. 모래와 모래 무덤만이 펼쳐진 고비사막 한가운데를 달리는 동안 강유나는 체포된 탈북자들 중 그제 저녁 북한군 트럭에서 뛰어내린 소년을 찾아야 한다고 설명했다. 오전에 울란바토르 시내에서 만났던 목격자들에 의하면 탈출을 시도하고자 시내에서 출발한 북한 사람들은 분명히 열 명이었는데 체포되어 트럭에서 내린 사람들은 아홉 명이었다. 사라진 한 명은 10대 후반의 소년. 사막 한가운데서 북한을 탈출하려던 소년이 사라진 것이다.

지프가 한참 사막을 빙글빙글 도는 동안 바람과 모래가 부닥치는 소리가 퓅퓅 연거푸 들려왔다. 강유나는 돌연 차를 멈추었다. 차에서 뛰어내리더니 웅크리고 앉아서 사막에 난 바큇자국을 골똘히 들여다보았다.

"조금 전 북한군 트럭이 여길 지나갔어요."

"그게 북한군 트럭인지는 어떻게 알아요?"

차에 앉아 있던 이한수가 물었다.

"여기 바퀴 돌출 부위인 브이 자가 보이죠. Zil. 구소련에서 수입한 북한군 트럭 질의 바퀴들이 이 문양이에요. 현재 여기선 수시로 모래바람이 불어요. 바람이 지나면서 바큇자국마저 다 긁어 가죠. 자국이 남았다는 건 여길 지나간 지 얼마 되지 않았다는 뜻이에요. 이 근처일 거예요, 이 근처 어딘가."

그녀는 좌골에 양손을 얹고 광대한 사막을 둘러보았다.

지프로 다시 돌아온 강유나는 나침반을 빼내어 손에 쥐고 두 눈을 감았다. 마치 기도하듯이 혹은 어떤 대답을 얻으려는 듯이. 그녀가 두 눈을 떴을 때 이한수는 넌지시 물었다.

"아까 시내에서 들고 있던 사진 속 소년이요. 사막에서 탈출했을 거라고 짐작하는 소년인가요?"

"아니요."

"그럼 아까 사진 속 소년은 누구예요?"

"한동안 함께 지내게 될 테니 미리 경고하는데요, 개인적인 질문은 삼가 주세요."

"거참, 까칠하시긴."

두 사람 사이의 신경전을 누그러트리기 위해 장 목사가 끼어들어 화제를 바꾸었다.

"저기, 며칠 전 노예시장에서 구출했다던 아이는 현재 어때?"

"경환이요? 간단한 진료만 받았는데 영양실조 상태예요. 음식을 먹으면 죄다 토해서 일단 포도당과 영양제를 놔 줬고, 그제부터 죽처럼 부드러운 음식들을 먹기 시작했어요."

"다행이네."

"네. 압록강 하류에서 만나기로 한 모자를 구출한 후에

36

모두 베이징으로 출발할 거예요."

"시장에서 찾았다는 형제는?"

"그 아이들은 다행히 건강 상태가 양호해요. 시장에서
버려진 음식들로 생존해 온 거 같아요. 다들 은신처에서
잘 지내고 있어요."

두 사람이 대화를 나누는 동안 뒷자리에서 김동철은
사진기를 들고 셔터를 눌렀다. 사진기에서 찰칵찰칵 셔터
소리가 연방 터졌다. 렌즈를 돌려 가며 사막의 미묘한 움
직임들을 찍던 김동철이 일순 콧구멍을 벌름거리더니 진
지한 목소리로 강유나를 불렀다.

"유나 씨, 서쪽으로 45도요. 1킬로미터 전방. 뭔가 잡혀
요. 신발 같아요."

그녀는 김동철이 말한 곳으로 방향을 틀었다.

"유나 씨, 저기 멀리 보이는 트럭은 뭐죠?"

김동철이 물었다. 어느새 나타난 트럭이 정면에서 누런
모래바람을 일으키며 달려오고 있었다.

"북한군 트럭이요."

"유나 씨 유머 감각이 좀 있으시네요."

김동철이 능치자 장 목사가 입가에 미소를 머금고 망
원경을 눈에 댔다.

"진짜 북한군 트럭입니다."

목사가 담담하게 말했다.

"그, 그럼 돌아가야죠."

이한수가 자신 없는 목소리로 중얼거렸다. 오금이 저렸다. 그는 퓰리처 정신 따위는 필요 없었다. 기사를 쓰자고 이런 곳에서 개죽음 당하고 싶지 않았다. 강유나나 장 목사가 하는 일을 존중하지 않는 건 아니다. 다만 그는 그들과 다른 종류의 인간이고, 이런 식으로 인생을 종 치고 싶지 않았다.

"저기 모래 무덤까지 1킬로미터, 북한군 트럭은 5킬로미터 이상 떨어져 있어요. 승산이 있어요."

강유나는 한 치의 흔들림 없이 말했다. 지프는 전속력을 다해 모래 무덤 쪽으로 내달렸다. 손잡이를 잡은 이한수의 이마에 비지땀이 맺혔다. 옆에 앉은 거구 김동철의 살덩어리가 자꾸 이한수 쪽으로 밀려왔다. 김동철이 원망 어린 어조로 속삭였다.

"여기 오자고 했을 때 알아봤어야 했어. 네가 평생 내게 진 은혜를 드디어 원수로 갚는구나, 이한수."

강유나는 차를 세웠다. 시동이 완전히 꺼지기도 전에 그녀가 총알처럼 모래 무덤 뒤로 튀어 가고, 장 목사가 구급약 상자를 들고 뒤따랐다. 이한수와 김동철은 차에서 옴짝달싹할 수 없었다. 사진기를 든 김동철의 손이 덜덜 떨렸다. 이한수도 손등으로 이마의 식은땀을 거듭 쓸어내렸다.

당장 달아나고 싶었지만 사막 한가운데서 달아나 봤자 저승길이긴 매한가지였다. 그는 어서 강유나가 돌아와 시동을 걸고 지프가 이곳을 벗어나기만을 바랐다. 정면에서 달려오는 트럭을 피해 달아나기만을, 모두가 안전하기만을. 그래서 48개월 할부로 구입한 늘씬한 애마가 기다리는 서울로 무사히 돌아가기만을.

안간힘을 다해 손잡이를 부여잡았다. 가까워지는 북한군 트럭을 보지 않으려고 두 눈을 질끈 감을 때였다. 강유나가 목청껏 이름을 부르는 소리가 들려왔다.

"이한수 씨! 이한수 기자!"

진퇴양난이었다. 사막에서 적의 총알을 맞고 개죽음을 당하느냐, 강유나를 돕지 않아서 출발을 지체했다가 적의 포로가 되어 개죽음을 당하느냐.

이한수는 차에서 뛰어내려 강유나와 장 목사 쪽으로 달려갔다. 김동철도 뒤따랐다. 몸뚱어리가 모래에 반쯤 묻힌 소년은 의식을 잃은 상태였다. 강유나와 장 목사는 모래를 헤치고 있었다. 소년의 발목에서 부러진 뼈가 살갗을 뚫고 나왔고 그 주위로 흘러내린 피는 이미 굳었다.

그들은 소년을 차로 옮겼다. 응급 치료를 해야 하는 장 목사가 소년과 함께 뒷자리에 앉아 이한수가 보조석에 앉았다. 강유나가 시동을 걸었다. 마침내 북한군과 반대 방향으로 차를 몰기 시작했다. 차가 움직이자 룸미러에 걸린 나침반이 추처럼 흔들리다 춤을 추듯 빙그르르 뒤집어졌다. 그 찰나 그는 나침반 뒷면에 새겨진 영문 스펠링을 엿보았다.

Queen Yuna.

2017년 1월 말, 베이징

박재희는 왕푸징 로열호텔 앞에 세운 검은색 세단 뒷자리에서 내렸다. 로비 앞으로 마중 나온 고등학교 동창 치형이 그를 반갑게 맞았다. 차 트렁크에서 내린 짐 가방들을 벨보이에게 맡기고 그들은 곧장 호텔 지하의 클럽으로 이동했다.

치형의 아버지는 로열호텔 소유주이고, 둘째 아들 치형이 호텔에 소속된 클럽과 멤버십 시가 바의 지분을 80퍼센트 가지고 있었다. 클럽 VIP 부스에는 먼저 도착한 중국 간부이거나 고위 간부의 자제들이 섞여서 술을 마시고 있었다.

몇 해 전 그들은 삼우회를 결성했다. 한 달에 한 번씩 친목을 도모하고자 만나 왔다. 박재희는 모임의 정식 회원은 아니지만 베이징을 방문할 때마다 초대를 받았다. 자리에는 조니워커 블루와 유럽 맥주들이 준비되었고 국내외에서 활동하는 여자 모델이나 배우들이 함께했다.

미국 서부에서 대학을 졸업한 치형을 제외하고는 대부분 박재희와 같은 베이징 대학 동문들이었다. 그중 북조선인이 한 명 있었는데 박재희의 오랜 친구인 오민수였다. 박재희는 1년 만에 재회한 오민수를 보자마자 반갑게 얼싸안았고 오민수가 그가 쥔 빈 술잔을 채워 주었다.

"비행은 괜찮았어?"

오민수가 박재희에게 물었다.

"뭐, 이젠 적응이 되어서. 가족들은?"

"네가 방문한다는 소식을 듣고 다들 기다리고 있지."

박재희는 그 자리에서 오민수와 이야기를 좀 더 나누었다.

"싱가포르는 어때?"

"늘 똑같지. 덥고 더 덥고의 연속. 요새는 많이 발전해서 유니버셜 스튜디오나 워터파크 같은 것들이 생겼지. 가족 단위 관광객들이 부쩍 많아졌어. 아이들 데리고 한번 놀러 와."

"그래야지. 내년에 유럽 쪽 교환교수로 나가기 전에 한 번 찍고 갈게."

그들은 술잔을 부딪치며 화기애애한 분위기에서 거푸 술잔을 기울였다. 오민수가 팔꿈치로 옆구리를 은근히 치며 턱짓을 했다. 아까부터 박재희에게 눈길을 보내오는 분홍색 탱크톱과 눈이 마주치자 그는 상냥하게 웃어 보였다. 웨이브 진 노란색 긴 머리를 목 한쪽으로 길게 늘어트린 여자는 중국 출신의 빅토리아 시크릿 모델이었다.

클럽 안의 음악이 쾅쾅 울렸다. 자정을 넘어섰고 모두들 거나하게 취해서 이제 동석한 여자들과 그날의 야릇한 밤을 준비하느라 저마다 관심을 둔 여자들에게 한창 작업 중이었다. 오민수가 슬쩍 다가와서 분홍색 탱크톱의 귀에 매달려 대롱거리는 하트 모양 귀걸이를 향해 소곤거렸다.

"오늘 밤 제 친구의 퀸 유나가 되어 줄 수 있을까요?"

오민수가 장난기 어린 목소리로 말했다. 분홍색 탱크톱은 영문을 모르고 두 눈을 깜빡거렸다. 박재희의 팔은 어느새 숲을 헤치고 나아가는 뱀처럼 유연하게 그녀의 허리를 휘감았다.

"퀸 유나?"

"제가 좋아하는 소설의 여주인공 이름."

박재희가 설명을 덧붙이자 분홍색 탱크톱이 부끄러운

듯 얼굴을 붉혔다. 이번엔 박재희가 입술을 좀 더 그녀의 귀에 가까이 대고 소곤거렸다.

"이 세상에서 가장 아름답고, 지적이고, 관능적이고, 또 용맹한 여자."

분홍색 탱크톱은 이 모든 화려한 수식어에 부합하고자 갑자기 자세를 도도하게 바꾸었다. 허리를 활처럼 펴고 턱을 곧추세웠다. 그리고 자신이 지을 수 있는 가장 관능적인 표정을 지으며 그의 눈을 바라보았다. 박재희는 회색 컬러 렌즈를 낀 그녀의 눈 속에서 오직 한 가지를 발견했다. 오늘 밤의 욕구를 해소할 수 있는 일회성 관능미.

치형과 오민수가 짓궂은 미소를 입가에 걸고 박재희의 옆으로 바투 다가왔다. 치형이 바지 호주머니에 호텔 방 카드키를 슬쩍 넣어 주며 속삭였다.

"1801호야."

치형이 다른 삼우회 멤버들에게 돌아가서 술잔을 부딪쳤다.

한 시간 후 박재희는 분홍색 탱크톱을 데리고 클럽 위층 호텔 방으로 올라갔다. 방에 준비돼 있던 돔 페리뇽 병에는 "Welcome to Beijing_Minsu"라고 메모가 붙어 있었다. 병을 따고 기름한 잔에 부어 그녀에게 건넸다.

여자는 소파에 비스듬히 기대어 샴페인을 홀짝이며 다

른 한 손으로 휴대폰을 이용하고 있었다. 박재희에게 이름을 물었다.

"페이스북 친구로 신청하게."

여자가 싱긋 미소 지으며 말했다.

"난 노출증 환자가 아니라서."

"혹시 여자 친구 있는 거 아니야?"

그녀가 의심의 눈초리를 보내왔다.

"있어."

분홍색 탱크톱이 불쾌한 듯 샴페인 잔을 테이블 위에 내려놓느라 상체를 구부렸다. 푸시업 브래지어로 모은 가슴골을 중심으로 하얀 살이 불룩하게 솟아 있었다. 그녀가 부루퉁하니 입술을 내밀었다. 단단히 삐진 표정이었다.

그는 곧 제 입으로 내뱉어야 할 이 뻔한 레퍼토리가 지겹고 따분했다. 하지만 유럽에서 싱가포르로, 이튿날 싱가포르에서 베이징으로 비행을 했더니 피로와 스트레스가 온몸을 압박해 왔다. 당장 누릴 수 있는 화끈한 밤을 포기하고 싶지 않았다.

"네가 오늘부터 내 여자 친구잖아."

박재희가 말하자 그녀가 씩 웃었다. 그는 소파에 앉은 그녀에게 다가가며 셔츠의 단추들을 풀었다. 풀어 헤친 셔츠 사이로 단단한 근육이 드러났다. 그는 그녀 옆에 앉아서 탈색된 거칠거칠한 머리카락을 만지작거린 후 귓바퀴와 목덜미를 애무했다. 쇄골은 더 정성스럽게 핥았다. 그의 긴 손가락은 겨드랑이에서 출발해 가슴을 살짝 비켜 가장자리를 타고 내려가 갈비뼈의 울퉁불퉁한 언덕들을 어루만졌다. 그녀는 갈망하며 입술을 벌리고는 이윽고 그의 바지 지퍼를 내리면서 따뜻해진 허벅다리 사이로 그를 끌어당겼다.

그녀는 욕실 화장대 앞에서 화장을 고치며 그에게 연락처를 물었다.

"이제 막 도착해서. 네 연락처를 적어 주면 내일 휴대폰을 구입하자마자 1번으로 저장해 둘게."

그녀가 입술에 바르던 빨간 립스틱으로 거울 위에 전화번호를 적었다. 그 위에는 더 큰 글씨로 오늘 막 얻은 새로운 호칭을 적었다.

Queen Yuna.

1994년 3월, 서울

언니와 함께 차디찬 새벽 어스름 속을 걷는다. 지하 교회 예배당으로 내려가자 아버지가 없는 동안 반찬이나 음식들을 보내 주었던 이웃들 열댓 명이 모였다. 뒷자리엔 오보에 선생님도 오도카니 앉아 있다. 커다란 십자가를 등지고 선 목사님의 기도가 시작된다. 모두들 간절한 음성으로 아버지의 무사 안위를 기도한다. 강유나는 저항하듯 목을 꼿꼿하게 세우고 두 눈을 부릅뜬 채 정면에 박힌 십자가를 노려본다.

아버지가 무사히 돌아오지 않으면 당신을 절대 용서하지 않을 겁니다.

옆에 앉은 언니의 얼굴이 눈물과 콧물로 범벅이다. 언니는 울먹이며 제발 아버지를 찾아 달라고 호소한다. 그녀는 고개를 틀고 그런 언니를 차가운 얼굴로 바라본다.

"강유진, 아버지가 죽었어? 왜 울고불고 난리야."

냉담한 목소리로 쏘아붙이고는 다시 정면을 노려본다.

아버지를 위한 기도를 마치고 강유나는 교회를 나서는 오보에 선생님을 붙잡는다.

"선생님, 「가브리엘의 오보에」를 연주하려면 시간이 얼마나 걸릴까요?"

「가브리엘의 오보에」는 아버지의 애청곡이다. 아버지는 매일 듣는 이 곡이 지겹지도 않은지 이른 새벽마다 창가에 카세트 플레이어를 두고 이 곡을 틀어 놓았다. 외풍이 심해서 구석구석 한기가 돌던 집의 아침은 늘 서정적인 선율과 함께 시작되었다. 아버지는 그 곡을 들으며 두 딸의 아침밥을 짓고 도시락을 썼다. 여러 해 동안 반복되는 그 일을 단 하루도 귀찮아하거나 게을리하지 않았다. 허밍으로 선율을 따라 흥얼거리다 그녀가 잠을 깨고 부스스한 몰골로 눈을 비비며 나오면 언제나 그 온화한 미소로 아침 인사를 건넸다. 우리 우유나 일어났어!

아버지가 돌아오시는 날 그 곡을 연주할 거야.

간절한 눈빛으로 오보에 선생님을 바라본다. 선생님이 그녀의 어깨에 손을 올린다.

"1년이 걸릴 수도 있고, 10년이 걸릴 수도 있고, 100년이 걸릴 수도 있어. 쉽게 연주할 곡은 아니지만 네가 하기 나름이란 뜻이야."

시간이 얼마가 걸리든 이 곡을 연주하고 싶다.

집으로 돌아가는 길이다. 버스 정류장 앞 가전제품 매장 쇼윈도에 진열된 텔레비전 화면을 본다. 포마드를 발라서 이대팔로 머리카락을 빗어 넘긴 유명한 아나운서 민태호가 속보를 전하고 있다.

"KES 뉴스 민태호입니다. 특종입니다. 블라디보스토크에서 실종된 것으로 알려진 선교사 강철수가 러시아 주재 한국 외교관과 활동가를 살해한 유력한 용의자라는 내용을 입수했습니다. 실종 전부터 북한 특수 요원들과 접선했다는 정보를 저희 KES 뉴스 팀에서 단독 입수했습니다."

집 앞에 이르자 대문 앞으로 기자들이 진을 치고 있다. 철문 옆 시멘트 담벼락에는 래커로 휘갈긴 빨간 글씨들이 난무하다. 살인자의 집, 강철수는 빨갱이, 살인자 강철수.

아버지가 살인자라니……!

말문이 막힌다.

"강철수 씨의 따님 되십니까?" "블라디보스토크에서 온 편지들을 공개해 줄 수 있을까요?" "아버지는 어떤 사람이었습니까?" "선량한 선교사로 알려진 강철수 씨가 왜 살인에 공모했을까요?" "아버지가 북한 공작원들을 만났다는 언급을 했었습니까?" "직접 살인을 했다는 설도 있습니다. 지금 심경이 어떤가요?" "잠적한 이유를 아시나요?" "어디로 잠적했나요?"

강유나는 그 자리를 벗어나서 달아나고만 싶다. 대관절 이 헛소리들은 다 뭐지? 혼란스럽다. 그러나 여기서 물러날 수 없다. 아버지를 믿는다. 아버지는 살인을 하거나 살인에 공모할 악인이 아니다. 죗값을 회피하고자 도망칠 겁쟁이가 아니다. 자신의 도피처를 찾아서 딸들을 버릴

이기주의자가 아니다. 무언가 큰 오해다. 뉴스 기사와 담벼락에 휘갈긴 아버지에 대한 악담과 기자들이 쏟아 내는 질문들 모두 진실과 거리가 먼 왜곡이다.

두렵지만 강유나는 곧은 자세로 기자들을 향해 한 걸음 나아간다.

"제 아버지는 살인을 하지 않았습니다. 제 아버지는 살인에 연루되지 않았습니다. 제 아버지는 잠적한 게 아닙니다. 제 아버지가 북한 벌목공들과 만난 건 오직 그들이 도움조차 요청할 곳 없는 약자들이었기 때문입니다."

사방에서 플래시가 터진다. 그녀는 영하 10도의 대기 속에서 얼음가시처럼 팡팡 터지는 날카로운 빛들 때문에 제대로 눈을 뜰 수 없다. 눈살을 잔뜩 오므리고 팔등으로 눈을 가린다.

집 대문 앞에서 기자들을 향해 항변했음에도 티브이를 틀라치면 언론에서는 지속적으로 아버지를 북한 공작원들에게 공조한 살인 용의자로 몰아간다. 심지어 9시 뉴스는 아버지가 살인 후 막다른 길에 몰려서 월북했다고 보도한다. 잠시 후 화면에선 우랄산맥의 눈길에 덩그마니 서 있는 포니가 비친다. 사라지기 직전 아버지가 타던 차라고 소개한다. 양쪽 문이 활짝 열렸고 룸미러에는 그녀와 언니가 나란히 찍힌 사진이 걸려 있다.

그녀는 피켓을 만든다. "내 아버지는 살인자가 아닙니다." 처음에는 동네 버스 정류장에서 시작해 아버지를 모함하는 기사를 내보낸 광화문의 신문사들과 여의도 방송국 사옥 앞에서, 그리고 국회 앞에서 일인 시위를 벌인다.

학교에 간다. 그녀와 언니가 지나가자 학생들이 뒤에서 웅성거린다. 그녀는 교실로 들어가 자신의 자리를 찾아 앉는다. 따가운 눈총과 쑥덕거림을 견딜 수 없어서 가방에 든 오보에를 꺼내 퍼즐처럼 그것을 조립했다가 풀었다가 다시 조립하길 반복한다.

"살인자의 딸이 뻔뻔하게 학교까지 나오셨네."

등 뒤에서 누군가 비아냥거리는 소리가 들려온다. 그녀는 오보에를 손에 쥔 채 뒤를 돌아본다. 의자에서 일어나 방금 전 자신을 살인자의 딸이라고 놀린 여학생에게 뚜벅뚜벅 걸어간다. 자신이 살인자의 딸로 몰락한 건 문제가 아니다. 아버지를 살인자로 치부하는 걸 더 이상 용납할 수 없다. 그게 누구라도…… 심상치 않은 기류를 감지하고 그 여학생 옆으로 다른 학생들이 몰려든다. 그 여학생을 쳐다본다. 예배당의 십자가를 노려보았던 그 순간의 불타오르는 붉은 눈으로.

"다시 말해 봐."

"맞잖아. 살인자의 딸."

여학생이 동의를 구하듯 주변을 둘러본다. 다들 키득거리거나 수군거리며 고개를 주억거린다. 피가 머리꼭지까지 거꾸로 솟아오른다. 심장이 화끈거린다. 부르르 떨리는 팔을 쳐들고 오보에로 그 여학생의 머리를 내리치기까지 모든 게 삽시간에 일어난다.

여학생의 이마에서 갈기 진 피가 흘러내린다. 여학생은 제 이마를 쓱 문지르고 손에 묻은 시뻘건 피를 보더니 경악하며 악! 괴성을 내지른다. 친구들이 붙잡고 말리는데도 어디서 그런 괴력이 솟아오르는지 그녀는 장막을 뚫고 나아가 오보에로 여학생의 머리와 어깨와 등허리를 마구 내리친다. 마지막으로 아버지의 무사 안위를 기도했던 예배당에서 미처 입 밖으로 내지 못했던 마지막 한마디를 내뱉는다.

"아멘."

학교 측의 연락을 받고 목사님이 학교로 찾아온다. 폭행을 당한 여학생의 부모는 학교 측에 징계를 요구했을 뿐 아니라 경찰서에까지 신고했다. 그녀가 교장실을 먼저

나가 문 앞에서 목사님을 기다린다.

머리가 벗어진 교장의 목소리가 문밖으로 새어 나온다. 교장은 임시 보호자인 목사님에게 현재로선 전학이 최선이라고 제안한다. 강유나와 강유진이 강철수의 딸인지 모르는 곳에서 수업을 받아야 학업을 제대로 이행할 수 있을 거라고.

집에 돌아가는 길이 석양으로 붉게 물든다. 봄의 초입, 봄에 이르지 못한 언 자연들 사이를 걷는 목사님은 내내 침묵을 지킨다.

집에 도착한다. 아래층에서 설거지를 하다가 그들이 돌아오는 걸 본 집주인 아주머니가 몸빼 바지 앞섶에 손의 물기를 닦으며 뒤따른다. 목사님과 주인아주머니는 그녀가 이 집에서 태어나고 자라는 걸 지켜본 가족처럼 가까운 사람들이다.

문간에서 아주머니는 우물쭈물 망설인다. 짐짓 미안한 얼굴로 목소리를 낮추어 집을 빼 주어야겠다고 말한다. 극우주의자들이 몰려와서 망치로 담벼락을 부수고 낙서로 집을 훼손하는 것도 모자라서 기자들이 취재를 한답시고 허구한 날 입주자들을 괴롭힌다고 중얼거린다. 입주자들이 불편해 못살겠다고 종일 불만을 토로해 온다고, 이러다간 입주자들이 죄다 나갈 거라고, 사정을 이해해 달라고 당부한다.

아주머니가 붕어빵 한 봉지를 남기고 집을 나선다. 이미 다 식어 버린 쪼그라든 붕어빵 머리통이 비어져 나온다. 목사님이 할 말이 있다고 그녀와 언니를 불러 앉힌다.

"유진아 유나야, 당분간 여길 떠나자."

"무슨 말씀이세요? 여긴 저희 집이에요. 아버지와 언니와 제가 평생 살았던 집이라고요. 아버지가 여기로 돌아오실 거예요. 돌아오셨을 때 우리가 여기에 없으면……."

말하는 동안 그녀의 목과 관자놀이에 시퍼런 핏대가 선다.

"내가 여기 있잖아. 아버지가 돌아오시면 내가 너희가 어디 있는지 말하마."

"어디로 떠나라는 건가요?"

언니가 말허리를 자르고 끼어든다.

"후원자가 나타났어. 너희의 딱한 사연을 듣고 앞으로 살 집과 학비와 생활비를 모두 대 주겠다는구나. 학교도 좋은 곳으로 알아보았다고 했어. 제안을 받고 며칠 고심했는데, 지금은 여길 떠나는 게 옳은 처사인 것 같구나. 대신 조건은 외국에서 살아야 한다는 거야."

그녀는 방에 들어가서 문을 쾅 닫는다.

오보에 연습을 한다. 시간이 날 때마다, 시간이 허락되지 않을 때조차도. 다른 해야 할 것들을 미루고 오보에 연주에 몰입한다. 아직은 입술 근육이 약해서 리드가 입술에서 미끄러져 나가기 일쑤다. 입술 근육을 단련하기 위해 쇠막대기를 입에 물고 초시계로 시간을 재면서 오래 버티기를 한다. 환자들을 위한 펌프 주둥이를 물고 호흡 연습도 한다. 문제는 아버지가 손질해 주고 간 리드들이 바닥나 간다는 것이다.

그녀의 능력으론 리드를 구할 수 없다. 리드가 없으면 오보에는 무용지물이다. 아버지가 손질해 준 리드들 중 마지막 남은 리드를 오보에에 끼우는데 창밖으로 그 계절의 마지막 눈이 내리고 있다.

오보에를 손에 쥐고 밖으로 나간다. 가시 같은 냉기가 솟는 시멘트 바닥 위에 맨발로 섰지만 추위가 느껴지지 않는다. 경사를 타고 이어진 수많은 건물들과 전신줄 아래로 얼어붙은 한강이 보인다.

아버지가 운전하던 포니는 눈길에서 2주 동안 방치돼 있었다. 우랄산맥을 뚫고 온 차디찬 북풍과 눈보라는 양쪽으로 활짝 열린 문 안으로 끊임없이 들어찼다. 차의 엔진과 기름이 얼어붙었다. 룸미러에 걸린 동그란 프레임마저 얼었다.

가만히 눈을 감고 뉴스에서 보았던 장면을 떠올린다. 아버지가 머나먼 북쪽 나라의 하얀 눈밭에서 사라졌던 그 순간 무슨 일이 일어났던 건지 상상해 본다.

블라디보스토크 외곽. 구호 식품과 의료품을 싣고 눈 덮인 장엄한 산맥 아래를 달리던 낡은 포니 자동차. 영하 20도의 맹추위. 새하얀 설원에 비행운처럼 난 휘어진 자동차 바큇자국. 불시에 멈추이야 했던 차. 룸미러에 걸려서 흔들거리던 프레임 속에 든 그녀와 언니의 사진. 양쪽에서 활짝 열린 차 문…….

언론에서 떠들어 댔듯이 아버지가 도망치기 위해 차에서 내렸다면 문을 한쪽, 운전석 한쪽만 열었을 것이다.

아버지, 그때 무얼 보았나요?

아무리 집중적으로 상상해 보아도 그 순간 아버지가 무얼 보았는지, 어떤 상황에 처했던 건지 그려지지 않는다. 다만 차 문이 열리기 직전 그 짧은 마지막 순간에 두 손을 그러모은 아버지의 모습만 떠올릴 수 있었다.

아버지는 기도했을 것이다. 당신이 말했듯 아파트보다 훨씬 높다란 나무 기둥에 깔려 죽고, 혹한의 추위 속에 얼어 죽고, 굶주림으로 죽어 가는 북한 벌목공들을 구원해 달라고 기도했을 것이다. 그리고 마지막으로 뜨거운 침이 목울대까지 치밀어 오른 순간 서울에 남은 두 딸을 위해

기도했을 것이다.

리드를 입술 사이에 끼운다. 얼음 조각처럼 차디찬 은색 단추들 위로 떨리는 지문들을 붙여 본다. 아버지가 실종되었다는 소식을 들은 후 처음으로 눈가에 눈물이 고인다.

2017년 1월 말, 압록강

두꺼운 겨울 잠바를 입고 털모자를 뒤집어쓴 강유나와 이한수가 차에서 내렸다. 함께 출발하기로 했던 김동철이 장염에 걸려 이곳으로 이동하는 차 안에서 복통과 고열에 시달렸고, 강유나는 김동철이 그 상태로 숲을 통과해 압록강까지 걸어갈 수 없을 거라고 판단했다. 결국 김동철은 차에 남기로 했다. 이한수와 강유나만 압록강으로 나갔다. 압록강으로 이어진 밤의 숲에서 강유나는 목에 나침반을 걸고 있었다.

"김연아 팬인가 봐요."

"네?"

"나침반 뒷면에 퀸 유나라고 새겨져 있던데."

"네."

"아, 우리 김연아! 밴쿠버 올림픽 때 007 본드걸 기억나요? 정말 끝내줬죠. 하지만 김연아 최고의 퍼포먼스는 뭐니 뭐니 해도「죽음의 무도」였어요. 아,「죽음의 무도」."

강유나는 대꾸하지 않고 침묵했다. 어두운 숲은 적막에 휩싸였고, 발밑에서 미끄러지는 자갈 소리와 맹렬한 겨울 곤충 소리만 연이어 울려 퍼졌다.

"고비사막으로 가던 길에 사진 속 남자가 누구냐고 물었잖아요."

그녀가 소곤거리듯 작은 목소리로 말을 꺼냈다.

"제 죽음의 무도예요."

"네?"

이한수는 강유나가 방금 한 말을 알아듣지 못하고 그녀를 돌아보았다.

"첫사랑이요."

그녀는 무표정한 얼굴로 대답했다.

"풋, 첫사랑이요? 첫사랑이 죽음의 무도라……."

"네, 21년 전에 헤어진 첫사랑."

"아, 강유나 씨, 보기와 참 다르시네. 여자 동료들과 회식 자리에서 가끔 술 마시며 들었어요. 남자들이야 첫사랑을 영영 잊지 못하지만 여자들한테는 아무것도 아니라던데. 처음 사용한 영어 단어 사전이나 처음 좋아했던 가수의 이름보다 더 희미한 게 첫사랑이라더라고요. 유나 씨 별종이네요. 그런 첫사랑을 아직도 찾고 있다니."

"이유가 있겠죠, 뭐."

"남 얘기 하듯 하시네요. 주제넘지만 조언 하나 해 줄
까요? 그냥 가슴에 묻어 둬요. 찾으면 실망할지도 몰라요.
당시엔 아주 멋진 소년이었겠죠. 지금은 배불뚝이에 머리
가 훌러덩 벗겨졌을지도 몰라요. 어디 그뿐인가. 진즉에
아내와 아이들이 줄줄이 있는 유부남일지. 아, 근데, 왜
첫사랑을 수소문하는데 몽골에서, 그것도 북한 사람들에
게 물어봐요?"

"제 첫사랑이 북한 남학생이었거든요."

북한과 중국 국경 사이의 강 하류는 1월의 한파로 얼어
있었다. 겨우내 얼어붙은 강을 건너다가 총살당한 주검
몇 구가 바위처럼 널브러져 있었다. 그날 자강도 안포에
서 모자가 강을 넘어오기로 했다. 강유나는 중국 국경 쪽
에서 그들을 기다렸다가 만날 것이다.

새벽이었다. 비교적 감시가 소홀한 시간을 노렸다. 그
들은 시계를 확인하며 모자를 기다렸다. 한 시간이 지나
서야 강 위를 점령한 연무 속에 어머니와 아들이 손을 잡
고 미끌미끌한 빙판을 건너오는 게 보였다. 이한수가 고
무된 표정으로 강유나를 바라보며 저기 사람의 형체가 보
인다고 속삭였다. 그 찰나 거친 총포가 울리기 시작했다.

연달아 울렸다. 무언가 잘못 돌아가고 있었다. 브로커의 말에 따르면 돈으로 국경 경비대를 매수해서 경비망이 뚫릴 거라고 했는데 그게 아니었다. 조심조심 강을 건너던 모자가 총격 속에서 쓰러졌다. 희붐한 연무는 빙판 위에 엎어진 모자의 형체를 순식간에 삼켜 버렸다.

총알을 맞은 건 어머니인 듯했다. 아들일 수도 있었다. 어쩌면 둘 다일 수도 있었다. 쓰러진 모자가 서로를 꼭 그러안고 있어서 총격의 희생자가 확실치 않았다.

무참히 시간이 흘렀다. 아침이 되자 연무의 장막이 걷혔다. 눈부신 해가 빙판 위를 쨍하니 비추었다. 국경 경비대의 총구는 경계를 늦추지 않고 한동안 모자 쪽을 조준하고 있었다. 멀리서 남자아이의 팔마디가 꿈틀거리는 게 보였다. 죽은 어머니의 언 피가 따스한 아침 햇볕에 녹아내려 충격으로 혼절한 아들의 뺨을 적시며 깨운 것이었다.

눈을 뜬 아들의 뺨에 곧 눈물과 핏물이 뒤섞이며 뭉개졌다. 강유나는 어머니를 안고 쓰러져 있는 남자아이와 눈신호를 주고받으려고 시도했다. 그러나 아이는 가혹한 충격에서 완전히 벗어나지 못한 상태였다. 충격도 충격이지만 죽은 어머니를 두고 떠나기가 쉽지 않은 듯했다. 강 한복판에서 빠져나올 기미가 좀체 보이지 않았다.

"제가 강으로 나갈게요."

강유나는 비장한 목소리로 말하며 이한수에게 동그란 나침반을 건넸다. 이한수는 엉겁결에 그것을 쥐었다. 그 나침반은 그녀가 항상 매고 다니는 푸르뎅뎅하고 낡은 배낭 앞주머니나 그녀가 운전하는 차 룸미러나 그녀의 목에, 항상 그녀의 곁에 있었다. 지난번 몽골에서 강유나는 이 나침반을 그녀의 수호신이라고 말했다.

"강유나 씨, 제정신이에요?"

"제정신으로 살아 본 적 없어요."

"그래도 이건 너무 위험한데."

"이한수 씨, 나침반을 보고 북쪽으로 1킬로미터 이동해요. 그쪽에서 여기 달린 쇠고리를 잡아당겨요. 한 번이면 돼요. 사 분. 한수 씨가 국경 경비대의 시선을 돌린 틈을 타서 제가 빙판으로 나갈게요. 아이를 데려와야 해요."

캄캄한 밤에도 무리수가 따르는 일인데 심지어 해가 밝은 시간이었다. 위험하다는 걸 알면서도 막을 길이 없었다. 그녀가 결정을 내리면 아무도 저지하지 못했다. 취재를 시작한 후로 일주일이라는 짧은 시간 동안 터득한 사실이었다. 또한 그녀는 이쪽 일에서 전문가였다.

"그쪽으로 시선이 옮겨지면 주저하지 말고 먼저 출발해요."

"유나 씨는요?"

"무리 지어서 다니면 잡히기 딱 좋아요. 흩어져야 해요. 저는 아이를 구출해서 저대로 이동할 테니 왔던 길로 돌아가요. 못 찾겠으면 그 나침반을 보고 동남쪽으로 가서 차를 주차해 둔 곳에 가요. 동철 씨를 데리고 떠나요. 우린, 베이징에서 만나요."

나침반을 보며 북쪽 강 상류로 이동한 이한수는 고리를 당기기 전 그것을 뒤집어 보았다.

Queen Yuna.

나침반 뒷면 반질반질한 스테인리스 위에 그 이름이 적혀 있었다. 이름 아래로는 작은 구멍들이 있었다.

그는 그녀의 당부대로 북쪽으로 1킬로미터쯤 달려가서 섰다. 그러고는 나침반 옆으로 튀어나온 작은 고리를 잡아당겼다. 따르릉, 따르릉, 자전거 벨과 흡사한 소리가 울릴 거라고 예상했는데 뜬금없이 음악이 흘러나왔다. 관악기의 서정적인 선율이었다.

일촉즉발의 상황과 도무지 어울리지 않는 감미로운 선율이 숲을 빠져나가 울리자 강 건너편에서 그 소리를 들은 국경 수비대원들이 그가 있는 북쪽으로 달려오는 게 보였다.

「가브리엘의 오보에」.

그 자리를 떠나기 직전 이한수는 강유나가 있는 쪽을

돌아보았다. 그녀는 전설의 피겨스케이팅 선수 김연아가
그러했듯 당차게 빙판으로 나아갔다. 다른 게 있다면 강
항복판의 그녀는 남자아이를 옆구리에 끼고 그들이 밤새
대기 중이었던 중국 쪽 강변을 향해 포복 자세로 기어 간
것이었다.

「가브리엘의 오보에」가 울려 퍼졌다. 그 순간 어떤 알
수 없는 이유로 이한수는 강렬한 예감에 휩싸였다.

2장
평양 오렌지

1994년 3월 말, 서울에서 싱가포르로

   서울에서 목사님이 싱가포르로 이주하라고 설득한 후 일주일이 지나서 그녀와 언니는 트렁크 하나만 챙겨 그 집을 떠난다. 목사님의 차를 타고 김포공항으로 가서 싱가포르행 비행기에 탑승한다. 일곱 시간 후 창이국제공항에 도착하여 출국장 자동문을 나간다. 그곳에 강유진과 강유나라는 한국어 이름이 적힌 피켓을 든 한 남자가 보인다. 그 남자는 자신을 우 비서라고 소개한다.

   남자의 뒤를 따라서 주뼛주뼛 걸어간다. 공항 청사를 나서자마자 습도 높은 적도의 더위가 엄습한다. 낯선 환경과 온도, 피부색이 다른 사람들에게 에워싸여 긴장했던 까닭에 한국에서부터 입고 왔던 두꺼운 오리털 점퍼를 벗는 것도 잊었다. 점퍼 속에서 땀이 폭포수처럼 흘러내린다. 그녀의 손을 꼭 잡은 언니의 손바닥에도 땀이 흥건하다.

우 비서가 운전하는 혼다 어코드 뒷자리에 언니와 함께 올라앉는다. 도로 가의 우람한 열대 나무들 너머 바다에 선박들이 노란 조등을 밝히며 떠 있다. 도로로 쏟아지는 열대 나무의 그림자들은 다가올 어두운 미래를 암시하듯 8차선 도로 위에 음산한 그물 문양을 드리운다.

휘황한 불빛이 반짝거리는 오차드를 벗어난 차는 레오니 힐로 접어든다. 붉은색 콘도미니엄 주차장으로 들어선다. 차에서 내린 강유나와 강유진은 우 비서를 따라 엘리베이터를 탄다. 남자가 현관문을 열자 집의 내부가 드러난다.

그녀와 언니는 동시에 놀라서 움찔한다. 대리석 바닥, 크리스털 샹들리에, 고가의 가구들, 실크 커튼, 값비싸 보이는 그림들. 언니와 단둘이서 살기엔 집이 무척 크고 호화롭다.

현관 맞은편으로 어두운 발코니에서 담배를 피우는 여자의 뒷모습이 보인다. 현관문이 닫히는 소리를 듣고 여자가 천천히 뒤돌아선다. 옷차림새와 미세한 동작의 결들이 우아한 노년의 여인. 앙상한 쇄골과 어깨가 도드라지는 검은색 롱 원피스에 가슴 밑으로 길게 늘어지는 진주 목걸이를 걸치고, 웨이브 진 짧은 단발머리에는 크리스털로 반짝이는 나비 핀을 꽂았다. 여자는 손가락 사이에 끼운 담배를 한 번 깊게 빨아들인다. 도도하게 내리깐 눈으로 그녀와 언니를 바라보며 담배 연기를 내뿜는다.

2017년 1월 말, 베이징

박재희는 방을 나와서 시가 바로 이동했다. 오랜만에 만난 친한 친구와 무람없는 대화를 나누기에는 일반인들이 들락거리는 라운지나 식당보다 소수 멤버십으로 운영되는 시가 바가 나을 듯해서 그곳으로 제안했다.

먼저 도착한 오민수가 보헴 시가를 피우고 있었다. 박재희는 자리에 앉자마자 프라하에서 산 선물을 테이블 위에 올려 두었다. 원뿔형 셀로판 봉지에는 알록달록한 젤리들이 가득 담겨 있었다.

"아이들 선물."

"페드로네. 우리 아이들이 가장 좋아하고, 우리 아내가 가장 싫어하는."

"못 본 지 일 년 됐나. 이 꼬맹이들 보고 싶네."

"큰 녀석은 벌써 유치원 입학했어."

"평양에 있는 정애는 공부를 아주 잘한다며. 공부 머리는 널 닮았나 봐."

"응, 평양에 혼자 둬서 늘 마음 한구석이 짠한데, 건강하고 공부까지 잘해 주니 더 바랄 게 없지."

"정애 보면 어릴 적 누이가 생각나. 누이도 정애처럼 가족들과 떨어져서 혼자 지냈지만 총명한 여성이었거든."

"우리끼리 얘기니까 말이지만, 너희 누이나 정애가 다른 나라에서 태어나고 성장했더라면 뭐 한자리 해도 크게 하고도 남았을 여성들이긴 하지."

"체코에서 김홍수가 망명 시도한 소식 들었지?"

"응. 사실 지난해 체코 오스트라바 공대 학술회에 참석했을 때 김홍수를 만났었어. 체코 공업지대인 오스트라바에는 유럽 판매의 6퍼센트를 생산하는 현대자동차 지사와 공장이 있는데 몇 해 전 그곳의 한국 주재원들을 위한 한국 장로교회가 설립되었어. 그날 그곳에 초대받은 한국 장로교회 윤 목사와 이야기를 나누는 걸 보긴 했지만, 이 정도로 심각한 일을 벌일 줄은 몰랐지."

"그 집은 아내와 아이들이 모두 평양에 있었다며."

"일가족을 평생 안 볼 작정까지 했다니. 그렇게 안 봤는데 보기보다 독한 사람이었어."

"그가 연구하는 유전자 실험이 평양에선 지원받지 못한다고 들었어."

"연구, 중요하지. 학자니까 연구가 제 피고 살이겠지. 하지만 가족들은 모조리 수용소로 보내질 텐데……."

묵직한 침묵이 흘렀다. 그들은 착잡한 심경에 얼음을 채운 잔 두 개에 술을 가득 부었다.

"요새 펜싱 좀 해? 여기 온 김에 한판 어때?"

오민수가 화제를 바꾸기 위해 일부러 가벼운 어조로 물었다.

박재희는 고등학교 말 평양으로 돌아간 직후 오민수를 만났다. 1996년, 당에서 갑작스럽게 펜싱 유소년 팀을 결성하라는 지시가 떨어졌다. 유소년아시아게임을 목전에 두고서였다. 김정일 국방위원장이 올림픽 펜싱 경기를 시청하다가 "펜싱이 매우 매력적인 스포츠다."라고 언급한 게 결정적인 이유였다.

인재를 발굴하고 자금과 시간을 투자하여 맹훈련을 펼쳐 온 다른 아시아 국가들 유소년 팀에 비하면 북조선에서 급조된 팀은 형편없는 약골이었다. 북조선 팀은 외교관인 부모님을 따라서 유럽에 살았던 학생들 중 취미 삼아 펜싱을 배운 경험이 있는 네 명으로 결성되었다. 감독으로는 엉뚱하게도 전직 레슬링 팀 코치가 부임했다. 선수 네 명 중에서 국제 대회에 나가 본 경력이 있는 선수는 오민수와 박재희뿐이었다.

대회가 가까워지던 어느 날 대진표가 나왔다. 예선 전 첫 경기에서 강팀 중 하나인 일본과 경기를 치르게 되었다. 그들의 땅을 침략하고 강탈했던 일본 팀이라면 더더욱 질 수 없었다. 밤낮을 가리지 않고 훈련하는 동안 틈틈이 상대 선수들의 경기를 시청하며 분석하고 전략을 짰다. 펜싱의 기본 동작도 모르는 감독을 대신하여 주장이었던 오민수가 리더십을 발휘했다.

"우리는 상대의 전략을 다 알지만 저들은 신생 팀인 우리의 전략을 일절 알 도리가 없어. 현재로선 그게 히든카드야."

일본 팀은 언제나 실력이 가장 좋은 에이스를 초장에 내세워 상대 팀의 기를 죽이고 시작했다. 그래서 북조선 팀에서 방어 기술이 가장 출중한 선수가 일본 팀 에이스를 맡기로 했다. 방어력은 타의 추종을 불허하나 공격력이 형편없어서 이 선수와 붙은 상대 선수들은 언제나 점수를 빼앗기진 않지만 경기 시간 이 분 동안 고작 1~2점을 획득하느라 진을 뺐다. 첫 경기에서 최대한 시간을 끌며 실점을 최소화하자는 것이었다.

두 번째로 나온 상대 팀 이진은 그들 팀에서 실력이 가장 떨어지는 선수가 나가서 일부러 부상을 입히자고 했다. 칼끝을 세우고 돌진해서 넘어지는 척하며 상대 선수를 넘어트리기. 결전의 날 이 임무를 맡은 북조선 선수는 실격당했다. 이어서 에이스인 오민수가 나갔다. 큰 부상을 당하지 않았지만 이미 바닥에 머리를 부닥쳐 타격을 입은 상대 팀의 이진을 오민수가 맡았다. 체코, 독일, 스위스 같은 중부 유럽권 15세 이하 에페 개인전에 출전하여 동메달을 딴 경험이 있는 오민수는 그 조건에서 동점을 만들었다.

마지막으로 박재희가 실력이 가장 떨어지는 선수를 맡아서 맹공격을 펼쳤다. 박빙의 승부였다. 결국 북조선 팀은 예선 첫 경기에서 11대 11로 동점을 냈고, 마지막 3초를 남기고 박재희가 1점을 내어 승리를 거두었다.

박재희는 오민수와 그러안고 환호성을 질렀다. 물론 첫 번째 예선 경기에서 전력을 다 쏟아부은 나머지 그 후로는 전패였으나 강팀을 만나서 얻은 첫 승리는 짜릿한 전율을 일으켰다. 그때의 환희는 시간이 지나도 잊히지 않았다. 그 후로 오민수와 박재희는 20년 가까이 둘도 없이 막역한 친구였다.

"이번 주 내로 펜싱장 예약하자."

"좋지. 근데 퀸 유나 소식은 알아?"

"아니."

"궁금하지 않아?"

"뭐 가끔 생각은 나지."

박재희는 솔직히 말했다. 다른 북조선인들과는 그녀에 대해서 언급조차 하지 않았지만 오민수는 믿을 만한 친구였다. 서로에게 치명적일지 모르는 비밀까지 공유할 수 있는 관계였다.

잔을 흔들며 술을 마시다가 건너편에 앉은 남자를 발견했다. 수행원들에게 둘러싸인 남자는 팔짱을 끼고 이쪽을, 정확히는 박재희를 주시하고 있었다.

"씨팔."

박재희는 인상을 구기고 욕지기를 내뱉었다. 그가 누구인지 알아보지 못할 리 만무다. 보위부 최도광이었다.

"저런 새끼가 어떻게 이런 멤버십 시가 바에 출입이 가능한 거지?"

박재희가 나직하게 뇌까렸다.

"최도광? 요새 잘나가. 예전의 따까리 최도광이 아니야."

오민수가 말끝에 조소를 흘렸다. 최도광이 자리에서 일어나 박재희와 오민수가 앉은 자리 쪽으로 걸어왔다.

"박재희 동지 여전하십니다. 여긴 베이징 공대 오민수

교수님 아니십니까."

최도광이 선글라스를 벗으며 인사를 해 왔다. 뺨의 긴 상흔은 노화로 살갗이 늘어져 옛날보다 더 길어 보였다.

"여긴 어쩐 일이십니까."

박재희는 퉁명스러운 어조로 물었다. 최도광이 앉을 자리는 결코 내주지 않았다.

"싱가포르는 여전히 따뜻하지요? 나이를 먹었는지 이따금 싱가포르가 그립단 말입니다. 동글동글하고 말랑말랑한 피시볼이 든 뜨끈한 국수나 자아비판 모임 때마다 향기롭게 퍼지던 국화차 향기 같은 것들이 말입니다."

최도광은 능글맞은 목소리와 표정으로 동문서답이었다. 박재희는 잔을 으스러트릴 듯 감아쥐었다. 어금니를 물고 표정 관리를 했지만 얼굴은 일그러져 있었다.

"안 그래도 박재희 동지와 긴히 나눌 이야기가 있는데 말입니다."

"그럼 이메일을 보내 주십시오. 보시다시피 오늘은 제가 선약이 있어서."

"프라하에서 연락을 받아서 말입니다."

박재희는 침착하게 술잔을 내려놓았다. 어쩔 수 없이 최도광의 자리로 옮겼다. 최도광이 손짓을 하자 그의 옆에 앉아 있던 수행원들이 자리를 비켜 주었다. 박재희는 최도광과 가까이 앉는 게 내키지 않았지만 다른 도리가 없었다.

최도광은 역겨울 정도로 교활하고 야비한 작자였다. 이 일에 끼어든 저의가 분명히 따로 있을 터였다. 그의 목을 비틀어 쥐고 싶었지만 참아야 했다. 지금까지 그래 왔던 것처럼.

최도광과 메이는 어떻게 연결되었을까. 프라하에서 만 났을 때 메이는 왜 그 이야기를 하지 않았을까. 그들은 알 고 나는 모르는 전략은 무얼까. 오민수와 출전했던 1997년 유소년아시아게임에서의 일본 팀처럼 저들만 알고 그는 모르는 무언가가 도사리고 있었다.

옆에 앉아서 그가 따라 주는 위스키를 한 잔 마셨다. 같은 종류의 위스키인데도 싸구려 술처럼 혀에서 겉돌고 목구멍을 할퀴었다.

최도광이 그의 술잔 옆에 사진 몇 장을 내려놓았다.

"아직도 반역하고 도망치려는 쥐새끼들이 바글거립니 다. 아시다시피 곧 베이징에서 4자 회담이 열립니다. 당에 서 죄다 잡아들이라는 명령이 떨어졌습니다."

"여긴 제 관할 구역도 아니고, 그건 제 영역 바깥의 일 입니다."

"프라하에서 박 동지와 우리 쪽이 공조할 수 있는 방법을 주었습니다. 그리고."

박재희는 스스로 술잔에 위스키를 따라서 한 모금 더 마셨다. 그는 최도광과 협력하고 싶은 마음이 추호도 없었다. 그러나 당의 지시라면 거역할 수 없었다. 메이도 무시하기는 힘들었다. 위스키 잔 옆의 사진들 끝자락이 컵에서 흘러내린 물기에 젖어 들고 있었다.

"사진을 보시면 왜 우리가 공조를 해야 하는지 이해가 가실 겁니다."

사진 첫 장에는 남자아이들 두 명의 사진이 있었다. 두 번째 장은 그 아이들이 첫 번째 사진보다 더 어렸을 때 성인 여성과 함께 찍은 사진이었다. 세 번째 장은 남자아이들과 함께 있던 여성이 싸구려 붉은색 드레스를 입고 '홍연'이라는 간판이 걸린 술집에서 나오는 장면이었다. 그리고 마지막 장은 몇 년 전 사진으로, 그 여성이 박재희와 함께 중국집에서 식사하는 사진이었다.

"프라하 미팅은 어떠셨습니까."

최도광은 만면에 미소를 띠고 박재희에게 물었다.

"……미팅은 잘 성사되었습니다."

"뭐 박재희 동지가 하시는 일이라면 걱정 없겠지요. 영국 대형 보험회사와 맞짱을 떠서리 수천억을 받아 낸 실력으로만 봐도 동지의 출중한 두뇌와 당에 대한 충성심을 의심하는 사람이 없습니다."

몇 해 전 박재희는 당의 지시를 받고 싱가포르 주재 조선통화의 수장을 맡았다. 그 기관에서 투자하여 벌어들인 돈으로 영국 보험회사에 거액의 보험을 들었다. 북조선 내의 헬기 및 철도 사고를 위장하여 영국 보험회사에 보험금을 요구했다. 결국 이 사건은 북조선 내부에서의 조사가 불가능하다는 이유로 국제재판소로 넘어갔다. 그는 국제전에서 승소했다. 보험회사로부터 받은 5000억을 페이퍼 회사들을 통해 평양으로 송금했다. 이 일도 메이 콴의 도움이 없었더라면 불가능했다.

최도광과 메이는 어디까지 연결돼 있을까. 최도광은 섣불리 움직이거나 허세를 부릴 놈이 아니다. 분명히 손에 히든카드를 쥐고 있다. 문제는 그가 든 패를 박재희는 하나도 모른다는 것이다.

최도광이 접시에 놓인 여러 가지 과일들 중 껍질을 벗긴 오렌지 한 덩어리를 통째로 집어서 입에 넣었다. 입을 우물거리자 오렌지 즙이 입가로 조금 흘러내렸다. 박재희는 두개골이 갈라지는 듯 강렬한 두통을 느꼈다. 그는 자리에서 일어났다. 비틀거리며 오민수가 있는 자리로 돌아왔다. 등 뒤에서 최도광의 목소리가 환청처럼 왕왕거리며 따라왔다.

"예나 지금이나 오렌지 생활이 즐겁지요, 박재희 동지."

1994년 7월 8일, 평양

차가 평양 특별 거주 지역인 정무원 아파트로 향하는 타맥 포장도로를 달린다. 박재희는 곧 누이를 만날 생각에 설렌다. 누이와는 2년 만의 재회다.

누이는 아버지처럼 장차 외무성 당원이 되겠다는 꿈을 안고 김일성대학교에 입학한 우등생이었고 대학에서 영어와 독일어를 전공하고 있다. 내각 차관인 작은아버지 가족과 함께 평양의 정무원 아파트에 산다. 높은 콘크리트 벽에 둘러싸이고 총기로 무장한 특별 경호원들이 경비를 서는 이곳은 3층 건물 네 개 동으로 이루어졌으며 총 스무 가구가 살고 있다.

각 가구가 200제곱미터 정도를 차지하고 침실은 네 개씩이다. 다른 지역보다 환경이 월등한 평양에서조차 보기 드문 메르세데스 벤츠 같은 외제 차와 JIS-110 같은 방탄차, 혹은 소련제 지루가 주차되어 있고 소니 컬러 텔레비전과 밀레 냉장고, 재봉틀, 에어컨 같은 신식 가전제품들이 기본으로 비치되었다. 사람들은 그곳을 평양 특별 거

주 지역이라고 불렀다. 특별 거주 지역에 사는 자녀들은
블렛으로 통한다.

블렛은 9번 상점처럼 외국산 제품들을 판매하는 고급
상점에 드나들고, 최고의 학교에서 교육을 받으며 필수로
영어를 공부하고, 피아노 교습과 탁구를 과외받는다. 정
부 기관의 피서지와 차를 이용하고 해외여행을 할 수 있
다. 누이도 대부분을 누렸지만 단 한 가지는 예외다. 해외
여행은커녕 평양 밖으로 한 발자국도 벗어나지 못한다.
뿐만 아니라 엄격한 감시 대상자다. 해외에 살면서 조국
을 등질 일말의 가능성이 있는 그들 가족의 볼모다.

당의 방침이다. 해외 거주자 가족 중 한 명은 반드시 평
양에 남아야 한다. 누구도 이에 항의하거나 불만을 내비
칠 수 없다. 물론 누이에게 해외에서 살 방법이 전혀 없는
건 아니다. 박재희가 누이 대신 평양에 남으면 누이는 부
모님과 외국에 살며 외국 학교를 다닐 기회를 얻을 수 있
다. 그러면 누이의 말마따나 잠재적 외교관으로서 해외에
서 값진 경험을 하게 될 터다. 그 사실을 알면서도 박재희
는 한 번도 누이 대신 평양에 남겠다고 제안하지 못했다.

박재희는 평양보다 갖가지 색다른 경험과 문화를 즐길
수 있는 외국 생활이 더 좋았다. 어느덧 조선어보다 영어
가 더 편하다. 언젠가부터 해외 거주자들을 대상으로 2년

에 한 번씩 의무적으로 시행하는 사상 교육을 받기 위해 본국으로 귀환하는 시기가 다가오면 문득 가기 싫다는 불순한 마음이 들기도 한다. 누이가 평양에 없다면 이곳으로 돌아오고 싶은 마음이 추호도 들지 않을 것이다.

박재희의 가족이 탄 토요타가 마침내 특별 거주 지역의 게이트를 통과한다.

"오늘 봉화병원에서 검진받는 것 말고 앞으로 이삼일은 별다른 일정이 없는 거죠?"

박재희는 어머니에게 묻는다. 가능하다면 대화를 즐기는 누이의 이야기를 오래 듣고 싶다. 누이가 좋아하는 9번 상점에도 같이 가고 싶다.

"재희야, 북조선어 과외 선생님을 섭외해 놨어."

어머니가 낮은 목소리로 대꾸한다. 박재희가 어머니를 돌아보며 의아한 표정을 짓는다.

"과외 선생님이요?"

"응, 사상 교육 때 있을 질의문답을 대비해서. 작은아버지께 소개받았어. 주로 방학을 맞아 사상 교육을 하러 오는 해외 외무성 당원들의 자제들을 속성으로 가르치나 봐."

"저 혼자서도 잘할 수 있어요."

박재희가 당당하게 응대한다. 하지만 어머니의 표정은 박재희를 온전히 신뢰하지 못하는 것 같다.

박재희의 어머니 윤숙현은 아들이 자랑스럽다. 왜 그렇지 않겠는가. 타인들로부터 감탄사를 자아내는 훤칠하고 멋진 외모뿐 아니라 학업 성적도 우수하고 학교 생활도 잘해 내어 여러 분야에서 두각을 나타내는 모범생 아들이다. 모스크바에서부터 배운 바이올린도 수준급으로 연주하고 펜싱 실력도 나날이 발전해 작은 국제 경기에 나가 꾸준히 상위권 내에 든다. 무엇이든 새로운 걸 교육시키면 성취가 높아서 가르친 보람을 주는 아들이다. 심지어 따뜻한 마음의 소유자다.

그러나 최근엔 아들의 사상에 대해 은근히 걱정이 든다. 언젠가부터 나이키 같은 미국 제품을 서슴없이 사 오는가 하면, 미국 가수 프랭크 시나트라나 비틀스의 노래를 아무 때나 흥얼거린다. 한동안은 미국 작가 피츠제럴드의 『위대한 개츠비』를 너무 재밌게 읽었다고 입버릇처럼 말하기도 했다. 펜싱 장비가 든 기다란 가방 속에 「록키」, 「탑건」 같은 미국 영화 비디오테이프를 숨겨 놓는다.

미국은 배타해야 할 북조선의 적이다. 미국 물건들은 금수품이다. 적국의 불량 문화에 물드는 어린 아들이 어찌 걱정스럽지 않겠는가.

"어머니 말씀대로 해라."

아버지가 저음으로 어머니의 의견에 동조한다. 박재희

는 고집스럽게 입술을 앙다문다. 지금껏 아버지의 지시에 한 번도 말대꾸한 적이 없다. 아버지는 그가 가장 존경하는 인물이다. 지금보다 더 어린 시절 박재희가 그렇게 말할 때마다 아버지와 어머니는 그가 존경하는 인물의 첫 번째 줄이 아버지가 아니라 응당 위대하신 김일성 수령님이어야 한다고 정정해 주곤 했다. 타인이 그의 가치를 바꿀 수는 없다. 하지만 그런 논쟁은 부모님과 할 수 없다.

"네."

박재희가 대답하는데 저 멀리서 마중 나와 손을 흔드는 누이의 모습이 시야에 들어온다. 세단이 누이에게 가까워지고 있다. 단정한 우윳빛 저고리에 발목을 감싼 양말이 드러난 검은색 치마 차림이다. 단발머리 귀 옆으로 그가 예전에 이탈리아에서 보내 준 금속의 작은 파랑새가 달린 머리핀을 비스듬히 찌르고 있다. 그는 조금 전의 껄끄러운 상황을 금세 잊어버린다. 당장 차창을 내리고 누이를 향해 손을 흔든다. 7월의 환한 햇볕에 누이의 머리칼에 꽂힌 파랑새가 반짝인다.

저녁으로 오랜만에 심심하지만 담백한 만둣국을 먹고 박재희는 누이의 방에 들어간다. 누이의 책장이 책들로 빼곡하고 그중엔 그가 싱가포르에서 보내 준 영문 원서들 몇 권도 꽂혀 있다. 북조선에선 일종의 금서지만 검열 과정을 거친 후 일부는 읽는 게 허락되었다. 김일성대학교에서 영어와 독일어를 전공한다니 누이의 외국어 실력 향상에 적이 도움이 될 터여서 이따금 원서들을 소포로 보내 주었다. 가장 최근에 보낸 『안나 카레니나』를 무심히 빼 든다. 책은 원래의 두께에서 절반이 줄어 있다. 덩치 우람했던 젊은이가 삽시간에 병폐한 노인이 된 것처럼 홀쭉하고 가볍다.

책장을 들춰 보니 대부분이 잘려 나갔다. 우편으로 도착한 책이 평양공항에서 검열을 거치며 사상에 위배되는 부분들은 제거되리라는 걸 그도 이미 알고 있었다. 그러나 이 정도로 많이 잘려 나갈 줄은 미처 예상치 못했다. 그 충격을 입 밖으로 발설할 수조차 없어서 목덜미가 갑갑해져 온다.

"누나, 『안나 카레니나』는 어땠어?"

박재희는 질문을 던져 놓고 한발 늦게 후회한다. 절반의 내용이 사라진 이야기가 어땠는지 묻다니 참으로 부질없는 질문이 아닌가.

"나는 이리 겁 없는 여성은 처음 본다. 보아하니 귀족인 거 같은데……."

누이가 종알거리는데 뺨으로 홍조가 번진다. 누이가 언

급한 '겁 없음'이 어디까지인지 그는 가늠할 수 없다.

"신식 여성이지."

"그래도 외간 남자 때문에 지아비를 버릴 생각을 하다
니. 결국 그리한 건 아니겠지만. 어휴, 랭천동* 여자들이
나 할 짓이야."

"안나는 남편을 떠나. 브론스키를 진정으로 사랑해서
결국 집을 떠나지."

"정말? 어머나, 남포시장에서 공개 처형당할 일이구나."

"이건 매춘이 아니라 사랑이야. 저 시대 땐 그게 충격
적인 사건이었겠지만, 요새 외국에서 이런 여성상은 쉽게
볼 수 있어. 여성들이 달라지고 있어. 과부가 된 후에 은
장도를 가슴에 품고 자신에게 성적 매력을 느끼는 남자가
나타나면 자결하는 조선 여성들의 정조 관념은 이제 구닥
다리가 되었다고. 자신의 본능과 욕망에 더 큰 가치를 부
여하는 거야."

"여기 평양에도 낯 뜨거운 일들이 벌어진단 소문 들었
어. 모란봉, 개선청년공원, 선교영화관이나 대극장, 평양
역 앞에 가면 이런 부화**를 벌이는 사람들이 있대."

---

* 평양의 빈민가로 몸을 팔아서 생계를 유지하는 여자들이 사는 지역.
** 도덕에 어긋나는 남녀 관계.

"부화 또한 인간의 욕망이니까 소설 속에 기록되겠지."

"이런 원서들이 국제 의식을 넓히는 데 도움은 주겠지만, 나는 이런 불순한 내용들을 읽을 때마다 우리 북조선의 문학이 얼마나 대단한지를 느껴."

"선희 누나, 문학은 옳고 그름에 관해 기록하는 게 아니라 인간을 탐구하는 기록이야. 인간의 내면은 복합적이어서 단순한 흑백논리로 규정할 수 없어. 우리가 북조선에서 읽는 문학들은 우리가 지향해야 할 주체사상을, 우리의 위대한 김일성 수령님의 업적을 끝없이 상기할 뿐이지만 외국의 문학들은 달러. 우리가 숭배해야 할 높은 인물이 아니라 보이지 않고 낮은 개인을 이야기하거든."

누이가 두 눈을 휘둥그레 뜨더니 얼른 손가락을 입술에 대고 쉿 소리를 냈다.

"이 방 밖에선 절대 그런 소리 하면 안 된다. 알겠지?"

"누나는 아버지처럼 외무성 당원이 되고 싶다며. 훗날 외국인들과 만나서 외교를 해야 하는데 이런 기본적인 지식은 알고 있어야지."

"큰일 난다."

누이는 당혹감을 감추지 못하고 돌아서서 책상 쪽으로 걸어간다. 그때 박재희는 누이의 발뒤꿈치를 본다. 양쪽 뒤꿈치가 거무튀튀한 상처로 덮여 있다. 누이의 치맛자락을 훅 치우며 무릎을 굽히고 앉아서 더 가까이 본다.

"이건 왜 그래?"

"아, 이거. 스타킹을 못 신어서…… 너도 알다시피 우리 북조선 여성들이 신는 신발은 대부분 비날론으로 제작되잖아. 비날론 신발이 억세서 이렇게 돼."

"9번 상점에 가면 누나는 가죽 구두를 살 수 있잖아."

"부모님이 간혹 가죽 신발을 보내 주시고 9번 상점에서 살 수도 있지만 학교에 갈 땐 그걸 신지 않거든. 우리 대학의 학생들이 모두 가죽 구두를 신는 건 아니어서."

"그럼 스타킹을 신어야지."

"그게 어떻게 된 일인지 모르겠는데 요새 9번 상점에 가도 일제 스타킹을 구하기 어려워. 아예 진열조차 해 두지 않아. 스위스 초콜릿도 보이지 않아. 상점이 휑하게 비었어. 상점 당원이 곧 들어올 거라고 여러 번 말했는데 아직 그대로야."

"진작 말하지. 스타킹 사다 줬을 텐데."

"괜찮아. 9번 상점에 곧 들어오겠지."

"그거 알아? 외국에선 모두 가죽 구두를 신어. 인조 가죽 구두도 질이 좋아서 꼭 신분이 높지 않아도 다 신을 수 있는 게 가죽 구두야. 그리고 백화점에 가면 널리고 널린 게 스타킹이고 초콜릿이야. 누나는 이 평양에서 벗어나 국제사회가 어떤 식으로 발전하고 있는지 보고 싶지 않아?"

"목소리 죽여. 재희야, 네가 하고 있잖아. 저번에 부모님이 말씀해 주셨어. 네가 성적이 아주 우수하다고. 학교에서 각 분야에 모범을 보인다고. 장차 훌륭한 당원이 될 거라고."

"내가 원망스럽지 않아? 누나 대신 내가 평양에 남겠다고 말하면 누나도 해외 생활을 경험할 수 있는데, 그런 제안을 한 번도 하지 않은 내가 야속하지 않아?"

"어머, 얘가 무슨 소리야. 네가 이렇게 잘해 나가고 있으니 난 정말 괜찮아. 그리고 네가 나를 위해서 틈틈이 선물도 보내 주잖아."

누이가 책상 위의 영국제 색깔 펜 세트를 들어 보이며 싱긋 미소 짓는다. 박재희는 누이의 체념과 포기가 안쓰럽기만 하다. 그러자 누이의 잘못된 의식을 바꾸고 싶은 오기가 솟는다.

"선희 누나, 이탈리아 북부에 가면 트러플이란 버섯이 있어. 풍미가 어찌나 좋은지 그걸 스파게티라는 국수 가락이나 고기구이에 올려서 먹기도 하는데 맛이 아주 일품이야. 스위스와 프랑스 국경에 몽블랑이라는 산이 있는데 겨울이면 하얀 비단을 덮어 놓은 것 같아. 천국처럼 아름다워. 싱가포르에서 멀지 않은 몰디브라는 바다에 가면 평양에서 한 번도 보지 못한 맑은 녹색과 파란색이 섞인 산호바다가 펼쳐져 있어. 수심에 대한 걱정을 잊고 당장 뛰어들고픈 충동을 일으킬 만큼 청아한 색깔이야. 투명한 물속에 노란색, 초록색, 다홍색 물고기들이 헤엄치는 게 보여. 그리고."

"재희야, 그만. 난 정말 괜찮아. 언젠가 당에서 기회를 준다면 그때 그것들을 보고 느끼고 먹어 볼게. 그리고 내게는 위대한 수령님이 건국한 이 평양이 천국이야. 이보다 더 멋진 곳은 있을 수 없어."

그때 방문이 삐걱 소리를 내며 열린다. 어머니는 눈물을 흘리며 문틈에 서 있다. 손수건으로 눈물을 훔치는 어머니는 말문이 막히는지 입술만 몇 번 뻐금거리며 방 안으로 들어온다. 박재희는 어머니가 걱정스러워서 어머니에게 성큼성큼 다가간다. 어머니의 어깨를 팔로 감싸고 어머니를 내려다본다. 뺨 아래로 눈물을 주르륵 흘리던 어머니가 차마 입 밖으로 꺼낼 수 없는 말인 것처럼 간신히 입을 연다.

"우리의 위대하신 김일성 수령님이…… 위대하신 김일성 수령님이 서거하셨어."

어머니의 흐느낌이 멈추지 않는다.

그해 여름 이례적으로 군부 출신 최도광이 싱가포르로 파견을 나온다.

2017년 2월, 베이징

비상이었다. 압록강에서 헤어진 강유나와 꼬박 스물네 시간 연락이 두절되었다. 장 목사와 김동철은 임시 숙소의 공용 휴게실 가운데에 놓인 식탁에 앉아서 두 손을 모으고 있었다. 휴게실은 가스버너와 싱크대, 냉장고, 여기저기서 주워 온 의자들로 단출했다. 식탁 위에는 지난 스물네 시간 동안 한 번도 벨이 울리지 않은 장 목사의 휴대폰이 놓여 있었다. 이한수는 식탁 뒤에서 입술을 씹으며 지그재그로 걸었다. 모두들 초주검이었다. 애타는 마음으로 강유나의 소식을 기다리는 일 말고 아무것도 할 수 없었던 지난 스물네 시간이 그들에게는 지옥과 다름 없었다.

"제가 그곳을 먼저 떠나는 게 아니었어요."

이한수가 자책하며 두 손바닥으로 얼굴을 문질렀다.

"이 기자, 그때는 그게 옳은 결정이었어요."

장 목사가 나지막한 목소리로 대꾸했다.

"나침반도 제가 들고 왔는데. 저희가 그쪽으로 돌아가

야 하지 않을까요? 숲에서 길을 잃은 건 아닐까요?"

"기다려 봐요. 그 숲은 유나에게 손바닥 같은 지역이에
요. 적어도 방향감각을 잃어 그곳에서 길을 헤매진 않을
거예요. 다른 변수가 생긴 게 아니고서야……."

장 목사가 말했다.

이한수는 갑갑한 심정에 사로잡혀 공용 휴게실을 나갔
다. 그녀의 방으로 건너갔다. 단조롭기 짝이 없는 소지품
들이 시야에 들어왔다. 의자 등받이에 걸쳐 둔 파란 줄무
늬 타월, 한겨울에 손난로용으로 쓰는 핫 젤리 팩, 여배우
강소라 광고 사진이 붙은 먹다 만 과자 봉지와 바나나우
유 갑, 녹슨 철제 침대 위에 구겨진 채 덮인 옅은 브라운
의 체크무늬 베개와 이불, 누수로 얼룩진 누런 벽 한가운
데에 스카치테이프로 엉성하게 붙인 아버지 사진, 에스키
모처럼 털이 북슬북슬한 모자를 뒤집어쓰고 콧잔등이 루
돌프처럼 벌겋게 얼어붙은 초로의 남자.

이한수는 이 남자를 실제로 만난 적이 없었다. 사진으
로 본 게 전부다. 그러나 지금은 생면부지의 남자에게 부
탁하고 싶었다. 언젠가 그녀가 말했다. 물리적으로 함께
있는 건 아니지만 아버지가, 그녀 나이 열일곱 살 때 먼
이국땅에서 선교 활동을 하다 실종된 아버지의 영혼이 항
상 그녀를 지켜 준다고.

그 말을 들었을 때 이한수는 속으로 비웃었다. 타인의 영혼이 누군가를 지켜 줄 수 있다는 말은 너무나 이상적이었다. 좀체 와닿지 않았다. 그가 경험해 본 적 없는 것이었다. 어차피 세상은 혼자 사는 것 아닌가. 누가 누굴 지켜 준단 말인가. 그러나 지금은 그 말을 믿고 싶었다.

이제 그녀에게 진실을 말해야 했다. 돌아오기만 한다면 고백하리라. 그녀는 이한수가 베이징에 온 목적을 몰랐다. 정확히는 이한수가 강유나에게 접근하기 위해서 꾸며 낸 이유만 알았다. 애초부터 진짜 목적을 말할 계획은 없었다. 하지만 마음에 그 나쁜 변화가 일어났다. 강유나가 아이를 구출하기 위해 국경의 언 강으로 뛰어나간 그날, 일평생 불신과 냉소로 얼어 있던 그의 마음속 빙판을 그녀가 장악해 버렸다. 이변이었다.

누군가를 사랑한다면, 미래 지향적인 관계를 꿈꾼다면 진실을 말하는 게 옳으리라. 그 자신도 믿을 수 없지만 이한수는 강유나를 사랑했다. 강유나를 사랑한다고 믿게 되자 강유나가 누구인지 궁금했다. 과거와 현재와 미래, 강유나가 속했고 속하고 속하게 될 그 모든 시간들이.

강유나, 당신 누구야? 당신에게 무슨 일이 있었던 거야? 왜 당신은 타지를 떠돌며 위험한 일을 자처하는 거야? 당신은 왜 이 세계에 속한 사람들이 선망하는 삶의 반대로 가는 거야? 이유가 뭐야? 무슨 여자가 이렇게 겁 대가리가 없어?

그때 기적처럼 공용 휴게실에서 전화벨이 울렸다.

1994년 7월, 싱가포르

사계절이 내리 여름인 싱가포르에는 다른 계절의 무더위를 압도하는 지독한 여름이 찾아온다. 7월에 접어들자 적도의 작은 나라가 영상 36도의 무더위로 이글거린다. 그 무렵 강유나의 감정은 극단적인 두 갈래를 오간다. 극도로 뜨거워지는 분노와 무엇도 감각되지 않는 아주 차가운 감정. 그 사이의 무수한 다른 감정의 결들은 마치 이 세계에서 휘발된 것만 같다.

화염처럼 뜨겁고 어두운 감정에 도달하면 화가 솟구친다. 눈에 보이는 십자가는 죄다 망치질로 부서트려 내다 버렸고, 오보에를 꺼낼라치면 울화가 치밀어서 그것을 작대기처럼 휘두르며 거울과 집기들을 부수고, 책을 집어 던지고, 옷장 속의 옷들을 끄집어내어 가위로 다 조각내 버렸다. 역으로 차가운 감정에 이르면 오차드 시내가 내다보이는 방 창문에서 뛰어내리고 싶은 충동이 수시로 치민다. 고풍스러운 오차드 레지던스를 바라보는 그녀의 방은 8층이다. 그대로 추락하면 이 비참한 생은 끝날 거다. 하지만 그러지 못해서 밤새 잠을 이루지 못한다. 걸핏하면 음식을 먹지 않고, 언니의 성화에 못 이겨 몇 술 떠먹어도 토하기 일쑤다. 몸뚱어리는 걷잡을 수 없이 말라 가고, 얼굴에 핏기가 사라지고, 머릿속에 매캐한 연기가 그득 찬 듯 강렬한 두통이 멈추지 않는다.

죽고만 싶다.

하루는 병원에서 처방받은 한 달 치의 수면제를 모아 두었다. 한꺼번에 목구멍 속으로 털어 넣고 자살을 기도한다. 언니에게 발견되어 응급실에 실려 가 위세척을 받고 살아난 게 고통스럽다. 죽었어야 해. 죽었어야 해. 살아서 뭐 해.

울어서 눈두덩이 퉁퉁 부은 언니가 사정한다.

"제발 유나야, 제발, 이런 끔찍한 짓은 벌이지 마. 제발."

비로소 평정을 되찾고 있다. 더 이상 십자가 앞에서 울지 않고, 태어나서 매주 일요일이면 한 번도 거르지 않았던 교회에도 더 이상 가지 않는다. 영어가 서툰 언니와 대화할 때를 제외하곤 모국어를 쓰지 않는다. 비록 어설프고 토막 난 언어지만 영어로 소통하는 게 편하다. 오보에를 연주하지 않을 뿐 아니라 오보에는 더 이상 꺼내 보지도 않는다.

모국어와 오보에와 십자가, 이 세 가지는 저 밑으로, 밑보다 더 밑으로, 끝 간 데 없는 밑으로 그녀를 끌어당겨서 간신히 억누른 화염 속에 빠트리는 증폭제다.

무엇보다 모국어는 그녀에게 잔인한 언어다. 그녀의 심장에 상처를 낸 날카로운 흉기. 한국어는 아버지를 살인자로 몰았으며, 그녀의 가족을 모욕했고, 그녀가 나고 자란 고향에서 그녀와 언니를 쫓아내는 데 적극적으로 활용된 언어다.

그녀는 영국문화원에서 배우는 영어만 사용한다. 어차피 그녀가 소통해야 할 사람들은 담임과 같은 수업을 듣는 베트남이나 캄보디아 같은 동남아시아의 비영어권 나라들, 인도, 스칸디나비아 출신 외국 학생들과 우 비서와 가정부다.

영어 공부에 매진한다. 오전 9시부터 오후 2시까지 영어 고급반 수업을 듣는다. 영국문화원 카페에서 터키 샌드위치로 간단히 점심을 먹고 2시 30분부터 5시까지는 내리 펭귄리더스에서 출간한 고전소설 원서들을 읽거나 영어 회화를 청취한다. 5시부터 9시까지는 IELTS 시험반 수업을 듣는다. 마지막 IELTS 시험에서 5.8을 받았다. 0.2점만 올리면 싱가포르 내 대학에 들어갈 수 있는 점수다.

오후 2시에 영어 고급반 수업을 마치고 교실을 나간다.
청반바지에 홀렁한 흰색 티셔츠를 입고 점심을 먹으러 계
단을 내려가고 있다. 고불거리는 붉은 머리카락에 주근깨
투성인 남자 선생이 계단 위에서 이름을 부른다.

"유나, 유나!"

그녀가 돌아본다.

"유나, 맞지? 강유진 여동생."

"네."

"네 언니 유진이는 어디 있지?"

"언니요? 수업에 가지 않았나요?"

선생님이 고개를 젓는다. 그녀와 언니는 다른 교실에서
수업을 받는다. 지난 3월 말 함께 영국문화원에 등록했지
만 언니는 중급반 마지막 시험에서 떨어져 아직 고급반으
로 올라오지 못했다. 하지만 아침에 우 비서가 차로 영국
문화원까지 데려다주었을 때 분명히 언니와 나란히 차에
서 내렸는데.

"유진이가 두 주째 수업에 나오지 않고 있어."

"아침에 저와 같이 왔는데요."

"미스터 우가 보호자로 되어 있는데 오늘 미스터 우한
테 연락을 하려고."

"잠깐만요!"

언니는 매일 아침 영국문화원에 도착하면 카페에 들러서 간식을 사 가겠다며 먼저 교실로 올라가라고 했다.

"제가 언니와 먼저 얘기해 볼게요. 하루만 시간을 주세요."

강유나는 계단을 뛰어 내려간다. 언니의 담임이 우 비서에게 전화하면 지금의 상황이 김 회장에게 보고될 것이다.

로비로 달려가서 현관 위에 달린 벽시계를 본다. 최근에 본 언니는 예전의 언니가 아니었다. 서울에서도 공부에는 취미가 없었고 죽은 엄마의 유품들을 꺼내 치장을 하거나 남자 친구와 통화하거나 쏘다니는 걸 즐겼지만 요새는 다른 종류의 생활을 하는 눈치다. 걸핏하면 자정이 넘도록 집에 들어오지 않았고, 그럴 때마다 술에 취해 돌아오는 날이 빈번했다.

한번은 새벽 3시쯤 전화벨이 울렸다. 언니를 기다리며 영어 공부를 하던 강유나는 재빨리 거실로 뛰어나가 전화를 받았다. 언니가 혀 꼬부라지는 발음으로 택시비가 없어서 집에 못 온다고 말하다가 갑자기 울었다.

언니를 찾아야 해. 김 회장의 귀에 들어가기 전에 언니를 찾아서 설득해야 해. 싱가포르에 온 후 딱 한 번 일면식을 가진 후원자 김 회장은 결코 호락호락한 사람이 아니다. 그런데 어디서 언니를 찾는단 말인가!

일단 영국문화원을 나가서 도로 가에 선다. 지나가는 택시를 향해 손을 흔들지만 어쩐 일인지 택시들이 그녀 앞에 서지 않는다. 탑승 가능 표시인 초록색 등을 켠 빈 택시조차 멈추지 않는다.

"택시를 잡으려면 길 건너편 병원 앞 택시 승강장으로 가야 해. 여기선 승강장이 아니면 택시가 서지 않아."

등 뒤에서 누군가 영어로 말하는 소리를 듣고 돌아본다. 키가 큰 또래의 동양 남자아이. 영국문화원 스티커가 붙은 원서 몇 권을 들고 서 있다. 고급스러운 옷차림에 값 비싼 나이키 에어조던을 신고, 부자들이나 차는 명품 시계를 손목에 찼다. 얼핏 보니 서울에서 언니가 만났던 빨간 스포츠카 주인과 차림새가 비슷하다. 그녀는 길을 건너려고 육교 쪽을 향해 달려가다가 멈춘다. 다시 남자아이 쪽으로 방향을 틀고 걸어간다.

"너 오렌지족이지?"

그녀가 영어로 묻자 남자아이는 무슨 뜻인지 이해하지 못하고 멀뚱한 표정으로 쳐다본다.

"너 혹시 오렌지들이 어디에 가는지 알아?"

"……알지."

"그럼 어딘지 가르쳐 줘."

강유나는 남자아이를 따라 영국문화원에서 10미터 떨

어진 탕린몰 지하로 간다. 그들이 도착한 곳은 슈퍼마켓 입구고, 주먹보다 큰 주홍색 만다린 오렌지들이 마대 위에 수북이 쌓여 있다.

"너 바보야?"

강유나가 쏘아붙인다. 기가 막혀서 더 말이 나오지 않는다. 누가 진짜 오렌지를 보여 달라고 했나. 시간 낭비였다. 빨리 언니를 찾아야 한다. 그들의 친부라고 주장하는 김 회장은 공부를 열심히 하지 않거나 싱가포르에서 문제를 일으키면 서울에서 입고 온 누더기 같은 점퍼만 챙겨 당장 이곳을 떠나야 할 거라고 으름장을 놓았었다. 여기를 떠나는 건 문제가 아니다. 더 큰 문제는 마땅히 돌아갈 곳도, 가고 싶은 곳도 없다. 한국으로는 더더욱 돌아가고 싶지 않다. 무엇보다 언니와 헤어지는 것을 원치 않는다. 강유나는 오만상을 찌푸리고 슈퍼마켓을 빠져나간다.

UWCSEA의 입학 허가를 받은 건 그날 저녁이다.

1994년 8월, 싱가포르

새 학기가 시작되었지만 살인적인 무더위는 여전히 기

승을 부린다. 싱가포르 서쪽 도버 로드에 위치한 학교에 뜨거운 태양이 비친다. UWCSEA는 평화와 다양성을 주된 교육 가치로 내세운 비영리 국제 학교다. 캠퍼스에 건물 네 개 동과 푸른 잔디가 깔린 커다란 정원 세 개, 각종 예술 및 스포츠 시설들이 있다. 정문 옆에 수영과 수구와 카약 연습을 할 수 있는 50미터 수영장이 있고, 그 옆에 테니스장 네 개, 테니스장을 따라서 건물 뒤쪽으로 실내 농구장과 배구장, 붉은 트랙이 둘러진 운동장이 있다. 수영장 가장자리를 따라 계단을 올라가면 초등과 중등 교육 시설을 비롯해 극장과 강당이 있는 두 건물이 마주 보고 있다. 드라마 센터가 자리한 그 건물 사이의 정원 끝으로 행정 시설과 카페가 있는 건물이 서 있다. 지난해 학생 대기자 수가 속수무책으로 늘어나서 신축한 도서관 건물 벽에는 이 학교의 상징이 된 남아프리카공화국 분교 교장을 역임한 만델라 넬슨의 초상화가 그려져 있다. 그 건물 너머 고등학교 건물에 과학실, 미술실, 오케스트라 시설이 있고, 건물 사이로 야외 식당 두 곳이 차양 아래 50미터 간격을 두고 자리해 있다. 학교 규모가 워낙 크고 여러 시설이 각기 다른 건물에 배치돼 처음 입학한 학생은 학교 지도를 보고도 길을 잃기 마련이다.

미국인이나 영국인, 프랑스인처럼 자국민을 우선으로

받는 타 국제 학교와 비교했을 때 교육 가치에 맞추어 다양한 국적의 학생들이 이 학교에 재학 중이다. 특정한 국가나 종교에 종속되지 않기도 하거니와 명문 대학 진학률 또한 높아서 싱가포르 주변국의 왕족 자녀들을 비롯해 북유럽의 선박왕 자녀, 인도의 귀족 가문 자녀들이 다닌다. 한편 아프리카나 캄보디아 지역에서 학교 측 장학금을 받고 입학하기도 하며, 3년 전에는 북한 고위 관료 자녀가 입학했다. 박재희는 이 학교에 입학한 최초의 북한 학생이다.

이제 고등학교에 진학하여 파란색 셔츠를 입게 된 박재희는 싱가포르 주재 북한 대사의 아들이다. 하지만 친구들에겐 아버지가 무역업에 종사한다고 말해 왔다. 그렇게 말하라고 교육을 받기도 했지만, 외교관들은 해외에서 사업을 벌여 자체로 운영비를 조달하기 때문에 아주 거짓말은 아니다.

파란색 반팔 폴로셔츠에 회색 반바지를 입고 책가방과 바이올린 가방을 멘 박재희가 교내 정원에 들어선다. 지나가는 여학생들이 흠모의 눈길로 박재희를 흘긋거린다.

그는 키가 큰 편이다. 싱가포르나 북조선의 또래 남자 평균보다 15센티미터가 큰 186센티미터. 적도의 태양에 노출되어 피부는 구릿빛이고 탈색된 머리카락은 갈색이다. 이목구비가 시원시원하고 또렷해서 잘생긴 얼굴이다.

외모뿐 아니라 다방면에서 두각을 나타내는 학생이다. 특히 수학을 잘해서 학교 대표로 각종 국제수학경시대회에 참가하여 수상을 해 왔고, 영어와 역사 과목 점수도 항상 상위권이며, 영어 수준에 따라 결정되는 반은 모국어 반이다. 그는 싱가포르에 오기 전 몇 년 동안 이탈리아 북부에서 살았고, 그 전에는 몇 해 동안 러시아 모스크바에서 살았다. 어린 시절부터 고전소설에 심취했다. 교내 오케스트라에서 바이올린 연주자였고, 운동으로는 수영부와 펜싱부였으며, 중국어도 상급반에 속했다. 같은 오케스트라 소속이자 펜싱부 단원인 중국인 치형과 이탈리아인 로베르토와 어울려 다닌다. 농담을 잘하여 항상 친구들을 웃긴다. 교내에서 그는 여학생들의 눈길을 사로잡는다. 그는 언제나 자신감 넘쳤으며, 밝고 유쾌한 성격의 소유자다.

먼발치에서 박재희를 발견한 메이가 달려와 어물쩍 팔짱을 낀다.

"제이, 나 한국어 배우기 시작했어."

메이가 조잘거리면서 재희를 향해 한국어 교습 교재를 좌우로 흔들며 미소 짓는다.

"그래."

박재희가 무심히 대꾸한다.

"주말에 오케스트라 연습 마치고 애들 몇 명과 요트 파티 할 건데, 올 거지?"

"아니, 난 선약이 있어."

"무슨 약속?"

"그걸 왜 너한테 얘기해야 하지?"

박재희가 다소 냉랭한 눈빛으로 묻는다.

"우린……."

"우린, 네가 부탁했던 대로 중학교 졸업 댄스파티에 커플로 참석했지. 그 후론 아무 사이도 아니었고. 알지?"

박재희가 친절한 목소리로 대꾸했음에도 메이는 당혹감을 감추지 못하고 얼굴을 붉힌다. 메이는 교내에서 인기가 많은 여학생이다. 아버지는 싱가포르로 이주한, 국제적으로 영향력을 가진 중국계 사업가고, 어머니는 러시아인 피아니스트였다. 메이는 다섯 살 때부터 사교 파티가 열리면 중국식의 붉은색과 서양식의 검은색 드레스를 입고 참석했다.

키가 크고 골격이 굵고 튼튼한 편이다. 커다란 눈동자와 어깨까지 내려오는 머리카락 색깔은 노란빛을 띠는 연갈색이다. 이마가 훤하고 턱이 갸름해서 가는 코가 더 날카로워 보인다. 메이는 남학생들의 시선을 독차지하는 여학생답게 자신의 가치를 안다. 목소리가 항시 높고, 자기가 원하는 것이라면 굳이 논리를 들지 않고도 당당하게 주장하는 법을 안다. 하고 싶은 말과 행동을 하는 데 일말의 주저가 없다. 그런데 박재희 앞에서는 다르다. 지난 2년 동안 숱한 남학생들의 데이트 신청을 죄다 거절해 왔다. 오직 박재희와 커플이 되길 고대했지만 잘 넘어오지 않자 최근엔 특유의 승부욕에 불타오르고 있다.

"내년 여름방학에도 평양에 갈 거야?"

메이가 새침하게 말끝을 올리며 묻는다.

"응."

"이번 여름에 우리 아버지가 너희 나라 리더에게 초대를 받았어. 아버지가 내년엔 어머니와 나도 데려간다고 했어. 그럼 거기서 너도 볼 수 있는 건가?"

"누구에게?"

"말했잖아, 북한의 미스터 김에게 초대받았다고."

박재희는 움찔한다. 몇 해 전 방학을 맞아 사상 교육을 받으러 평양으로 돌아갔던 기간에 박재희의 가족은 고 김일성 최고위원의 초대를 받았다. 함흥 외곽으로 평양에서 십오 분 거리의 언덕 위에 지어진 별장이었는데 전통 가옥 형식의 그 건물은 숲속 깊숙한 곳에 감추어지듯 자리 잡고 있었다. 계단 입구부터 타이페이의 그랜드 호텔에서 보았던 훌륭하고 멋진 계단이 베란다까지 이어졌다. 왼쪽에는 만찬장과 커다란 로비가 샹들리에와 목재 창틀로 장식돼 있었다. 위층 복도 반대편으로 그랜드피아노가 놓여 있었다. 웅장한 응접실 창문 밖으로는 인공 호수와 선착장과 보트가 시야에 들어왔다. 테니스장도 있었다. 추방된 캄보디아의 지도자 시아누크를 위해 지어져 곳곳에 시아누크와 김일성이 함께 찍은 사진 몇 장이 비치되었다. 몇 년 전 미국 국회의원인 스티븐 솔라즈가 평양을 방문했을 때도 그곳으로 초대받았다.

박재희는 별장에서 오전 내내 누이에게 테니스 기본 동작을 가르쳐 주었다. 그리고 그날 점심 김일성 최고위원과 그 아들인 김정일을 만났다. 아버지를 제외한 나머지 가족들은 그들과 눈도 제대로 맞추지 못했다. 그러나 메이가 말하는 미스터 김이란 김일성의 아들인 김정일 최고위원을 가리킨다. 올해 북조선의 지도자가 바뀌었다.

박재희는 어떤 식으로 반응해야 할지 몰라서 난감하다. 그때 로베르토와 치형이 박재희 앞으로 다가온다. 박재희는 핑계 삼아 메이를 은근히 밀어내며 친구들에게 섞여서 멀어진다.

이마에 맺힌 땀을 닦거나 손부채질을 하며 친구들과 여름방학 동안 무얼 하며 지냈는지 이야기를 나눈다. 로베르토가 요트를 타고 나폴레옹 유배지였던 엘바섬에서 사르데냐섬으로 항해하며 세일링과 스쿠버다이빙을 즐겼다고 하자, 치형이 잘츠부르크의 여름 음악 축제에 들렀다가 그리스 별장으로 가서 지낸 이야기를 들려준다. 친구들이 박재희에게 묻는다. 네 여름방학은 어땠어? 박재희는 평양으로 돌아갔었고, 오랜만에 누나와 시간을 보냈다고 말한다. 평양에 가야 하는 이유가 2년마다 한 번씩 의무적으로 받아야 하는 사상 교육 때문이라거나, 누이가 평양에서 벗어나는 게 금지돼 있어서 누이를 보려면 가야만 한다는 사실은 굳이 밝히지 않는다.

저 멀리 삼삼오오 무리 지은 학생들 틈에서 종이 한 장을 들고 두리번거리는 여학생이 도드라진다. 로베르토가 새로운 얼굴을 보자 호기심 어린 얼굴로 휙 휘파람을 분다. 새로운 얼굴의 여학생은 동북아시아계다. 전학생인데 기시감이 드는 얼굴이다.

박재희와 친구들이 지나가자 여학생이 어설픈 영어 발음으로 종이에 표시된 교실이 어디에 있는지 묻는다.

박재희는 여학생이 들고 있는 책등에 적힌 제목을 일별한다. 로베르토가 친절하게 교실 위치를 알려 준다. 여학생은 로베르토의 영어 발음을 알아듣지 못하고 다시 한 번 설명해 달라고 부탁한다. 다시 설명을 들으며 고개를

끄덕이고 그의 손가락이 가리키는 곳으로 주춤주춤 걸어
간다.

"저 형편없는 영어 실력으로 아이비 프로그램을 이수
할 수 있을까."

"영어를 세컨드 랭귀지로 선택하겠지, 뭐."

"근데 쟤 발음이 한국인 같지 않아? 재희, 네 생각은 어
때?"

치형과 로베르토가 새로운 전학생에 관해 떠드는 동안
박재희는 여학생이 교실을 잘 찾아가는지 지켜본다.

"응?"

"저 여자애 한국인 같다고. 담임 이름 월을 발음하지
못하잖아. W 발음이 후져."

친구들이 월, 월, 이상한 발음으로 흉내 내며 키들거린
다. 그도 어릴 적에 W 발음을 교정하느라 애를 먹었다.
늑대의 울프, 상처의 운, 나무의 우드를 한국어 표기법 우
로 발음하면 친구들이 비웃었더랬다. 지금은 원어민들만
큼 영어를 하고 반 배정도 상급반인 모국어 반에 속하지
만, 그에게도 원어민들이 발음하는 W와 자신이 발음하는
W의 차이를 이해하지 못하던 시절이 있었다.

여학생이 들고 있던 『위대한 개츠비』. 그가 좋아하
는 소설이다. 책등 하단에 노란 영국문화원 스티커가 붙

어 있었다. 얼마 전 영국문화원 앞에서 만났던 그 여학
생…… 오렌지 마대 앞에서 박재희에게 바보냐 질타하고
사라져 버렸던.

2017년 2월, 베이징 외곽

강유나는 다섯 명의 남자아이들을 데리고 골목 초입에
이르렀다. 중국과 북한 국경 인근의 각기 다른 지역에서
찾은 아이들이었다. 노예시장에서 장기 매매 범죄단에게
팔려 갈 뻔했던 이경환, 시장 쓰레기통을 뒤지던 홍두봉
과 홍두식 형제, 몽골 고비사막에서 찾은 공재필, 마지막
으로 압록강에서 구출한 유종호였다. 아이들은 건강 상태
가 양호하지 않았지만 응급치료를 받고 차츰 기력을 회복
해 가는 중이었다.

모퉁이를 돌아서자 저 멀리 골목 끝으로 그들이 임시
숙소로 이용하는 폐가 앞에 세 남자가 마중 나와 있었다.
머리가 하얗게 센 장 목사와 서울에서 취재를 나온 이한
수 기자와 그 친구인 김동철이었다.

지난해 11월, 강유나는 《선데이 K》에서 취재 의뢰가
왔다는 이야기를 듣고 장 목사와 한차례 말싸움을 벌였

다. 그녀는 몇 번의 경험을 통해서 탈북한 아이들을 대상으로 하는 취재가 장단점을 동반한다는 사실을 깨달았다. 단박에 거절했고, 장 목사는 코코넛의 재정 상태를 지적하며 그녀를 설득하고 나섰다. 매달 기부금을 보내 오는 소수의 고정 후원자가 있었는데 그중 가장 많은 기부금을 내는 후원자가 석 달 전부터 후원을 중단했고, 재정 상태는 악화되고 있었다.

또한 고정 후원금만으론 한계가 있었다. 취재 요청에 응하면 이득이 있긴 했다. 방송이나 신문에 아이들의 이야기가 나가면 기부금이 들어왔다. 신혼여행 비용을 선뜻 기부하기로 결정한 젊은 청각장애인 신혼부부, 취직을 하지 못해서 비정규직 파트타임 일거리를 전전하면서 모은 돈을 자신보다 더 열악한 환경에 처한 아이들에게 쓰길 바랐던 가난한 청년, 다섯 번의 유산 끝에 얻은 금쪽같은 자식의 돌잔치 비용을 제 자식처럼 평온한 일상을 누릴 수 없는 아이들에게 쓰고 싶다고 했던 중년 부부, 대부분 삶에서 불공평하고 부당한 어려움을 겪은 사람들이었다. 그 기부금으로 아이들은 더 나은 음식을 먹거나 의료 혜택을 받았다. 소수 탈북 아이들을 한국으로 입국시키는 데 들어가는 비용도 절충할 수 있었다.

그러나 그녀는 언론을 신뢰하지 않았고 기자들을 혐오

했다. 자극적인 장면이나 상황을 카메라나 기사에 담기 위해 탈북 과정에서 심한 트라우마가 생긴 아이들의 상태를 조금도 배려하지 않는 쓰레기 같은 기자들도 더러 있었다. 한번은 탈북 과정에서 제 언니의 죽음을 목도한 열두 살 여자아이 한 명이 자다가 일어나서 게거품을 물고 경기를 일으키는데 기자들이 그 장면을 카메라에 담고 있었다. 강유나가 그만두라고 소리쳤지만 아랑곳하지 않고 촬영을 강행했다. 그녀는 물주전자를 집어 던졌다. 물벼락을 맞은 고가의 카메라가 고장이 났고, 당시 취재 중이던 기자는 변상을 요구하며 취재를 접고 돌아갔다.

"저기 빚쟁이들이 나와 있네."

강유나가 아이들에게 말했다.

"저 남정네들이 유나 누님에게 빚이 있는 겁니까?"

이경환이 물었다.

"응."

"말 안 듣고 꽁무니 빼려거든 노예시장에 확 팔아 버리십시오. 경환이 형한테 들었는데 거기서 사람을 팔면 돈을 준답니다."

아이들 중 나이가 가장 어린 아홉 살 홍두봉이 비장한 표정으로 재잘거렸다.

"셋이면 꽤 받을 겁니다."

홍두봉의 형인 홍두식이 진지하게 말을 이었다. 강유나는 홍두봉의 까까머리를 손바닥으로 쓰다듬으며 미소 지었다.

"도대체 얼마나 빚을 진 겁니까."

목발을 집고 절뚝거리는 공재필이 물었다. 강유나는 장난기 어린 표정으로 액수를 가늠하듯 진갈색 눈동자를 굴렸다. 머릿속에 1994년의 봄이 떠올랐다. 가판대에 꽂힌 신문들의 헤드라인이 하나하나 지나갔다. 블라디보스토크 살인 사건, 블라디보스토크 선교사 암살, 블라디보스토크 선교사 강철수 살인 사건, 천사의 가면을 쓴 악마 선교사 강철수. 그 기사들로 인해 그녀와 언니는 태어나고 자란 동네에서, 아버지와의 추억이 가득한 그 집에서 낡은 트렁크 하나만 끌고 도망치듯 떠나야 했다.

"한두 푼이 아니야. 내가 죽을 때까지 할부로 갚아도 다 못 갚아."

그녀의 말에 아이들이 놀란 듯 입과 눈을 크게 벌렸다.

"누님, 저놈들이 빚을 갚지 않으면 저한테 말씀만 하십시오. 제가 달리는 트럭에서 뛰어내려 살아난 공재필이 아닙니까. 제가 손 좀 봐 드리겠습니다. 그냥 야밤에 쥐도 새도 모르게 확."

공재필이 험상궂은 얼굴로 목발을 들어 올리더니 허공

을 그었다. 아이들이 귀여워서 웃으며 돌아보던 강유나의
시선이 내내 침묵하는 유종호에 머물렀다. 여전히 유종호
의 눈은 텅 비어 있었다.

"6대 3이라……."

강유나가 혼잣말로 중얼거렸다.

"자, 슬슬 밀린 빚이나 좀 받아 볼까."

그녀는 조폭처럼 고개를 한 바퀴 돌리고 어깨를 푸는
시늉을 했다.

"누님, 쪽수론 저희가 절대 밀리지 않습니다."

막내 홍두봉이 손목을 꺾으며 말했다. 강유나는 골목
대장처럼 으스대는 자세로 어깨를 펴고 좌골에 두 주먹을
올렸다.

"자, 두봉이는 아직 어리고 재필이는 깁스를 했으니까
저 안경 쓴 약골을 맡아. 저 뚱보 보이지. 힘깨나 쓰게 생
겼으니 두식이와 경환이가 맡아. 그리고 종호는 아직 감
기로 체력이 완전히 회복되지 않았으니까 이 누이와 저기
저 백발 노인 장 목사를 맡는다."

"저 할아버지 목사님도 저들과 한 패입니까."

막내 홍두봉이 의아한 듯 물었다.

"목사님은 하느님과 한 패야."

아이들이 무슨 소린지 알아듣지 못하고 어리둥절해했

다. 그녀는 장난꾸러기 표정으로 아이들에게 한 눈을 찡긋했다.

"우리 편은 아니란 뜻이야."

2017년 2월, 베이징

골목 초입을 걸어오는 강유나와 아이들을 찍던 김동철이 렌즈를 이한수 쪽으로 옮겼다. 찰칵찰칵, 찰칵찰칵. 셔터 소리가 이한수를 향했다. 동철은 주위를 돌아보며 연거푸 "물주전자 없지?"라고 주눅 든 목소리로 웅얼거렸다. 다른 때였으면 자신에게 댄 사진기를 치우라고 불평했을 텐데 이한수는 그러지 않았다. 그녀가 돌아오는 골목이 마치 블랙홀처럼 그의 시선을 빨아들였고, 그를 둘러싼 다른 소리나 움직임들은 아무것도 감각되지 않는 황홀한 순간이었다.

그녀가 아이들을 데리고 걸어오는 그 골목으로 눈부신 아침 해가 내리쬐었다. 목에 두른 목도리와 포니테일로 묶은 머리에서 비어져 나온 진갈색 잔머리들이 바람에 나풀거렸다. 끝자락이 해져서 실밥이 흘러내린 물 빠진 청바지와 구멍과 얼룩으로 더러워진 운동화. 가느다란 팔목

을 깃발처럼 흔들어 대는 그녀의 맑은 눈동자가 마침내
그를 향해 다가오고 있었다. 그녀가 가까워지자 아까부터
두근거리던 심장이 포박된 짐승의 몸부림처럼 요동쳤다.

강유나와 다섯 명의 남자아이들이 폐가 앞에 도착했다.
이한수와 김동철이 인사를 하려는데 어쩐 일인지 아이들
이 인사를 거절했다. 불쾌한 표정을 지으며 강유나의 꽁무
니를 따라서 쌩하니 폐가 안으로 들어가 버렸다. 머쓱해진
이한수와 김동철은 어깨를 으쓱하며 그들을 뒤따랐다.

그들은 모두 공용 휴게실로 직행했다. 휴게실에는 그들
을 위해 준비한 불고기덮밥이 일회용 그릇에 담겨 있었다.

"유나 씨 우리가 얼마나 걱정했는지 알아요? 제가 한수
이 새끼, 한마디 해 줬어요. 아무리 유나 씨가 먼저 가랬
대도 그렇지, 사내놈이."

김동철이 기쁨 반 안도 반으로 호들갑스럽게 말했다.

"그래야 했어요."

강유나가 말허리를 자르고 단호하게 대꾸했다. 그러곤
이한수를 아래위로 쭉 훑어보더니 말을 이었다.

"100미터를 이십 초에나 뛸까. 같이 이동했으면 거추장
스러웠을 거예요."

김동철이 두툼한 뱃살을 북처럼 두들기며 킥킥 웃었다.

"무사히 돌아와서 다행이에요."

이한수가 강유나를 의미심장한 눈빛으로 바라보며 말했다.

"그런데 저 아이들이 왜 저렇게 우리에게 싸늘한 거죠? 이거, 이거, 초장 기싸움인가?"

김동철이 식탁에 앉아서 밥을 먹는 데 정신이 팔린 아이들을 흘긋거리며 말했다.

"초면이니까 낯설어서 그렇겠죠, 뭐."

강유나가 능청스럽게 시치미를 뗐다. 아이들은 한편이 되어 완벽하게 임무를 수행하고 있었다.

"그래도 여태 봐 왔던 애들과 좀 다른데……."

장 목사가 이상한 듯 백발을 기웃거리며 말을 이었다.

"다르죠? 명랑하고 거침없어요. 독수리 5형제처럼!"

이한수는 그녀를 다시 보게 된 사실이 기쁘기만 했다. 당장은 더 바랄 게 없었다. 강유나는 물 한 잔을 마시더니 옷을 갈아입어야겠다며 제 방으로 들어갔다.

잠시 후 이한수는 가방에서 나침반을 꺼내 들고 그녀의 방문 앞에 섰다. 노크를 하기 전 그는 한 번 더 생각했다. 가슴이 뭉클하고 코끝이 찡했다. 통제 밖으로 벗어난 이 감정이 언제부터 시작되었는지는 알 수 없었다. 정확한 시점은 중요하지 않았다. 서울에서 강유나와 관련된 영상 자료들을 보았을 때, 발작을 일으킨 아이를 찍는 카메라를 향해 물주전자를 집어 던지며 당장 치우라고 소리 쳤던 사나운 그녀, 적군인지 아군인지 피차 모르는데 악수는 생략하자며 그가 내민 손을 지나쳐 갔던 매몰찬 그녀, 고비사막에서 탈출한 아이를 구출하기 위해 지프를 몰고 북한군 트럭과 정면으로 내달리던 대담한 그녀, 게르에서 눈을 뜬 후 그가 이런 일이 무섭지 않느냐고 묻자 여명이 번지는 광활한 초원을 바라보며 아버지의 영혼이 자신이 사는 가능성 제로의 세계를 지켜 준다고 말했던 확신에 찬 그녀, 북한 국경 수비대의 총구들이 겨눠진 언 강 위로 거침없이 나아간 용감한 그녀. 그가 살면서 한 번도 보지 못했던 부류의 여자였다.

강유나를 보면 이한수는 자꾸만 다른 삶을 상상하고 꿈꿨다. 고급 승용차에서 내리며 각별한 대우를 받지 않아도 될 것 같았고, 유명인과 친하다는 사실을 과시하시 않아도 될 것 같았고, 부당하게 잃은 자리를 되찾고자 전전긍긍하지 않아도 될 것 같았고, 무엇보다 돈을 좇아서 살지 않아도 될 것 같았다. 그녀의 가능성 제로의 세계 안에서라면 자신이 경험해 보지 않은 미지의 세계 어딘가를 헤매는 자신을 만날 수 있을 것 같았다.

결심한 듯 크게 심호흡을 하고 문을 두드렸다. 조금 전 파노라마로 지나간 강렬한 이미지들과 좀처럼 어울리지

않는 맑고 톤이 높은 목소리가 들려왔다. 홧홧한 심장이
이번엔 꽉 조여졌다.

"잠시 들어가도 될까요?"

그녀가 방문을 열어 주었다.

"들어오세요."

"여기, 이 나침반 돌려주려고요."

"아, 내 나침반!"

그녀는 나침반을 건네받아 쭈그리고 앉아서 푸르뎅뎅
하고 낡은 배낭 앞주머니 고리에 그것을 매달았다. 배낭
은 아버지의 유품이라고 했다. 실종된 아버지의 차에 남
아 있던 물건 중 하나였다고. 그녀가 받기 전 이미 아버
지가 10년을 썼던 배낭이라고 했다. 그 후로 그녀가 20년
을 써서 이제 30년이 되었으니 가방으로선 수명을 다한
셈이었다. 낡고 해진 배낭은 원래 짙은 푸른색이었겠지만
이제 물이 빠져서 푸른 기가 희미하게 감도는 회색에 가
까웠다. 바닥 모서리마다 뻣뻣한 방수 천을 덧대어 박음
질로 기웠다. 이한수는 그녀가 나침반을 고리에 매달고
일어설 때까지 그 자리에 서 있었다.

"유나 씨, 남자 친구 없죠."

"풋. 뭐라고요?"

그녀는 무언가 잘못 들은 것처럼 손가락을 귓구멍에

집어넣고 돌렸다.

"제가 개인적인 질문은 삼가 달라고 부탁드렸을 텐데
요. 남자 친구가 있든 없든 그게 이한수 씨의 취재와 무슨
상관이에요."

그녀의 목소리가 사무적으로 바뀌었다.

"상관있어요."

"누가 타블로이드 기자 아니랄까 봐. 이 아수라 속에서
작은 스캔들이라도 찾아보시겠다. 보시다시피 없어요. 첫
사랑 이후로 한 번도 누구와 교제한 적 없어요."

"한 번도요?"

"뭐 취재비를 두둑이 준다면 제가 삼류 스캔들 하나 정
도는 던져 줄 수 있어요."

"얼마면 되죠?"

"100만 원."

"좋아요."

"정말요? 이한수 씨, 저번부터 궁금했는데, 혹시 부자
예요? 돈 나와라 하면 돈이 툭툭 나오네. 코코넛 계좌 번
호 아시죠? 기부금으로 받을게요. 천당 가실 거예요."

"유나 씨 기독교인가요?"

"아니요. 무교요. 자, 그러니까 보자, 몇 년 전에 잠깐
한 명 만났어요. 사귄 거라곤 할 수 없지만…… 제가 이

일을 본격적으로 시작한 지 10년쯤 됐을 때에요. 크나큰 실수였죠."

강유나는 부상을 입은 탈북자 아이를 데리고 비정부 단체의 의사를 찾아갔었다. 미국 텍사스 출신 의사의 이름은 제러미였다. 중국에서 치료받지 못하는 무국적자 아이들을 무료로 치료해 주고 있었다. 그 무렵 그녀는 이성의 살갗과 체온이 사무치게 그리웠다. 그와 이쪽 일을 허심탄회하게 공유할 수 있어서 친밀감은 쉽게 형성됐다. 깊고 푸른 눈에 머리카락은 밝은 노란색이었는데 그 눈동자는 그녀가 무척 존경하고 따르던 고등학교 때 오케스트라 선생님 이레나를 연상시켰다. 그녀는 굶주린 야생동물처럼 제러미의 몸을 탐닉했다. 육체적 관계는 스무 번 가까이 지속됐다. 그러는 사이 진료와 치료가 필요한 단체 탈북자들이 있었고, 도움의 손길을 자처한 제러미에게 탈북자 스물두 명이 은신한 생선 창고를 알려 주었다. 그가 그들을 모조리 중국 깡패들에게 팔아넘겼다.

"그 후론 누구도 믿을 수 없었어요. 일을 하다가 누군가 만나서 사적인 감정을 갖게 됐을 때 그 관계가 제 일, 그리고 제가 보호해야 하는 이들을 향한 총알이 될 수 있다는 걸 배웠죠. 그 총알이 당시의 작전을 파괴했어요. 저는 한참 동안 죄책감에 시달리며 헤어 나오지 못했어요.

완전히 망가졌었죠. 끝."

"오래전 일이잖아요. 그리고 살다 보면 누구나 실수는 저지를 수 있죠."

"제가 하는 일에선 말이죠, 누가 적으로 돌변할지 몰라요."

"그럼 저도 믿지 못하겠네요."

"네. 전 아무도 안 믿어요."

"그건 저하고 같네요. 저도 근본적으로 인간을 믿지 못해요. 그럼 우리 일단 불신에서 시작해요. 그 불신을 하나하나 격파해 가는 거예요."

"뭘 시작해요?"

"연애."

강유나는 박장대소했다. 웃음이 멈춰지지 않아서 배가 당기는지 한 손으로 배를 잡고 다른 손으로 벽을 짚으며 허리를 수그렸다. 그는 멋쩍어져서 그녀가 웃음을 멈출 때까지 기다렸다.

"이한수 씨. 돌았어요?"

"네, 저 돌았어요."

"제정신이 아니네."

"유나 씨 제정신으로 살아 본 적 없다고 했죠."

"네."

"전염됐어요."

"웃기지 말고 나가요. 방콕에 갈 채비해야 해요."

"방콕이라니요?"

"내일 아침에 방콕행 비행기를 타요. 저번에 말했지만, 거기가 아시아 심장부예요. 방콕 주재 한국 대사관과 미팅해야 해요. 아이들을 먼저 그곳으로 보내야 하고, 그곳에서 몇 달 체류한 후 한국으로 입국할 수 있어요."

"오늘 도착했는데 내일 바로 떠난다고요?"

"네. 이틀 동안 다녀올 거예요. 사흘 후 저녁에 돌아와요. 그사이 정신 차리고 있어요. 이틀이면 충분하죠?"

"같이 가요."

"안 돼요."

"저기 저 남자분과 약속했어요."

이한수는 직선으로 손가락을 내밀었다. 강유나가 그쪽으로 시선을 돌렸다. 아버지의 사진이 붙어 있었다.

"저분이 제게 비밀 하나를 얘기해 줬어요. 유나 씨의 첫사랑이 마음에 들지 않는다고 하더라고요."

"하하, 우리 아버지가요? 뭐, 평양 오렌지는 우리 아버지가 마음에 들 스타일은 아니죠."

"평양 오렌지요?"

이한수는 힘주어 발음했다. 마치 그 호칭이 그녀 안에

켜켜이 쌓인 불신의 산보다 더 큰 장애물이라는 듯이.

1994년 8월, 싱가포르

강당에서 박재희의 이름이 호명된다. 새 학년 첫 조회 시간, 강당에는 열 개 반의 200명이 웃도는 학생들과 각 반 담임선생들이 모여 있다. 새 학년 시작을 알리는 간단한 격려사 후에 박재희의 이름이 호명되자 강당 안의 학생들이 환호성인지 야유인지 모를 함성을 지른다. 박재희는 여름방학 직전에 참가한 홍콩 수학 경시대회에서 금메달을 받았고, 시상을 위해 교단으로 올라가며 젤리처럼 흐느적거리는 익살스러운 동작으로 조회 시간의 엄숙함을 깨고 친구들을 웃긴다.

그의 별명은 젤리보이다. 재희라는 발음을 잘 못하는 외국 친구들이 편의상 제이라고 부른 게 시초였지만, 걸음걸이나 움직임에 긴장감이 전혀 없이 젤리처럼 흐느적거려서 생긴 별명이다. 그가 팔을 꿈틀거리며 양손을 내밀자 전직 종군기자였던 교장이 웃으며 상장을 건네는데 강당 문이 삐걱하며 열리는 소리가 울린다.

학생들이 일제히 뒤를 돌아본다. 열린 문 틈으로 강렬

한 햇빛 한 줄기가 먼저 새어 들고, 그 뒤로 부연 빛에 희미해진 한 여학생이 들어온다.

W 발음을 잘 못하는 그 여학생이다.

이마의 땀을 닦으며 들어온 여학생이 주뼛거린다. 늦어서 미안하다고 소곤거리고는 제 반을 찾지 못해서 또다시 두리번거린다.

수업을 마치고 박재희는 친구들과 함께 펜싱장으로 이동한다. 펜싱복으로 갈아입고 뾰족한 에페 칼을 들어 보인다. 로베르토와 대련하기 위해 워밍업 삼아 서로의 칼을 가볍게 부딪치고 있는데, 그때 또다시 그 여학생이 펜싱장 안으로 들어온다. 옆구리에 배구공을 낀 것으로 미루어 짐작건대 방과 후 수업에서 배구를 하는 모양이다.

여학생의 무릎에서 피가 흐르고 있다. 로베르토가 여학생 앞으로 가서 신사답게 팔을 배에 두고 허리를 굽혀 인사한 후 상처, 운을 한국식으로 우스꽝스럽게 발음하며 여자아이의 무릎을 가리킨다.

"여기 배구 연습장 아닌가요?"

여학생이 코치에게 묻는다. 코치는 무릎을 보고 먼저 상처를 치료해야겠다며 구급약 상자를 들고 온다. 여학생에게 의자에 잠시 앉으라고 한 후 상처를 소독하고 그 위에 연고를 발라 준다. 펜싱 레일에 연결된 기다란 줄을 매달고 서 있던 남학생들이 칼끝을 허공에 쳐들고 늑대처럼 목을 빼어 운, 운, 운 하며 놀리지만 여학생은 자신이 놀림을 당한다는 사실조차 모르는 눈치다.

영문을 알 수 없지만 박재희는 기분이 구겨진다. 운, 운, 운 하는 친구들에게 진짜로 상처를 주고 싶은 충동이 인다. 유난히 공격적으로 펜싱을 한다. 모든 매치가 정식 시합 결승전을 방불케 한다. 로베르토가 칼끝으로 공격해와 페리 리포스트로 역공격을 한다. 칼끝을 옆구리 쪽으로 밀어 넣을 때는 평소보다 30센티미터 이상 더 깊고 강하게 찌른다. 연이은 경기에서는 과격한 플래시로 로베르토를 넘어뜨리고 칼끝을 그의 가슴에 겨눈다. R 발음을 필요 이상으로 많이 내는 이탈리아식 영어로 그에게 충고한다.

"낫 투 배드."

박재희는 영화 「대부」의 로버트 드니로를 흉내 내며 턱을 살짝 비틀고 말한다.

"공격을 하면 곧장 방어가 들어가야지!"

박재희가 칼끝을 거두며 오만하게 미소 짓자 로베르토는 얼떨떨한 표정으로 레일에서 일어난다. 친구들이 무언가 이상하다는 표정으로 박재희를 힐끔거린다.

이후로도 교내에서 여학생과 번번이 마주친다. 학교 시설물을 찾지 못해서 늘 헤매는 그녀는 동급생들 사이에 국제 미아로 불린다. 친구들의 현란한 영어를 알아듣지 못해서 언어장애자로 불린다. W가 들어간 운의 발음을 잘 하지 못해서 상처로 불리기도 하는데, 펜싱장 방문 이후로는 공식적인 상처가 된다. 상처, 운이 그녀의 이름이 된다.

조회 시간에, 야외 식당에서, 복도에서 우연히 마주칠 때마다 여학생은 어딘가를 열심히 찾고 있다. 미로 같은 이 학교 시설의 위치들을 아직도 제대로 파악하지 못한 듯하다. 몇 번이나 도와주고 싶은 충동이 들지만 그럴 수 없다. 남조선 학생이다. 남조선은 그들과 피를 나눈 형제지만 적이다. 먼발치에서 여학생이 다가올라치면 박재희는 다른 곳으로 방향을 튼다. 여학생이 밥을 먹는 식당은 기피하고, 매번 더 먼 거리의 다른 야외 식당으로 가자고 설득할라치면 친구들은 그런 박재희를 잘 이해하지 못하고 어리둥절해한다.

거듭 피해 다니자 어느 날부턴가 박재희는 그녀가 이동하는 소리 하나하나에 예민해진다. 여학생의 발걸음 소리까지 구별이 가능해진다. 목소리, 발을 끌며 걷는 걸음걸이, 하나, 둘, 셋 후에는 항상 발걸음을 한 박자 멈추는

버릇. 여학생이 수영장에서 나오는 게 보이면 탈의실 문
을 닫고 한참 동안 찜통 안에서 버티다가 여학생의 목소
리가 완전히 사라진 후에야 밖으로 나와서 주변을 살피며
수영장으로 이동한다.

<u>1994년 9월, 싱가포르</u>

　새 학기가 시작된 지 한 달이 지난 금요일이다. 점심시
간이 되어 강유나는 야외 식당에서 락사 그릇에 코를 박
고 국수 면발을 삼킨다. 누군가 말을 걸어올까 봐 부담스
러워서 가급적이면 고개를 들지 않는다. 영어로 의사 표
현이 가능하지만, 아니 그렇다고 생각했지만 듣는 사람들
이 그녀의 영어를 잘 이해하지 못하는 경우가 빗발친다.
걸핏하면 학생들이 영어 발음을 가지고 놀려 댄다. 그녀
가 지나갈 때마다 운, 운 하는 늑대 울음과, 상처가 걸어
온다, 상처가 지나간다 식의 조롱이 따라붙는다. 그녀는
친구를 만들기 위해 그 놀림들을 애써 견디고 싶지 않다.
외톨이가 되고 싶지 않았지만 결국 그녀는 이 큰 학교에
서 늘 혼자다.
　옆자리에 앉은 여학생들이 식당 옆을 지나가는 남학생

무리를 흘긋거리며 소곤거린다. 남학생들은 세 명이다. 동양인이 두 명인데 그중 한 명은 낯이 익다. 어디서 보았더라? 강유나는 키가 훤칠하고 꽤 잘생긴 남학생을 곁눈질한다.

남자아이들 중 누군가 끝나지 않는 이 길고 긴 여름이 지긋지긋하다고 하니, 또 다른 누군가는 육체와 정신이 땡볕에 흐물흐물 녹아 버리는 것 같다고 중얼거린다. 그러자 강유나가 주시하던 기시감 어린 얼굴의 남학생이 검은색 가방에서 바이올린을 꺼내 다리 하나를 의자에 올리고 파가니니의 「카프리스」를 연주하기 시작한다.

그 남학생의 친구가 야외 식당 벽에 걸린 전통 짚 모자를 빼내어 와서 머리에 얹어 준다. 남학생이 집시처럼 몸을 흔들거리며 경쾌하고 흥겨운 선율을 연주하고 친구 두 명이 마치 한 쌍의 커플처럼 팔짱을 끼고 춤을 춘다. 다른 친구들도 하나둘 흥에 겨워 일어나서 춤을 춘다. 남학생의 주변으로 활기찬 기운이 넘친다. 야외 식당은 돌연 축제 분위기가 된다.

"박재희, 쟤네가 북한 김정일의 친척이라는 소문이 있더라."

옆에 있는 여학생들이 속닥거린다. 그리하여 강유나는 그 남학생의 이름이 박재희라는 것을 알게 된다.

"아버지가 북한 대사관 대사라던데."

"무역업에 종사한다고 들었는데."

"그거야 다 대외적으로 그렇게 말하는 거지. 대사면 꽤 권력이 있겠다."

"쟤가 오케스트라 에이스잖아."

"오케스트라에서만 에이스야? 수학 경시대회반, 펜싱부, 문학클럽에서도 에이스야."

"제이, 여자 친구 있어?"

"미들 6학년 때 메이랑 잠깐 사귈 뻔했다고 들었어."

"저런 킹카가 여자 친구가 없는 게 말이 돼?"

"북한은 금지된 게 많은 나라잖아. 연애도 금지돼 있나 보지."

옆에 앉은 여학생들이 왁자하게 웃는다.

강유나는 코코넛 향과 고추 향이 섞여 나는 락사 그릇에서 천천히 고개를 든다. '북한 학생? 김정일의 친척? 아버지가 권력자라고?' 이제야 남자아이를 어디서 보았는지 기억이 난다. 나이키 에어조던, 값비싼 브랜드 로고가 가슴팍에 박힌 칼라 티셔츠, 명품 시계…… 언니를 찾으려고 영국문화원에서 나왔을 때 만났던 그 남학생이다. 오렌지! 그런데 이렇게 다시 보니 북한 남학생이라는 게 도무지 믿기지 않는다. 갑부 자녀들이 다니는 이 학교 학

생들 대부분이 저 남학생처럼 고가의 물건들을 아무렇지
않게 하고 다니지만, 그래도 저 남학생이 북한 남학생이
라는 건 납득되지 않는다. 서울에 살 때 텔레비전을 통해
보았던 북한 사람들은 죄다 가난하고 굶주려서 앙상하고
병폐한 모습이었으니까.

강유나는 박재희를 유심히 지켜본다. 활달하고 자신만
만하고 까불거린다. 수준급의 바이올린 연주가 끝나고는
몇 마디 농담으로 친구들을 웃게 만든다. 잘 들어 보니 영
어도 원어민처럼 유창하다.

'저 아이와 친해지면 어쩌면, 어쩌면, 어쩌면……'

강유나는 음식이 절반이나 남은 식판을 반납하고 교실
로 돌아가는 길에 그 공지 앞에 선다. 고등학교 건물 1층
게시판에 붙은 공지는 오가다 늘 보았지만 그날 처음으
로 관심을 갖는다. '오케스트라 오보에 단원 모집.' 그녀
는 가방에서 볼펜을 꺼낸다. 손목 안쪽에 오케스트라 담
당 선생의 사무실 번호와 연락처를 적는다. 어디선가 그
남학생의 목소리가 들려온다. 자신감 넘치고, 까불거리
고, 주변에 활기를 불어넣는 명랑한 목소리. 그녀는 그 목
소리를 향해 돌아서서 이름을 읊조린다. 평양 오렌지 박,
재, 희.

3장
서울 카푸어

2017년 2월, 싱가포르

　황인호는 남북평화통일 학회의 기조연설을 위해 싱가포르 스코트 로드에 위치한 하얏트 호텔로 향했다. 이동하는 차 안에는 비서 한 명과 경호원 두 명이 동승했다. 황인호는 전 북한 고위 간부였다. 당에서 권력 서열 열두 번째였던 그는 지난해 베이징 출장 기간에 한국 정부와 비밀리에 접촉하고 도움을 받아 가까스로 한국 망명에 성공했다. 그 후 북한의 실상들을 적은 칼럼을 모아 책으로 출간하고, 북한의 기밀들을 한국 정부에 제공해 왔다. 남북의 평화통일을 연구하고 세계 각국에서 열리는 관련 학회에 초청받아 이 주제로 연설을 했다. 황인호는 오늘 아침 진회색 양복에 노란 넥타이를 매고 금속 테에 거북이 등가죽을 입힌 안경을 꼈다. 마지막으로 중절모를 썼다. 차에서 내리며 점잖은 손짓으로 중절모를 바로 하고 호텔 로비로 걸어가는 순간 총포가 울렸다. 날카로운 굉음은 두 번 연속 울렸다. 총기 소유가 금지된 싱가포르에서도 가장 많은 인파가 북적이는 오차드 한복판이었다. 삽시간에 호텔 앞은 아수라장이 되었다. 경호원들이 황인호를 밀착 호위했다. 공포에 질린 수많은 행인들이 혼비백산하여 달아나거나 땅바닥에 엎드렸지만 세 번째 총성은 울리지 않았다. 두 번째 총알이 명중하여 그의 심장에서 초고속으로 회전했다.

2017년 2월, 베이징

방 벽에 가로 120센티미터, 세로 80센티미터의 아시아 지도가 붙어 있다. 이한수는 얼마 전부터 그 위에 빨간 압정들을 꽂기 시작했다. 강유나의 활동 경로들이 표시된 좌표였다. 빨간 압정은 가느다란 혈관처럼 북한과 중국 국경 언저리에서 베이징이나 몽골, 혹은 베이징에서 중국

서남부로 이어지다가 라오스와 미얀마를 가로질렀다. 압
정을 찔러 넣을 때마다 뾰족한 침이 그의 심장을 찔렀다.
그 자리에 아릿한 통증이 번지며 그보다 더 아래쪽으로
향했다. 동남아시아의 심장부로 연결되었다. 이번에 그곳
은 방콕이었고, 그녀는 지금 방콕에 있었다.

조금 전 이한수가 어디냐고 물었을 때 그녀는 휴대폰
너머에서 특유의 차갑고 무뚝뚝한 목소리로 말했다.

"방콕 주재 한국 대사관 근처 사원 앞이에요. 아주 차
갑고 세상에서 가장 달콤한 코코넛을 마시고 있어요. 제
가 말했던가요? 우리 이름이 코코넛이 된 사연이요."

"아직요."

"탈북자들이 방콕 주재 한국 대사관에 들어서는 순간
안전이 보장돼요. 제가 맡은 일도 일단락 지어지죠. 그럼
저 자신에게 아주 차고 달콤한 코코넛을 선물해요. 일종
의 포상."

방콕은 아시아 전역에 흩어진 탈북자들이 한국에 입국
하기 전 필수로 거쳐야 하는 지역이다. 방콕 주재 한국 대
사관에서 배정한 주택이나 숙소에서 탈북자들은 3개월
정도를 대기한다. 떠나기 전 강유나는 그런 이유로 한 달
에 한 번 방콕으로 출장을 간다고 했다.

"제가 내일 방콕으로 갈까요?"

"왜요?"

"거기 체류 중인 탈북자들 취재도 하고, 잠재적 여자 친구도 만나고. 거기서 제일 비싼 코코넛 예약해 둬요."

"풋, 제일 비싼 코코넛이요? 이한수 씨, 허세 작렬이네. 혹시 한국 드라마에 숱하게 등장하는, 알고 보니 사장 아들 뭐 그런 거예요? 말도 안 되는 고액 취재비를 선뜻 보내오질 않나, 추가 취재비도 딱딱 내놓고, 기자 월급 박봉인 거 세상이 다 아는데 페이스북 보니 값비싼 외제 차를 몰고 다니질 않나, 지켜보니 인스턴트 음식, 심지어 두부 간장조림조차 못 먹고. 혹시 그런 일급비밀이 있으면 숨기지 말고 속 시원히 털어놔요. 기부금 좀 거하게 요청하게."

"가서 다 얘기해 줄 테니 약속해요. 내 비밀을 알게 되면 유나 씨가 저 책임지는 거예요. 알겠죠?"

대답 대신 수화구에서 빨대로 코코넛을 빨아들이는 꼬르륵 소리가 들려왔다. 그 경쾌한 소리가 퍽 긍정적인 대답처럼 들렸다. 이한수는 방콕으로 날아가서 그녀가 방금 전 묘사한 것처럼 세상에서 가장 달콤한 코코넛을 마시며 자신이 이곳에 위장 취재를 오게 된 진짜 이유를 밝혀야겠다고 생각했다.

조금 더 목소리를 듣고 싶었지만 이한수는 통화를 마쳐야 했다. 서울에서부터 전화가 빗발치고 있었다. 휴대폰을 귀와 어깨 사이에 끼고 전화를 받으며 압정 케이스를 닫았다. 베이징으로 오는 비행기를 타기 위해 이제 막 인천공항에 도착했다는 상관 윤 부장의 전화였다.

윤 부장과 통화하는데 김동철이 죽상이 되어 들어왔다. 이한수가 통화를 마치고 휴대폰을 충전기에 꽂음과 동시에 김동철은 이한수의 책상에 앉아 노트북을 바라보았다. 김동철은 어릴 적부터 한동네에서 자란 불알친구였으며, 이한수의 부탁을 받고 베이징에 임시 사진기자로 와 있었다. 김동철이 미간을 브이자로 모으고 돌아보았다.

"강소라가 베이징에 있대."

"그건 너한테 희소식 아니야? 물론 베이징이 지나다가 우연히 누군가를 마주칠 만큼 작은 도시는 아니지만. 그래도 같은 공간에 있는 것만으로 너한텐 엄청난 기쁨일 텐데."

"금융가 찌라시를 읽었는데, 강소라 남편이 다른 여자랑 바람이 나서 베이징에 와 있고, 강소라가 그 개자식의 덜미를 잡으러 베이징까지 날아왔다는 거야."

김동철은 특유의 우렁우렁한 목소리로 말했다. 이한수는 그 목소리를 들을 때마다 195센티미터의 거구 속에 깊은 우물이 들어앉은 것 같았다. 우물 바닥에서 소리치듯 굵고 깊은 목소리는 언제나 기이한 안정감을 주곤 했는

데, 오늘은 유난히 깊은 그의 목소리가 절망으로 더 가라
앉았다.

"이 충격적인 소식으로 스트레스를 받아서 몸무게가 2킬
로그램이나 빠졌어."

김동철은 이내 풀 죽은 목소리로 말했다.

"120킬로그램에서 2킬로그램 정도 빠졌다고 문제될 건
없어."

이한수가 비아냥거렸다. 김동철은 강소라 이야기라면
밤새도록 이야기하고도 남을 위인이었다. 비밀스럽고 까
다로운 일의 지원을 부탁할 만큼 철석같이 믿는 친구지만
이한수는 배우의 손톱 색깔, 별자리, 최근 다이어트 방법,
연애사가 궁금했던 적이 한 번도 없다.

김동철은 배우 강소라의 열렬한 팬이었다. 화장품 광
고로 강소라가 톱스타로 급부상하기 훨씬 이전 엑스트라
를 전전하던 시절부터였다. 그때부터 영상 속에서 꽃집
직원, 커피숍 직원, 백화점 계산원, 버스 안 2였던 강소라
를 일편단심 좋아하고, 그녀가 스치듯 지나간 모든 영화
와 드라마를 찾아서 무한 반복하여 그 장면을 시청했으
니 팬 중에서도 골수팬이었다. 심지어 대학 졸업 후 모두
들 취업에 전전긍긍하던 시절에는 엑스트라 강소라를 한
번 만나 보겠다는 희망을 품고 엑스트라 시장을 기웃거리

기 시작했다. 몇 해가 지나 김동철은 그토록 고대하던 강소라를 만났다. 「꿈의 기록」이라는 영화에서 김동철은 방독면을 뒤집어쓰고 화재가 난 건물에서 인명을 구출하는 소방대원 역할이었고, 그가 용솟음치는 불길에서 번쩍 들어 안고 나온 또 다른 단역이 바로 강소라였다.

단역이었던 강소라는 「꿈의 기록」이후 초고속으로 톱스타가 된 후 재벌가의 외동아들과 결혼식 팡파르를 울렸다. 당연한 수순인 듯했다. 남성 팬들은 그녀가 재벌가의 남자와 결혼하자 실망하고 떠났다. 그냥 떠난 게 아니라 안티 팬으로 돌아섰다. 단 한 사람이 예외였는데, 그게 바로 김동철이었다.

"그러니까 강소라의 남편이 외도했다는 그 하찮은 이유 때문에 지금 네가 그렇게 죽상을 하고 있는 거야?"

이한수가 비꼬듯 물었다.

"하찮은 이유? 젠장. 강소라에 대한 내 진정성을 누구보다 잘 아는 네가, 그런 네가 그런 말을 지껄일 수 있어? 모진 새끼."

김동철이 너무나 진지하게 목소리를 높이는 바람에 이한수는 하마터면 실소할 뻔했다.

"있잖아, 한 인간이 다른 인간을 20년 넘게 사랑하는 게 가능할까?"

이한수는 며칠 동안 강유나의 첫사랑이 궁금했다. 하루에도 수십 번 북한 남학생, 강유나의 첫사랑에 대해 생각했다. 과연 한 인간이 다른 인간을 20년 이상 그리워하고 사랑하는 게 가능할까.

"답은 늘 가까운 데 있는 법이지. 날 봐라, 새끼야."

"그건 네가 이번 생에 짝사랑만 허락되어 어쩔 수 없이 그리된 거고."

"햐, 똘똘이 스머프, 가뜩이나 악마 같은 이민준 때문에 심기 불편한데 너까지 깐죽거리지 마. 되도록 오늘 나한테 말 걸지 않는 게 좋겠다."

"미안하지만 오늘은 네가 먼저 말을 걸었어."

"제길, 내가 먼저 너한테 말을 걸었다고?"

"내 브레인이 필요한 일이 생긴 거겠지."

이한수는 거만한 말투로 말했다.

"미안한데 내 인생에서 네 브레인이 필요한 적은 없었어. 내 인생은 대체로 머리를 쓸 이유가 없는 단조로움과 선을 추구했으니까."

"경찰이라는 직업이 그다지 단조롭지만은 않을 텐데."

김동철은 몇 해 동안 엑스트라 시장을 전전하다 스물아홉 살 때 마침내 9급 경찰 시험을 보고 경찰이 되었다.

"우습게도 말이야, 내 친구 똘똘이 스머프는 우등생이

었어. 콤플렉스 덩어리여서 그걸 이겨 내려고 죽도록 공부만 했거든. 암, 미친 듯이 공부했지. 늘 월등한 성적을 받았어. 사실 난 이 녀석이 돈 주고도 못 사는 그 성적으로 의대나 법대에 갈 줄 알았어. 아, 나도 의사나 검사 친구를 두어 덕 좀 보겠구나, 이 녀석이 일곱 살 때부터 나한테 졌던 그 많은 빚을 드디어 갚을 날이 오는구나, 새 이를 하거나 엑스레이를 찍어야 할 때 돈을 안 내도 되겠구나. 법적인 문제가 생기면 알아서 처리해 주겠구나. 그런데 빌어먹을 기자가 되겠다더라고. 그리고 결국 그마저도 온전하게 해 먹지 못했지. 결국 기자 신분을 이용해서 광화문 흡혈귀가 되었어. 뒤가 구린 유명인들 꽁무니를 캐거나 대한민국에서 사랑을 꿈꾸는 순진한 유부녀들 등을 쳐 먹으며 허구한 날 꼴찌를 면치 못했던 내 대갈통에 의존하면서 사는 거야."

"내가 네 대갈통에 의존해서 살았다고? 설마."

"당연한 거 아니야? 난 항상 똘똘이 스머프보다 우위의 삶을 가져왔잖아. 가정 환경, 신체 조건, 성품 다. 그리고 기자보다 우위의 직업까지 갖게 되었고. 어디 그뿐이야? 이 투명하고 맑은 영혼!"

"경찰이 기자보다 우위의 직업이라는 말은 처음 들어본다."

"내가 엑스트라 경찰로 출연했던 영화 「총과 악기」 기억 안 나? 거기서 보면 기자가 정보를 캐내려고 경찰한테 굽실거리잖아. 박카스를 주며, 머리를 조아리며. 그때 아, 이거다 싶었지. 노상에서 떡볶이 장사를 하며 아들 하나 잘 키워 보자고 성실하게 사셨던 내 어머니 오순희 여사는 말이야, 평생 입버릇처럼 한수 좀 봐라, 한수 반만 따라가라 하셨지. 그래서 결심했지. 적어도 기자가 되려는 애보단 잘 살아야겠구나."

"그건 영화잖아."

"새끼야, 우릴 봐라. 기자인 네가 9급 경찰인 나한테 만날 빌빌거리잖아."

"어머니 소원을 성취해 드리고 싶었다면 영화판은 왜 돌았을까."

"겁쟁이 똘똘이 스머프는 반드시 연예부 기자가 될 줄 알았거든. 뭐 결국 연예부 기자는 아니지만 비스무리 연예인들, 유명인들 사생활을 캐고 다니니 뭐."

동철의 어머니가 먼 옛날 했던 말은 동철이 오해하는 것이었다. 동철의 어머니는 이한수가 안쓰러워서, 기가 죽을까 봐 일부러 동네 사람들 앞에서 과하게 그의 칭찬을 하고는 했다. 이한수의 칭찬을 극대화하느라 자기 자식을 은근슬쩍 깔아뭉개기도 마다하지 않았다. 그 가난한

판자촌에서조차 이한수는 무시당하고 괄시받는 대상이었다. 아버지가 누구인지 알 수도 없고, 다방 레지였다가 나중에 보험 외판원 일을 했던 홀어머니는 훗날 알코올중독자가 되어 수시로 문제를 일으켰다. 과부가 되어 다른 집 남정네들에게 꼬리를 친다고 동네 아낙들의 손가락질을 받고 머리끄덩이를 잡히기 일쑤였다. 동철이 어머니는 동네 사람들의 불편한 시선에 아랑곳하지 않고 이한수를 아들처럼 싸고돌았다. 일찍이 이한수가 글짓기 대회나 독후감 대회에서 여러 번 상장을 받자 그에게 책을 사 주었다. 매달 떡볶이 리어카의 월말 결산을 마치고 나면 이한수의 손을 끌고 광화문 교보문고에 갔다. 직원을 붙들고 자신은 무지해서 잘 모르니 그 서점에서 가장 좋은 문학책을 소개해 달라고 하여 그 책들 중 두세 권을 사 주었다. 톨스토이, 카뮈, 조지 오웰, 사르트르의 수작들을 이한수는 비교적 어린 나이부터 읽는 특혜를 가졌다. 또 중학교 때 올 수인 이한수의 성적표를 들고 동네 한 바퀴를 돌며 이것 보라고, 이한수가 이렇게 영특하고 잘난 놈이라고 떠들고 다녔다. 그리고 신문을 구독하여 읽게 했다. 이한수가 열악한 환경을 극복하고 공부에 매진하게 된 것이나, 중학교 때부터 소년 기자로 활동하며 언론에 관심을 갖게 된 것은 확실히 동철이 어머니의 공이었다고 장담할 수 있었다. 그리고 이한수는 독서를 통해 터득한 인간의 심리들을 활용하여 반협박을 가하거나 사기를 칠 때조차 절묘하게 써먹었다.

"미혜 씨가 어제 나한테 전화했었어. 너랑 연락이 되지 않는다고. 우리가 같이 있는지 모르는 것 같더라."

이한수는 침묵했다. 미혜는 이한수와 1년째 만나고 있는 여자였다. 베이징에 와서 이한수는 미혜와 연락하지 않았다. 더 정확히 말하자면 미혜로부터 수차례 문자메시지와 이메일이 왔지만 답장을 하지 않았다. 그의 마음은 확고하게 굳어 가고 있었다. 서울로 돌아가면 그녀와 정리할 계획이었다.

"똘똘이, 듣고 있어?"

"응."

"주말에 중국에 올 일이 생길지 모른다면서 네가 어디에 있는지 알려 달라더라고."

"설마 알려 줬어?"

이한수는 다소 날카로워진 목소리로 물었다.

"모른다고 했어. 정직하게. 사실 나도 네가 하루 종일 어디 있는지 몰랐으니까. 앞으로도 출장 간답시고 줄행랑치려는 수작이거든 네가 어디 있는지 말하지 말아 줘. 거짓말은 딱 질색이니까. 그나저나 왜 미혜 씨 연락을 받지 않는 건데."

"……좋아하는 여자가 생겼어."

이렇게 내뱉고 보니 내면의 바닥에서 출렁이던 감정이 소용돌이쳤다. 얼마 전부터 그의 아침은 그녀의 이미지들이 점령했다. 얼굴을 파묻은 베갯잇은 그녀가 항상 입는 하얀 셔츠와 같은 색깔이었다. 잠들라치면 모래바람을 일으키며 북한군 트럭과 마주 지프를 몰고 달리던 그녀가, "우린 무사할 거예요! 우리의 영혼은 이상 무니까요!"라고 외치던 그녀의 찬란한 입술이 목덜미와 뺨을 간질이는 듯했다. 알람을 끄려고 충전 중인 휴대폰을 잡으면 스물네 시간 연락이 두절되었던 그녀가 귀환하여 처음으로 내밀었던 손에서 체감한 손바닥의 온기와 흡사했다. 모닝커피는 압록강에서 나침반을 쥐여 주며 언 강으로 나가던 그녀의 용감한 눈동자 색깔이 되었다. 이제 그녀가 없는 삶을 상상하고 싶지 않았다.

"젠장."

김동철이 한숨을 내쉬며 말했다.

"그래서 미혜 씨와 헤어지려고."

"이건 무슨 개수작이야. 미혜 씨와 헤어지기 위해 누군가를 좋아하게 됐다는 거야, 좋아하는 여자가 생겨서 미혜 씨와 헤어진다는 거야."

"그보다는 궁극적인 이유가 있잖아. 미혜는 남편이 있는 여자야."

"개소리야. 내가 너한테 들었던 말들이 대부분 개소리이긴 하지만 그중에서도 가장 한심한 개소리. 미혜 씨가 남편이 있는 줄 알고 만났고, 그 만남을 1년 동안 가져와 놓고, 이제 와서 결별 이유로 삼는다는 게 좀 치졸하지 않냐."

"아직 그 여자는 몰라. 내가 자기를 좋아하는지. 그래서 지금 순서에 대한 논쟁을 할 필요는 없어."

"나는 너랑 논쟁하는 게 아냐. 사랑에는 어떤 논쟁도 먹히지 않아. 인간을 극도의 이기주의자로 만드는 것도, 눈멀게 만드는 것도, 인생 종 치는 머저리로 만드는 것도 다 그 빌어먹을 사랑이니까. 그 정도는 나도 안다고. 아, 설마 우리 강소라가 그 개 같은 사랑의 희생자가 되지 않길 바랄 뿐이야."

딱히 이유가 있어서라기보다는 김동철과의 말장난이 재미있어서 말끝마다 반박하는 게 습관이 되었지만 지금처럼 진심으로 동의하고 싶지 않은 경우도 있었다. 극도의 이기주의자, 눈먼 한심한 머저리가 되어 사랑의 희생자가 되고 싶지 않았다.

"강소라는 쉽사리, 희생자가 될 인물이 아니야."

이한수가 말하자 이번엔 김동철이 수긍하듯 한숨을 길

게 내쉬었다. 강소라가 살아온 경로를 보면 제아무리 강소라 광팬인 김동철이라도 이한수의 일침을 부정할 도리가 없었다.

"하긴 강소라는 희생자보다는 가해자가 더 어울려. 내 심장을 이토록 잔인하게 갈기갈기 찢어 놓는 걸 보면."

김동철은 침대 쪽으로 이동해서 매트리스 가장자리에 걸터앉으며 야구 글러브처럼 크고 두툼한 두 손에 얼굴을 파묻었다.

"사실은 며칠 전 저녁, 강소라 남편을 봤어."

"뭐? 대진 그룹 이민준?"

"응."

"어디서?"

"왕푸징 로열호텔에서."

"네가 로열호텔에는 왜 갔는데?"

"유나 씨와 한국 식당 K 바비큐에서 소주를 한잔했거든."

"너 술 못 마시잖아."

"유나 씨가 너와 다투고 기분이 너무 안 좋아 보여서 위로할 겸 삼겹살을 사 주겠다고 했지. 이게 다 싸가지 없는 친구 둔 내 팔자인 거지. 네가 엎지른 물 닦아 주려고 삼겹살을 4인분이나 샀으니까! 그건 내가 나중에 반드시

청구하마."

"그런데?"

"아, 유나 씨 생각보다 술 세더라. 북한군 트럭과 정면
으로 달릴 때 독종인 줄은 진즉 알았지만 얼굴색 하나 안
변하더라고. 몇 잔 마시고 내가 먼저 뻗었어. 너도 알다시
피 소주 세 잔이면 난 녹다운되잖아. 주량을 넘어서서 의
식을 잃어버린 거지. 그 후로 기억이 깜깜해. 눈을 떠 보
니 로열호텔이었어. 그것도 스위트룸."

"스위트룸? 누가 널 그리로 데려간 건데?"

"하, 모르겠어. 꿈속에서 분명히 강소라의 얼굴을 보고
목소리를 들었어. 너무 충격적인 꿈이라 꿈에서조차 혼절
했고."

"그건 정말 꿈일 테고."

"모르겠어. 술이 깬 후 혹시나 유나 씨가 날 그리로 데
려간 건 아닌가 싶어서 호텔을 어서 빠져나가야겠다는 생
각만 했어."

"말도 안 돼. 유나 씨가 무슨 능력으로 널 그런 호텔에
데리고 가. 현재 코코넛 재정 상태도 안 좋다고 들었어.
네가 술에 취해서 의식을 잃었다면 널 그런 호텔이 아닌
숙소로 데려왔겠지."

"그게 나도 미스터리한데…… 혹시 말이야, 유나 씨가

날 남자로서 좋아하는 건 아닐까?"

　김동철은 고개를 숙이고 무릎 위로 맞댄 두 손가락을
찍어 대고 있었다.

　"미친 새끼."

　"그렇지 않고는 그날 밤 상황이 설명이 안 되잖아."

　"정신 차려. 또라이야."

　"그리고 결정적으로 이상한 일은 내가 호텔을 빠져나오
려고 하는 과정에서 일어났어. 로비가 지하인 줄 모르고 1
층에서 내렸는데, 그 층이 멤버십 시가 바로 연결돼 있었
어. 현관을 찾아 헤매는데 시가 바 안에 대진 그룹 이민준
이 앉아 있는 거야. 강소라 남편. 그리고 그 옆에 찌라시에
서 떠드는 그 내연녀가 앉아 있었는데…… . 후…… ."

　"그런데."

　"그게…… ."

　"아이 짜식, 빨리 말해. 뜸 들이지 말고."

　"이걸 뭐라고 해야 하지? 관계도가 심각하게 꼬였어.
나는 강소라를 사랑해, 그리고 강소라는 이민준을 사랑해
서 이민준과 결혼했겠지, 그런데 그 이민준은 다른 여자
를 사랑하게 됐고, 이민준이 사랑하는 여자가 날 사랑해.
그렇다면 이건 그 여자가 강소라에게 복수하기 위해 나에
게 의도적으로 접근했다는 건데. 뭐야, 후, 좀, 통속극 넘

새가 나지만, 그 내연녀가…… 유나 씨였어."

이한수는 코 푼 휴지를 동철에게 던졌다. 한심하다는 눈으로 김동철을 보며 고개를 설레설레 저었다. 그럴 리 없었다.

2017년 2월, 베이징

1000와트의 강렬한 불빛이 강소라의 얼굴을 비추었다. 사소한 잡티나 먼지까지 잡아내는 조명이었다. 올해 마흔이 되었지만 피부가 우윳빛처럼 뽀얗다. 전성기 때보다 더욱 아름다운 자태를 뽐냈다. 어릴 적엔 가지지 못했던 성숙미와 세련미와 우아함까지 겸비되어 최근 제2의 전성기를 맞이하고 있었다. 매니저가 옆에 와서 귀에 대고 속삭이자 단박에 콧등에 잔주름이 잡혔다.

"이것들이 미쳤구나!"

심기가 불편해진 강소라는 우아한 목소리를 고수하며 목소리를 높였다. 메이크업 아티스트가 주눅이 들어서 아이섀도를 바르던 붓질을 멈추었다. 쩔쩔매며 옆에 서 있던 매니저가 날래게 작은 파우치를 열었다. 손톱깎이 세트처럼 특수 제작된 파우치 안에 소형 가습기, 핫 팩, 고

주파 마사지 기계와 보습 크림이 들어 있었다. 매니저는 소형 가습기를 방금 전 주름이 잡혔던 콧등에 얼른 대 주고 핫 팩과 고주파 마사지 기계로 마사지한 후 면봉으로 보습 크림을 찍어 발라 주었다. 메이크업 아티스트와 매니저가 동시에 그 위에 입김을 불었다.

"일단······."

그녀는 환한 조명이 쏟아지는 거울 속 얼굴을 보며 생각에 잠겼다. 지난 10년간 코코넛이라는 비정부 인권 단체에 후원금을 보냈다. 톱스타가 된 후로는 상당한 액수를 매달 보냈다. 하지만 최근에 후원금을 중단하기에 이르렀다. 그런데 방금 그 단체의 대표인 장 목사가 매니저에게 항의 전화를 걸어온 것이다.

"아예 다 끊어 버리는 건 야박하니까 식음료만 제공해 주자."

그녀는 결정한 듯 두 눈을 감았다. 다시 메이크업 아티스트가 아이섀도를 눈두덩에 바르기 시작했다. 붓 위로 연분홍색 펄이 흩날렸다.

"누나, 정말 지혜의 여신이세요. 식음료까지 끊어 버리면 장 목사님에게 저 밤낮으로 달달 볶일 거예요. 장 목사님은 그래도 양반이죠. 강유나 씨는······ 어휴, 상상만 해도 소름 끼쳐요."

매니저가 몸서리쳤다.

"그 계집애 얘긴 꺼내지도 마."

강유나의 이름을 듣자 화가 치밀어 올라서 강소라는 다시 인상이 일그러지기 직전이었다. 매니저가 손가락으로 그녀의 미간에 부드러운 동심원을 그렸다. 마치 심령술사 같은 어조로 "자, 이 세계는 동그랗습니다. 자, 당신은 동그랗게 움직이는 바람을 느낍니다. 세상만사, 그 원 안에서."라고 중얼거렸다.

"그래, 내가 참아야지. 그리고 장 목사와 몹쓸 강유나 그 계집애 때문에 애꿎은 아이들이 피해를 입는 건 나도 원치 않아."

강소라가 눈을 감은 채 종알거렸다.

"언니, 정말 인내심과 자비심은 역대급이시라니까요. 정말 이런 상황에서조차 가련한 아이들을 생각하는 이 드넓은 마음. 정말 우리 모두 배워 마땅한 정신이죠."

메이크업 아티스트가 비위를 맞추려고 갖은 아부로 추켜세웠다.

"내가 베이징까지 왔으니 담판을 지어야지. 그 계집애를 한번 보고 가긴 해야겠는데. 너희도 알다시피 저번에도 내가 만나자니까 바로 라오스로 내뺐잖아. 아니 다른 관계나 문제를 다 떠나서, 적어도 후원금을 받아야 하는 입장이라면, 이렇게 나오면 안 되지.”

그녀가 말하자 메이크업 아티스트와 매니저가 동시에 고개를 주억거렸다.

“이건 정말 말도 안 되는 일이야.”

그녀가 힘주어 말했다. 매니저가 이번엔 등세모근과 뒷목을 마사지해 주었다. 그녀는 표정을 구기지 않으려고 깊은 심호흡을 내뱉은 후 두 눈을 감았다. 손가락질로 수십 벌의 드레스가 걸린 옷걸이를 가리켰다. 머릿속을 좀먹는 골칫거리를 생각하자 더 이상 환한 레몬 색깔의 드레스를 입고 싶지 않았다. 냉정해지기에는 파란색이 적합했다.

2017년 2월, 베이징

한 시간 후 이한수는 긴급 호출을 받고 칭룽모텔 계단을 올라갔다. 곰팡내가 끼치는 복도를 지나서 맨 끝 방 앞에 멈추어 섰다. 305호의 방문을 노크했다. 잠시 후 군데군데 벗어진 나무 문이 삐걱 열리자 그 안에서 이한수를 기다리는 세 남자가 보였다.

문을 열고 맞아 준 사람은 윤 부장이었다. 오늘 아침

나눈 짧은 통화에서 윤 부장이 갑작스럽게 베이징으로 날아오게 된 경위를 간략하게 설명했더랬다. 차기 국정원장으로 거론되는 차대경과 CIA와 공조하는 베이징 담당자가 긴급히 이한수와 만나길 원하고, 상부 지시를 받은 윤 부장이 그 만남의 주선자로 이곳까지 왔다는 것이었다.

그곳은 여느 모텔 방과 달랐다. 하얀 광목천이 덮인 침대와 미니 냉장고와 화장대는 없었다. 임시 사무실처럼 보였는데 삼성 컴퓨터, 인텔 프린터기, 도청기 같은 장비들이 놓인 책상 두 개가 양쪽 벽에서 마주 보고 있고, 그 사이로 급조된 것처럼 보이는 나무 의자 세 개와 탁자 하나가 놓였다. 탁자 위에는 프로젝터가 있었다. 프로젝터에서 칼처럼 솟은 날카롭고 희붐한 빛은 벽의 롤스크린을 향했다.

금테 안경을 끼고 감청색 양복을 입은 차대경은 매스컴에 여러 번 노출된 인물이라서 안면이 익었다. 다른 한 명, 창턱을 짚고 선 땅딸막한 초로의 남자는 초면이었다. 이한수는 그가 베이징 담당자일 거라고 짐작했다. 스포츠머리에 쑥색 공군 재킷을 입고 창가에 서 있던 그가 이한수에게 앉으라는 매섭고 차가운 눈신호를 보내왔다.

이한수는 주춤거리다가 의자에 앉았다. 차대경이 견과류가 담긴 스테인리스 통을 들고 옆자리에 앉았다.

"이, 한, 수."

차대경이 이력서를 보며 천천히 그의 이름을 호명했다.

"한성고등학교, 한성대학교, 2010년《K 신문》사회부 입사 2년 만에 상사와 마찰을 빚어 계열사인《선데이 K》로 좌천. 현재 탈북자 르포 취재차 베이징에 와 있고. 요새는 타블로이드에서도 탈북 르포 취재를 하나? 이한수, 황인호 사건 알지?"

차대경이 이한수를 향해 질문을 던졌지만 질문이라기 보다는 혼잣말에 가까웠다.

이한수는 오는 길에 인터넷 신문에서 황인호 사건을 읽었다. 황인호가 얼마 전 출간한 책 내용이 떠올랐다. 북한을 탈출하기 전, 그의 시선을 통해 평소처럼 아이의 기저귀를 갈던 딸, 밥숟가락 옆에 민트 향 사탕 하나를 종기에 담아서 놓던 아내의 손가락을 묘사했었다. 탈출을 결심한 권력자 황인호가 아닌 아내와 딸을 버리기 전의 남편과 아버지로서의 안타까움과 미안함을 묘사하는 부분이 인상적이었다. 바로 그 황인호가 오늘 아침 남북평화통일 컨퍼런스에 참석하고자 싱가포르 하얏트 호텔로 이동하던 중 저격을 당했다.

"암살이지."

차대경이 냉담한 어조로 말했다.

공군 재킷이 창의 커튼을 닫았다. 프로젝터가 윙 소리를 내며 돌아갔다. 차대경이 아몬드를 쥔 손가락으로 화면을 가리키자 공군 재킷이 리모컨을 조작하며 브리핑을 시작했다.

화면에는 선박 봉화가 비쳤다. 그 선박에 실려 있던 대량의 무기들과 관련된 정보들이 차례로 지나갔다. 북한에서 쿠바를 경유해 전시 중인 시리아에 도착하기로 예정돼 있던 화학무기들이었다. 설탕 포대 안에 은닉한 무기들은 카리브해 연안에서 발각되어 미국 기관이 몰수했다.

"이 정보를 제공한 사람이 황인호였어. 그리고 오늘 아침 그는 싱가포르에서 저격당했지."

차대경이 조금 전과 다르게 차분한 목소리로 말했다.

"황인호 사건 때문에 저를 여기에 부르신 겁니까."

이한수가 경계심 어린 목소리로 물었다.

"여기 계신 분들이 자네에게 단독 특종을 주려고 해."

윤 부장이 고집불통 어린아이를 어르듯 나긋나긋한 목소리로 말하자마자 이한수의 입에서 풋, 비웃음이 새어 나왔다. 단독 특종이라니. 이럴 땐 친구 김동철의 말을 빌리고 싶었다. 개수작.

"제대로 꽂아 줄 테니 판 좀 벌여 봐."

"특종과 교환해야 할 게 무엇입니까."

이한수의 응대에 차대경이 가소롭다는 듯 미소 지었다. 윤 부장은 난처한 기색이었고, 공군 재킷은 초지일관 무표정이었다.

　"베이징에 나와 있는 기자들만 해도 수십 명이죠. 그중엔 이 분야 베테랑들도 꽤 있어요. 이쪽 전문가가 아닌, 말씀하신 대로 타블로이드 기자를 불러다가 기민한 사안의 특종을 주려는 이유는 둘 중 하나겠죠. 이 제안이 애초에 함정이거나 혹은 베테랑이 제 이름을 걸고 선뜻 나설 수 없는 리스크가 따르는 일이거나."

　"난 이래서 뒷골목 바닥에서 좀 뒹굴뒹굴 굴러먹던 삼류들이 좋아. 구구절절 설명하지 않아도 되거든. 이한수, SNS 보니 과시욕 좀 있던데. 대단해. 판자촌 홀어미 슬하에서 자라 아직도 단칸방 월세를 면하지 못했는데 고급 세단을 사고. 요새 흔히 말하는 카푸어 뭐 이런 건가? 또 미슐랭 레스토랑에서 값비싼 와인도 좀 홀짝거리지. 보아하니 일개 타블로이드 기자 신분증 들고 다니며 이래저래 해 먹었겠어."

　차대경이 옷차림새나 중후한 인상과 어울리지 않는 가벼운 어조로 비아냥거렸다. 이한수는 그들이 신변 조사를 이미 마쳤다는 사실을 알아차렸다. 굳이 해명이나 변명을 덧붙이고 싶진 않았다.

차대경은 곧장 이 사건에 연루된 인물을 찾았다고 언급했다. 말하자면 보위부 측 끄나풀인데 현재 베이징에 체류 중이라고 설명했다. 마침 이한수가 베이징에 나와 있고 이 일을 돕는 데 적임자라는 의견에 모두가 동의했다는 것이다.

"삼류든 일류든 어차피 기자는 기자 아닙니까. 사건을 취재해서 기사를 내보내는 건 제 일이란 말이죠. 보위부와 결탁한 첩자를 찾아내는 건 그쪽 임무 아닙니까. 사양하겠습니다."

이한수가 거절의 뜻을 일축했다. 구미가 당기는 제안이었지만 덥석 물기엔 석연치 않은 점이 있었다. 왜 나를 지목했을까. 머릿속에 이 질문이 거듭 맴돌았다. 왜 나일까.

"여기 취재하러 온 것도 주목적은 따로 있잖아. 어차피 핵심은 돈 아닌가?"

차대경이 비꼬는 투로 말했다.

"저처럼 구린 목적으로 의뢰를 받고 일하는 삼류 기자에게도 룰이라는 게 있죠. 룰."

"그 룰이 뭔데?"

"저는……."

머릿속에 어떤 대답도 떠오르지 않았다. 사실 그에겐 삶의 규칙이나 일의 신조 같은 게 없었다. 처음부터 그랬던 건 아니지만 언제부턴가 그랬다. 판자촌 내부 서열에서도 가장 밑바닥의 비천한 태생에게 삶의 규칙이나 신조란 그곳을 벗어나는 것뿐이었다. 사주 아들의 과오를 뒤집어쓰고 보여 주기식 좌천이 된 것 또한 그랬다. 괜찮았다. 모든 굴욕과 절망 속에서 그는 얻은 것도 있었다. 돈. 검은 뒷돈을 받아 어머니가 진 빚을 다 갚았다. 그러나 지금 낯선 이들에게 굳이 제 사정을 밝힐 이유는 없었다.

"개인을 위해 일합니다. 특정 기관을 위해서 일을 하진 않습니다."

돌아가는 상황이 꺼림칙했고, 방어전을 벌이다가 그냥 튀어나오는 대로 지껄인 임기응변이었는데 뱉어 놓고 보니 썩 마음에 들었다. 개인을 위해 일한다. 기자라고 굳이 정의나 진실처럼 대의를 위해서 일할 필요는 없지 않은가.

"하하. 특정 인물이나 기관을 위해서 해 달란 얘기가 아니야."

"그럼 뭐죠?"

"국가. 전시 때 많은 외국 주재 기자들이 첩보 활동에 협조했었지."

"지금은 전시가 아닙니다."

"유일한 분단국가가 아닌가. 언제 돌발할지 모를 전쟁을 미연에 방지하는 게 우리의 일이지."

차대경이 거만한 투로 말하며 공군 재킷에게 턱짓을
보냈다.

2017년 2월 9일, 베이징

박재희는 어둑한 골목으로 접어들면서 담배 한 대를
피웠다. 허름한 술집들이 밀집한 골목 중간에 비뚜름하게
매달린 홍연 간판을 바라보았다. 홍지숙이 아직도 이곳에
남아 있다는 사실이 믿기지 않았다. 2010년 마지막으로
보았을 때 홍지숙은 홍연에 빚이 있었다. 그녀는 장마당
에서 알게 된 직업 거간꾼에게 전 재산에 가까웠던 100달
러를 주고 베이징의 식당 접대원 자리를 소개받았다. 소
문으로만 듣던 평양관이나 고려관에서 일하리라는 꿈을
안고 중국으로 건너왔다. 그런데 그 거간꾼이 중국 인신
매매단과 한통속이었다. 강을 넘은 홍지숙은 곧장 결박되
어 차 트렁크에 실려 홍연으로 왔고, 이곳에서 적어도 삼
사 년을 일해야 갚을 엄청난 빚을 떠안게 되었다. 술집에
서 거간꾼에게 준 돈이 그녀의 빚이 된 것이었다.

홍지숙은 낮에는 속옷 바람으로 성욕에 찬 남자들과
화상 채팅을 하고, 저녁에는 홍연에서 접대부로 근무했

다. 당시에 그녀는 중국어를 못해서 벙어리로 위장했고, 늘 몸에 꼭 끼는 싸구려 붉은색 공단 원피스를 입었다. 빚을 다 갚으면 평양관이나 고려관 같은 식당에서 일하고 싶다고 박재희에게 버릇처럼 말하곤 했다. 7년이 지났는데도 그녀가 여길 벗어나지 못했다고 생각하니 딱하고 쓸쓸하기만 했다.

박재희는 손으로 붉은색 구슬 커튼을 헤치며 들어갔다. 주인 여자의 안내를 받아 방으로 갔다. 오랜만의 방문이어서인지 한때 단골이었던 박재희를 알아보지 못하는 눈치였다.

술과 안주를 주문하고 진진을 찾았다. 홍지숙의 중국 이름이었다. 수상한 낌새를 차린 주인 여자가 진진은 홍연에 없다고 거짓말을 했다. 그는 1000위안을 테이블 위에 올려놓으며 홍지숙을 불러 달라고 했다.

7년 전 오민수와 밴쿠버 올림픽의 피날레인 남조선 김연아 선수의 프리 피겨스케이팅을 시청하고 기분이 좋아진 나머지 왕푸징에서 2차까지 마시다가 이곳 홍둥가까지 흘러 들어오게 된 날 박재희는 홍지숙을 만났다. 코가 비뚤어지게 마셔서 취했고, 그날 밤 홍지숙을 데리고 나갔다. 그녀는 벙어리인 척 그가 무슨 말을 하면 고개를 끄덕이거나 젓거나 두 가지 방식으로만 의사를 표현했다.

택시를 타고 그의 숙소로 갔다. 그녀는 수줍음이 많았다. 욕실 문을 열어 주자 안으로 들어가 샤워를 한 후 저녁 내 업소에서 술 냄새와 담배 냄새에 찌든 옷을 다시 껴입고 나왔다. 그가 침대로 안내하자 주춤거리며 가서 벽을 향해 돌아누웠다. 그는 홍지숙을 그대로 내버려 두었다. 그녀는 곧 잠이 들었고, 잠결에 한국어로 여러 번 잠꼬대를 웅얼거렸다. 마치 이 세상에서 배운 첫 언어가 그것뿐인 것처럼.

살려 주세요, 살려 주세요.

홍지숙이 들어오면서 박재희를 보고 놀란 표정을 지었다. 꼭 맞는 붉은색 드레스는 예전보다 더 비싸고 질감이 좋아 보이는 것 말고 특별히 달라진 게 없었다. 7년 전의 깡마른 체구에 살집이 좀 더 붙고 화장은 더 짙어졌다. 두려움으로 팽배했던 얼굴에는 이제 체념 어린 깊은 고독이 나른하게 앉아 있었다.

"잘 지냈어?"

박재희가 두 개의 얼음 잔에 위스키를 따르며 인사했다.

"오랜만이네요."

예전의 벙어리는 이제 제법 능숙한 중국어로 말하고 있었다.

"자, 이거 받아."

박재희가 홍지숙 쪽으로 위스키 잔을 밀었다.

"7년 전 마지막으로 보았던 날 밤 갑자기 사라져서 걱정했었어."

"전 언제나 이곳에 있었죠."

"빚을 갚으면 떠난다고 했었잖아. 아직도 다 못 갚았을 리는 없을 테고."

박재희가 묻자 홍지숙은 인생의 불가해한 모든 대답들이 작은 술잔에 담긴 듯 그것을 입속으로 털어 넣었다.

두 사람은 술을 마시고 그녀의 근무 시간이 끝날 무렵 박재희가 투숙하는 로열호텔로 갔다. 그녀는 과거의 홍지숙이 아니었다. 샤워를 한 후 당당하게 호텔 가운을 입고 나왔다. 벽으로 돌아눕지도 않고 곧장 잠이 들지도 않았다. 박재희는 그녀의 어깨를 살며시 잡아당겼다. 그러자 그녀가 눈을 내리깔았다. 가운 끈을 풀고 그 안의 습기 어린 몸으로 손을 밀어 넣었다. 다른 자리에서 만난 여자들에게처럼 키스하거나 애무를 하진 않았다. 그녀는 그게 너무나 당연하다는 듯 그의 단단한 맨살을 받아들였다.

그는 침대에서 내려와 담배를 피웠다. 그녀가 이불깃을 끌어당기는 기척이 등 뒤에서 들려왔다.

"브로커를 찾는다고 들었어."

박재희가 흘긋 돌아보며 말했다. 그녀의 두 눈에 의심이 어렸다. 그는 재떨이에 담배를 비벼 끄고 다시 침대로 돌아가서 벌러덩 누워 뒤통수에 깍지를 꼈다. 어느새 벽 쪽으로 등을 돌린 그녀의 어깨를 끌어안았다. 어린 새의 파닥거림 같은 심장박동이 전해져 왔다. 그녀에게서 과거와 달라지지 않은 점은 오직 그뿐이었다. 불온하게 뛰는 심장.

"지금은 누구도 믿지 마. 상황이 좋지 않아. 예전 같지 않다는 뜻이야. 국경이나 중국에서 경비와 감시가 더 심해졌어. 내가 브로커인 건 알지? 네가 브로커를 찾는다는 소식을 건너 건너 듣고 직접 찾아왔어. 네가 바란다면 한국으로 갈 수 있도록 너와 네 가족들을 도와줄게. 옛정을 생각해서. 물론 내가 자선사업가는 아니니 비용은 청구할 거야."

"아무도 믿을 수 없다면 당신은 어떻게 믿죠?"

"너와 나는……."

"당신이 떠난 후로 홍연에 있던 북조선 여성 두 명이 체포되어 북송됐어요."

"그런 일이 있었단 말이야?"

"한 명은 폐암에 걸린 남편을 탈출시켜 치료를 받게 하려고, 또 다른 한 명은 열아홉 살이었는데 홍연에서 돈을 모으면 한국으로 가서 간호사 공부를 하고 싶어 했었죠. 같이 탈출하자고 했었는데, 북조선에 두 동생이 남아 있어서 아직 그럴 시기가 아니라고 거절했었어요."

"난 정말 그런 일이 있었는지 몰랐어. 그런데 왜 날 찾아오지 않았어. 나한테 물어봤으면 뭐라도 도움이 됐을 텐데."

그 사실은 정말로 박재희도 모르고 있었던 것이었다.

"당신은 그때 남조선 여자를 찾아 헤매느라고 정신이 없었어요. 그래서 그 여자가 있는 맥도날드에 갔었죠."

박재희는 할 말을 잃었다. 몇 해 전 강유나의 페이스북에 게시된 베이징의 맥도날드 사진을 보고 매일 그곳에 죽치고 앉아 혹시나 그녀가 나타나지 않을까 기다렸었다. 그녀를 멀리서 볼 수 있기를 바랐다. 하루는 홍지숙을 데려가기도 했다. 하지만 그곳에 간 이유는 함구했었다. 홍지숙은 그 사실을 어떻게 알았을까?

"남조선 여자는 아니고. 누군가 찾고 있었던 건 사실이야."

"강유나."

"한국인 중에 그 이름을 가진 여자들이 꽤 있어."

"그날, 당신이 날 맥도날드에 데려간 날, 그리고 날 두고 사라져 버린 날, 그 여자가 날 붙잡았었어요. 조금 전 나간 남자가 혹시 박재희냐고 물었죠. 외교관 아들이냐고, 북조선 사람이냐고."

"……그래서?"

"당신은 나한테 이름을 알려 준 적도 없잖아요. 그런데 내가 어떻게 대답하겠어요."

"잘했어. 모르는 척해 줘서 고마워."

"두 사람의 사정은 잘 모르지만 내가 개입해선 안 된다는 걸 알았을 뿐이에요. 물론 그땐 중국어를 못해서 벙어리인 척해야 했고. 당신이 그 여자의 사진을 아직 간직하고 있다고 그 여자에게 말해 주고 싶었지만 그 또한 제가 개입할 문제가 아니었죠."

"지숙아, 난 그런 얘기를 하러 온 게 아니야. 너도 알다시피 난 브로커고, 네가 가족들을 탈출시키고 싶어 한다는 소식을 들어서 이렇게 널 찾아온 거야. 그때 그렇게 연락이 끊긴 것도 미안했고. 내가 너는 좋은 친구로 여기는 건 알지?"

"박재희 씨."

그녀가 그의 이름을 부른 건 이번이 처음이었다. 그녀의 말마따나 이름조차 모르기도 했지만 묻지도 않았었다. 그녀는 한사코 박 선생님이라고 불렀었다.

"여길 봐요. 당신이 사는 세상을 봐요. 당신은 이렇게 초호화 호텔에서 지내고 있어요. 쌀밥 한 공기 먹고 싶은 꿈, 따뜻한 아랫목에서 악몽을 꾸지 않고 한 번이라도 푹

164

자 보고 싶은 꿈, 글을 배우고 싶은 꿈, 주말이면 가족끼리 소풍을 나가서 강바람을 쐬고 싶은 꿈, 그런 소박한 꿈들을 안고 고향을 탈출해야만 하는 사람들의 돈을 받아서 이렇게 비싼 호텔에서 비싼 음식을 먹고 살죠."

"지숙아, 그건……."

"아주, 아주 비싼 꿈을 꾸며 살겠죠."

박재희는 다소 놀랐다. 더 이상 인신매매로 낯선 땅에 팔려 와 잔뜩 움츠린 그 홍지숙이 아니었다. 두려움에 질린 눈길로 상대방이 시키면 시키는 대로 무작정 따르는 코래방자가 아니었다. 발언권이라는 건 애초에 허락되지 않은 것처럼, 침묵이 이 세상의 가장 안전한 지대인 양 고개를 끄덕이거나 젓는 벙어리가 아니었다. 누군가의 이름을 묻는 게 범법이라도 되는 것처럼 묻지도 못하고 선생님이라고 부르던 약자가 아니었다. 여전히 홍연에서 술을 따르고 몸을 팔지만 그녀 안에는 과거에 없던 어떤 강력한 힘이 생겼다. 박재희는 홍지숙에게 다가가 그녀를 안았다.

홍지숙은 빚이 있어서 당장 떠날 수 없다고 했다. 그러려면 홍연 주인과 홍연의 뒤를 봐주는 조폭들을 상대해야 했는데 여간 복잡한 일이 아니고 위험부담도 크다고 했다. 그녀는 얼마 전 빚을 다 갚았는데도 떠나지 못했다. 어린 동생들이 몇 달 전 두만강을 건너 중국에 와 있다.

그녀가 비용을 지불하고 남동생들을 북조선에서 탈출시 킨 것이다. 그 비용은 다시 그녀의 빚이 되었다. 어린 남 동생들을 여기 중국에서 한국으로 탈출시키고 싶었다. 한 국에 가면 청결한 곳에서 지내며, 따뜻한 밥을 먹고, 제대 로 된 교육을 받을 거라고 믿었다. 무엇보다 동생들이 학 교에 가길 바랐다.

"여기까지는 데리고 왔어요. 하지만 한국으로 가려면 또 경비가 필요해요. 홍연에선 저에게 그 이상의 돈을 빌 려 주길 꺼리고요. 이미 팔릴 만큼 팔린 제가 그만큼의 가 치가 없다고 판단해서죠. 경비 문제로 아직 베이징에 남 아 있어요."

"동생들은 지금 어디에 있지?"

박재희가 물었다. 홍지숙은 박재희의 눈을 정면으로 몇 초간 응시했다.

"…… 안전한 곳에요."

"그게 어디지? 지숙아, 난 정말 널 돕고 싶어."

"남조선 목사가 보호해 주고 있어요. 저도 그 목사와는 딱 한 번 연락했을 뿐이에요. 연락처는 몰라요. 목사는 경 비가 곧 들어올 거라고 했어요. 그러면 바로 움직일 거라 고 했죠. 어디에 있는지는 저도, 몰라요."

박재희는 그녀의 동생들을 찾으면 함께 움직이는 다른

아이들도 찾을 수 있을 거라고 확신했다. 탈북자들은 단체로 움직이는 걸 선호했다. 혼자서 계획을 짜고 탈출을 시도하는 사람들은 대부분 건장한 성인 남자들이었다. 그 외에는 체포될 가능성의 두려움과 압박을 견디기 위해 또 다른 누군가를 찾기 마련이었다. 제 공포감을 나눌 수 있는 누군가를.

"내가 당신을 조금이라도 믿길 바란다면……."

홍지숙이 말꼬리를 흐리며 냉장고 앞으로 걸어간다. 미니 위스키 병뚜껑을 따는 그녀는 등을 돌린 채로 말을 이었다.

"당신의 치부도 보여 줘요. 타인들에게 숨기고 싶은 당신의 상처, 그녀."

1994년 9월, 싱가포르

수요일 방과 후 박재희는 어머니를 따라서 차이나타운에 나간다. 장을 보러 나온 사람들로 북새통인 차이나타운의 장거리에서 군것질로 양꼬치를 사 먹거나 헐값으로 묶어서 파는 고전 영화 비디오테이프를 구경한다. 고약한 두리안 냄새가 끼쳐 오면 얼른 코를 잡는다. 앞서 걷던 어머니는 말린 찻잎들을 파는 상점들이 즐비한 골목에서 걸음의 속도를 늦춘다. 상점 앞 마대에 내놓은 찻잎 봉지들을 섬세한 눈길로 살핀다. 이건 꽃잎 색깔이 너무 짙구나, 이건 알맞은 온도에서 말려지지 않았구나 중얼거리며 걸려 있는 차 봉지들을 들춰 보았다가 내려놓길 반복하면서 그중 가장 마음에 드는 것을 고른다. 박재희는 그런 어머니를 몇 걸음 떨어진 자리에서 지켜보는 게 마냥 즐겁다.

해가 저물자 어머니는 분주해진다. 반달형의 목깃이 달린 하얀 블라우스에 발목을 가리는 물색 롱스커트를 차려입은 어머니가 2층에서 내려온다. 집 안을 꼼꼼한 시선으로 둘러보곤 신발장 위, 소파 쿠션 밑, 변기 옆 받침대에 아무렇게나 널브러진 서양 고전소설책들을 두 손으로 그러모은다. 어머니는 다시 2층으로 올라가 그의 방 책장 앞면에 꽂힌 다른 책들 뒤 그늘에 그 서양 고전들을 숨긴다. 그리고 내려와 현관에 놓인 그의 나이키 에어조던을 들고 부엌 뒤 창고로 가서 청소 도구들 위에 넣어 둔다.

박재희는 짓궂은 표정으로 어머니를 따라가 창고 청소 도구 뒤에서 나이키 에어조던 뒤축을 잡아 꺼낸다. 어머니가 종종걸음으로 다가와 운동화를 달라고 손을 내민다.

"재희야, 어서 줘."

"왜 운동화까지 숨기세요."

"너도 알다시피 아버지가 잔소리하는 분이 아니잖아. 그런데 근래 몇 번이나 당부하셨어. 이번에 싱가포르로 파견 나온 동지들은 예전에 이곳에 있던 동지들과 달라. 조심해서 나쁠 거 없잖아."

박재희는 어깨를 으쓱한다. 장난이었는데. 어머니의 심각한 표정에 주눅이 들어 운동화를 내민다.

저녁이 되어 열다섯 명의 동지들이 부킷 티마에 위치한 그의 집을 방문한다. 대부분 새로운 얼굴들이다. 김일성 국방위원장이 서거하고 김정일 최고위원이 북조선 최고 지도자가 되면서 싱가포르 주재원들이 물갈이되었다. 새로운 동지들은 대부분 군부 출신이다.

어머니는 부엌 찬장에서 찻잔들을 내고 전기 포트에 물을 끓인다. 그리고 차이나타운에서 사 온 소국 봉지를 꺼낸다. 동지들이 거실 가운데에 둥글게 모여 앉자 어머니가 사람들 숫자만큼 국화차를 내온다.

그들은 지난 한 달 동안 그래 왔듯 이십 분가량 애도의 시간을 갖는다. 지난여름 7월 8일 북조선의 영웅이자 아버지였던 김일성이 서거한 후 그들은 수요일 자아비판 모임 때마다 눈물을 흘리며 김일성을 그리워하고 그 업적을 되새겼다. 그런 후엔 새로 취임한 김일성의 아들 김정일 국방위원장에 대한 충성을 맹세하며 주체사상에 대해 열

띤 토론을 이어 갔다. 막바지에 이르러 지난 한 주간의 잘
못을 고백하거나 당의 방침에 어긋나는 행동을 저지른 동
지들을 지적하고 비판하며 반성의 시간을 가졌다.

북조선에서보다 술을 구입하기 쉽다는 이유로 술을 즐
기게 된 동지에겐 그것이 어떻게 그를 파멸시킬지를 충
고하고, 담배가 얼마나 해로운지, 값비싼 의류나 장신구
가 어떤 종류의 타락인지에 관해 의견을 교환했다. 해외
에 사는 그들에게 필요한 과정이다. 그들은 자신들이 뼛
속부터 비판하는 사회에서 살고 있다. 외국 문물을 접하
는 동안 화려한 물질로 둔갑한 허위와 부르주아적인 관습
의 유혹에 쉬이 노출된다. 그래서 해외에 사는 동지들은
의무적으로 2년에 한 번 본국으로 귀환해야 했고, 평양에
서 엄격한 사상 교육을 받았으며, 해외 체류 기간에는 수
요일마다 같은 지역에 사는 동지들과 함께 자아비판 모임
을 가진다.

비판 시간이 끝나 갈 무렵 박재희는 이 시간이 예전과
사뭇 다르다고 느낀다. 예전에는 비판 시간이 끝나면 보
통 일상적인 대화가 이어졌다. 싱가포르 일대에 매일같이
쏟아지는 스콜, 가만히 서 있어도 줄줄 땀을 쏟게 만드는
무더운 날씨, 하루가 멀다고 우후죽순 솟아오르는 엄청나
게 큰 쇼핑몰이나 서구식 콘도미니엄, 급변하는 싱가포

르의 환경에 관해서 소소한 이야기를 나누었다. 누군가는 허허 웃으며 북조선인민공화국에 살던 시절을 회상하기도 했다. 콩을 갈아 넣은 그 담백한 맛의 아이스크림이 그립다는 이가 있는가 하면 사탕이 공급될 때마다 길게 줄을 서서 사탕들을 사 먹었는데 지금은 아무 곳에서나 살 수 있어서 그 가치가 외려 훼손되었다며 쓸쓸한 헛웃음을 치는 이도 있었다. 그러나 이제 아무도 그런 가벼운 이야기를 꺼내지 않는다.

박재희는 조용하다. 학교에선 활달하고 모든 토론 수업에 적극적이지만 수요 자아비판 모임 때는 대개 침묵으로 일관한다. 언젠가부터 이 시간이 따분하고 고루하다. 동지들이 일삼는 사상과 이념에 대한 의견들은 모순되고, 그가 납득할 수 있는 의견은 없다.

동지들의 의견을 경청하는 척하며 어머니가 내준 향기로운 차를 마시는 데 집중한다. 허공을 떠도는 은은한 국화차 향을 음미하며 비틀즈의 「이매진」을 속으로 흥얼거린다.

묵음의 리듬을 타고 무의식 속에서 그 여학생의 이미지들이 떠오른다. 왜 그 여학생이 자꾸 떠오르는 것일까.

"박재희 동지의 학년에 남조선 여학생이 입학했다고

들었습니다. 별문제는 없겠지만 말입니다."

모임의 누군가가 말한다. 박재희는 들고 있던 찻잔을 침착하게 내려놓는다. 방심하고 말았다. 비판이 끝난 줄 알았는데 아니었다. 방금 전 누군가 그의 이름을 거론했다.

중앙에 앉아 있던 아버지는 무표정하고 어머니는 다소곳한 발걸음을 주방으로 옮긴다. 박재희는 그의 이름을 거론한 최도광 동지를 쳐다본다. 한 달 전 러시아에서 파견 나온 군부 출신 요원. 최 동지가 다리를 벌리고 앉아서 입가에 야릇한 미소를 걸치고 그를 응시한다.

최도광이 나를 의심하고 있어.

부엌에서 전기 포트를 들고 나온 어머니가 최 동지에게 물을 더 부어 준다.

"최 동지의 상상 속엔 지옥만 있는 것 같군요. 걱정 마십시오, 최 동지. 철두철미하게 대처하고 있습니다."

박재희는 태연하게 미소를 머금고 상냥하게 대답한다. 이런 기싸움에서 밀리고 싶지 않다. 최 동지는 아버지보다 직급이 한참 아래다. 시선을 떨어트리지 않고 그를 똑바로 쳐다본다. 그의 엉뚱한 대답과 반응에 거실 안에 있는 사람들의 표정이 어리둥절해진다.

"언제 마셔도 윤숙현 동지의 차가 최고라 말입니다."

최 동지가 너스레를 떤다. 그가 돌연 화제를 바꿨음에

도 응접실을 떠도는 어색한 공기가 사라지지 않는다. 이
윽고 아버지가 목청을 큼큼 가다듬는다.

"최근 들어서 싱가포르로 해운업과 건설업 분야의 남조
선 동포들의 이주가 왕성해지고 있습니다. 어떤 학교든지
남조선 자녀들이 있어요. 최 동지가 언급했듯 박재희 동
지가 다니는 학교도 예외는 아닙니다. 하지만 박 동지의
학교보다 더 적합한 교육기관은 없습니다. 특정 종교나
국가에 종속되지 않은 것은 큰 이점입니다. 미국이나 영
국 학교에서 설립한 국제 학교들에 비해 우리와 우호적인
관계를 맺고 있는 러시아와 중동, 중국, 동유럽 국가 자녀
들의 분포가 압도적으로 높습니다. 싱가포르 내에서 이런
학교를 찾기는 쉽지 않죠. 현재는 UWC뿐이라 말입니다.
물론 우리가 우리 자녀들의 사상 교육에 더 신경을 기울
여야 할 시점이라는 사실에는 의심의 여지가 없습니다."

둔중한 톤과 절제된 속도를 지닌 아버지의 목소리가
응접실 안에 울려 퍼진다. 아버지의 음성은 박재희한테
그가 존재하기 이전의 시간에 아버지가 살아온 시간을 상
상하게 하는 힘이다. 모스크바 대학교 캠퍼스에서 마르크
스와 레닌의 문장들을 읊으며 걷는 그 진중한 걸음걸이
를, 동지들과 주체사상에 대해 토론하는 그 열정을, 그런
그를 먼발치에서 몰래 지켜보던 어머니의 뒷모습을 박재

희는 자주 상상하곤 한다. 그 상상은 강한 자긍심을 주었고 그것은 이제 삶의 뿌리다. 오늘을 살아가는 삶의 뿌리.

아버지의 목소리는 그의 상상력뿐 아니라 다른 동지들을 설득시키는 데도 파급력이 크다. 그것은 아버지가 다른 동지들에게 존경받는 인물이라는 점을 언제나 증명해 준다. 그 자리에 있던 동지들 모두가 아버지의 의견에 동의하듯 고개를 주억거린다. 그러고는 잠시 정적이 흐른다. 찻잔을 받침대에서 들고 내리는 소리만 딸그락딸그락 울린다.

박재희는 자신을 맴도는 의심의 기류를 견디며 찻잔 속을 바라본다. 젖은 소국이 밑바닥으로 가라앉아 있다. 손바닥 안에서 서서히 차가워지는 찻잔의 온도가 여실히 느껴진다. 어느새 곁으로 다가온 어머니가 그 차가워진 찻잔에 다시 뜨거운 물을 부어 준다.

자아비판 모임을 마치고 박재희는 2층 그의 방으로 올라간다. 아버지를 기다린다. 모임이 끝나긴 했으나 어쨌든 그를 지적하는 의견이 제기된 참이다. 아버지는 주의를 주고 단속하는 차원에서라도 예전처럼 그 문제를 주제로 토론하길 원할 것이다. 아버지를 기다리는 동안 책을 읽으려고 책장을 살펴본다.

『위대한 개츠비』를 손에 쥐고 방문 쪽을 물끄러미 돌아본다. 며칠 전 남조선 여학생이 들고 있던 책. 그의 시선은 다시 책장 맨 위 칸에 꽂힌『불멸의 력사』총서에 가닿는다. 그가 이탈리아 제노바에서 국제 학교 초등부에 입학하던 첫해 아버지로부터 받은 입학 선물이다. 그중『백두산 기슭』이 가장 좋았다. 그가 태어난 해인 1978년에 출판된 책이어서 무언가 특별함을 가졌다. 어릴 적엔 본문 중 몇 단락을 토씨 하나 빼지 않고 외워서 읊을 줄 알았다. 그때마다 가족이나 동지들이 박수를 쳐 주었다.

최근에는 그를 전율시켰던 그 문장들의 위력이 사라지고 있다. 그 자리에 다른 많은 것들이 재배치되었다.『위대한 개츠비』나『이방인』같은 고전들,「태양은 가득히」나「인생은 아름다워」,「시네마 천국」같은 영화들. 이념이나 사상을 강조하는 문장들보다 차라리 이차방정식의 미지수들이 더 매력적이다. 비틀스나 퀸이 그의 삶에 깊게 침투했다. 밀레의「봄」과 같은 수작들이 영혼의 샘을 출렁이게 했다. 파가니니의「카프리스」를 들으면 샘에서 새하얀 광채가 번뜩인다.

박재희는 그런 자신이 이따금 낯설다. 결국 외국 문물 속에서 타락하고 있는 것인가. 자신을 의심하고 또 의심한다. 자신이 미덥지 못할 때면 마음을 다잡기 위해 총서

한 권을 꺼내어 펼쳤다. 하지만 유년기에 전율을 일으켰던 그것들은 더 이상 아무런 감동도 주지 못한다.

그는 남조선 여학생이 들고 있던 『위대한 개츠비』를 다시 책장의 그늘 속에 돌려놓는다. 그리고 『불멸의 력사』 총서에서 권정웅의 『1932년』을 꺼내 든다. 책은 두껍고 무겁다. 책장을 펼친다. 그의 눈은 과거에 친숙했던 모든 글귀들에 저항한다. 어떤 것도 눈에 들어오지 않는다. 두 눈을 끔뻑이며 책 읽기에 집중하려고 노력하지만 소용없다. 졸음만 밀려온다. 그는 눈을 감지 않으려고 애쓰며 눈두덩을 비빈다. 아버지가 방문을 열었을 때 그는 아버지가 선물한 『불멸의 력사』 중 한 권을 읽고 있길 바란다. 그러나 문을 열고 들어온 사람은 아버지가 아니다. 군부 출신 최도광이다.

2017년 2월, 베이징

공군 재킷이 리모컨 버튼을 눌렀다. 화면에 새로운 이미지가 떴다. 사진은 낡고 색이 바래서 선명하지 않았다. 먼 과거에 찍힌 사진이었다. 소녀는 서울 시내의 흔하디 흔한 어느 다세대주택 골목 초입에 서 있었다. 젖살이 붙

은 앳된 얼굴에 피부가 창백하리만치 하얗다. 단발머리이
고 교복 위에 더플코트를 입고 검은색 스타킹과 검정색
구두를 신었다. 기시감이 드는 얼굴이라고 느끼는데 소녀
의 얼굴이 물결 위에 파문을 일으키듯 확대되었다. 이한
수의 시선을 사로잡은 것은 눈이었다. 얇은 속 쌍꺼풀의
기름한 눈. 지금 서 있는 저 골목 초입에서 무엇을 발견했
던 것일까. 소녀의 두 눈이 분노와 절망과 슬픔으로 이글
거렸다. 그 눈에 몰입하자 다시 그 질문이 뇌리를 가로질
렀다. 왜 나일까.

　잠시 후 소녀의 사진이 사라지고 흑백 영상이 나타났
다. 영상 속에서 황인호가 지내던 숙소 문이 열렸다. 황인
호 옆으로 경호원 두 명이 서 있다. 모자를 쓴 여자가 들
어와 황인호에게 허리를 숙여 인사하자 황인호가 그녀에
게 넥타이 두 개를 내밀어 보였다.

　모자챙을 깊숙이 눌러써서 얼굴은 잘 보이지 않았다.
황인호가 경호원들에게 무언가 말했다. 경호원들이 거리
를 두고 멀어졌다. 영상이 바뀌면서 화면은 숙소의 다른
공간으로 이동했다. 방 안의 책상 앞에 황인호와 여자만
남았다.

　"황인호가 저격당한 날 아침, 그의 숙소로 방문이 있었
어. 일정에 없던 방문이었지. 저 방문 때문에 하얏트에서

열린 학회가 삼십 분 지연됐어. 우리 측 분석으로는 저 여자가 호텔 방에서 암살을 시도하려고 계획했어. 경호원들 증언으론 그날 저 여자가 방에 들어가고 폐쇄 회로 카메라가 잠시 꺼졌다는 거야. 숙소 안에는 비서 한 명과 경호원 네 명이 있었지. 철통 경비망을 보고 빠져나갈 구멍이 없는 것을 확인한 후 플랜 B로 들어간 거지. 저 여자가 현재 유력한 용의자야."

영상에서 황인호는 여자에게 차를 내주려고 반대편으로 걸어갔다. 황인호가 전기 포트 스위치를 누르고 찻잔에 티백을 넣는 동안 여자가 모자를 벗었다. 뒷모습이었다. 포니테일로 묶은 머리에서 흘러내린 잔머리를 손으로 쓸어 넘기며 황인호 쪽을 돌아보았다. 그 바람에 카메라 쪽으로 몸이 45도 틀어졌다. 여자의 얼굴이 정면으로 드러났다. 이한수는 모자에 눌려서 이마에 달라붙은 머리카락들을 보았다. 그리고 그 진갈색 눈을 보았다. 국정원이 황인호 암살의 유력 용의자로 지목한 여자는 강유나였다.

4장
마지막 리드

1994년 9월, 싱가포르

박재희라는 남자아이와 가까워지면 아버지 소식을 알
수 있지 않을까. 아버지가 살았는지 죽었는지 알 수 있지
않을까. 살았다면 어디에 있는지, 건강한지, 무엇을 하고
사는지 알 수 있지 않을까.

강유나는 집에 도착하자마자 책가방을 내팽개치고 옷
장 앞으로 달려간다. 문을 드르륵 열고 책상 의자를 가져
온다. 의자를 밟고 올라가 서울에서 입고 온 둘둘 만 두꺼
운 겨울 점퍼 뒤로 손을 넣는다. 검은색 끈이 손에 잡힌
다. 끈을 잡아당기자 마침내 가방이 끌려 나오면서 그 앞

의 점퍼를 밀어낸다. 얼굴 위로 땀내 밴 점퍼가 떨어진다. 점퍼를 치우고 오보에 가방을 쥔 채로 의자에서 내려온다. 가방 속에는 마지막 리드가 들어 있다. 오랜만에 리드를 보자 아버지에 대한 기억이 떠오른다.

떠나기 전날 아버지는 100개의 리드를 깎으며 어떤 마음이었을까? 두 단으로 된 갑에 나무 이파리 같은 작은 조각들을 조심스러운 동작으로 하나하나 꽂는 아버지는 그것들을 다 끼우고 예의 뿌듯한 미소를 지었다. 리드를 다듬는 아버지는 선행을 추구하는 착한 선교사나 성적이 나쁘다고 질타하지 않고 공부하라는 잔소리를 한 번도 해 보지 않은 쿨한 아버지와는 동떨어져서 무언가 고집스럽고 세속적이고 현실적인 면모를 보였다. 그렇게 아버지가 손질해 주고 간 리드는 자그마치 100개였다.

"자, 내가 돌아올 때까지 이 정도면 충분하겠다."

강유나는 그날 밤 아버지의 완고한 모습을 보며 자신의 열 살 생일을 회상했다.

아버지의 오보에는 늘 그곳에 있었다. 그녀가 기억하는 순간부터 있었으니 아마도 그녀가 태어나기 전부터 그 자리에 있었을 것이다. 성경책과 각종 백과사전들과 소설책들이 꽂힌 책장 맨 위. 천장과 책장 사이의 두 뼘쯤 되는 그늘진 공간. 아버지는 까치발을 하고 손을 뻗어서 그 가방을 꺼냈다. 손바닥으로 검은색 가방 표면의 먼지를 툴툴 털어 냈다. 그러고는 마른걸레로 한 번 더 닦은 후 그녀에게 내밀었다.

"자, 생일 선물이다."

아버지가 상기된 얼굴로 가방의 지퍼를 열었다. 그 안에서 가죽을 입힌 갑을 꺼내는 걸 도와주었다. 은색 단추들이 달린 세 개의 검은색 관이 분리되어 자줏빛 벨벳 천 속에 가지런히 누워 있다.

아버지는 농사를 짓거나 가축을 길렀을 것 같은 투박하고 거친 손으로 악기를 조립했는데, 관을 끼우거나 은색 단추들을 눌러 보는 손가락들의 움직임은 더없이 섬세하기만 했다. 곧이어 은색 단추들이 일렬로 열을 맞추어 가며 하나의 기다란 형체를 갖추자 그것은 총처럼 보이기도 했고 망원경처럼 보이기도 했다.

"총이에요?"

그녀는 의아하다는 듯 물었다. 아버지는 고개를 저었다.

"망원경?"

아버지는 또다시 도리질하며 이번엔 장난기 어린 미소를 지었다.

"어렸을 적 내가 이 녀석을 처음 보았을 때 나도 이게

총인 줄 알았다. 장총. 전시 후였던 그 시절 우리가 상상
할 수 있는 건 그뿐이었으니까. 아름다운 무엇에 대해선
상상하기 힘들던 시절이었지."

"그럼 이건 뭐예요?"

"오보."

그날부터 아버지는 오보에라고 하지 않고 한사코 프랑
스식 발음으로 오보라고 발음했다. 오보라고 발음하면서
입술을 동그랗게 오므렸는데 마치 사랑하는 여인으로부
터 입맞춤을 기다리는 모양새였다.

아버지가 음악을 유달리 좋아한다는 것은 알았다. 그
녀는 다른 친구들처럼 학습지를 풀거나 보습학원에 다녀
본 경험은 없지만, 교회 피아노 연주를 맡은 권사님을 통
해 피아노 교습을 받은 적은 있다. 그러나 악보의 음표들
만 보면 속이 메슥거리고 두통이 일었다. 피아노 선생님
은 그런 그녀를 못마땅해했다. 가느다란 자 모서리로 연
신 손등을 툭툭 쳐 가며 "달걀을 만들어, 달걀을." 신경질
적인 목소리로 그녀를 나무랐다. 그녀는 아주 어린 나이
에도 자신이 결코 음악적인 인간이 아님을 확신했다. 그
런데 오보에라니!

"난 이 선물을 주기 위해 네가 꼭 열 살이 될 때까지 기
다렸어."

이어서 아버지는 이 오보에를 가지게 된 사연을 들려주었다. 그녀는 오보에가 놓인 방바닥 아랫목에 배를 깔고 엎어져서 발을 구르며 아버지의 이야기에 귀를 기울였다. 어느새 그녀의 시선이 오보에 너머 방바닥으로 향했다. 조금 전 아버지가 언급한 기다림의 시간을 가늠해 보고 싶지만 좀처럼 쉽지 않았다.

"왜 나야? 언니가 배워도 되잖아."

그녀는 눈을 내리깐 채로 투덜거렸다. 아버지의 이야기, 그러니까 오보에를 가지게 된 사연과 오보에와 사랑에 빠진 과정을 듣고서 더럭 겁이 났다. 시간이 한참 지난 후에야 그녀는 누군가 다다르지 못한 열망과 꿈을 대신 채워 나가는 것이 얼마나 힘겨운지 깨달았다. 그건 불가능한 일이다.

"언니는 줄곧 피아노를 쳤잖아. 그리고 언니는 감기를 달고 살아. 기관지가 약해서 관악기를 연주하기 힘들어. 또 네가 언니에 비해 폐활량이 훨씬 좋기도 하고. 기억 안 나? 물속에서 오래 버티기를 하면 우리 셋 중에 네가 가장 오래 버텼어. 고작 여섯 살 때 수박씨 멀리 던지기 대회에서 메달을 땄지."

"강철수 씨, 정말 모르겠어? 난 음악에 관심 없어. 악기는 더더욱."

그녀는 아버지에게 받은 오보에를 도로 분리하여 케이스에 착착 넣어서 책상과 벽 사이의 틈에 처박아 두었다. 그 후로 몇 해 동안 오보에 케이스를 꺼내 보지도 않았다. 케이스를 열면 아버지의 어린 시절, 오보에와 함께 탄생한 열망과 절망이 나비 떼가 되어 그녀를 덮칠 것만 같았다.

아버지는 마음의 준비가 될 때까지 기다려 주겠노라 말하곤 더 이상 재촉하지 않았다. 아버지는 그런 사람이었다. 상대방이 싫다는 걸 강요하지 않는 온유한 성품의 소유자. 피아노 교습이 싫다고 떼를 썼을 때도 정 싫으면 그만두라고 했다. 이번엔 달랐다. 싫으면 배우지 않아도 된다는 말은 기어코 하지 않았다. 기다리겠다고만 못 박고 침묵했다.

어언 5년이 지나서 열다섯이 된 그녀는 오보에를 배워 보겠다고 결심했다. 음악적 재능을 재발견해서도 아니고 문득 그 악기에 대한 호기심이 일어서도 아니었다. 당신이 열 살 때 절벽 끝에서 들었던 아름다운 첫 소리, 여기저기 고장 난 불량 악기들을 기증하겠다고 고아원으로 찾아온 봉사자들 틈의 안나라는 이국적인 이름을 가진 음대생에게 받은 오보에를 만졌을 때의 감동적인 첫 순간, 대나무 향이 은은한 나무 질감의 얇은 리드에 앙다문 입술을 붙이고 내뱉었던 첫 호흡, 교회 강당 창문 너머로 멀리 멀리 울려 퍼지던 자신이 낸 그윽한 첫 소리, 슬프고 배고프고 고단하기만 했던 암흑기에 기적처럼 일어난 경이로운 모든 첫 순간들을 차근차근 묘사하던 아버지의 눈에 일렁이던 그 애틋함이, 그 간절함이, 그 기다림이 결국 100마리의 나비 떼가 되어 자꾸만 가슴속에 되살아나서였다.

2017년 2월, 베이징

칭룽모텔 안의 네 남자는 프로젝터 화면에 지나가는 사진들로 소녀의 유년기와 청소년기를 분석했다.

이한수가 영상 속 강유나의 눈을 바라보는 동안 김대경이 아몬드 하나를 잇새에서 우드득 씹으며 공군 재킷에게 턱짓을 했다. 이한수의 심장이 두근거렸지만 그는 내색하지 않으려고 애썼다. 침묵을 고수하고 화면을 응시했다.

소녀가 어린 시절 아버지와 찍은 사진들 몇 장이 지나갔다. 죽처럼 물컹거리는 이유식을 얼굴과 턱받이와 통통한 팔에 잔뜩 묻힌, 돌이 갓 지난 아기는 아버지의 양반다리 위에 앉아 있었다. 고불거리는 배추 머리에 메릴린 먼로처럼 수박씨를 입술 위에 붙인 네다섯 살의 여자아이는

아버지의 목마를 타고 있었다. 제 머리통보다 더 커다래
서 눈까지 덮은 노란 유치원 모자를 쓴 예닐곱 살 여자아
이는 아버지의 손을 꼭 붙잡고 있었다. 열 개의 촛불을 꽂
은 케이크 앞에서 인상을 찡그리고 기다란 목관악기를 든
여자아이는 아버지의 손에 볼을 꼬집혔다. 그로부터 예닐
곱 살 더 먹은 청소년기의 사진들에서는 피켓을 들었다.
"내 아버지는 살인자가 아닙니다."라고 쓴 피켓을 들고 버
스 정류장, 신문사와 방송국 사옥 앞, 국회 앞에서 일인
시위를 하는 모습이었다. 옷차림을 보아하니 겨울인데 교
복 스커트 아래로 스타킹 신는 걸 잊었는지 종아리가 맨
살이었다. 그다음은 달동네의 옥탑에서 목관악기를 연주
하는 모습이었다. 멀리 찍은 사진이고 눈보라 속이었다.
얼굴이 상세히 드러나지 않았지만 이한수는 그녀가 사진
속에서 울고 있다는 인상을 받았다. 마지막으로 키가 조
금 더 큰 다른 여자아이와 함께 김포공항 국제선 입국장
으로 들어서는 뒷모습이 찍힌 사진이었다.

"저 소녀와 아버지가 굉장히 돈독해 보이는데."

윤 부장이 프로젝터의 기계음만 웅웅거리는 정적을 깨
고 한마디 내뱉었다.

"저 아버지가 누군지 아나?"

차대경이 물었다. 이한수는 쉽사리 대답할 수 없었다.

왜 모르겠는가.

"1994년 블라디보스토크 강철수 선교사 사건 기억하
나?"

차대경이 잇새에 낀 아몬드 가루를 혀로 훑어서 빼내
며 물었다.

"블라디보스토크에서 외교관과 활동가를 암살하고 월
북한 선교사가 있었지. 저 소녀가 바로 그 선교사 강철수
의 딸이야."

차대경이 이한수를 돌아보았다.

이한수는 경직된 얼굴로 입을 다물었다. 1994년이면 그
가 고등학생 때였다. 세세하게 기억나진 않지만 파편적으
로 사건에 대한 기억이 남아 있었다. 야간 자율 학습이 끝
나고 동철이 어머니네 떡볶이 리어카에서 동철이와 함께
떡볶이와 순대와 오뎅으로 이른 저녁을 먹을 때였다. 리
어카 구석에 놓인 자그만 12인치 티브이 화면 속 9시 뉴
스에 등장했던 초로의 남자. 북방의 어느 나라 설원에 버
려진 차. 룸미러에 걸린 딸들의 사진을 보며 동철은 그중
왼쪽에 있는 언니가 자기 스타일이라는 농을 쳐댔었다.

이한수는 혼란스러웠다. 먼 과거, 9시 뉴스에 등장했던
살인마 강철수와 최근 자주 마주친 강유나 방의 사진 속
남자가 동일 인물이라는 게 믿기지 않았다. 싱가포르에서

강유나가 방콕에 있다고 거짓말한 사실을 알았을 때 뒤통수를 맞은 심정이었는데, 그 아버지가 1994년 블라디보스토크 사건의 선교사 강철수였다는 사실을 듣자 앞면을 정통으로 세게 얻어맞은 느낌이었다.

강유나는 아버지가 썼던 배낭을 위대한 유품처럼 항상 메고 다녔다. 아침에 눈을 떴을 때 제일 먼저 보이는 침대 발치의 벽에 아버지의 사진을 붙여 두었다. 만나는 탈북자들을 붙잡고 아버지의 사진을 내보이며 혹시 북한에서 이런 남자를 본 적이 있는지 물었다.

얼마 전 이한수는 넌지시 아버지에 대해 물었다. 그녀는 개인적인 이야기는 삼가는 편이지만 아버지에 관해서만큼은 꽤 열성적으로 대답했다. 고등학교 때 아버지가 실종됐다고 고백한 날이었다. 연이어 아버지가 한 인간으로서 얼마나 훌륭한 분이었는지, 어려움에 처한 약자들을 돕는 걸 천직으로 여기던 아버지가 얼마나 선량한 선교사였는지, 홀아비가 되어 두 딸들에게 넘치는 사랑을 주었던 아버지가 얼마나 자애로운 분이었는지, 얼마나 음악적인 인간이었는지, 또 그런 아버지가 실종된 후로 얼마나 아버지를 그리워했는지 아버지에 대한 넘쳐흐르는 자부심과 애정을 가지고 말했었다. 다만 아버지가 살인자고 월북자라는 사실은 말하지 않았다. 그녀는 연좌제 때문에 타향을 떠돌았던 것일까.

"잠깐만, 1994년 블라디보스토크 선교사 사건! 내가 그때 취재를 나갔었는데!"

윤 부장이 수선스럽게 말을 꺼냈다.

"기억나, 강철수. 옥수동 쪽이었지. 지금이야 아파트가 들어섰지만 당시엔 달동네였지. 거기 다세대주택 옥탑에 살았고. 아내는 일찍이 교통사고로 죽고 두 딸만 있었지. 고등학생이었어. 맞아, 고등학생. 그럼 그 딸들 중 한 명이 저⋯⋯."

"다른 딸은 현재 국내에서 톱스타가 되었지. 강소라."

이한수는 침묵했다. 강유나와 관계된 모든 것들이 충격적이었다. 국정원 소속 차대경과 공군 재킷, 상부 지시를 받고 날아온 윤 부장은 그가 이 사실을 받아들이도록 잠시 내버려 두었다.

그가 강유나와 개인적인 교류나 감정이 없다면 꽤 흥미로운 기삿거리로 받아들일 터였다. 그러나 그녀는 단순한 기사의 소재가 아니었다.

"누군지는 굳이 설명 안 해도 되지? 저 여자가 현재 유력 용의자야. 보위부 끄나풀."

차대경이 건들거리듯 말했다. 이한수는 생각에 잠겼다. 그녀가 왜 황인호를 찾아갔을까. 어제 통화할 때 분명히 방콕이라고 했다. 방콕 한국 대사관 인근 사원 앞에서 코코넛을 마시는 중이라고까지 했다. 황인호는 싱가포르에서 암살당했다. 왜 강유나가 싱가포르에 있는 것일까.

무거운 피로감이 밀려왔다. 혼란스러웠지만 냉정을 찾기 위해 손가락으로 관자놀이를 문질렀다.

"무슨 근거로 그런 심증을 굳히게 된 겁니까."

"하하, 심증이라."

"단서는 있는 겁니까?"

"있지. 자, 이제부터 우리는 자네에게 강유나에 대한 모든 정보를 공유할 거야. 협조를 부탁할 때 최소한의 예의 아니겠어. 저기 강유나가 열일곱 살 때 두 살 위의 언니와 출국장으로 들어서는 모습 보이지. 저 때 강유나는 언니 강소라와 함께 싱가포르로 이주했어. 강철수 사건이 터지고 나서 생부가 나타났지. 생물학적인 친아버지. 그가 누구인지는 아나? 강유나와 언니를 싱가포르로 보내 준 후원자."

이한수는 침을 삼켰다. 어색하게 고개를 저으며 화면을 바라보았다. 김포공항 출국장으로 들어서는 강유나의 모습이 지워지고 검정색 메르세데스 벤츠에서 내리는 백발 노신사의 사진이 떴다.

"KS 그룹 김준철 회장. 국졸에 미군 부대에서 구두닦이며 잡심부름을 했는데, 스물한 살 때 한 살 위인 육군 투 스타의 딸을 유혹해 야반도주 후 결혼하지. 그 뒤에 처가의 장장한 인맥을 이용해 청아 회장과 만나게 되고 그의 눈에 들어서 청아상회를 거쳐 청아해운으로 갔지. 미군 부대에서 배운 구두닦이 영어로 대졸 경쟁자들을 물리치고 싱가포르 지사장으로 부임했던 것처럼 보였는데, 당시 그의 입지로 보자면 좌천이나 다름없었지. 그런데 싱가포르 정부에서 선박세 면제를 시행한 후로 지사가 본사보다 덩치가 커지기 시작해. 결국 자길 키워 준 청아 회장을 배신하고 싱가포르 지사를 먹어. 저때부터 승승장구해. 한국의 정치인들이나 권력층들과 교류하기 시작했지. 동남아시아 변방에서 일개 해운업을 인수했던 그가 권력자들과 교류할 수 있었던 계기는 나중에 인수한 인도네시아의 목재 회사로 엄청난 현금을 벌어들이기 시작하면서부터야. 20년 전부터 튼튼한 메이저 언론사 하나를 인수하려고 안달이 나 있었는데 몇 번 수포로 돌아갔지. 돈으로는 인사이더가 될 수 없으니 이 프로젝트를 성공시켜서 권력과 명예까지 거머쥐려 하고 있어. 그중 당신들이 근무하는, 경영난을 겪고 있는 K 신문사가 현재 순위권에 있고. 권력층이나 정치권을 매수하고 있어. 물밑 작업 중이야."

이한수는 화면을 응시했다. 무릎에 댄 검지를 일 초에

한 번씩 까딱거리며 윤 부장을 흘긋거렸다. 윤 부장은 시
선을 회피하려고 일부러 제 어깨를 어물쩍 반대편으로 틀
었다. 창가 쪽의 공군 재킷이 그의 반응을 예의 주시하고
있었다.

1994년 3월, 싱가포르

김준철 회장은 어김없이 새벽 5시에 출근했다. 국민학
교 3학년 때 한국전쟁이 터졌다. 그는 학구열이 강한 모
범생이었지만 결국 초등학교를 졸업하지 못했다. 가혹한
역사와 맞설 능력이 개인에게 허락되지 않은 시절이었다.

열세 살이 된 그는 전쟁에서 살아남은 홀어머니와 세
동생을 먹여 살려야 하는 책임을 부여받았다. 학교로 돌
아갈 수 없었다. 산업 전선에 뛰어들었다. 동이 트기 전
신문 보급소로 달려가서 받은 따끈따끈한 신문 뭉치를 들
고 집집마다 돌렸다. 오전부터 오후까지 미군 부대에서
구두닦이와 온갖 잔심부름을 도맡았다. 밤에는 미군 부대
근처 경양식집에서 웨이터로 일했다.

그가 이 세 가지 일을 병행하는 데는 나름의 이유가 있
었다. 현재는 비록 가난하고 비루한 삶을 살지만 언젠가

자신이 성공할 거라고 믿었다. 보란 듯이 성공하면 과부의 자식이라고 우물에서 물을 뜨지 못하게 하는 동네 사람들에게 복수하고 싶었다. 그 동네의 땅을 모조리 사 버리리라.

우두머리가 되는 자들은 늘 글을 읽었다. 신문을 돌리면 무료로 신문에 실린 글을 읽을 수 있었다. 새벽에 보급소에서 받은 잉크 냄새 낭자한 신문 뭉치에서 한 부를 슬그머니 빼내 불빛이 있는 아무 곳에서나 쭈그리고 앉아 읽었다. 그는 신문을 가장 처음 읽는 구독자였으며 신문 잉크 냄새에 매혹된 소년이었다.

또 그의 나라를 앗아 간 일본을 미국이라는 나라가 제압했다. 미국이 최강국인 건 확실해 보였고, 그렇다면 그 나라의 언어를 배우는 건 당연한 수순이었다. 미군 부대에서 손짓 발짓을 해 가며 미군들과 소통하면서 영어를 익혔다. 그들이 내뱉는 영어를 종이에 한국 발음으로 적었다. 급할 땐 볼펜으로 손바닥이나 팔등이나 정강이에 적기도 했다. 그 낯선 언어가 혀에 감길 때까지 목욕을 하지 않았다.

세 가지 일을 마치고 11시가 넘어서 집에 돌아가면 곤죽이 되어 금방이라도 곯아떨어질 것 같았다. 하지만 피로가 성공에 대한 그의 갈망을 죽일 순 없었다. 아랫목에 등을 붙일라치면 잠이 쏟아져서 잠을 몰아내기 위해 일부러 문 가까이 외풍이 드는 차가운 자리에 엎드렸다. 헌책방에서 구한 책을 밤새 읽다가 잠이 들었다.

그때의 습관은 40년이 지난 지금까지도 이어졌다. 그는 일요일을 제외하곤 늘 새벽 4시에 기상하여 5시면 래플스에 위치한 사무실로 출근했다. 집에서 회사까지 도보로 45분 거리였는데 감기 기운으로 미열이 오를 때조차 항상 걸어서 갔다. 잠들기 전 미처 정리하지 못한 업무와 관련된 문제들을 새벽 어스름의 맑은 공기 속을 걸으며 답을 구하는 건 일종의 습관이었다. 그럴 때마다 메르세데스 벤츠가 헤드라이트를 끄고 조용히 뒤따랐다.

오늘 아침에도 그 적요한 길을 걸었다. 한국 신문사 인수 건에 관해 골몰했다. 부채에 허덕이는 이 신문사를 매입하면 일개 변방의 현금 부자가 아닌 한국의 부와 권력의 중심부에 진입할 수 있었다. 모든 게 계획에 따라 착착 진행되고 있었다. 얼마 전 뉴스에 어린 자매가 등장하기 전까지는. 17년 전에 내친 계집이 화근이었다.

그는 사무실로 들어섰다. 그의 유난스러운 근면함 때문에 비서실도 새벽 4시 50분이면 출근했다. 비서실에는 한국인 한 명, 중국계와 말레이시아계 싱가포르인이 각각 한 명, 미국인이 한 명 있었다. 김준철은 홍보용처럼 제

비서실에 잘생긴 미국인을 두었고, 손님이 방문하면 존이라는 미국인 비서를 가장 먼저 소개했다.

30대 초반의 한국인 우 비서가 신문 뭉치를 들고 들어왔다. 한국 메이저 신문 네 부와,《뉴욕타임스》한 부가 섞여 있었다. 그는 영어로 신문을 읽는 수준에는 미달이었지만 늘 영자 신문을 한 번 훑어보는 버릇이 있었다.

"강철수 사건은 어찌 되어 가나."

김준철 회장이 우 비서에게 물었다.

"월북으로 몰아가고 있습니다. 곧 강철수 주변인들의 신변 털기에 들어갈 것 같습니다."

"그때 내가 어리석었지. 아내와는 딸만 셋이었고, 아내가 더는 아이를 갖고 싶지 않다고 했거든. 난 정말 아들을 원했지. 내가 내 아버지를 위해 그랬듯이 나중에 죽고 나서 내 제사를 지내 줄 아들 말이야. 아내에 비하면 촌스러웠지만 얼굴이 반반하고 셈이 빨랐던 경리 계집애를 사서 임신을 시킬 때까지만 해도 머지않아 아들을 얻을 줄 알았지. 그런데 첫째가 딸이었어. 둘째 때는 내가 거금을 들여서 미국으로 보내 성별까지 확인했지. 또 딸인 거야. 중절 수술을 강요했더니 그대로 내빼서 잠적했어. 그 아둔한 계집이 내 인생을 조지게 놔두는 게 아니었어. 그 애들에 대해선 좀 알아봤나?"

그는 한국 뉴스에서 떠드는 블라디보스토크 강철수 사건으로 골치가 아팠다. 엊그제는 강철수의 딸이라고 소개된 여자아이가 기자들 앞에서 제 아버지를 항변했다. 점입가경으로 피켓을 들고 국회와 언론사 앞에서 일인 시위를 벌였다. 이 문제가 확산되는 걸 더는 지켜볼 수 없었다.

"네, 회장님. 두 아이는 강철수와 아주 가까웠던 것 같습니다. 알아본 바, 강철수가 두 딸을 극진하게 키운 모양입니다."

"쓰러져 가는 건물 옥탑에서 산다며. 그 형편에 극진하게 키워 봤자 아니겠어."

"현재 고등학교 1학년과 3학년입니다. 3학년인 강유진은 성적이 그다지 좋지 않지만, 생활기록부에 성격이 활달하고 친구들에게 온정을 베푸는 이타적인 성향이라고 기록돼 있었습니다. 1학년인 강유나는 반에서 일이 등을 하는데."

"그렇게 우수한 성적을 받는다고?"

김 회장의 오른쪽 눈썹이 갈고리 모양으로 치켜 올라갔다. 본처와 낳은 세 딸들 중에서 지금까지 손가락 안에 드는 순위의 성적표를 받아 온 딸은 한 명도 없었다. 대부분 중간에서 중하위권을 맴돌았다. 교육비로 아낌없이 돈을 투자했는데, 이 멍청한 딸들은 그게 얼마나 감사하고 값진 줄 모르고 죄다 장국영이나 유덕화 같은 홍콩 느와르 남자 배우들이나 미국 팝 가수에 빠져 시간을 죽였다. 책이라곤《논노》같은 일본 패션 잡지를 쌓아 놓고 보는 게 전부였다. 그 외 시간엔 다카시마야 백화점에서 유치한 귀걸이나 짧은 스커트를 사 모으는 데 정신이 팔려 있었다. 결국 두 딸 모두 체면치레만 겨우 하는 중위권 대학에 진학했다. 막내딸은 삼수를 면치 못하고 있었다.

그런 딸들이 탐탁지 않았지만 크게 나무라지 않았다. 아내는 전직 육군 투 스타의 딸로 전형적인 부르주아였다. 그가 학구열이라곤 눈곱만큼도 없는 딸들로 심기가 불편할 때마다 아내가 나서서 그를 달랬다.

"나도 그랬어요. 하지만 이렇게 잘살고 있잖아요. 여자 팔자는 자고로 남편 따라가는 거잖아요. 여자가 너무 잘나고 똑똑하면 남자가 어디 기 펴고 승승장구하겠어요."

아내의 말에 일리는 있었다. 하지만 그가 손수 이룩한 이 KS를 누구에게 물려주겠는가. 이 회사는 결코 쉽게 얻은 게 아니었다. 독학으로 상고를 졸업한 덕에 개성에서 청아상회의 회계를 맡았다. 당시 청아의 핵심부였다. 곧 국경이 닫힌다는 소식이 터졌고, 모든 사람들이 겁을 집어먹고 보따리 하나만 들고 줄행랑쳤다. 김준철은 그러지 않았다. 아차 하면 서울에 있는 가족을 영영 볼 수 없을지 몰랐지만 그는 청아상회의 막대한 금과 현금을 지키는 데 사력을 다했다. 목숨을 걸었다. 자비를 털어 트럭을 구해 와 그 현금과 금을 모조리 싣고 방수포를 씌워 국경을 향해 달렸다. 사이렌이 울리고 여기저기서 곧 국경이 닫힐 거라는 고함이 들려왔다. 그가 도착했을 때 국경은 이미 닫혀 있었다. 보초를 서는 군인에게 금괴 하나를 쥐여 주고 가까스로 국경을 넘었다.

그렇게 청아상회 회장의 신임을 얻은 것 같았다. 하지만 얼마 지나지 않아 싱가포르로 발령을 받았다. 그의 영어 실력을 썩히기 아깝다는 게 회장의 설명이었지만 그것이 그를 경계하는 세력이 한 짓거리임을 김준철은 모르지 않았다. 억울했지만 포기하지 않았다. 해운업의 싱가포르 지사 덩치를 국내 본체보다 더 크게 키우느라 새벽까지 꼬박 일했다. 행운의 신이 그 노력에 승리의 깃발을 꽂아 주었다. 싱가포르에서 외국 선박들에게 세금 면제를 시행하기 시작했고, 그 이후 싱가포르의 번창하는 해운업에 힘입어 벌어들인 현금으로 인도네시아 목재를 사들였다. 그 탁월한 결정이 지금 KS의 기반을 만들었다.

자기처럼 야심가 사위를 얻었다가는 KS가 통째로 그의 손아귀에 넘어간다. 세 딸들은 보석이 대롱거리는 목걸이나 귀걸이를 슬쩍 쥐여 주면 그 수백 배를 잃는 건 모르고 바보처럼 헤벌쭉 웃기나 할 것이다.

문제는 그마저 쉬워 보이지 않는다는 점이다. 서울의 소문난 중매쟁이를 섭외해서 혼처를 알아보는데도 중매가 잘 들어오지 않았다. 그의 두뇌와 아내의 외모를 닮고 태어나야 했던 세 딸들은 정확히 그 반대로 태어나고 자랐다. 애석하게도 그의 넓죽한 턱과 가자미눈처럼 작고 쭉 찢어진 눈과 뭉툭한 주먹코를 그대로 빼박았고, 공부머리는 제 어미를 그대로 받았다.

뉴스에서 보았던 서울의 두 여자아이는 예쁘장했다. 이제 이 세상에 없는, 얼굴이 반반했던 제 엄마보다 더 현대적으로 진화한 외모였다. 학업 성적이 별로라는 첫째는 여배우 정윤희를 닮아서 남자깨나 울리게 생겼고, 공부를 잘한다는 둘째는 그 정도는 아니지만 이지적이고 그윽한 아름다움을 풍겼다. 고급 미장원에서 머리 좀 손질하고 때깔 좋은 옷을 입혀 놓으면 어디에 내놓아도 손색이 없을 터였다.

뉴스에서 인터뷰를 자처한 여자아이가 둘째였다. 고집스럽고 성깔이 있어 보였다. 어린 나이에 기자들과 대립하는 기세와 논리적인 말솜씨도 제법이었다. 그 여자아이는 강철수가 도망친 거라면 왜 차 문이 양쪽 다 열려 있었겠냐고 지적했다.

"어찌 일이 등을 했을고. 내 알기론 그 집이 겨우 밥이나 먹고 산다고 들었는데."

"공부에 재능이 있어 보입니다."

"허 참, 내 유전자가 그리 갔나 보군."

김 회장은 강철수 사건이 터지고 처음으로 호탕하게 웃어 보였다.

"싱가포르 오차드 쪽에 집을 구하고, 그 아이들이 다닐 국제 학교를 좀 알아보지."

"네, 알겠습니다."

"UWCSEA에 한번 시도해 봐. 세 딸은 대기자 명단에 올렸는데 한 명도 입학 허가가 나지 않았어. 매번 거절했지. 콧대가 센 학교라고. 인근 국가의 왕족이나 최고 명문가 자녀들이 다 거기에 들어간다고 들었네. 대학 진학률도 높고. 거기에만 들어가면, 특히 둘째는 타고난 머리가 있으니, 그 뭐야, 하버드나 케임브리지 같은 학교에도 갈 수 있을 거라고. 자네가 한번 잘 서포트해서 만들어 봐. 그럼 자네가 키운 그 아이가 결국 한자리할 테고, 그 공로가 다 누구에게 가겠나."

김 회장의 목소리가 고무적이었다. 눈엣가시를 빼내려고 했는데 자세히 보니 그게 일개 가시가 아니었다. 잘만 활용하면 그도 명문 대학 출신의 자식을 둘 수 있었다. 아들과 명문 대학 간판은 그가 이번 생에서 갖지 못한 두 가지였다.

2017년 2월, 베이징

영상에서 흘러나오는 빛이 이한수의 일그러진 얼굴을 비추었다. 강유나는 왜 싱가포르에 있었던 걸까. 황인호의 숙소에는 왜 찾아갔을까. 오늘 아침 지도 위 그의 압정은 잘못된 지점에 꽂혔다. 방콕이 아니라 싱가포르여야 했다. 알 수 없는 어떤 비밀스러운 이유나 혹은 거짓말로.

잠시 후 영상이 되감긴다. 강유나가 황인호의 숙소에 들어서던 시점으로 돌아갔다.

"저기 강유나가 들고 있는 가방이 보이나?"

차대경이 말했다. 이한수는 화면 속에서 확대된 가방을 보았다. 직사각형이고 검은색이며 어깨에 걸치게끔 끈이 달려 있었다. 평소 그녀가 메고 다니는 푸른색 배낭과는 다른 종류였다.

"우린 저 가방 안에 총기류가 들었을 거라고 추정하고 있지."

차대경이 제법 확고한 어조로 말했다. 이한수는 모텔

방 안에서 이루어지는 대화가 불편하기만 했다. 그는 의뢰를 받고 베이징에 나와 있었다. 취재를 빌미 삼아 의도적으로 그녀에게 접촉했다. 지난 한 달간 그녀와 같은 숙소에서 지내 왔다.

강유나는 탈북자들을 지원하는 인권 운동가다. 목숨을 걸고 중국과 북한 국경 사이의 압록강이나 두만강을 건너서 탈출한 후 무국적자가 되어 중국 싼성을 떠도는 북한 아이들을 보살폈다. 음식과 의료를 제공했다. 아이들이 최소한 기본적인 삶의 보호와 혜택을 받도록 한국으로 갈 수 있는 길을 모색하고 추진했다.

이한수는 베이징에서 그녀의 활동과 아이들의 탈북 과정을 취재하는 척해 왔다. 위장이지만 중국 당국이 승인하지 않은 불법 취재였다. 이번에 진행하는 '독수리 5형제' 작전은 처음부터 그녀와 함께 아이들을 찾아 내거나 구출했다. 탈출하기에 적합한 장소와 경로를 물색하기 위해 현장 답사도 여러 번 같이 나갔다. 그리고 그들은 최종 목적지로 향하고 있었다.

그녀는 늘 어딘지 비밀스러웠다. 베이징으로 취재를 오기 전 서울에서 K 보도국 주소의 이메일로 질문지를 두 번 보냈는데 그때마다 가급적이면 만나서 얘기하자고 대답을 회피했다. 막상 만나서 물어보았을 땐 동문서답을 하거나 화제를 바꿨다. 무엇 하나 순조롭지 않았다. 개인적인 일은 특히 함구했고, 응당 취재가 필요한 일도 계획 단계나 과정은 일절 공개하지 않았다. 일이 벌어지는 현장에서 답을 구해야 하는 식이었다. 예측은 불가능했고 돌발 상황이 비일비재했다. 탈북자들을 보호하기 위한 방식이며 직업적 특수성이라고 이해하기까지 시간이 필요했다. 하지만 황인호 저격 사건은 전혀 다른 문제였다.

방콕에 있다는 강유나의 말은 어쨌든 특별한 이유가 없는 거짓말이었다. 그렇다고 차대경과 공군 재킷이 하는 말을 무턱대고 믿을 수도 없는 노릇이었다.

"그러니까 심증이군요. 수상쩍은 가방을 메고 황인호를 방문했다고 암살범으로 몰기는 좀 억지스럽지 않습니까?"

이한수는 조금 전보다 자신감 어린 어조로 물었다.

"강유나가 싱가포르에 간 목적이 뭐였지?"

"취재와 관련이 없는 개인적인 일정은 공유하지 않습니다. 혹시 저격 장소에서 찍힌 영상은 없습니까?"

"저격 장소는 시내 중심가인 오차드의 그랜드 하얏트 호텔 근처였어. 파 이스트 플라자와 면세점 사이의 육교. 하얏트에선 20미터 거리였고 70도 각도였어. 육교에는 시시티브이가 설치돼 있지 않고, 저격 당시 육교 양쪽에 삼십여 분 동안 '공사 중'이라는 푯말이 세워져 있었지. 우리는 하얏트 100미터 안의 모든 폐쇄 회로 카메라를 확인 중이야. 시간문제지."

"현재 유력 용의자는 강유나뿐입니까."

이한수가 단도직입적으로 물었다.

"몇 가지 정황들과 심증을 고려할 땐 그렇다고 볼 수 있지. 강유나는 황인호가 참석할 학회 날짜에 맞춰 싱가포르에 입국했어. 아까 말했다시피 갑작스러운 방문 요청을 해 왔고. 황인호가 예정된 학회 시간을 삼십 분 늦추면서까지 그녀의 요청을 수락한 이유를 조사 중이야. 싱가포르에 가 본 적 있나?"

"없습니다."

"무기 반입이 금지된 나라지. 얼마 전 내 딸이 남편과 함께 어린 아들을 데리고 싱가포르에 여행을 갔어. 비행기 착륙 후 컨베이어 벨트에서 트렁크가 나오지 않아 항의를 했더니 검색대에서 걸렸다더군. 토이저러스의 장난감 총조차 반입 금지라는 거야. 그 나라에선 지난 30년간 총기 범죄가 일어난 전례가 없어."

"그렇지만 황인호는 분명 저격을 당하지 않았습니까."

"그 지역을 손바닥 보듯 훤히 꿰뚫고 있는 사람이 아니고선 불가능한 일이지. 그래서 지금 우리가 강유나에 대한 모든 것을 자네와 공유하려는 거고. 협조를 요청할 땐 그 정도의 정보 공유는 당연하니까."

차대경은 태연하게 아몬드를 깨물며 말을 이었다.

"그러니까 저 가방이 유일한 단서라는 거군요. 단서라고 하기엔 너무나 미약한 단서."

이한수는 말하는 동안 왜 자신이 강유나와 함께 지내는 동안 저런 종류의 가방을 한 번도 보지 못했는지 자문해 보았다. 그러나 가방의 내부가 드러나지 않는 이상 저 안에 무기가 들었을 거라는 차대경의 추측은 논리 박약이었다.

"아니."

"그럼 다른 단서가 있습니까."

"확실한 물증이 있지."

차대경이 고개를 끄덕하자 공군 재킷이 리모컨을 들고 버튼을 눌렀다. 화면에는 작은 은구슬이 촘촘히 연결된 목걸이 끝에 보라색 천을 감아 연결한 작은 나뭇조각이 매달려 있었다. 얇은 붓처럼 끝으로 가면서 퍼지는 모양이었다.

"저게 뭡니까."

"증거물 1호. 저격 장소에서 저 목걸이가 발견되었지. 리드야."

"리드요?"

"혹시 오보에라는 관악기를 아나? 그 관악기의 소리를 내기 위해 끼우는 도구지. 리드."

이한수의 머릿속에 툭 마찰음을 내며 떨어진 작은 리드는 몇 초간 그대로 암흑 속에 정지돼 있었다. 지금까지 이들이 제공한 자료와 정보들은 심증을 논증하기 위한 수단이었다. 하지만 물증은 달랐다. 만약 저 리드가 정말 강유나의 것이라면, 저 리드가 저격 장소에서 발견되었다면 이는 전혀 다른 차원의 이야기다.

이한수는 엄지손가락으로 조심스럽게 턱을 매만졌다. 그는 강유나가 오보에를 연주하는 걸 한 번도 보거나 듣지 못했다. 다만 얼마 전 숙소 공공 휴게실에서 김동철과 강유나와 맥주를 마시며 각자 좋아하는 고전 영화 이야기를 나누던 날 영화 「미션」이 언급되었다. 동철이 「미션」 주제곡에서 흐르는 오보에 연주가 무척 아름다웠다고 말하자 강유나가 자기도 오보에를 연주할 줄 안다는 얘기를 언뜻 비쳤다. 동철은 그럼 영화 「미션」의 주제곡인 「가브리엘의 오보에」를 연주할 줄 아느냐고 물었다. 강유나가 민망한 듯 혀를 날름 내밀고는 맥주를 들이켰다. 맥주 캔을 내려놓은 그녀는 멋쩍은 듯 허공을 바라보며 그것은 자신이 도달할 수 없는 꿈의 곡이라고 말했다. 언젠가 연주해 보고 싶지만 가슴속의 소망일 뿐 아직 단 한 번도 연주해 보지 못했다고.

"저 목걸이가 강유나의 목걸이라는 게 확실합니까."

이한수의 질문이 끝나기도 전에 화면은 학생들의 사진으로 바뀌었다. UWCSEA라는 로고가 가슴에 박힌 하얀색 폴로셔츠를 입은 학생들이 무리 지어 어깨동무를 하거나 웃는 얼굴로 찍은 사진이었다. 그중 가운데 서 있는 여학생의 사진이 점차 확대되었다. 교복으로 보이는 폴로셔츠 앞 단추들이 풀려 있었다. 그 사이로 저격 장소에서 발견되어 증거물 1호로 제시된 리드 목걸이가 드러났다.

1994년 9월, 싱가포르

사흘 후 강유나는 오보에 가방을 들고 오케스트라 담당 선생님을 찾아간다. 그리고 선생님을 따라 연주실로 이동한다. 그 작은 방에서 입단 테스트로 그녀가 서울에서 마지막으로 연습했던 「노바」를 연주한다. 지난 몇 달동안 연습을 제대로 하지 않아 연주는 엉망이다. 입술 근육이 약해져 리드가 입술에서 자꾸 미끄러진다. 호흡은 얕고 안정감이 없다. 텅잉이 꼬인다. 멋진 소리가 울려야 할 오보에에서 삑삑 거칠고 날 선 소리가 터진다.

그녀는 잔뜩 위축되어 고개를 떨어트린다. 선생님의 뾰
족한 구두코만 쳐다본다. 이레나라고 자신을 소개한 오케
스트라 담당 선생님은 오스트리아 빈 출신으로 창백할 정
도로 흰 얼굴에 푸른빛마저 돌아 차가운 인상이다.

이레나 선생님이 학교 교무처에서 받은 강유나의 프로
파일을 읽는다.

"그 실력으로 오케스트라에 들어오는 건 불가능해. 이
학교 오케스트라의 전통을 들었는지 모르겠지만, 싱가포
르 정부의 주요 행사나 외국의 다른 학교들로부터 초청을
받아서 연주를 할 만큼 수준급이야."

이레나 선생님은 냉정한 눈빛으로 말한다. 그녀는 내리
깐 눈으로 연거푸 할 수 있다는 말만 웅얼거린다.

"들어오려면 연습을 더 해서 나중에 다시 테스트를 받
아야겠구나."

"기회를 주세요."

"난 네 기회를 빼앗지 않았어. 연습을 해서 돌아오면 언
제든 기회의 문은 열려 있어. 오보에는 왜 배우게 됐지?"

"아버지가 열 살 생일날 선물로 주셨어요."

이레나 선생님은 코웃음을 친다. 부모의 성화로 마지못
해 악기를 갖게 되고 연주를 배우는 건 이 학교 학생들 대

부분이 마찬가지다. 그것은 음악의 가치를 알고 사랑하는 것과 다르다.

"아버지가 오보에 음계 연주법을 가르쳐 주셨어요."

"아버지가 취미로 오보에를 연주하셨니? 너의 프로파일엔 아버지가 사업가로 기록돼 있구나."

"아니요. 아버지는 선교사이셨어요. 제가 오보에를 연주하길 소망하셨죠. 솔직히 말씀드리면 저는 오보에 연주를 싫어했어요. 음악적인 재주가 없기도 했고, 또…… 지루했거든요."

"그런데 왜 이 오케스트라에 들어오려는 거지? 부모님 등쌀에 못 이겨서? 그건 근사한 동기가 아닌 거 같은데."

이레나 선생님이 의자에서 일어난다. 손목시계를 보며 악보와 소지품을 챙겨 든다. 강유나는 스스로에게조차 이유를 설명할 수 없지만 여기서 포기하면 안 된다는 절박한 심정이다. 반드시 오케스트라에 들어가야 해. 현재로서 박재희와 가까워지는 유일한 방법이야.

"아버지가 돌아오셨을 때 멋진 오보에 연주를 하고 싶어요."

"유나? 오보에는 며칠 연습한다고 멋진 연주를 할 수 있는 악기가 아니란다. 사실 모든 악기가 그래. 아버지가 출장에서 돌아오셨을 때 네가 갑자기 멋진 연주를 하는 그런 기적은 일어나지 않을 거야."

"아버지가 언제 돌아오실지 알 순 없어요. 아까 말씀드렸다시피 선교사이신 아버지는 블라디보스토크에서 실종되셨거든요."

"자꾸 아버지가 선교사라고 하는데 네 아버지는 사업가로 되어 있구나. 여기 보면 청아해운과 KS 목재 회사의 CEO이고 호텔을 소유하고 있고."

"저를 키워 주신 아버지는 다른 분이세요. 선교사셨어요. 저는 태어나서부터 줄곧 서울에서 그분과 지난해 가을까지 살았고요. 아버지는 블라디보스토크에서 선교 활동을 하며 북한 벌목공들을 도우셨어요. 그들이 아파트보다 높은 나무에 깔려 죽고, 영하 20도의 혹한 속에 얼어 죽고, 그런 열악한 지역에서 목숨을 걸고 일하는데도 임금을 받지 못해 굶어 죽는다는 이야기를 듣고 그곳으로 떠나셨죠. 그런데 지난 2월 갑자기 실종되셨어요."

이레나 선생님이 멈칫하며 다시 의자에 앉는다. 강유나의 이야기를 더 듣고자 자세를 고쳐 앉은 후 상체를 강유나 쪽으로 기울인다.

"사람들은 아버지가 살인자이거나 최소한 살인에 공모했을 거래요. 죄를 짓고 북한으로 도피했대요. 저는 믿을 수 없어요. 그분은 정말 선량하고, 항상 어려움에 처한 약자들을 돕고 싶어 하셨고, 또 언니와 저에겐 정말이지 최고의 아버지셨어요. 저희를 끔찍하게 아끼셨어요. 아버지가 친아버지가 아닐 거라고 의심한 적이 없을 만큼이요. 그리고 음악을 사랑하셨고요."

"아버지가 돌아오실 거라고 믿는구나."

"네."

"이 사실을 다른 선생님들도 아시니?"

"아니요."

이레나 선생님은 생각에 잠긴 듯 두 눈을 지그시 감는다. 살점이 없는 앙상한 허리는 꼿꼿하고 나직한 숨결을 따라서 어깨가 부드럽게 오르락내리락한다. 이윽고 눈을 뜬 이레나 선생님은 여전히 무표정한데 그 시릴 만큼 빛나는 푸른 눈으로 강유나를 바라본다.

"네 아버지의 사연은 유감이구나. 하지만 동정심으로 오케스트라 단원을 뽑을 순 없단다."

강유나는 낙심하여 고개를 떨어트린다.

"오보에 소리를 들으면 어떠니?"

예상 밖의 질문에 강유나는 말문이 막힌다. 오보에 소리에 대해서 별다른 소감을 가져 본 적이 없다. 하지만 여기서 대답을 하지 않았다가는 한 가닥의 희망마저 놓쳐 버릴 것만 같다. 그녀는 열 살 생일 날, 이 오보에를 선물

받았던 날 아버지가 들려주었던 말을 떠올린다.

"벼랑 끝에 서 있어요. 밑으로 추락하면 그대로 죽을 수 있어요. 생이 거기서 끝나는 거죠. 눈을 감고 발을 떼려고 해요. 바람이 불어오고 몸의 중심이 흔들려요. 그 순간 저 멀리 수평선에서 뱃고동이 들려와요. 아주 깊고 아름다운 소리죠. 한편으론 슬프기도 해요. 잃어버렸던 그 소리가 제 심장에 닿아요. 저는 울어요. 그 소리는 오래도록 잊고 있었던 오보에 소리와 흡사해요. 들어 올린 발을 지상에 내려놓아요. 다시 살기로 결심해요. 그 소리를 되찾기 위해서요."

그녀는 자신의 영어 실력으로 아버지의 전설의 오보에가 언어로서 충분히 조합되고 표현됐는지 알지 못한다. 또한 제 대답이 선생님이 원하는 대답인지도 확신할 수 없다. 이것은 아버지가 기억하고 있던 오보에와의 수많은 추억들 중 한 조각이다. 오보에와 짝사랑에 빠진 어린 강철수의 감각들 중 하나.

몇 년 전 아랫목에서 이 사연을 들려주던 아버지의 모습이 떠오르자 갑자기 감정이 격해진다. 불규칙한 호흡을 내쉬며 그녀는 울먹인다. 이레나 선생님은 미지근한 물을 가져와 그녀에게 건넨다. 그녀가 울도록 내버려 둔다. 위로는 삼가고 조용히 기다려 준다. 그녀가 진정이 된 후에야 이윽고 말문을 연다.

1994년 9월, 싱가포르

그 여학생이 오케스트라 연습실 문을 열고 들어온다. 이레나 선생님의 뒤를 따라서. 박재희는 붉은빛 바이올린을 가방에서 꺼내다 멈칫한다. 뒷자리에 앉아 있던 치형이 그에게 속삭인다.

"국제 미아, 쟤, 또, 길을 잃었나 보다."

박재희도 같은 생각을 하고 있다. 길을 잃었나 보다. 또 잘못 찾아왔구나. 그런데 이번엔 아닌 것 같다. 제대로 찾아왔을지도 모른다.

"상처, 쟤, 이번엔 제대로 찾아왔어."

로베르토가 말한다. 그들이 주목하는 여학생의 손에 다름 아닌 목관악기 오보에가 쥐어져 있다. 그녀는 오케스트라 단원들 앞에 서서 박재희를 똑바로 쳐다보며 강유나라고 자신을 소개한다.

박재희는 오케스트라 연습이 끝나자마자 평소처럼 친구들과 잡담을 나누거나 늑장을 부리지 않는다. 제일 먼저 연습실을 나간다. 강유나가 쫓아오는 것 같아서 걸음을 재촉하다가 교정에서부터는 달리기 시작한다.

그렇게 일주일이 지난 날이다. 불쑥 나타난 강유나가 그를 가로막는다.

"야, 평양 오렌지."

박재희는 방금 강유나가 한 말이 무슨 뜻인지 알 수 없다. 예전에 영국문화원 앞에서도, 만다린 오렌지가 수북한 슈퍼마켓 마대 앞에서도 솔직히 그녀가 말하는 오렌지를 제대로 이해하지 못했다. 과일 종류의 오렌지라고만 짐작했다. 오렌지족이라니. 도대체 무슨 뜻일까.

과일 오렌지를 의미하는 게 아닌 것만 얼추 짐작이 가능하다. 영어라면 아직까지 접하지 않은 비속어이거나 한국어라면 남조선에서만 통용되는 말일 터다. 왜 자꾸 그를 오렌지족이라고 부르는지 궁금하지만 이유를 묻지 않는다. 다른 친구들의 시선도 껄끄럽고 수요 자아비판 모임에서 최도광 동지의 우회적인 지적도 무시할 수 없다. 졸업까지 앞으로 2년 동안 주의를 기울여야 한다. 공연히 말썽을 일으키고 싶지 않다.

강유나를 외면하고 자리를 벗어나려는데 그녀가 박재희의 움직임을 따라 가재걸음으로 이동하며 또다시 가로막는다. 옆에 있던 친구들이 그 광경을 흥미로운 눈초리로 관찰한다.

"너 오렌지잖아. 그치?"

강유나는 힘주어 되묻는다. 이번엔 조금 더 다그치는
투다. 두 눈의 높이가 박재희의 목젖에 닿아 시선을 맞추
느라 턱을 들어 올린다. 박재희는 어떤 식으로든 강유나
와 엮이고 싶지 않다. 하지만 적어도 친구들 앞에서 그녀
를 망신 주고 싶지 않다. 그녀는 이미 교내에서 조롱과 멸
시의 대상으로 전락해 있다. 박재희는 억지 미소를 지으
며 강유나를 내려다본다.

"너 한국 사람이잖아. 내가 한국 사람이라는 것도 알고.
그런데 왜 나한테 영어로 묻는 거야?"

그는 친구들이 알아듣지 못하게 한국말로 이야기한다.
강유나는 긴장이 조금 풀렸는지 그제야 부끄러운 듯 뺨을
붉힌다.

"너 말이야, 평양 오렌지. 나와 얘기할 시간 있어?"

이번엔 강유나가 한국말로 묻는다. 박재희는 어깨를 으
쓱한다. 그는 방학이 되면 남조선 문화에 대해 책이나 잡
지로 학습해 왔다. 음식, 예술, 생활, 문화, 스포츠 등등.
오렌지의 또 다른 뜻은 읽어 본 적 없다. 하지만 그게 무
슨 뜻인지 모른다는 것도 들키고 싶지 않다.

그날 도서관에 가 영어 단어 사전에서 찾아본 오렌지

의 뜻을 보고 그는 기분이 일그러진다. 영어 사전에서 오
렌지란 옷차림새나 품새가 촌스러워도 그럭저럭 봐줄 만
한 사람이란 뜻이다. 첫 번째로 강유나가 자신을 그런 종
류의 사람으로 인식했다는 점이 실망스럽다. 두 번째로
강유나가 친구들 앞에서 자신을 그렇게 평가했다는 점이
창피하다.

박재희는 방과 후 오차드 시내로 나간다. 다카시마야
백화점 안의 서점에 가는 길이다. 누이에게 보낼 책과 스
타킹을 사기 위해서다. 문 케이크 페스티벌이 다가와 붉
은색 띠들이 나풀거리는 행사장에는 문 케이크와 만다린
오렌지들이 즐비하다.

박재희는 그곳을 지나다가 투명 셀로판지로 싼 만다린
오렌지 하나를 들어 본다. 그리고 행사장 앞 스테인리스
승강기 문에 비친 자신의 차림새를 이리저리 관찰한다.

교복도 촌스러워 보일 수 있나.

남조선에서 온 강유나에게 자신이 촌스러워 보일 수
있겠다는 생각이 든다. 나이키 에어조던이나 카르티에 손
목시계로는 숨기지 못하는 무언가.

1994년 10월, 싱가포르

강유나는 오늘도 도망치듯 연습실을 나가는 박재희의 뒤를 쫓는다. 박재희와 가까워지기 위해 오케스트라에 입단했지만 일주일이 지나도록 그와 대화할 기회를 얻지 못했다. 무슨 이유에서인지 그가 매번 그녀를 피하는 것 같다. 오늘도 연습을 마치고 박재희는 부리나케 연습실을 빠져나간다. 그녀는 그를 뒤쫓는다. 계단을 뛰어 올라가는 박재희를 따라잡으려면 두 계단씩 건너뛰어야 한다. 쉽지 않다. 계단 끝에서 차오른 숨을 고른다. 정원을 가로질러서 멀어져 가는 박재희의 뒷모습을 망연히 쳐다본다.

왜 나를 피하지?

최근 오케스트라에선 생상스의 「죽음의 무도」를 연습하는 중이다. 이듬해 겨울에 있을 국제 연주회를 위해 준비하는 곡이다. 고등학생 오케스트라가 연주하기엔 꽤 까다롭지만 강렬하고 아름답다. 강유나는 오보에 파트를, 박재희는 바이올린 파트를 연주한다.

일주일에 다섯 번, 별도로 오보에 개인 교습을 받는다. 하지만 다른 단원들에 비해 실력이 떨어지는 강유나의 오보에 연주는 전체의 하모니를 깨트리기 일쑤다. 오보에 다음에 이어지는 박재희의 바이올린 연주와 잘 연결이 되지 않는 게 가장 큰 문제다.

강유나의 실수가 여러 번 거듭되자 선생님은 적이 난감해하는 표정이다. 단원으로 받아 주었으니 책임이 있는데 강유나의 실력이 향상되지 않아 딱히 해결책이 없어서 고심하는 눈치다.

하루는 연습을 마치고 강유나가 이레나 선생님에게 찾아간다.

"선생님, 오보에 파트와 바이올린 파트의 연결 부분만 따로 연습하면 어떨까요?"

1994년 10월, 싱가포르

오케스트라 연습을 마치고 이레나가 따로 할 이야기가 있다고 박재희를 호출한다. 박재희가 그녀의 개인 사무실로 걸어 들어온다. 이레나는 「죽음의 무도」 악보를 덮고 박재희에게 시선을 돌린다.

"알고 있겠지만 강유나가 오보에 연주에 고전을 겪고 있어."

그녀가 조심스럽게 말을 꺼낸다.

"당장 오케스트라에 오보에 연주자가 없고, 강유나를

배제하는 것보다는 실력을 향상시킬 방법을 고민하는 중이야. 그래서 말인데, 네 도움이 필요해, 재희야."

"궁금한 게 있는데요, 강유나는 오케스트라에 입단할 수준이 아니에요. 왜 무리해서 입단시키신 거죠?"

"난 그 아이가 간직한 소리를 믿거든."

"그래도 실력이……."

"난 그 아이를 믿어. 아직 이 세상 밖으로, 제 악기를 통해서 터지지 못한 그 소리. 저 밑바닥에 고여 있는 소리. 악기마다 제가 내야 할 소리가 있지. 각각의 소리들이 어우러져 하모니를 이루고. 우린 그 아이가 제 소리를 찾을 때까지 조금 더 인내심을 가지고 기다려 줘야 해. 그 아이는 고통이 무언지 슬픔이 무언지 알아. 그 시간을 통과했고, 지금도 그 시간을 지나는 중이지. 예술에서는 말이야, 고통이나 슬픔처럼 어두운 바닥에 닿고서야 비로소 표현되는 감정이 있어. 음악은 그 과정을 환영하지. 현재는 기술적인 부분이 문제인데, 그래서 널 불렀어."

"강유나에게 무슨 사연이 있나요?"

"그건 내가 얘기해 줄 수 있는 부분은 아닌 것 같구나. 시간이 허락된다면 단체 연습 이후에 두 사람이 별도로 남아서 바이올린과 오보에 연결 부분을 연습하길 바라. 그 부분만 향상되어도 큰 문제는 해결할 테니까."

이레나는 꼿꼿한 자세를 유지하고 박재희를 바라본다. 그는 거절할 수 없다.

이튿날 공식 연습을 마치고 오케스트라 단원들이 모두 떠나고 이레나 선생님의 지시에 따라 박재희와 강유나 둘만 남는다. 선생님의 부탁을 거절할 수 없지만 강유나에 대한 경계심도 늦출 수 없다. 박재희는 그들이 마주 보고 앉을 의자 두 개를 멀리 떨어트린다. 강유나가 당혹감을 감추지 못하고 두 눈을 끔뻑거린다.

"평양 오렌지 너 뭐 하는 거야?"

강유나가 쏘아붙인다.

"내 의자와 네 의자 사이의 이 간격을 기억해. DMZ. 넌 이 공간을 넘어오면 안 돼."

"왜?"

"넌 상처니까."

"뭐?"

"상처는 번식력이 강해서 타인에게도 반드시 그 아픈 상처를 전이시키려는 속성이 있거든."

"너 지금 무슨 말도 안 되는 소릴 지껄이는 거야?"

"잘 들어. 난 너한테 어떤 관심도 없어. 반감도 호감도 없다는 뜻이야. 넌 그냥 나와 같은 학교에 다니는 동급생,

그 이상도 이하도 아니야. 하지만 난 이 오케스트라의 리더야. 넌 우리 단원이고, 네 형편없는 실력이 다른 단원들에게 방해가 되고 있어. 그래서 이레나 선생님이 너의 오보에 파트와 내 바이올린 파트가 잘 연결될 수 있도록 추가 연습을 하라고 부탁하셨어. 난 이 일을 단장으로서 책임감을 가지고 하는 거야. 내가 여러 장점을 가지고 있지만 책임감도 퍽 강하거든."

"쳇."

"그 반응은 뭐지? 너를 도우려는 사람에게?"

"하하. 다 좋아. 넌 장점이 많고, 책임감이 강하고, 내게 관심이 없고. 다 좋아. 그러니까 왜 굳이 의자를 이렇게 멀리 떨어트려 놓아야 하냐고. 내 별명이 국제 미아, 언어장애자, 그림자, 아웃사이더 뭐 그런 것들이라는 건 나도 알아. 최근엔 상처로 불린다며? 그런데 넌 왜 그렇게 상처와 가까이 앉는 게 두려운 건데?"

"큰 의미는 없어. 내가 원래 비꼬는 농담을 좋아해서."

"남의 약점으로 농담하는 고약한 취미가 있나 보구나."

"강유나. 네가 뭔가 착각하나 본데, 난 너한테 도움을 주는 입장이고 넌 내 도움을 받는 입장이야. 네가 자꾸 우리의 평화지대를 위협해 오면 난 널 도울 수 없어. 알겠어?"

강유나는 그를 노려본다. 체념하고 멀리 떨어진 의자에

앉는다. 오보에 연주를 시작한다. 엉망이다. 오케스트라에
오보에 파트가 공석이긴 했지만 이런 초보자 수준의 오보
에 연주자의 입단을 허락한 선생을 박재희는 도무지 이해
할 수 없다. 박재희가 아는 이레나는 공과 사를 철저하게
구분하는 냉철한 사람이라서 더 이해가 가지 않는다.

오보에와 바이올린 파트가 연결되는 부분을 한 시간가
량 연습한다. 일대일 연습을 마치고 박재희는 오보에를
분리해서 가방에 넣는 강유나를 흘긋 돌아본다.

강유나는 뒤돌아선 채 오보에를 배우게 된 사연을 이
야기한다. 오보에는 아버지로부터 받은 것이라고 종알거
린다.

"네 개인적인 얘기는 나한테 하지 않아도 돼."

박재희는 강유나의 말허리를 자르고는 바이올린 가방
을 메고 연습실을 나간다.

"이 오보에를 선물해 주신 아버지가, 내 아버지가 북한
에 있어."

연습실에서 열 걸음 정도 멀어졌을 때 강유나의 목소
리가 박재희의 발목을 붙잡는다. 박재희는 우뚝 서서 그
말을 곱씹는다. 네 아버지가 북한에 있다고?

잠시 후 박재희와 강유나는 연습실 안에서 떨어진 두

개의 의자보다 더 멀리 떨어져서 양쪽 벽에 각자의 등을 기대고 앉아 있다.

"설이나 추석 같은 명절이 되면 아버지는 언니와 나를 강화도에 데리고 가셨어. 서해의 섬인데 북한에서도 그리 멀지 않아. 우리가 살던 곳에서 차로 한 시간 삼십 분 정도 걸리는 곳이었어. 아버지는 6·25 전쟁 때 고아가 되어 강화도의 어느 교회 부속 고아원에서 자라셨거든. 그곳 목사님이 음악을 전공한 분이셨어. 악기를 다룰 줄 아는 선교사들과 음대생들이 가끔 악기들을 들고 와서 아이들에게 가르친 모양이야. 왜 있잖아. 어느 음계의 소리가 나지 않는 오르간이나 활 한 줄이 끊긴 바이올린이나 녹이 슬어서 버튼 한두 개가 눌리지 않는 플루트 같은 것들. 주요 음 하나를 상실한 악기들."

박재희는 강유나의 이야기를 듣다가 그녀의 목소리가 음계 중 하나를 상실한 악기 같다고 느낀다. 문득 그녀가 잃어버린 소리는 어떤 음계일까 음계로 치자면 어떤 불길한 전조가 느껴지는 도, 결정적인 사건이 벌어진 레, 사건이 초래한 슬픔의 물결을 유영하는 미까지만 있고 평정의 소리인 파를 잃어버린 것 같았다. 그녀의 내부에 그가 알 수 없는 깊은 슬픔이 일렁이는 것 같다. 이레나 선생님은 그녀가 현재 고통과 슬픔의 시간을 통과하는 중이라고 말했다. 그게 무얼까.

"아버지는 안나라는 음대생에게 오보에를 배웠어. 그
녀가 열 살 남자아이에게 그 아이의 상체보다 기다란 오
보에를 두 손으로 잡고 지탱하는 법을, 배 밑에서부터 끌
어 올리는 호흡법을, 리드를 끼우고 입술에 무는 법을, 기
본 음계 연주법을 가르쳐 주었어. 도부터 미까지. 그다음
에는 파부터 높은음 도까지 알려 주기로 약속했지. 연습
용 리드를 몇 개 주고 갔어. 그런데 무슨 일인지 나타나지
않았어. 강화도에서 다른 오보에 선생을 찾을 수 없었어.
아버지는 안나에게 배운 도부터 미까지를 죽도록 연습했
는데 어느 날부턴 그마저 할 수 없었어. 리드가 없었거든.
절망한 나머지 고아원 창고에 틀어박힌 채 먹기를 거부했
어. 아이들이 놀리자 그 아름다운 소리를 내던 악기는 무
기로 돌변했어. 노래병신, 노래귀신이라고 자신을 놀리는
아이들에게 오보에를 휘두르다가 다시 창고로 들어갔어.
더 이상 소리를 내지 못하는 오보에를 끌어안고 그 안에
서 나오지 않았어."

강유나와 박재희 사이에 가느다란 숨소리만 교차한다.
각자의 숨결이 둘 사이의 거리로 인해 상대에게 가닿지
않지만 박재희는 바로 앞에 있는 듯 강유나가 느껴진다.
숨, 행간 사이의 숨, 마침표 뒤의 숨. 파에 도달하고자 내

쉬어지는 숨, 숨, 숨······.

강유나는 그 분위기가 어색한지 벌떡 일어나서 서둘러 오보에를 마저 분리하고 가방에 넣는다. 그러다가 마음을 고쳐먹고 이야기를 이어 나간다.

"블라디보스토크로 떠나기 전날 아버지가 내게 100개의 리드를 남겨 주고 가셨어. 아버지는 너의 애벌레들이라고 농담하셨지만, 난 그 많은 리드를 보고 현기증이 일었어. 솔직히 오보에 연습이 싫었거든. 떠나기 전날 아버지가 오보에 연주를 해 보라고 했는데 싫다고 떼쓰며 오보에를 휙 던져 버렸어. 아버지가 블라디보스토크에서 실종됐다는 소식을 듣고 뒤늦게야 후회했어. 잘 못하더라도 해 볼걸. 연습해서, 아버지가 돌아오시면 아버지의 애청곡인 「가브리엘의 오보에」를 연주하고 싶다는 생각은 그때부터 들었어. 그런데 내 리드 갑에 아버지가 남겨 주시고 간 리드가 바닥나 가고 있었어. 마지막 리드를 본 그날 깨달았어. 어쩌면 내가 간절히 바라는 그 일은 일어나지 않을 거라고."

강유나가 오보에 가방 안에서 반지 케이스를 꺼낸다. 분홍색 플라스틱에 금박으로 황금당이라고 새겨져 있다. 케이스를 연다. 반지가 끼워져 있을 법한 자리에 작은 대나무 조각 하나가 들었다.

리드다.

"이게 그 마지막 리드야. 부식되기 시작했어."

강유나가 말한다. 하나의 음을 잃어버린 목소리로. 박재희는 가능하다면 그 소리를 되찾을 방법을 찾고 싶다.

"혹시 「미션」이라는 영화 봤어?"

박재희가 묻는다.

"아니."

"「가브리엘의 오보에」는 영화 「미션」의 주제곡이야. 아마 너희 아버지는 그 영화를 통해 「가브리엘의 오보에」를 들으셨을 거야. 영상실 문이 아직 열렸는지 모르겠지만 그곳에 가면 그 영화를 볼 수 있어."

두 사람은 연습실을 나가서 어둑해진 복도를 걷는다. 3층 영상실 문은 잠겨 있다. 박재희는 문고리를 잡고 몇 번 흔들다가 이내 포기한다. 옆에 선 강유나의 얼굴에 얼핏 실망감이 스친다. 왜 그 실망스러운 얼굴 앞에서 자신이 안절부절못하는지 그는 이유를 모른다.

2017년 2월, 베이징

호텔 커튼 틈으로 손가락 같은 가느다란 정오의 햇빛

이 들자 홍지숙이 먼저 침대에서 일어났다. 그녀는 샤워를 하러 욕실로 들어갔다. 박재희는 그녀의 움직임들이 내는 사소한 기척에 귀를 세우고 깨어나지 않은 척했다. 그리고 샤워기 물소리를 듣자마자 홍지숙의 휴대폰을 열어 보았다. 어제 저녁 그녀가 암호를 풀 때 곁눈질로 엿보아 두었다.

오른쪽으로 열린 디귿자 모양. 이윽고 박재희는 장 목사라고 입력된 전화번호를 찾아 문자함으로 들어갔다. 장 목사와 주고받은 문자들을 재빨리 열람했다. 그녀가 주소를 물었고, 장 목사가 답신을 준 부분에서 그는 손동작을 멈추었다. 하지만 주소가 적힌 것으로 추정되는 메시지는 이미 삭제되었다.

휴대폰을 사이드 테이블 위에 소리 나지 않게 내려놓고 그는 휴대폰과 멀리 떨어진 창가로 가 냉장고에서 꺼낸 탄산수를 마셨다. 홍지숙이 몸에 타월을 감고 나오자마자 제일 먼저 제 휴대폰을 보더니 말했다.

"가 봐야 해요."

"오늘 일요일이어서 쉬는 날이라고 하지 않았어?"

"친구와 약속이 있어요."

"그렇군."

홍지숙이 먼저 호텔을 나간 후 박재희는 홍지숙을 미

행했다. 호텔 주차장에 주차된 치형의 오토바이를 빌려 그녀가 잡아탄 택시를 뒤쫓았다. 그녀는 조심히 움직였다. 곧장 목적지로 가지 않았다. 누군가 미행할 것을 의식하며 뒤를 흘긋거리지도 않았다. 침착했다. 택시에서 내린 후 서양식 칵테일 드레스를 판매하는 상점에 들어갔다. 비즈가 붙은 검은색 드레스와 가슴이 깊게 파인 붉은색 드레스를 고르고 몸에 대 보면서 거울로 뒤에 누가 있는지, 혹은 지나가는지 꼼꼼한 시선으로 재차 확인했다. 뒤따라오는 이가 없다고 판단한 듯 홍지숙이 상점을 나와서 어디론가 이동하기 시작했다.

그녀는 쇼핑몰로 들어갔다. 제일 먼저 아동복 판매점을 기웃거렸다. 초록색과 파란색 스웨터를 샀다. 초록색 앞가슴에는 곰돌이 문양이 크게 박혔고, 파란색은 민무늬였다. 아동복 판매점 옆 서점으로 이동해서는 이런저런 책들을 들추어 보면서 고민하다가 책들을 제자리에 내려놓았다. 그다음엔 슈퍼마켓으로 들어갔다. 슈퍼마켓 안에서 그녀는 내내 즐거워 보였다. 정육점에서 큼직한 고깃덩어리를 사고, 과일 코너에서 잘 익어 빛깔이 좋은 사과와 바나나를 담고, 스낵 코너에서 초콜릿이나 젤리들을 골라 넣었다. 홍연이나 호텔 방에서는 단 한 번도 보지 못한 밝고 천진한 표정이 얼굴에 일렁였다. 비닐봉지들을 주렁주

렁 들고 나가서 택시를 잡아탔다. 외곽으로 향했다.

택시는 변두리 야산 앞에서 멈추었다. 홍지숙은 봉지들을 들고 택시에서 내려 주위를 다시 살피고는 산으로 걸어 들어갔다. 100미터쯤 걷다가 전나무 밑에 비닐봉지들을 내려 두었다. 그리고 흐뭇한 얼굴로 걸어 나와서 타고 왔던 택시에 올라 그곳을 떠났다.

박재희는 홍지숙을 미행하지 않았다. 누군가 그 봉지들을 가지러 올 것이다. 서너 시간이 흘렀고 해가 졌지만 물건들을 찾으러 오는 사람은 없었다. 그 지역은 인적이 없어서 봉지들을 훔쳐 가는 사람도 없었다. 박재희는 이어폰을 귀에 끼고 음악을 들었다. 밤바람이 차가워지고 숲이 완전히 컴컴해져서야 왜소한 노신사가 나타나 그 봉지들을 들고 걷기 시작했다. 박재희는 헬멧을 벗고 오토바이를 그 자리에 세워 둔 채 노신사의 뒤를 밟았다.

노신사는 폐가처럼 보이는 허름한 주택 쪽을 향했다. 건물 옆 공터에서 사내아이들이 바람 빠진 공을 가지고 뛰어놀고 있었다.

홍지숙의 동생들을 찾는 건 어렵지 않았다. 일전에 사진으로 보았던 아홉 살 막내동생과 열네 살 둘째 동생은 마치 과거의 그녀처럼 벙어리가 되어 있었다. 아니, 공놀이를 하는 아이들 모두 약속이라도 한 듯 벙어리가 되어 움직였다. 아홉 살 남자아이는 머리를 빡빡 밀어 까까머리였다. 누더기처럼 더러운 옷을 입고 공을 쫓다가 넘어졌는데 호주머니에서 사진이 비어져 나오자 얼른 주워 집어넣었다. 아이들은 노신사가 나타나자 그의 뒤를 조르르 쫓아가 폐가 안으로 들어갔다.

박재희는 폐가를 주의 깊게 지켜보았다. 다른 집들과 거리가 떨어져 폐쇄적이고 비밀스러운 느낌을 자아내는 공간이었다. 두 시간 정도 그 집 앞에 서 있었지만 연로한 목사와 아이들이 들어간 이후로는 더 이상 출입하는 이가 없었다. 불빛이 새어 나오는 창들에서 폐가 뒤쪽을 한번 살펴보려고 폐가를 향해 다섯 걸음 나아갔다가 날랜 동작으로 길가에 세워진 트럭 뒤에 몸을 숨겼다. 두툼한 검은색 점퍼에 청바지를 입은 여자가 집 쪽으로 걸어오고 있었다.

5장

총과 악기

<u>2017년 2월 6일, 베이징</u>

그녀가 돌아왔다. 자정이 넘은 시간이었다. 곧장 숙소
의 공공 휴게실로 가서 배낭과 가방을 내려놓자마자 복도
로 나갔다. 노크를 생략하고 방문을 와락 열어젖혔다. 기
자 이한수와 김동철이 함께 쓰는 방이었다. 두 개의 철제
침대 중 문 가까이 놓인 매트리스 위에 김동철이 대자로
누워 코를 골고 있었다. 창가 쪽 이한수의 침대는 비어 있
었다.

"동철 씨, 동철 씨."

코끼리처럼 거대한 김동철을 흔들어 깨웠다. 그르렁그

르렁 코를 골던 김동철이 눈두덩을 부비며 눈을 뜨고는 어둠 속 강유나를 보자마자 화들짝 놀랐다.

"한수 씨 어디에 있어요?"

강유나가 씩씩거리며 물었다. 김동철이 일어나자 매트리스에서 삐거덕거리는 스프링 소리가 요란했다. 김동철은 부스스한 얼굴로 이한수의 침대 쪽을 돌아보았다. 침대는 비어 있었다.

"한수, 어디에 있어요?"

김동철이 되물었다.

"그건 제가 조금 전에 물었잖아요!"

강유나가 버럭 소리를 질렀다.

"아, 아, 그랬죠. 유나 씨는 언제 돌아온 거예요?"

김동철은 평소처럼 책상 위에 놓인 물병을 집어 주둥이를 입에 댄 채로 물을 마셨다. 흘긋 강유나를 보았는데 그녀는 무언가에 잔뜩 화가 나 있었다. 김동철은 자동적으로 이곳에 오기 전 보았던 영상을 떠올렸다. 고가의 방송 카메라를 향해 가차 없이 물주전자를 집어 던지던 그녀의 모습이 떠오르자 등골이 오싹했다. 조심해야겠다고 생각하며 물병 주둥이를 셔츠 밑자락으로 닦으면서 옆에 놓인 컵을 들었다.

"유나 씨, 무슨 일 있어요?"

김동철이 걱정스러운 투로 물었다.

"아니에요."

"물 좀 마실래요?"

"동철 씨, 한 가지 물어볼 게 있어요. 여긴 왜 온 거죠?"

"취재하러 왔지요."

"지금 한국은 현직 대통령 비리와 탄핵 문제로 시끄럽잖아요. 온 국민의 관심사가 오로지 그 문제에 집중돼 있고요. 그런데 기자라는 사람이 그런 중대한 이슈를 놔두고 왜 베이징에 와서 탈북자 아이들을 취재하고 있는 거죠?"

"지금 한수에 대해 묻는 건가요?"

"네. 왜 갑자기 이한수 씨가 탈북자 르포 취재를 왔는지 묻는 거예요. 그리고 동철 씨는 경찰이라면서요. 저번에 한수 씨한테 들었어요. 동철 씨가 불미스러운 문제로 정직을 당하고 쉬는 중이어서 같이 오게 된 거라고요. 동철 씨는 여기 왜 온 거죠?"

"유나 씨가 들은 그대로예요. 12월 초에 3개월 정직을 당했어요. 강소라 팬클럽 모임에 나갔는데, 그 자리에서 남자 둘이 강소라에 대해 성희롱 발언을 해서 그만 참지 못하고……."

"그런데 왜 여기에 왔냐고요."

"현지에서 사진기자를 고용해야 한다고 했어요. 언어가

잘 통하지 않으면 여러 문제점이 있고, 현지에서 당장 한국인 사진기자를 찾기가 쉽지 않아 저에게 부탁한 것 같아요. 제가 고등학교와 대학교 때 사진반 활동을 했거든요. 어차피 저는 2월 말까지 쉬니까 오랜만에 같이 여행할 겸 알바로 베이징에서 취재 과정에 일어나는 일들을 찍어 달라는 부탁을 받았고요."

"제길, 말이 안 된다고요. 뭔가 앞뒤가 안 맞아요!"

강유나가 흥분해서 소리쳤다. 김동철의 커다란 몸집이 오그라들었다. 이한수의 정체를 알아낸 것일까? 그녀는 혼란으로 일그러진 얼굴을 두 손바닥으로 문질렀다.

"유나 씨, 무슨 일이 있는 거예요. 일단 진정하고 무슨 일인지 찬찬히 얘기해 봐요."

강유나는 무언가 이상하다는 생각을 멈출 수 없었다. 싱가포르에서 돌발 상황이 일어났다. 모든 상황이 통제 밖으로 벗어나고 있었으며, 느닷없이 나타난 제러미는 그녀에게 누구도 믿지 말라고 경고한 후 사라졌다. 제러미를 신뢰하는 건 아니었다. 하지만 하필이면 황인호 사건과 제러미의 등장이 같은 시기에 일어났다. 그의 경고를 마냥 무시할 수만은 없었다. 그녀는 함께 15년간 활동해 온 장 목사를 믿었다. 그렇다면 주변에서 의심 가는 이는 이한수와 김동철이 남았다. 이한수가 접촉을 해 왔는데 그녀는 그가 누구인지조차 모르고 있었다. 싱가포르에서 베이징으로 돌아오는 비행기 안에서 끊임없이 자문했다. 이한수는 누구인가? 이한수의 등장부터 개연성이 없는 부분들이 한두 가지가 아니었다.

시기적인 문제가 가장 앞섰다. 시국이 어지러운 상황인지라 국내에선 대통령 탄핵과 관련된 크고 작은 스캔들이 속출하고 있었다. 모든 언론이 촉각을 곤두세우고 그 이슈에 집중했다. 강유나는 이한수와의 첫 만남부터 정밀화를 그리듯 머릿속으로 되살려 보았다. 《K 데일리》 사회부 기자라고 취재 의뢰 이메일을 보내왔을 때부터 뭔가 수상쩍었다. 연예인이나 정치인들의 사생활을 캐는 타블로이드 잡지에서 탈북자 어린이들을 취재하려는 목적은 무엇일까? 코코넛 재정 상태 때문에 일단 받아들였다. 이전의 다른 언론사들과 비슷한 취재일 거라고 예상했다. 반농담으로 받아들여지기 어려운 상당한 취재비를 요구했는데 일주일 후 코코넛 계좌로 선선히 취재비를 보내왔다.

강유나는 베이징에 도착해 숙소로 오는 길에 이한수의 페이스북을 조회해 보았다. 기자들 특유의 진지함이라곤 눈 씻고 찾아봐도 없었다. 페이스북을 열람하니 그에 대한 의구심이 증폭되었다. 아무리 주간지라고 해도 기자의 사진이라기엔 너무나 가벼워 보였다. 노출증과 과시욕이 심했다. 집에서 강변 경치를 찍어서 과시하는가 하면, 의도적으로 승용차 핸들에 박힌 자동차 브랜드를 찍어서 올리고, 고급 식당에 들락거리는 사진들과 유명인들과 찍은 인증 샷들. 속물로 보였다. 더 이상한 건 취재가 시작되고 얼마 후의 일이었다. 잡지를 넘기다가 앨프리드 스티글리츠의 인물 사진을 발견하고는 이한수에게 물었다. "이한수 씨는 스티글리츠에 대해 어떻게 생각해요?" 기자는 아니지만 그녀는 홍콩 대학에서 복수 전공을 했고 그중 하나가 신문방송학과였다. 앨프리드 스티글리츠는 저명한 사진기자다. "아, 이 아저씬 너무 비관적으로 생겼네요. 내 타입이 아니에요." 스티글리츠를 모르는 기자가 있을까. 카뮈나 사르트르를 모르는 문학인이나 러스킨을 모르는 건축학도가 과연 가능한가?

강유나와 김동철은 공용 휴게실로 이동했다.

"이한수 씨 정말 기자 맞아요?"

강유나가 묻고는 김동철을 응시했다. 김동철은 다소 놀란 눈치였다.

"얘가 늦깎이 기자라 뭔가 어색한 게 있을 거예요. 원래 꿈은 기자였는데 개인사 때문에 이런저런 일을 하다가 뒤늦게 신문사에 입사했는데 그 안에서 문제가 생겨 좌천됐죠. 사실 해고될 뻔했는데,《선데이 K》윤충호 부장님

도움으로 수명을 연장한 사례라서…….'

"그쵸! 낙하산이었죠?"

"그게 꼭 낙하산이었다고 할 수 없는 게 능력은 되는데 사정이 좀 있었거든요."

"시기적으로 말이 안 돼요, 이건!"

그녀가 말하면서 휴게실 문을 열었다. 휴게실 안에 있던 이한수가 문 쪽으로 돌아보았다. 그는 식탁 위 그녀가 던져 두었던 가방을 뒤지고 있었다. 강유나는 경계심 어린 눈빛으로 이한수를 노려보았다.

"방콕 출장은 어땠나요?"

이한수의 말투가 심상치 않았다. 뭐라 딱 집어낼 수는 없지만 굉장히 심각한 얼굴이었다.

"엉망이었어요."

"뭐가요? 뭐가 엉망이었다는 거죠?"

"그냥…… 일이 잘 안 풀렸어요. 그런데 이한수 씨, 왜 제 가방을 뒤지고 있었던 거죠?"

"어떤 일이요?"

"그게 이한수 씨와 무슨 상관이죠?"

강유나와 이한수 사이의 기류가 심상치 않자 김동철은 난감해져서 베개에 짓눌린 납작한 머리카락으로 덮인 머리통을 긁적였다.

"그리고 이 가방은 뭐죠?"

이한수는 테이블 위에 놓인 검은색 가방을 가리켰다. 영상 속에서 강유나가 황인호를 방문했을 때 메고 있던 가방이었다.

"먼저 대답해 줘요. 이한수 씨, 왜 제 가방을 뒤지고 있었죠? 당신, 여기에 온 목적이 뭐죠? 어떻게 그런 큰 금액의 취재비를 지불할 수 있었던 거죠? 그거 알아요? 전 당연히 그만한 취재비를 주지 못할 거라 생각하고 그냥 던져 본 액수였어요. 그런데 이한수 씨는 아무런 토를 달지 않고 취재비를 입금했죠."

"지금 그게 문제라는 건가요? 그쪽에서 요구한 취재비를 주었던 게?"

"한국은 대통령 탄핵 문제로 시끄럽죠. 당신 기자잖아요. 그런 중대한 문제를 취재해야죠. 아니면 그 문제와 관련된 수많은 스캔들을 찾든가. 왜 여기에 와서 아이들의 탈북 과정을 취재하는 건가요?"

강유나가 충혈된 눈으로 이한수를 노려보았다.

"모든 기자들이 그 문제를 취재하고 있어요. 기자 한 명쯤 다른 사건이나 문제를 취재한다고 달라질 게 없죠. 이제, 강유나 씨가 대답할 차례예요. 이 가방은 뭐죠?"

"왜 남의 사생활이 궁금한 거야? 내가 무슨 칫솔을 쓰는지, 무슨 음식을 먹는지, 무슨 가방을 들고 다니는지 당신이 알게 뭐야."

강유나의 입에서 반말이 튀어나왔다. 이한수는 강유나의 질문에 대답하기는커녕 테이블 위에 놓인 가방의 지퍼를 막무가내로 열었다.

"야! 너 지금 뭐 하는 거야!"

강유나가 소리쳤다. 이한수는 항의에 아랑곳하지 않고 지퍼를 연 다음 그 안에서 검정색 케이스를 꺼냈다. 강유나가 팔을 잡았지만 이한수는 물러설 기미가 아니었다. 김동철이 나서서 이한수를 저지했다.

"한수야, 내가 생각하기에도 이건 아닌 거 같아."

이한수는 덩치 큰 김동철까지 밀쳐 냈다. 김동철이 샌드백처럼 휘청하다가 중심을 잡았다. 검은색 가죽을 입힌 케이스 앞의 은색 버튼을 풀고 케이스를 열었다. 자주색 벨벳 위에는 은색 단추들과 관이 연결된 악기가 세 개로 분리되어 꽂혀 있었다.

"이게 뭐죠?"

이한수가 당혹스러운 표정을 감추지 못하고 물었다.

강유나는 대답할 가치를 느끼지 못했다. 인내심은 바닥났고, 더 이상 참을 수 없었다. 그녀가 떠나 있는 동안 무언가 잘못됐다. 비밀들이 새어 나가고 있는 것 같았다. 피로했다. 머릿속은 뒤죽박죽이었다. 단서가 될 만한 것들은 다 이 숙소 안에 있었다. 장 목사는 아니다.

"젠장, 내가 또 더러운 인간을 믿다니!"

강유나는 자책했다. 또다시 인간을 믿은 자신의 잘못이었다. 이번에도 실수를 저지른 것일지 모른다. 강유나는 이런 순간이 싫었다. 비극으로 치닫고 있는데 명확한 원인을 알지 못하는 순간.

휴게실에서 일어난 소란으로 잠에서 깬 장 목사가 파자마 차림에 털 스웨터를 껴입고 나왔다. 장 목사는 화가 나서 길길이 날뛰는 강유나를 달래서 간신히 휴게실 밖으로 데리고 나왔다.

"유나야, 너무 예민해진 거 같아. 네가 저지른 실수는 한 번이었어. 한 번. 이제 그만 널 용서해 줘."

"목사님 지금 무슨 말씀이세요?"

"지금 공연한 사람을 잡고 있잖아."

"이한수 기자가 제 가방을 허락도 없이 뒤졌다고요!"

"뭐 좀 궁금한 게 있었나 보지."

"궁금하면 직접 물어보면 되지 왜 남의 물건을 뒤져요!"

"네가 호락호락 대답해 주지 않으니까 제 나름대로 다른 방법을 찾았겠지. 뭐 옳은 방법은 아니지만, 다른 방법을 찾아야 할 만큼 절실했나 보지."

"뭐가 그리 절실해서요."

"네가 없는 동안 이 기자 방에 붙은 아시아 지도 있지? 네 이동 경로를 표시해 둔. 그 지도 앞에 한참 서 있더라고. 네 방 앞을 지나가다가도 멈추어 서서 한참 네 방 안을 쳐다보곤 해. 이런 경우에 이유는 보통 한 가지야."

"그게 뭔데요."

"사랑."

"아, 또 기, 승, 전, 사랑이에요? 목사님은 당장 그놈의 한국 드라마부터 끊어야 해요."

"주님이 남과 여를 만들었을 때 필시 이유가 있었을 거야, 그치?"

장 목사가 장난기 어린 미소를 지으며 강유나의 어깨를 두드렸다. 강유나는 목사의 부드러운 손짓을 매몰차게 치우며 방으로 들어가 버렸다.

몇 해 전의 과오가 다시금 떠올랐다. 제러미를 믿었던 건 크나큰 실수였다. 그 후로 동고동락하며 활동해 온 장우일 목사를 제외하곤 누구도 믿지 않았다. 남자도 만나지 않았고, 그런 기회가 오게끔 곁을 주지도 않았다. 강유나는 정신을 차리려고 두 손바닥으로 벽을 짚고 서서 심호흡을 했다. 이런 작전의 경우 어떤 경로로든 비밀은 새어 나갈 수 있었고, 누구든 변심할 수 있었다. 정치적인 이유나 돈이나 혹은 개인적인 사연으로 그런 일들이 벌어지곤 했다. 비밀 유지를 위해 아무리 철두철미하게 계획을 세우고 조심하고 노력해도 변수는 생겼다. 빚에 허덕이던 비정부 단체 의사가 장기 밀매 조직단인 중국 마피아의 검은 돈에 매수되어 은신해 있던 탈북자들을 팔아넘길 거라고 짐작이나 했겠는가. 그녀와 장우일 목사를 돕던 마음씨 착한 탈북자 출신 공 씨가 같은 처지인 다른 탈북자들을 보위부에 밀고하리라고 상상이나 했겠는가. 장 목사와 그녀가 철석같이 믿었던 공 씨는 같은 시기에 탈출하는 제 가족에게서 보위부와 공안의 시선을 따돌리기 위한 수단으로 다른 탈북자 무리를 밀고했다.

2017년 2월, 베이징

　총이 아니었다. 이한수는 수상한 가방 속에 총기가 있지 않은 게 내심 다행스러웠다. 만약 총기가 들어 있었다면 차대경이 한 말을 마냥 부정할 수 없었을 것이다. 강유나가 황인호 암살의 저격범일지 모른다는 가설을 받아들여야 했다. 최악의 시나리오였다.

강유나는 이한수의 행동을 전혀 이해하지 못하는 것 같았다. 그럴 만했다. 허락 없이 소지품을 함부로 뒤진다면 누구라도 기분이 언짢을 것이다. 그녀는 이한수를 한 대 칠 품새였다. 다행히 장 목사가 나타나 중재에 나섰다. 그녀는 가방을 챙겨 씩씩거리며 공용 휴게실을 나갔고, 그는 방으로 돌아와 책상 앞에 앉았다. 아직도 차대경의 잇새에서 으스러지는 아몬드 소리가 귓전에 환청처럼 맴돌았다. 더럽게 불쾌한 소리였다.

그가 모텔을 떠나기 직전까지의 장면들이 하나하나 되살아났다.

그녀는 싱가포르에서 살던 1994년부터 1998년 사이에 북한인들과 여러 번 접촉했다.

첫 번째는 동급생인 북한 남학생이었다. 같은 학교에 재학 중인 학생과 만나는 건 이상할 게 없었다. 두 번째는 북한 대사의 아내 윤숙현이었다. 가장 수상한 만남은 세 번째였다. 군부 출신이었고, 당시 러시아와 싱가포르에서 북한 특수 요원으로 활동했으며, 현재 베이징에서 보위부로 활동 중인 최도광이었다.

칭룽모텔에 걸린 화면에 용수철처럼 생긴 가시 철망이 쳐진 높은 담벼락과 그 담벼락 안의 서양식 주택이 나타났다. 오렌지색 박공지붕에 흰색 회칠을 한 집의 창문들은 아치형이었다. 커서가 대문 초인종 쪽으로 이동하고 그 부분을 클릭하여 확대하자 초인종 위에 북한 국기가 박혀 있었다.

"1996년 싱가포르 주재 북한 대사관이었어. 고난의 행군 이전까지는 그래도 외교관들이 저런 고급 관저에서 지냈어. 경제난의 심각성이 드러난 이후로는 경비 감축을 위해 저런 주택에서 몇 가족이 모여 살았고. 그나마 외화 수입이 짭짤한 나라의 경우고, 일반 주택보다 못한 곳들도 허다했지. 1996년도였으니까 기근의 심각성이 대두될 무렵이었지. 당시 박수환이 싱가포르 주재 북한 대사관 대사였어. 한때 박수환이 김정일의 이복형제라는 설도 있었지만 사실무근으로 밝혀졌지. 아무튼 모스크바 대학교 졸업 후 김일성에게 인정을 받았고, 어떤 경위인지 김정일의 누나 김경희와 가까운 사이였는데, 그 이유가 당시 외화벌이를 총괄하는 김경희의 남편 장성택과 관계를 잘 형성해서라는 설이 있지. 비교적 환경이 좋은 나라에 발령을 받아 왔어. 싱가포르 전에는 이탈리아에 있었지. 그런데 장성택이 처형되기 직전 귀국 명령을 받았어. 현재는 북한에 있고."

이미지는 다음 장으로 넘어갔다. 그 집에서 나오는 인물들이 차례로 지나가다가 뺨에 긴 상흔이 있는 가무잡잡

하고 작달막한 남자에게서 멈추었다.

"최도광. 북한 보위부지. 군부 출신이고, 싱가포르 전에는 러시아에서 활동했어. 흥미로운 건, 저자가 강철수가 블라디보스토크에 있던 시기에 그곳에서 활동했다는 거야. 강철수가 잠적하기 전 접선했던 북한 사람들 중에 한 명이었고. 저자가 강철수와 내통한 자였고, 강철수를 북한으로 보내 준 인물이었어. 강유나가 아버지를 항변하고자 일인 시위까지 벌인 걸 보면 굉장히 친밀한 관계였던 모양인데, 그런 아버지를 미끼로 쓰기 쉬웠겠지."

"저자가 저 관저에 살았던 겁니까."

"아니. 수요 자아비판 모임에 참석하느라 수요일마다 저 관저에 갔고, 그 외에도 여러 번 저곳을 드나드는 게 포착되었지."

"자, 저길 보게."

공군 재킷이 말하자 윤 부장이 수선을 떨며 받아쳤다. "저, 저건!" 하얀색 칼라 셔츠에 회색 짧은 스커트는 교복처럼 보였다. 하얀 스니커즈에 청록색 책가방을 지고 어깨엔 검은색의 길고 네모난 가방을 메고 있었다. 강유나가 북한 대사관 관저 앞에 서 있었다. 손가락은 초인종을 누르기 직전이었다.

"강유나가 저길 들락거렸던 겁니까."

이한수가 긴장한 목소리로 물었다.

"아, 이거 그림 나오네, 그림."

윤 부장이 자못 심각한 어조로 중얼거렸다.

"우린 저때부터라고 보고 있어. 강유나가 북한 보위부와 연결된 최초의 시점."

이한수는 대문 앞에 선 여학생의 옆모습을 신중한 눈길로 바라보았다. 혼란스러웠다. 벽시계에서 울리는 초침 소리만 점점이 커지며 그의 신경들을 자극했다. 이한수는 혀에 고인 침조차 삼키지 못했다.

"중요한 한 가지가 누락됐습니다. 지금까지의 모든 정보들은 심증이 아닙니까. 러시아 블라디보스토크에서 실종된 아버지. 철저하게 고립된 싱가포르의 삶. 그 아버지와 공조했던 북한 정보 요원과의 만남."

이한수가 이의를 제기했다.

"강유나가 황인호를 찾아간 이유가 무엇이었을까."

"그 또한 심증이 아닙니까."

이한수가 다시 반론을 제기했다. 가능한 모든 논리를 들어 반박했다. 그러나 자신의 반론이 지속되지 못하리라는 걸 알았다.

2017년 2월, 베이징

강유나는 오보에 가방을 방바닥에 휙 던졌다. 오보에는 사흘 전 싱가포르에 도착하자마자 모교인 UWC에 방문해서 되찾았다. 학교를 졸업한 후로 첫 방문이었으니 19년 만이었다.

졸업 후 학교 측에서 이메일을 두 번 보내왔더랬다. 학교에서 보관 중인 그녀의 오보에를 찾아가라는 것이었다. 그러나 싱가포르에 살지도 않거니와 지난 19년간 갈 일이 좀체 생기지 않았다. 싱가포르는 그녀의 활동 지역 밖이었다. 한편으로는 이 오보에가 그녀의 가슴에 불러일으킬 병적인 분노와 슬픔을 견딜 수 있을지 확신이 서지 않았다. 그렇게 오보에 찾기를 미루어 오다가 몇 주 전 신문에서 박재희라는 이름을 발견했다. 북한이 영국 보험회사와의 분쟁에서 승소한 사건을 우연히 읽었고, 그 일에 박재희가 연루되었으며, 그 사건을 맡은 회사는 조선통화로 싱가포르에 지점을 두고 있었다. 아이들을 데리고 베이징으로 돌아오는 길에 싱가포르행 비행기를 끊었다. 그녀는 박재희를 찾아내 묻고 싶었다. 왜 20년 전 그녀와의 약속을 어겼는지. 왜 아무런 기별 없이 학교를 떠났는지. 왜 흔적도 없이 사라졌는지. 왜 그런 비겁한 방식을 선택한 건지. 왜, 왜, 왜……. 20년이 지난 지금까지 그녀의 심장을 비트는 이 질문들을 모조리 쏟아 내고 싶었다. 아니, 아무것도 묻지 못한다고 해도 괜찮았다. 정말 괜찮았다. 박재희를 한 번만이라도 볼 수 있다면 그것으로 충분할 것 같았다.

그랬다. 그녀는 박재희가 떠난 그때의 시간으로부터 완전히 이동할 수 없었다. 한 발자국 나아가는가 싶으면, 기억의 한 조각이 다시 그녀를 과거로 끌어당겼다. 과거의 시간에 머물며 그 이후의 시간들을 그저 견디고만 있었다.

싱가포르에 간 김에 아직 학교에 남아 있는 이레나 선생님에게 인사도 드릴 겸 학교를 방문했다. 정문에서부터 오래전 박재희와 나누었던 추억들이 떠올라 가슴이 뭉클해졌다. 선생님에게서 오보에를 받아 들자 박재희와 연습했던 시간의 선율들이 살아나 춤을 추었다. 오보에는 아버지의 유품이자 박재희와의 추억이었다.

그녀는 이레나 선생님과 교내에서 점심 식사를 하고 학교가 위치한 도버 로드에서부터 영국문화원이 있는 나심 로드까지 걸었다. 2월의 무더위 속을 조용히 걸었다. 박재희와 처음 만난 영국문화원 앞에 잠시 서 있다가 박재희에게 오렌지족들이 가는 곳을 물었을 때 그가 데리고 갔던 슈퍼마켓이 있는 탕린몰 앞을 지나 박재희와 함께 「브레이브 하트」를 관람한 오차드 시내의 쇼 이세탄 극장까지 걸었다. 저녁에는 보타닉 가든에서 하염없이 걸었다. 땀으로 옷이 축축하게 젖어 들었다. 딱히 박재희를 기다린 건 아니었지만 오래전 그의 팔베개를 하고 누웠던 공원에서처럼 커다란 풀레이 바송나무 아래에 앉으니 어딘가에서 그가 튀어나올 것 같았다. 예전처럼 그가 속삭여 줄 것 같았다. 우린 언제나 함께야. 그 어떤 역경도 이겨 낼 거야. 우린 반드시 함께할 거야.

간간이 지나가는 사람들의 기척이 들릴 때마다 놀라서 돌아보고, 지나가는 행인을 유심히 지켜보았다. 혹시나 하는 마음으로. 혹시나 박재희가 아닐까 하여.

그녀는 공원이 어두컴컴해져서야 일어났다. 폐장 시간이 가까워지고 있었다. 엉덩이에 달라붙은 풀들을 털고 잔디밭을 걸어 나왔다. 공원 내부는 가로등 빛을 받아 어슴푸레하게 거뭇해진 윤곽을 드러내고 있었다. 택시 정거장과 가까운 페퍼로니 식당 쪽으로 걸어갔다. 내리막길에서 어둠이 짙어지고 바스락거리는 낙엽 소리들이 들려왔다. 아까부터 누군가 뒤를 쫓아오는 것 같아 내리막길 중간쯤에는 뒤를 한번 돌아보았다. 아무도 없었다. 우뚝 선 열대 나무들의 울창한 나뭇잎들이 불어오는 바람에 한 번씩 몸서리칠 뿐이었다.

박재희는 나타나지 않을 거야.

체념하고 가던 방향으로 발걸음을 옮기다가 악 하고 짧은 비명을 질렀다. 모자를 깊게 눌러쓴 남자가 그녀의 손목을 붙잡고 있어서였다.

"유나, 조심해."

그는 속삭였다. 그녀는 모자챙 그늘에 묻힌 눈을 보았다. 희번득한 눈.

마음이 진정되자 그의 모습이 눈에 들어왔고 누구인지 기억이 났다. 그에게 온전히 남아 있는 건 푸른 눈뿐이어서 바로 알아보지 못했다. 눈마저 원래의 푸른색만 유지할 뿐 빛깔은 탁했고, 푸른 눈동자를 감싼 눈자위는 누랬다. 앞니 두 개가 빠졌고, 입에선 악취가 났고, 피부는 크고 작은 상흔으로 덮여 있었다. 몸은 여위어 광대와 관절들이 도드라졌다. 제러미였다. 과거에 그녀가 알던 제러미가 아닌 또 다른 제러미.

"당신이 여긴 왜?"

그녀가 묻는데 그는 무언가에 쫓기는 듯, 아니면 무언가에 압도된 듯 초조하게 눈알을 굴리며 주변을 살폈다.

"조심해."

"뒤통수 전문인 네 말을 믿을 것 같아."

"그땐 내가 정말 잘못했어. 사정이 있었어. 물론 사정이 있었어도 내가 저지른 죄는 용서받지 못할 거야.”

“이제 와서 그런 얘기를 한다고 내가 이해해 줄 거 같아?”

“그때 너에 대한 마음은 진심이었어. 다만.”

“닥쳐. 넌 진심 운운할 자격이 없어.”

가까이에서 발자국 소리가 들려왔다. 불빛이 흔들거리며 이쪽을 향했다. 그의 눈동자가 요동쳤다.

“조심해. 아무도 믿지 마. 제발, 아무도 믿지 마.”

“걱정 마. 널 만난 이후로 이 세상 그 누구도 믿지 못하게 되었으니까.”

제러미는 손목을 놓아 주고 멀어졌다. 절룩거리며 숲 쪽으로 달아나 깊고 깊은 어둠 속으로 사라졌다.

강유나는 그날 제러미를 만났던 보타닉 가든을 생각할 때마다 불안했다. 제러미는 경고했다. 조심하라고. 아무도 믿지 말라고.

그녀는 평정심을 되찾기 위해 가방에서 오보에를 꺼냈다. 리드만 끼우면 다시 오보에를 연주하는 게 가능할지 몰랐다. 베이징의 798 예술구에 있는 악기상에서 리드를 구할 수 있을 것이다. 분리된 오보에를 하나로 연결했다. 예전의 기억을 더듬더듬 되살리며 은색 버튼들을 눌러 보았다. 마지막 버튼 하나가 잘 눌리지 않았다. 녹이 슬었다기보다 무언가 걸려서 눌러지지 않는 뻑뻑한 느낌이었다. 도로 오보에를 분리해 마지막 버튼이 있는 쪽을 들여다보았다. 그 안에 무언가 붙어 있었다.

1994년 11월, 싱가포르

앙증맞은 만국기가 펄럭인다. 학교에서는 각국의 음식을 소개하는 행사가 한창이다. 그 행사로 얻은 수익금은 캄보디아, 아프리카, 북한의 굶주린 아이들에게 보내는 기금으로 쓰일 예정이다. 행사를 마치면 이따금 행사 관리 부처에서 박재희를 호출한다. 북한은 폐쇄 국가여서 정보를 알아내기가 영 쉽지 않은 까닭에 박재희를 통해 북한의 어느 기관에 기금을 보내야 아이들을 도울 수 있는지 조언을 구하기 위해서다.

아버지에게 조언을 얻어 북한 기관의 연락처를 전달해 주었지만 해당 부처의 말에 따르면 한 번도 답신이 오지 않았다고 한다.

"북조선에는 기아가 없어서 굳이 대답할 필요가 없었 겠지요."

그는 이렇게 대답하곤 해 왔다.

박재희는 이번 행사에서 다른 나라에 합류한다. 학교 측에선 박재희가 다른 나라에 합류하는 것을 용인해 주었다. 전교생 중 북한 학생이 단 한 명이기도 하거니와, 행사 때 참석할 일반인들의 이목을 끌길 원치 않는 그의 사정을 고려해 주었다.

초등학교 때 이런 행사 때마다 중국이나 러시아에 합류했고, 중학교 이후부터 친구들의 나라, 그중에도 주로 동유럽 국가에 들어가서 행사에 임했다. 이번 해에는 처음으로 이탈리아에 소속된다. 비교적 학생 수가 적어서 타국 학생의 도움도 필요하다는 로베르토의 요청이 있기도 했고, 이탈리아에 살았던 경험이 있어서 그 지역에 남다른 애정을 느꼈다. 박재희는 로베르토와 함께 매대에서 이탈리아 라비올리를 판매했다.

옆에는 그릴에서 막 구운 소시지를 넣은 핫도그를 파는 호주 코너, 찰밥에 망고를 얹고 그 위에 연유를 부은 타이 망고 스티키 라이스를 파는 태국 코너, 화려한 색감으로 장식한 일본식 초밥을 파는 일본 코너, 블루베리 소스를 얹은 팬케이크를 파는 노르웨이 코너, 잡채와 김밥과 떡볶이를 판매하는 한국 코너가 각국의 국기를 펄럭이며 늘어서 있다.

로베르토가 컵에 담긴 떡볶이를 사 와서 이쑤시개로

찍은 떡볶이를 그에게 내민다.

"저기 한국 코너에서 설명을 들었는데 이게 국민 스낵이라며?"

"응, 국민 스낵이야."

박재희는 알은체한다. 하지만 떡볶이는 그가 사는 지역에서 먹을 수 있는 음식은 아니다. 떡볶이란 음식을 알게 된 건 이 학교의 행사를 통해서고, 더 자세한 정보는 남조선 잡지에서 읽었다.

"특히 학생들이 좋아하는 음식이야."

박재희는 남조선 잡지를 통해 습득한 지식을 말한다. 매콤하고 달콤한 떡을 입안에 넣고 우물거리는데 한국 코너 앞에서 얼굴이 시뻘겋게 달아오른 미국인 친구가 캑캑 기침을 해 대는 모습이 시야에 들어온다.

강유나가 물병을 가져와 미국 친구 마이크에게 내민다. 그가 물을 벌컥벌컥 들이마신 후 고맙다고 인사한다. 마이크는 애정 어린 시선으로 강유나의 정수리 머리카락을 손바닥으로 헝클어트린다. 두 사람이 요새 친밀하게 지내는 걸 여러 번 목격했다.

마이크의 외가는 정치인 집안이고, 아버지가 IT 회사의 아시아 총괄 사장이다. 중학교 8학년 때 전학을 왔는데 192미터의 장신으로 배구 팀에 발탁되어 올해 10학년이 되자 이미 주장이 되었다. 서글서글한 눈매에 여학생들에게 매너가 좋아서 인기가 많은 편이다. 지난번 역사 시간 토론에선 북한의 권력 세습에 대해 마이크와 신랄한 논쟁을 벌이기도 했다. 강유나와 마이크, 두 사람은 뭐가 재밌는지 서로 눈을 바라보며 낄낄 웃어 댄다.

"병신. 이게 뭐가 맵다고."

박재희는 바닥에 침을 퉤 뱉고 제 코너로 돌아간다.

1995년 3월, 싱가포르

우 비서가 드레스가 담긴 큼직한 상자를 들고 온다. 상자를 열고 강유나와 언니 강유진이 입을 검정색 드레스를 꺼낸다. 이 집에 처음 온 날 만났던 화려하고 우아한 노년의 여인이 보냈다. 그 노년의 여인은 차분한 어조로 실종된 강철수가 아닌 제 남편이 그녀들의 생부라고 말해 주었다.

그녀와 언니는 각자 방에 들어가 드레스로 갈아입는다. 저녁에 있을 김 회장의 회사 창립 기념 파티에 참석하기 위해서다. 곱게 화장까지 한 언니가 강유나의 방에 와서 어깨 밑으로 내려오는 머리카락을 빗질해 준다. 가지런해진 머리카락에서 귓바퀴 위의 두 가닥을 잡아 땋기 시작한다.

"학교는 다닐 만해?"

언니가 묻는다. 강유나는 지난 6월에 IELTS 시험에서 5.8을 받았다. 그 증명서를 제출하고 영어를 제2외국어로 선택하는 조건으로 국제 학교 10학년에 입학했다. 반면 언니는 아직 적당한 학교를 찾지 못했다. 고등학교 졸업 반에다 영어를 못하는 학생을 받아 줄 학교가 싱가포르에는 존재하지 않았다.

"응. 아직 영어가 어렵긴 하지만."

강유나가 조잘조잘 대꾸한다.

"내가 친구들한테 들었는데 네가 다니는 데가 굉장히 좋은 학교인가 봐. 그 학교 학생들이 스탠퍼드나 하버드, 케임브리지, 옥스퍼드 같은 명문 대학에 입학한대."

"그건 영어를 잘하는 애들 얘기겠지. 난 아직 수업의 절반도 이해하지 못해서 헤매. 명문 대학은커녕 졸업이나 할 수 있을지 모르겠네요."

양쪽으로 땋은 머리카락을 뒤통수 가운데에서 하나로 묶으며 언니가 핀을 찔러 준다. 그러곤 어른스러운 표정으로 두 손을 강유나의 어깨 위에 가붓이 올린다.

"있잖아, 난 네가 그런 좋은 대학에 들어가길 바라. 그래서 성공하길 바라."

"그런 데 학비가 얼마나 비싼지 알기나 해?"

"서울에 살던 집주인 아주머니에게 받은 보증금 있잖아. 그걸 저금해 두었어. 하나도 쓰지 않고. 왜인지 알아? 그걸로 네 대학 학비 내려고."

언니가 강유나를 보며 미소 짓는다. 그녀는 학생들에게서 귀동냥으로 들은 미국이나 영국의 명문 대학교 학비가 얼마인지 언니에게 말하지 못한다. 서울 집의 보증금으론 한 학기 학비도 충당할 수 없을 것이다.

"친구는 많이 사귀었고?"

"응."

그녀는 거짓말을 한다. 함께 다니는 친구라곤 박재희뿐이고, 다른 친구들도 박재희를 통해서 알게 되었지만 언니를 걱정시키고 싶지 않다. 교내에서 홀로 다니며 국제 미아, 상처, 언어장애자라는 꼬리표를 달고 있다는 사실을 알면 슬퍼할 것이다.

강유나와 언니가 채비를 마치고 방을 나선다. 우 비서가 흡족한 듯 고개를 끄덕인다.

우 비서는 서른 살이 넘은 한국인으로 한국어와 영어와 만다린어, 3개 국어가 가능하지만 말수가 적은 편이다. 그녀들은 우 비서님이라고 부른다. 우 비서는 노년의 여자가 전화를 걸어오면 그녀나 언니를 바꿔 주고, 필리핀인 가정부에게 장 볼 목록을 주고, 그녀들이 갈 수 있는 몰이나 전시회장을 알려 주고, 그녀들이 외출하면 운전을 해주고, 매일 공부할 분량을 주고, 일정량의 공부를 마쳤는지 확인하고, 학교에서 수업을 마치면 차로 데리러 온다.

강유나가 UWC에 진학하기 위해 써야 할 에세이를 도와주었고, 취미와 특기로 오보에를 적으면 입학에 도움이 될 거라고 조언해 준 사람도 우 비서였다. 하지만 단 한 번도 사적인 대화를 나눠 본 적은 없다.

오렌지 그로브 호텔 연회장에서 열린 창립 파티에는 100여 명의 사람들이 모여 있다. 행사장 강단 옆 연주단이 클래식 음악을 연주한다. 우 비서가 육중한 금박 장식문을 열어 주고 뒤로 물러난다. 그녀와 언니가 연회장 안으로 들어서자 이미 소문을 들은 보타이와 드레스와 보석으로 치장한 사람들이 둘을 힐끔거린다.

집에 한 번 찾아왔던 늙은 남자는 번들거리는 회색 정장에 와인색 보타이를 했다. 사람들은 그를 김 회장님이라고 불렀다. 노년의 여인의 남편이자 그녀들의 생부다.

김 회장은 강유나와 강유진을 보았지만 알은체하지 않는다. 싱가포르에 도착한 첫날 만났던 화려한 나비 핀이 그 옆에 서 있다. 꼿꼿한 자태로 서 있던 나비 핀이 그녀들에게 짤막한 눈인사를 주고는 사람들과 대화를 이어 간다.

언니가 인사하러 가자고 그녀의 손목을 잡아끈다. 그들이 두 걸음을 떼기도 전에 젊은 세 여자가 앞을 가로막는다. 우 비서가 언젠가 가족 직계를 설명하면서 배다른 언니들이라고 보여 준 사진 속의 여자들.

가장 나이 많은 여자가 강유나보다 열 살 위고, 둘째가 여덟 살 위, 셋째가 여섯 살 위다. 세 자매들은 강유나와 강유진의 앞을 가로막고 도도하게 턱을 치켜든다.

"너네가 그 애들이지."

나이가 가장 많은 첫째가 쌀쌀맞은 어조로 묻는다. 강유나는 어떻게 반응해야 할지 몰라 우두커니 선 채로 입을 다문다. 그녀의 팔짱을 끼고 있던 언니의 팔이 조여 오는 게 느껴진다. 앞에 선 세 자매들은 그녀들의 차림새를 위에서 아래로 훑어보며 입가에 조소를 띤다.

"너희들이 여기 온 것 자체가 우리에겐 수치야. 문제일으키지 말고 조용히 있다 가."

엉덩이 꼬리뼈까지 등이 깊게 파인 드레스를 입은 첫째가 말한다.

"같은 디자이너의 드레스를 입었다고 너희가 우리와 같은 부류라고 착각하지는 말고."

옆에 있던 가장 어린 여자가 속닥이며 입술을 실룩거린다. 다시 첫째가 그녀들을 향해 오만한 표정으로 샴페인 잔을 들어 보인다. 그러고는 돌아서서 반대 방향으로 걸어가자 두 자매가 첫째의 꽁무니를 조르르 따라간다.

"잠깐만."

강유나의 팔에서 팔짱을 풀고 한 걸음 나아간 언니가 그들을 불러 세운다.

"저기, 너희에겐 우리가 수치겠지만 우리에겐 너희들이 수치야."

언니는 당차게 말하고자 애쓰지만 목소리가 떨린다. 그 말을 듣고 세 여자가 걸음을 멈추고 돌아선다. 첫째가 바투 다가와 언니의 눈을 뚫어져라 쳐다본다.

"네가 강유진이지. 열아홉 살. 영어도 못하고 성적도 바닥이어서 학교조차 들어가지 못하고 있다며. 듣자하니 어린 나이에 불량배들에게 몸이나 팔고 다니고. 강유진, 여긴 네가 상스럽게 놀아나는 클락키가 아니야."

첫째가 날카롭지만 차분한 목소리로 속삭인다. 언니가 주먹 쥔 손을 떤다. 첫째로부터 두 걸음 뒤에 물러서 있는 두 자매가 키득거리며 웃는다. 그 뒤로 손님들과 함께 있던 나비 핀이 심상치 않은 기류가 흐르는 이곳의 상황을 주시하다가 다시 손님들을 향해 억지 미소를 지어 보인다.

"왜 날 죽이고 싶어? 살인자 밑에서 자랐으니 보고 배운 게 딱 그 정도겠지?"

첫째가 나지막한 목소리로 또다시 도발한다. 그때 그 일이 벌어졌다. 언니가 화를 참지 못하고 첫째의 뺨을 날린다. 첫째의 귓불에서 대롱거리던 수십 개의 깨알 같은 다이아몬드들이 박힌 나뭇잎 모양 귀걸이가 허공으로 포물선을 그리며 날아간다.

강유나는 황망히 언니의 옆으로 다가간다. 다른 두 자매가 다소 공격적인 걸음으로 다가오자 첫째가 자매들의 가슴께에 팔을 곧은 일자로 뻗으며 가로막는다. 저 멀리 나비 핀의 표정이 일그러진다. 와인색 보타이를 한 김 회장이 나비 핀의 어깨를 부드럽게 감싼다. 파티에 초대된 모든 손님들의 시선이 그녀들을 주목한다.

"됐어. 애들의 출신 성분을 보여 주는 것으로 충분해. 싸구려들."

첫째가 조소 어린 미소를 짓고 돌아서자 다른 자매들도 뒤따른다. 그들은 이 파티를 주관하는 나비 핀과 김 회장 옆으로 가서 달라붙는다. 나비 핀이 의연한 자세로 손님들에게 딸들을 소개한다. 김 회장이 첫째의 참을성을 칭찬하듯 어깨를 부드럽게 두들겨 준다. 일촉즉발의 상황이 일단락되자 손님들은 다시 서로의 샴페인 잔을 부닥치며 대화를 이어 간다. 무대 옆 연주자들은 멈추었던 비발디의 「사계」를 다시 연주하기 시작한다.

언니는 모멸감을 이겨 내지 못하고 연회장 밖으로 달려 나간다. 강유나는 언니를 쫓는다. 언니는 화장실 칸막이 안의 변기통 위에 앉아서 울고 있다. 그 바람에 초저녁 내내 정성스럽게 한 화장이 얼룩졌다. 마스카라를 칠한 눈가에서 검은 눈물이 주르륵 흘러내린다.

며칠 전 새벽녘 강유나가 전화를 받고 언니를 데리러 갔을 때도 이 얼굴을 보았다. 흔들거리는 붉은 싱가포르 전통 쪽배들이 강가에 정박돼 있고 허름한 클럽이나 바들이 밀집한 유흥가였다. 그날 언니는 하이힐 한 짝만 신은 채로 푸르스름한 빛이 쏟아져 나오는 펍 앞에 널브러져 흐느끼고 있었다. 잔뜩 취했고, 손에는 로또 번호가 적힌 종이가 쥐어져 있었다. 얼굴이 온통 검은 얼룩투성이였다. 강유나가 언니 하고 불렀을 때 그녀는 동생을 알아보지 못했다.

변기 앞 타일 바닥으로 피 한 방울이 뚝 떨어진다. 언니의 손가락에서 피가 흐르고 있다. 앞으로 다가가서 무릎을 꿇고 손가락을 살펴본다. 피가 흘러내리는 약지가 땡땡 부었다. 뺨을 칠 때 손가락이 부러진 모양이다. 마침 화장실 안에 휴지가 없다. 그녀는 얼른 드레스 위에 걸친

숄로 언니의 손가락을 감싼다. 손의 완력으로 지혈한다. 언니가 악, 짧은 비명을 지르곤 입술을 깨문다.

"잠깐만 기다려. 손으로 이거 꽉 쥐고 있어."

강유나가 벌떡 일어서며 말한다.

"어디 가게."

"그 계집애들을 가만두지 않겠어."

화장실 밖으로 나가자 그 앞에 백발의 긴 회장이 우뚝 서 있다. 환한 할로겐 조명으로 와인색 실크 보타이와 기름진 얼굴이 반들반들하게 빛난다. 긴 회장이 등 뒤에 인적이 있는지 흘긋 돌아본 후 그녀를 응시한다.

"지금 가서 보복한다 한들 달라지는 건 없다. 너희 평판만 점점 더 나빠질 뿐이지. 공부하고 성공해. 네가 더 나은 위치에서 힘을 가졌을 때 하는 게 진정한 복수야."

긴 회장이 방향을 돌려 카펫이 깔린 복도를 걸어간다. 그녀는 그 뒷모습을 보며 뜨겁게 달아오른 침을 꿀꺽 삼킨다. 악문 어금니가 바스러질 것 같다. 심장은 터질 듯 쿵쾅거리고 뜨거운 피가 역류한다. 얼마간 간신히 억눌러 온 화염 같은 분노가 또다시 머리꼭지까지 치민다. 그 감정을 견딜 수 없었던 건 분노의 대상조차 없어서였다. 그런데 이 순간 머릿속이 맑아진다.

"내 아버지 강철수는 살인자가 아니에요. 똑똑히 알아

두세요. 당신 가족들 중 누구라도 한 번 더 아버지를 그런 식으로 모함했다간 내가 죽여 버릴 거예요! 가장 끔찍한 방법으로 죽여 버릴 거라고요!"

등지고 복도를 걸어가는 김 회장의 입가에 예의 흐뭇한 미소가 어린다.

2017년 2월, 베이징

강유나는 몸을 뒤척였다. 싱가포르에서 돌아온 후 충격과 스트레스가 온몸을 짓눌러 왔고 이틀간 불면이 지속되었다. 참다못해 벌떡 일어나 운동복으로 갈아입었다. 밖으로 나오자 어둡고 적요한 새벽이었다. 차가운 공기를 훅 들이켜고 가볍게 다리 스트레칭을 한 후 달리기 시작했다.

보타닉 가든에서 만났던 제러미의 형상이 떠올랐다. 그리고 싱가포르 공항에서 베이징행 비행편을 기다리다가 보게 된 황인호 암살 관련 뉴스.

지난 며칠간 일어난 일들을 머릿속에서 지우려고 달리는 속도를 올렸다. 그동안 운동을 게을리했더니 6킬로미터를 지나고부터는 심장이 터질 듯 날뛰고 구역질이 올라왔다. 땀범벅이 되어 기진맥진해서 숙소로 돌아왔다.

여행 배낭 속의 소지품들을 꺼내다 말고 방바닥에 덩그마니 누웠다. 샤워를 하기 전이었고 옷도 갈아입지 않은 채였다. 그렇게 찬 바닥에 웅크리고 누워 눈을 붙이고는 잠이 들었다. 잠에서 깼을 때 땀내가 풍겼고, 그녀는 '아름다운 상처'란 제목의 책을 가슴에 안고 있었다.

꿈이었을까. 선잠에 뇌에서 이루어진 기억의 되감기였을까. 확실치 않았다. 두 가지 기억이 경계 없이 뒤엉킨 것일지도 몰랐다. 모호한 경계의 선에서 그녀는 이틀 전 오전에 그랬던 것처럼 황인호의 숙소로 갔다. 방문 앞에 두 명의 경호원이 서 있었다. 그중 여자 경호원이 공항 검색원처럼 그녀의 몸과 가방을 검사했다. 마지막으로 여권을 받아서 그 안의 사진과 실물을 대조했다. 그렇게 간단한 절차를 밟은 후 그녀는 황인호의 숙소로 들어갔다.

그날 아침 콘퍼런스에 참석하기로 예정돼 있던 황인호는 회색 양복 차림에 거북이 등가죽을 입힌 돋보기안경을 끼고 있었다. 그는 양손에 느슨하게 잡은 파란색과 노란색 넥타이를 보여 주며 어떤 색깔이 더 어울리겠느냐고 조언을 구해 왔다. 그녀가 노란색이라고 하자 노란 넥타이를 목에 두르고 매듭을 조였다.

"강유나 씨, 이렇게 만나게 되어 반갑습니다."

황인호가 점잖게 인사를 해 왔다. 그녀도 예를 갖춰 허리를 숙여 인사했다.

"커피나 티 중에 뭐가 더 나을까요."

황인호가 물었다. 그녀는 황인호가 친절과 배려가 몸에 익은 신사라고 느꼈다.

"물이면 괜찮아요."

그녀가 대꾸했다. 응접실에는 경호원 세 명과 비서 한 명이 있었다. 황인호는 응접실에서 방으로 그녀를 안내했다. 비서와 경호원 한 명이 따라 들어오려 하자 괜찮다며 손바닥을 내밀어 보이고 문을 닫았다.

황인호와 그녀는 책상 하나를 가운데 두고 마주 앉았다. 그녀는 방 안을 둘러보았다. 분명히 감시 카메라와 도청기가 작동하고 있을 것이다. 그는 철저한 보호 감시를 받는 대상이었다.

그녀는 억지로 자연스러운 동작을 취하며 물 한 모금을 마시고 창밖의 전경을 바라보았다. 세인트 레지스 호텔 건너편의 콘도가 시야에 들어왔다. 아침의 새소리가 들렸다.

"선생님, 뵙게 되어 반갑습니다. 지난해 선생님의 망명 소식을 들은 후 제가 한국에 방문했을 때 만나려고 시도했는데 거절당했어요."

"보셨다시피 제가 과잉보호를 받아서요. 이제 막 걸음마를 뗀 아기 취급을 받고 있습니다."

그가 말끝에 어줍은 미소를 띠며 찻잔에 담긴 국화차를 마셨다. 국화차 향기는 그녀에게까지 전해져 왔다. 달큼하고 은은한 향기를 맡자 단박에 박재희가 연상되었다. 그는 꿀을 섞어서 얼음을 채운 차가운 국화차를 보온병에 담아 학교에 들고 다녔다. 이따금 그녀가 더위를 타면 보온병 뚜껑에 그 국화차를 따라 건넸었다.

"방문에 응해 주셔서 감사하게 생각하고 있어요. 찾아뵙고자 한 건 몇 가지 여쭤 볼 게 있어서였어요. 혹시 1990년대 중반 싱가로프 주재 북한 대사관의 박수환 대사를 아시나요."

"잘 알죠. 모스크바 대학 후배입니다."

"그분의 자제분들도 아시나요?"

"딸 하나와 아들 하나를 두었을 겁니다. 제가 떠나오기 전까지, 음, 아들은 외국에 있고 딸은 평양에 있었습니다. 딸이 제 손녀와 평양외국어고등학교 동기였는데 수재였죠."

"그분 아들이 외국 어디에 있는지 아시나요?"

"마지막으로 들었을 때는 싱가포르에 있었습니다."

"싱가포르……."

"스위스에서 비밀 계좌들의 실명을 공개한다고 발표한 후로 한동안 국제 자금들이 싱가포르로 몰렸죠. 유럽과 아시아의 해외 사업에서 거둬들인 돈이 싱가포르에서 재투자되거나 북한으로 송금되었는데 박재희가 그 사업의 수장 역할이라고 들었습니다."

"그 사업이 영국 보험회사와의 분쟁과 관련이 있는 거군요."

"강유나 씨와 아는 사이인가요?"

"싱가포르에서 고등학교를 다녔는데 그때 친구였어요. 11학년 때 갑자기 고국으로 돌아갔죠."

"주위에서 팔방미인이라고 칭찬이 자자했습니다."

"혹시 이곳에 오셔서 연락하거나 만나셨나요?"

강유나가 황인호를 응시하며 물었다. 어쩌면 박재희를 만날 수 있을까? 그토록 고대해 왔던 박재희와의 만남이 성사될까?

"아니요. 그쪽 인물들과는 연락이 금지돼 있습니다. 만나더라도 정부의 승인을 받아야 하고, 정부에서 용인한 동석자가 있어야 하죠. 그렇게 되면 그쪽이 무리수를 두어야 합니다."

실망스러웠지만 예상치 못했던 바는 아니었다.

"그렇겠죠. 저, 선생님, 민감한 질문 하나 더 할게요. 선생님은 아실 거라고 짐작되어요. 1994년 3월, 《조선로동신문》에 남조선에서 북향한 선교사 소식이 실렸죠. 한국에서는 그 사건을 블라디보스토크 강철수 사건이라고 명명했는데요."

돌연 황인호의 얼굴에 긴장감이 어렸다. 그가 찻잔을 들어 올리더니 두 눈에 힘을 주어 고개를 아주 조금 흔들었다. 그리고 눈짓으로 그녀의 오보에 가방을 가리켰다. 그는 무언으로 어떤 신호를 보내고 있었다.

황인호는 갑자기 화제를 바꾸었다. 강유나가 들고 온 검은색 직사각형 가방에 대해 물었고, 그녀가 오보에 가방이라고 하자 한번 보고 싶다고 했다. 그녀가 가방 지퍼를 여는데 황인호가 책상 옆으로 튀어나온 붉은색 버튼을 눌렀다. 그러곤 호기심 어린 시선으로 오보에를 이리저리 돌려 보았고, 동시에 바깥에서 방문을 두드리는 소리가 들렸다. 방 밖에서 감시 카메라가 꺼졌다고 말하는 소리가 들려왔다. 황인호는 침착한 목소리로 자신이 실수로 버튼을 잘못 누른 거라고 말하며 그녀에게 오보에를 돌려주었다. 그녀가 오보에 가방을 제자리에 돌려놓은 후에야 다시 책상 옆 감시 카메라 작동 버튼을 눌렀다.

황인호가 다시 찻잔을 들어 올리는데 방문이 벌컥 열렸다. 비서와 경호원들이 들어왔다. 경호원들 중 한 명이 재빨리 커튼을 쳤다. 나머지 세 명은 자석처럼 그의 곁으로 밀착했다.

"저희가 방에 있어야 한다는 지시를 받았습니다."

비서가 단호하게 말했다. 황인호는 이런 상황이 처음이 아닌지 차분해 보였다. 앉은 자리에서 돋보기안경을 바로 하고 일어났다.

"강유나 씨, 아쉽지만 오늘 만남은 여기서 끝내야겠군요."

"언제 다시 뵐 수 있을까요?"

"아무렴요. 총으로 음악을 연주할 수도, 악기로 사람을 죽일 수도 있는 시절이 아닙니까."

그녀는 곧장 그 방을 나가야 했다. 복도를 걸어 나가서 경호원의 수행을 받으며 승강기 앞에 섰다. 문이 열리자 수상쩍은 남자들 다섯 명이 승강기에서 내렸다. 그녀는 아직 방에 남아 있는 황인호의 마지막 모습을 생각했다. 학회에 참석하고자 노란 넥타이에 회색 양복을 차려입고 중절모를 썼던 황인호. 총으로 음악을 연주하고 악기로 사람을 죽이는 시절의 노신사.

그날 그녀가 호텔을 떠나고 한 시간이 채 지나지 않아서 황인호는 암살을 당했다. 그런데 사망한 장소가 숙소인 세인트 레지스 레지던트가 아니었다. 하얏트 호텔 연회장에서 개최되는 학회에서 기조연설을 하기 위해 차에서 내렸고, 호텔 로비를 향해 걷다가 저격을 당했다. 그리고 같은 날 아침 황인호가 남긴 게 분명한 메모가 그녀의 오보에 속에 숨겨져 있었다. 그녀가 알지 못하는 어떤 이유로. 오보에 안에 들어갈 만큼 작게 접은 그 메모는 오보에 하단 안쪽에 붙어 있었다.

강유나는 찬 바닥에서 일어나 오보에 가방을 열었다. 황인호가 남긴 쪽지를 다시 펼쳤다. 쪽지에는 그녀가 알 수 없는 문자들이 나열돼 있었다. 혹시 이 쪽지에 아버지와 관련된 메시지가 있지 않을까. 블라디보스토크 강철수 사건에 대해 질문했을 때 그는 무언의 신호로 오보에 쪽을 가리켰다. 일부러 감시 카메라 작동 오프 버튼을 눌렀다.

그러나 지금은 그 글자들이 어떤 알파벳의 나열이라는 사실만 겨우 알아낸 터였다. 식별 가능한 글자라곤 추신 뿐이었는데 어느 지역인가의 주소처럼 보였다. 그녀는 책상 위에 놓인 몇 권의 책들 중에서 한 권을 빼냈다. 오보에 하단에서 꺼낸 쪽지를 『아름다운 상처』 책갈피에 끼웠다. 뉴스 영상에서 모자이크 처리된 황인호의 모습이 뇌리에 남았다. 화면 속 불투명한 모자이크를 통해 보이는 거라곤 핏물로 얼룩진 노란 넥타이뿐이었다.

2017년 2월, 베이징

그의 아침은 사라졌다. 과거를 반성하게 하고, 현재에 새롭게 태어나게 하고, 미래를 꿈꾸게 했던 그녀의 모든 이미지들이 사라졌다. 먹장구름을 뚫고 내리쬐던 찬란한 햇빛 속에서 다섯 명의 남자아이들을 데리고 귀환하던 그녀도 머릿속에서 말끔히 사라졌다. 절대의 평화와 달콤한 의식이 그의 아침에서 사라져 버리자 무기력하기만 했다. 이한수는 벽을 마주 보고 서서 지도 위에 마지막으로 꽂았던 압정을 빼냈다. 그가 아침마다 향유하던 의식이 제거되자 단 한 가지만 뇌리에 명징하게 떠올랐다.

황인호를 암살한 유력 용의자.

칭룽모텔에 다녀온 후 며칠이 지났지만 이한수는 아직 혼란스러웠다. 그녀에 대한 사적인 감정과 그녀가 중요 인사를 살해한 용의자라는 사실이 팽팽하게 대립했다. 그 날 모텔에서는 동의하지 않았지만, 이한수의 관점에서도 저쪽의 주장이 타당하다고 여겨지는 요소들이 전혀 없었던 건 아니다.

1. 강유나는 베이징에서의 중요한 작전을 앞두고 갑자기 출장을 떠났다.

2. 출장지는 탈북자들과 무관한 싱가포르였다.

3. 출장 시기가 황인호가 암살된 시기와 일치한다.

4. 저격이 있기 몇 시간 전 황인호와 만났다.

5. 총기를 넣을 수 있는 크기의 오보에 가방을 들고 황인호의 숙소를 방문했다.

6. 저격 장소에서 리드가 달린 목걸이가 발견되었고, 목걸이에는 과거 고등학교 시절 그녀의 별명이기도 했던 Queen Yuna가 새겨져 있었다.

7. 그녀가 항상 들고 다니는 나침반 뒷면과 몰스킨 수첩에도 같은 이름 Qeen Yuna가 새겨져 있다.

8. 저격 장소에서 발견된 목걸이가 그녀의 것으로 밝혀졌다.

9. 그녀는 1995년 말 북한 대사관에 찾아갔었다.

10. 그 전에도 북한 특수 요원 최도광이 싱가포르에서 어떤 정체 불명의 여학생과 접선한 사진이 찍혔는데, 뒷모습만 찍힌 그 사진에서 여학생 혹은 10대 여자아이는 하얀색 셔츠에 청바지를 입었으며, 그것은 당시 강유나가 교외에서 주로 입는 복장이었다. 당시 그 사진을 찍은 목격자가 강유나의 어린 시절 사진을 보고 사진 속 여자아이가 강유나라고 증언했다.

11. 그녀는 아버지를 만나기 위해서라면 무엇이든 할

수 있다고 말했다.

6번과 7번, 11번은 이한수만 아는 사실이다. 그녀는 어느 저녁 식사에서 반주를 곁들이고 취기가 오르자 아버지의 소식이 궁금하다고 했다. 간혹 미칠 지경에 이른다고 했다. 아버지가 돌아와서 옛날처럼 가족들이 화목하게 사는 건 언감생심 바라지도 않는다고 했다. 아버지의 생사여부만 알고 싶다고 했다. 그 사실만 알 수 있다면 아버지를 한 번만 볼 수 있다면, 제 영혼도 기꺼이 팔겠다고 한 건 과연 취기에 무심코 던진 말이었을까.

2017년 2월, 베이징

박재희는 왕푸징 로열호텔 프렌치 레스토랑으로 들어갔다. 창가 쪽 자리에 외국인들과 미팅 중인 메이가 앉아 있었다. 박재희가 미간을 찡그리고 성큼성큼 걸어가자 메이가 그를 보고 냅킨으로 침착하게 입가의 기름을 닦으며 억지 미소를 지었다. 박재희는 조소를 가득 머금고 그녀의 잔에 와인을 따랐다. 그녀가 고객들에게 의연한 목소리로 "아, 여긴 동료 미스터 박이에요."라고 소개하는 동안에도 멈추지 않았다. 마침내 붉은 와인이 잔 밖으로 넘쳐흘렀고, 하얀 테이블보를 붉은색으로 적셨다. 당황한 메이가 일어서서 박재희를 데리고 식당 밖으로 나갔다.

"내가 베이징에 온 것도 알았고, 먼저 만나자 할 땐 바쁘다며 미루더니. 이렇게 날 찾아오지 않고 못 버틸 거면서 왜 앙탈을 부린 거야?"

메이가 도도하게 턱을 추켜올리고 물었다. 메이에게서 독한 향수 냄새가 훅 끼쳐 왔다. 그녀는 긴 머리를 틀어 올렸다. 굴곡진 몸매가 완연하게 드러나는 꼭 맞는 검은색 드레스는 가슴이 깊게 파였다. 가슴골 사이로는 테두리에 눈부신 다이아몬드가 촘촘하게 박힌 커다란 육각형 사파이어 목걸이가 드러났다. 파티광. 옷장 속에 수백 벌의 드레스를 소유했지만, 그중엔 아직 개시도 하지 않은 드레스가 수두룩하지만, 절대 타인에게 빌려 주지 않는 소유욕 강한 여자. 막대한 유산 상속자. 평생 다 쓰지도 못하는 엄청난 현금을 쌓아 두고도 무기 밀매의 회색 지대와 블랙 지대에서 일하며 스릴을 즐겨야 직성이 풀리는 여자. 조울증 환자.

"설명을 해 주셔야지."

"무슨 설명. 왜 네가 날 찾아오지 않고 못 배기는지?"

"왜 너의 미노타우로스에 강유나가 연루되었는지."

"강유나? 음, 우리가 아는 그 강유나?"

메이가 천연덕스럽게 말장난을 치자 박재희는 인내심에 한계를 잃었다.

"네가 심보는 못돼 먹었어도 머리는 좀 돌아가는 여자인 줄 알았는데."

"설마 네 첫사랑 강유나를 말하는 건 아니겠지, 지금."

"메이 콴. 난 이딴 식의 저급한 장난은 사양이야."

"어때? 강유나는 여전해? 아직도 내 드레스를 입혀 놓으면 봐 줄 만한 정도인가?"

"잘 들어. 이 일은 무산됐어. 그리고 앞으로도 너와는 거래하지 않을 거야."

박재희는 차가운 어투로 말하고 뒤돌아섰다. 메이와 거래를 끊으면 당분간 일정의 손실이 생길 것이다. 그래도 이 일은 더 이상 진행할 수 없었다. 시간이 좀 걸리겠지만 새로운 파트너를 찾으면 그만이다.

"가더라도, 이건, 보고 가길 바라."

박재희는 메이 콴을 상대하고 싶지 않았다. 엘리베이터 호출 버튼을 누르고 프렌치 레스토랑이 있는 호텔 꼭대기 층으로 올라오는 빨간 번호를 지켜보고 있었다.

"날 정말 몰라? 우리가 같이 보낸 세월이 얼마인데, 정말 몰라? 설마 내가 이런 상황에 대비하지 않았을 거라고 생각했던 거야? 고집은 세도 머리는 좀 돌아가는 줄 알았는데."

엘리베이터가 꼭대기 층에 도착했고, 띵 소리를 내며 문이 열리고 있었다. 박재희는 엘리베이터 안으로 들어가서 가차 없이 닫힘 버튼을 눌렀다.

"박선희. 남편과 같이 리비아 외교관으로 나가 있지."

메이의 앙칼진 목소리를 들으며 박재희는 두 눈을 감았다. 메이가 방금 누이의 이름을 입에 올렸다. 박재희는 심호흡을 한 후 다시 열림 버튼을 눌렀다.

2017년 2월, 베이징

이한수는 아침 식사를 하러 공용 휴게실로 나가지 않았다. 오보에 가방을 허락도 없이 뒤진 사건 이후로 강유나는 그와 한마디도 나누려 하지 않았다. 마주치면 피차 불편했다. 한편으로 강철수가 실종된 1994년도 블라디보스토크 사건을 별도로 조사해 볼 필요성이 있었다. 관련 자료들을 이메일로 보내 달라고 윤 부장에게 부탁했다. 조금 전 받은 메일에는 추가로 보낸 사진 자료들이 있었다. 최초로 강철수 잠적론을 내보낸 건 「KES 9시 뉴스」였다.

이한수는 어제 서울로 돌아간 윤 부장에게 전화를 걸었다.

"부장님, 잘 돌아가셨어요? 자료는 잘 받았습니다."

"이 집구석엔 날 반겨 주는 이가 한 명도 없더라. 집에 도착했더니 그 시간에 마누라며 딸들이며 세 여자가 지들끼리 단체로 외식하러 나갔더라고."

"왜 그때요. 1994년에 강철수 사건이 터지고 강철수 집으로 취재 가셨다고 했잖아요."

"응. 갔지. 옥수동이었어. 지금은 개발이 되었지만 당시만 해도 완전 달동네였지. 여보! 쟤는 지금 몇 신데 공부 안 하고 기어 나와 텔레비전을 보고 있어!"

윤 부장이 통화 중에 아내를 타박하는 소리가 들렸다.

"둘째 딸 강유나가 돌아오기 전에 그 집에 잠시 들어갔었어. 아직도 그 딸들의 방이 기억나. 어떤 장면은 어제 일처럼 생생하게. 그럴 만한 이유가 있어. 내가 그 또래의 딸들과 지지고 볶고 살아서 누구보다 잘 아는데, 보통은 방이 남자 배우나 아이돌 사진들로 도배가 되어 있지. 내 딸들 방은 BTS 방이라고 해도 과언이 아니야. 그런데 그날 강철수 집에서 굉장히 인상적이었던 게 있었어. 그 방, 책상에 앉았을 때 정면으로 보이는 바로 그 자리에 강철수의 사진이 붙어 있었어. 자기 아버지의 사진을 책상 앞에 붙여 놓은 사춘기 여학생은 뭐로 분류되는지 알아?
희, 귀, 종."

"당시 강철수의 월북론을 최초로 제기한 게 9시 뉴스였
어요. 민태호 기자였고요."

"내 기억으론…… 윤희정! 어서 방으로 안 들어가! 아,
나 못살겠다. 고등학생인 딸이 허구한 날 티브이와 휴대
폰만 처다보고 사니 내 미래가 참, 암담하다. 야, 너, BTS
만나서 청구 좀 해 줘라. 내 알량한 월급은 죄다 사교육에
들이붓는데 이놈의 BTS 때문에 본전도 못 찾게 생겼어.
여하튼 내 기억으론 민태호가 당시에 총대를 멨지. 《로동
신문》에 북향한 강철수의 사진이 대문짝만 하게 실리기
전까지 말이야, 이게 몇 가지 단서는 있는데 확실한 물증
이 없었거든. 증거물을 민태호에게만 준 그 한 명이 당시
안기부 쪽이라는 소문이 있긴 했는데 확실한 건 아니야.
누군지 그쪽에서 강철수가 북한 보위부 요원과 접촉하
는 사진들을 넘겼던 모양이야. 그리고 또 한 명이 있었는
데. 민태호한테 강철수에 대한 정보를 준 사람이 하필 북
한 벌목공이었어. 강철수가 돕던 벌목공들 중 한 명이었
지. 그자는 정보를 넘기고 사라졌어. 아무튼 그쪽에서 받
은 정보는 좀 더 확실하긴 했었어. 진술이 담긴 녹취록이
었으니까."

"녹취록이요?"

"응. 그 녹취록에서 강철수가 북한에 가고 싶다고 언급했었어."

"녹취록은 누가 가지고 있을까요."

"민태호가 만약을 대비해 가지고 있을 가능성은 있겠지. 아, 민태호는 그 후로 경쟁사에 스카우트됐어. 원래 받던 급여보다 세 배를 줬다는 소문이 돌았어. 국장 자리도 약속해 주었고. 서른다섯 살도 되기 전이었지. 지금 민태호 봐라. 아주 끝내주게 잘나간다. 양당에서 모셔 가려고 난리지. 그쪽이야 뭐 저승으로 가는 지름길이긴 하지만. 금수저들은 관에도 금칠을 한다지. 김치찌개! 잠시만. 아내가 뭐 먹을 건지 묻네. 김치찌개라고! 나같이 미군 부대 근처에서 유통기한 지난 햄 모아다 김치만 대강 섞어서 찌개 해 먹인 애들은 지금도 김치찌개에 감지덕지해야 해. 잘 들어, 이한수. 난 줄도 없었고 기회도 없었다. 그래서 이 모양 이 꼴로 간신히 생존만 했지. 김치찌개라고! 지금 K를 매입하려는 김 회장이 난생처음 잡아 본 줄이다, 줄. 그러니 네가 잘해 줘야 해."

"설마 썩은 동아줄은 아니겠죠?"

"너도 그날 칭롱에서 들었잖아. 보통 사람이 아니야. 그러니 한번 믿어 봐야지."

"그런데 말이죠."

"공연한 의심은 금물. 지금 내게는 줄이고, 네게도 돈 줄. 알겠냐?"

이한수는 윤 부장을 믿었다. 윤 부장과 인연을 맺은 건 10년 전이었다. 가끔씩 업무 스트레스가 생기면 이한수를 불러서 소주에 갈매기살을 사 주곤 했다. 그가 김 회장과 만나 보라고 제의한 건 지난가을이었다.

"야, 이한수, 제2의 민태호가 되지 말란 법 있냐. 나름 수능 1등급이었잖아. 그 좋은 대학 나와서 사주 아들의 과행을 뒤집어쓰고 잘릴 뻔했던 너를 주간지로 데려오자고 설득했던 이 윤 형님, 그토록 너를 애지중지 아끼던 윤 부장, 잊지 마. 아 참, 민태호가 아마 지금 베이징에 있지. 며칠 후 열릴 4자 회담 취재차 간 거 같더라."

"그건 어떻게 아세요?"

"민태호 페이스북 사진이 아주 실시간으로 뜨잖냐."

"부장님, 그런 것도 보세요?"

"갱년기 유일한 낙이다."

이한수는 윤 부장과 통화를 마치고 자료들을 다시 한 번 살펴보았다. 1993년 말 블라디보스토크에 주재해 있던 대사관 직원이 의문사를 당했다. 얼굴에 구타 흔적이 있었고 목에는 교살 자국이 남았다. 고문을 당한 흔적이

역력했다. 그러나 직접적인 사인은 머리의 총상이었다. 연이어 그 외교관과 친분이 있던 한국인 활동가 한 명도 유사한 방식으로 암살당했다.

최초에 이 사건은 북한 요원들의 소행이라는 설이 제기되었다. 그리고 며칠 후 선교사 강철수가 실종되었다. 강철수의 자취가 사라진 후 두 주가 지났을 무렵 강철수가 몰았던 1987년식 검은색 포니가 우랄산맥 인근의 외길에서 발견되었다. 발견 당시 자동차 열쇠가 점화구에 꽂힌 채 양쪽 문이 열려 있었다. 강철수가 사라지고 거듭된 눈보라 속에 서 있던 차는 얼어붙었다. 엔진이 얼었고, 차 안의 시트가 얼었고, 카세트테이프를 삽입한 플레이어가 얼었고, 룸미러에 걸린 쇠줄 끝 동그란 프레임 안에 들어 있던 두 딸의 사진도 얼었다.

이한수의 머릿속으로 그녀의 청소년 시절 사진 한 장이 가붓이 떠올랐다.

1994년 서울을 떠나기 직전 그녀의 사진들 속에서 이한수는 그것을 보았다. 슬픔, 분노, 억울함, 비참함, 갑작스러운 비극이 몰고 온 모든 검고 날카롭고 진득거리는 그늘들. 그런데 이상하게도 리드 목걸이를 했을 때의 그녀는 완전히 다른 사람 같았다. 얼굴에 핏기가 오르고, 표정이 완연하게 밝아졌다. 눈이 부시리만치 찬란한 미소였다. 두 얼굴 사이의 괴리감이 지나치게 컸다.

그사이 그녀에게 어떤 일이 벌어진 것일까. 리드 목걸이를 했던 고등학교 시절 어떻게 강유나는 그토록 환하게 웃을 수 있었을까. 모든 게 미스터리했다. 지금으로선 다만 한 가지만 확실했다. 그 웃음은 이한수가 베이징에 와서 강유나와 지내며 단 한 번도 보지 못한 종류의 웃음이라는 것.

1995년 5월, 싱가포르

오늘은 오케스트라 단원 중 한 명인 중국인 메이의 생일 파티다. 파티는 세랑군에 위치한 중국계 싱가포르 부자들의 저택들 중 하나에서 열리고 있다. 개인 수영장과 테니스장과 정원이 있는 집은 페라나칸식 건축물인데 내부 가구들은 전통 중국식과 유럽 앤티크 가구가 섞였다. 음식으로는 이탈리아식 출장 요리가 준비되었고, 밴드에선 애시드의 재즈 선율이 흐른다. 항상 칠교 조각을 가지고 다니는 생일 파티의 주인공 메이는 반 친구들과 교내에서 자신이 소속된 오케스트라와 체조부 친구들을 초대했다. 또 자신의 교내 활동과 무관하게 드라마부와 배구부도 초대했는데, 그렇게 모이자 영락없는 학교 주류들의 모임이다.

여학생들은 신체의 특정 부위가 드러나는 예쁜 드레스를 입고 이마를 두르는 구슬이나 깃털이 달린 헤어밴드를 했으며 남학생들은 턱시도를 입고 머리는 젤을 발라 빗어 넘겼다. 아무런 치장도 하지 않고 하얀 셔츠에 청바지를 입고 온 학생은 오직 한 명. 그 평범한 차림의 강유나는 저녁 내내 친구들의 이목을 집중시키며 가십거리를 제공하고 있다.

남학생들이 소파 등받이에 걸터앉아 있는데 체조부의 다른 여학생들이 다가와서 이 학교와 당췌 어울리지 않는 강유나의 촌스러움, 알아먹을 수 없는 엉터리 영어, 농담을 하면 진지한 반응을 보이는 고리타분함을 들먹이며 험담을 시작한다. 박재희는 이야기를 듣는 척하며 강유나를 흘긋거린다. 그녀는 금박 프레임의 고풍스러운 액자 사진들이 진열된 탁자 옆 의자에 앉아 있다. 사진의 하나처럼 고체가 되어 파티장 내부를 관찰한다. 어떤 의도가 있다기보다 무얼 해야 할지 모르는 눈치다. 친구들이 강유나의 차림새에 경악하고 있는데 파티의 주인공 메이가 다가온다. 허벅다리 쪽에 긴 트임이 있는 붉은색 치파오를 입은 메이가 박재희의 뺨에 가벼운 키스를 한다.

박재희는 마일스 데이비스에 대해 떠들어 대는 마이크

가 영 마음에 들지 않는다. 출신 성분과 걸맞지 않게 마이크에게는 어떤 경박함이 물씬 끼친다. 유럽 친구들이 미국인들을 무시할 때 말하는 잘난 척, 경솔함, 걸핏하면 쏟아내는 찬사와 욕지기들……. 떡볶이도 못 먹는 주제에.

마이크는 메이를 보자 무언가 생각난 듯이 눈을 반짝인다.

"메이, 너 드레스 많잖아."

마이크가 묻는다.

"응, 많지."

"좀 있다 댄스파티 한다며. 유나한테 드레스 한 벌 빌려 주면 어떨까."

"싫어."

"왜?"

"난 내 드레스를 딴사람이 입는 게 싫어."

"아, 그래."

"하지만 내가 버리려고 했던 것들 중에 하나는 줄 수 있어."

메이와 마이크가 홀로 앉아 있는 강유나 쪽으로 걸어간다. 그들은 강유나를 데리고 2층으로 연결된 나선계단을 올라간다.

십여 분이 지나서 강유나가 허리에 얇은 끈이 달린 살

구색 시폰 드레스를 입고 계단을 내려온다. 친구들이 놀라서 강유나를 주목하고, 일부는 그녀의 아름다운 자태가 예상 밖이라는 듯 야릇한 휘파람을 불어 젖힌다.

박재희는 친구들과 무리 지어 그릇에 음식을 담다가 오렌지를 발견한다. 동그란 오렌지를 바라보며 영국문화원 앞에서 강유나를 처음 만났던 날을 떠올리는데 옆으로 강유나가 다가온다. 그녀에게선 다른 여학생들에게서 맡아지지 않는 순한 비누 냄새가 난다.

"오렌지네."

강유나가 조잘거리곤 혼자서 키득거린다. 박재희는 공연히 기분이 나빠진다. 영어 사전에서 찾아본 오렌지의 뜻이 기억나서다. 제법 봐 줄 만한…….

"둘이 무슨 얘기 하고 있었어?"

메이가 박재희와 강유나를 번갈아 보며 묻는다.

"유나가 얼마 전 제이한테 오렌지 뭐 어쩌고 말했었는데 그걸 얘기하는 거 아냐?"

로베르토가 말하자 옆에 있는 친구들이 키들키들 웃어댄다.

"오렌지?"

메이도 그 말을 이해하지 못해서 고개를 갸웃한다. 그러곤 대수롭지 않다는 듯 유나의 어깨에 한 손을 올리고 다른 손으로 샴페인 잔을 내민다. 돔 페리뇽의 탄산이 매끈한 잔을 따라서 보글보글 올라온다. 강유나는 샴페인 잔을 받아 들고 엉겁결에 마셔 버린다. 주위 친구들이 탄성을 내지른다.

강유나는 괜찮아 보인다. 귓불이 발그스름하게 달아올랐지만 눈의 초점이 선명하다. 문제는 거기서부터다. 술이 독하지 않다고 판단한 강유나는 친구들이 주는 샴페인을 연거푸 마신다. 두 잔, 세 잔, 네 잔……. 그러곤 잠시 후 혼자서 히죽 웃다가 화장실로 비틀비틀 걸어간다.

예고된 흥미진진한 사건을 감지한 친구들이 일회용 카메라나 소니 디지털 카메라를 꺼내기 시작한다. 그중 두 명만 예외다. 마이크와 박재희. 마이크는 친구들의 미성숙한 태도가 한심하다는 듯 도리질 치며 화장실 앞으로 걸어간다. 박재희가 마이크의 등 뒤에 대고 빈정거린다.

"오지랖쟁이 미국인은 아무 데나 끼어들지."

"젤리, 너 유나 좋아하지."

로베르토가 입술을 박재희의 귀에 가까이 대고 장난기 어린 목소리로 소곤거린다. 아니라고 반박하려는 찰나 화장실 문을 열고 나온 강유나가 마이크를 보자마자 두 손을 뻗어 그의 두 볼을 감싼다.

"어, 마이크다."

강유나는 헬륨을 마신 것 같은 기이한 목소리로 히죽
거린다.

"쟤들 오늘 일 나겠는데."

"그치. 딱 보아하니 오늘 밤 한 쌍의 커플이 탄생하겠
어."

"무슨 소리야, 마이크가 너무 아까워."

"유나도 저렇게 입혀 놓으니까 봐 줄 만한데 뭐."

박재희는 마이크와 강유나를 주시하며 떠들어 대는 눈
총들을 보자 속이 부글거린다. 손에 쥐고 있던 오렌지가
으스러지며 즙을 뚝뚝 떨어트리는 줄도 모른다.

그는 강유나와 마이크 쪽으로 걸어간다. 그리고 충동
적으로 강유나의 손목을 잡아 비틀며 명료한 한국어로
말한다.

"강유나, 정신 차려."

박재희의 말이 끝나기도 전에 마이크가 끼어들어 무슨
일이냐고 묻는다. 박재희는 마이크를 투명 인간 취급하며
강유나만 응시한다.

"얼마나 더 친구들한테 무시를 당하고 싶어서 이렇게
행동해."

"무시? 너 같은 오렌지가 무시당하는 게 뭔지 알기나
해?"

강유나가 쏘아붙이곤 실실 쪼개며 한쪽 팔을 90도로 들어 올린다.

"됐어. 얘들의 출신을 보여 준 것만으로 충분해. 싸구려들."

강유나가 맥락을 알 수 없는 말을 지껄이더니 무엇이 웃긴지 웅크리고 앉아서 신경질적으로 웃어 댄다. 잠시 후 가까스로 웃음을 멈추고 벽을 짚은 채 일어선다. 몸의 중심이 잘 잡히지 않아 물속의 해초처럼 하늘거린다.

"네 차림새가 어때서. 남들이 좀 놀린다고, 남들 따라서, 그것도 친구의 드레스를 빌려서까지 꼭 이걸 입어야겠어? 남이 준다고, 네 취향이나 주량을 고려하지 않고 술을 넙죽넙죽 받아 마셔야겠어? 알량한 친절 좀 베풀었다고 친구들 다 보는 앞에서 마이크의 뺨을 잡아 친구가 있다는 걸 과시해야겠어? 이게 다 무시당할 수 있는 행동이라는 거 몰라?"

강유나는 박재희의 말을 듣다가 눈살을 오므린다. 무언가 미심쩍다는 듯 한참 그의 눈을 본다. 어떤 비밀이 발각되기 직전에 그러하듯 박재희의 심장이 두근거린다.

"네가, 무슨 상관이야."

강유나가 냉랭하게 응대한다.

"그래도, 그, 그래도 우리는 동, 동포니, 까."

"동포 좋아하시네. 그래서 넌, 동포여서, 그렇게 맨날 날 피했니? 기억 안 나? DMZ."

강유나가 비틀거리며 정원으로 연결된 발코니 쪽을 향해 걸어간다.

"야, 북한이 언제 어그리먼트 지키는 거 봤어!"

댄스파티의 음악이 클래식 왈츠곡으로 바뀌자 여학생들과 남학생들이 자연스럽게 짝을 지어 춤을 춘다. 마이크가 강유나의 뒤를 쫓아간다. 박재희는 마이크가 춤을 신청하리라는 것을 직감으로 알아차린다. 댄스파티에서 짝이 된다는 건, 함께 춤을 춘다는 건 특별한 의미다. 잠재적으로 교내 커플이 될 거라고 선포하는 행위다. 그렇게 되도록 놔둘 수 없다. 박재희가 앞서 걷던 마이크를 옆으로 밀친다.

"헤이, 제이, 지금 뭐 하는 거야!"

늘 점잖게 행동하는 마이크가 다소 공격적인 투로 목소리를 높인다.

"꺼져."

"뭐?"

"이건 우리 문제야."

박재희가 강유나를 뒤따라서 정원으로 나가는 동안 그의 심장이 날뛴다. 그 사이 음악은 드미트리 쇼스타코비

치오의 왈츠 no.2로 변한다. 그의 내부에 총성과 같은 폭발음이 울린다. 그런데 기이하게도 직후에 벌어진 일들은 하나의 수려하고 완벽한 왈츠 no.2 같은 사건이다.

박재희는 강유나의 어깨를 잡아서 돌린다. 휘청하고 넘어질 뻔했던 그녀의 허리를 부축한다. 그녀의 입술에 제 입을 맞춘다. 모두가 쳐다보는 정원 한가운데서. 가능한 한 오래도록.

어느덧 강유나와 박재희가 입술을 떼고 서로를 바라보며 미소 짓는다. 엉성하기 짝이 없는 왈츠를 느릿느릿 추다가 스텝이 꼬이기도 한다. 박재희는 아주 짧게, 그때껏 느껴 보지 않은 어떤 생경한 감정에 사로잡힌다. 그것은 행복이라는 단어로밖에 표현할 수 없는 경이로움이다.

"유나야, 네 아버지가 남겨 주신 리드 말이야, 마지막 리드. 그거 나한테 줘, 내가 부식을 막을 수 있어. 그리고 내가 네 아버지의 소식을 알아볼게. 꼭 알아볼게. 약속해."

박재희가 속삭인다. 그녀가 활짝 미소 짓는다. 그 순간 박재희는 예감한다. 그녀의 얼굴에 이 환한 미소가 떠오르도록 앞으로 많은 일들이 일어나리라. 그녀를 보면 회피하지 않고 직행하리라. 그녀의 얼굴이 제 가슴에 파묻히도록 꼭 안아 주리라. 펜싱장으로 가는 길에 발길을 돌려 배구장에 들러서 그녀를 향해 손을 흔들리라. 야외 식당에서 밥을 먹은 후면 그녀가 먹을 망고와 드래곤프루츠를 사리라. 그녀가 아버지에게서 받은 리드가 부식되어 망가지지 않도록 막으리라. 그녀의 아버지 소식을 알아보리라. 그리고 당장 상상할 수 없는 무수한 계획들과 실행들이 필연적으로 일어나리라.

그는 다시 입을 맞춘다. 언제 그런 찜통 같은 더위가 있었냐는 듯이 눅눅하지만 선선한 바람이 불어온다. 감각되는 열기라곤 오로지 그녀의 체온뿐이다. 그의 입술에 닿은 그녀의 입술과 그의 손바닥에 닿은 그녀의 뺨에서 느껴지는 온기. 그의 방향을 바꾸고 움직임을 바꾸고 생각의 순서를 바꾸고 감정의 예민하고 숱한 결들을 헤치며 유영하게 될 작고 빛나는 물고기의 온도. 그녀의 눈부신 미소.

6장

아름다운 상처

2017년 2월, 베이징

은신처는 주로 빈 창고였다. 생선 박스나 목재들을 쌓아 둔 창고이기도 했다. 농가의 우리였던 적도 더러 있었다. 한번은 변두리 건물 지하에 비밀리에 설립된 교회였다. 재정 상태가 좋을 땐 싼 모텔을 며칠 빌리기도 했다. 먼저 탈출한 중국 내의 가족에게 의뢰받은 적도 있고, 스스로 탈출하여 중국 내를 떠도는 아이들을 우연히 발견한 적도 있다. 그게 누구든 강유나는 그런 아이들은 만나면 보위부나 공안의 눈을 피해 안전한 장소로 숨겼다. 짧게는 며칠, 길게는 몇 주, 한국으로 가는 경로가 확보될 때까지 그곳에서 숙식과 의료 혜택을 받게 해 주었다. 이번에는 베이징 외곽에 버려진 폐가 지하였다.

강유나는 담배 자국 무성한 장판을 들어내 옆으로 치웠다. 바닥에 라면 박스 두 배 크기의 네모난 선이 드러났다. 사면 중 하단의 틈으로 얇은 자를 넣어 쿡쿡 찌르자 느슨하게 걸어 둔 고리가 풀리면서 문이 열렸다. 작은 시계 불빛만 침침하게 흐르는 캄캄한 지하로 연결된 사다리가 드러났다. 그녀는 사다리를 네 칸 내려가서 휴대폰 플래시를 켜고 문을 들어 올려 닫았다.

남자아이들 다섯 명은 요가 매트 위에 깐 모직 천 위에서 잠들어 있었다. 아이들 곁으로 오니 집에 돌아온 기분이었다. 집. 고향. 그녀의 생에 허락되지 않은 것들 같았지만 아이들이 숨어 지내는 은신처에 돌아올 때마다 일시적으로나마 고향 집 같은 아늑함을 느꼈다.

유종호는 죽은 어머니를 두고 떠나려 하지 않았다. 반강제로 설득하여 강을 빠져나왔다. 그 후로 유종호는 한마디도 하지 않았다. 유종호를 볼 때마다 강유나는 제 어린 시절이 떠올랐다.

그녀는 유종호의 옆으로 가서 무릎을 모으고 앉았다.

"자니?"

유종호의 등에 대고 물었다. 낮은 숨소리만 쌕쌕 울렸

다. 그녀는 유종호에게 대화를 강요하고 싶진 않았지만 지금 누군가와 이야기하고 싶었다. 독백이어도 괜찮았다. 서로 감정의 결 사이를 부유하는 아주 작은 조각을 이해할 수 있는 누군가와.

"사랑하는 사람을 잃는다는 게 어떤 건지 알아. 어머니는 내가 두 살 때 돌아가셔서 차라리 나아. 기억조차 나지 않으니까. 내가 네 나이였을 때 아버지가 실종됐어. 내가 엄청나게 존경하고 사랑하는 분이었지. 아버지를 잃은 아픔을 간신히 이겨 내고, 아니 그 아픔을 극복하게 해 준 남학생을 만나서 사랑에 빠졌는데 어느 날 그 아이도 사라졌어. 아무 말도 없이. 갑자기. 사람들이 말했어. 시간이 약이라고, 시간이 지나면 잊힐 거라고. 그런데 그렇지 않아. 과거에 입은 어떤 상처는 사람들 말처럼 희미해지는 것 같다가도 문득문득 되살아나거든. 현재보다 더 생생하게 되살아나서 내 눈앞에 나타나거든. 내 심장을 찢고 내 일상을 부서뜨려. 그럴 때면 난, 발광했어. 풋, 미치광이처럼. 종호야, 그냥 아프게 놔둬. 네 상처가 아프게 둬. 상처도 상처 그 자체로 존중받아야 할 권리가 있으니까."

어둠 속에서 홀로 중얼거리면서 강유나는 쓸쓸한 미소를 지었다. 20년의 시간이 흐른 지금까지도 박재희와 함께했던 시간과 공간, 함께 나누었던 대화들이 바로 어제의 일처럼 선명하게 살아나서였다.

누구에게나 상처는 있다. 한 개인의 힘으로는 넘어서지 못하는 상처도 있다. 상처가 무너지는 순간도 있다. 철조망에 박힌 가시들처럼 그녀의 마음 속에서 뒤엉켜 자라난 상처들이 박재희와 첫키스를 하고 사랑의 기쁨으로 충만해지는 순간 가시들을 벗어냈다. 후드득. 선선한 초여름 밤바람. 드미트리의 두번째 왈츠. 풍선껌 향 입김. 어설프게, 인생의 두번째 왈츠를 추기 시작한 어린 연인의 발자국들 아래서 가시들이 곱게 으스러졌다. 가시가 사라진 철조망이라면 넘을 수 있을 것도 같았다.

1995년 8월, 싱가포르

그때껏 경험했던 수많은 여름들보다 더 지독한 여름이 찾아왔을 무렵 그녀는 잃어버린 목소리를 되찾은 듯하다. 아버지가 실종된 후로 내내 수면의 밑바닥을 떠도는 것 같던 그녀의 목소리는 박재희와 사귀기 시작하면서 물결의 압력을 헤치고 올라오기 시작한다. 곧 수면 위로 부상할 것 같은 활기찬 목소리로, 너를 좋아해, 보고 싶었어, 오늘 방과 후에 함께 시간을 보내고 싶어, 안아 줘라는 말들을 자연스럽게 내뱉게 되자, 아이러니하게도 그녀의 입 밖으로 나아간 언어에 저항하듯 머릿속에는 부정적인 생각들이 차곡차곡 차오른다.

박재희와 관계가 지속될 수 있을까. 학교 바깥에선 평범한 연인들처럼 아이스크림을 함께 사 먹거나 산책을 하거나 자전거를 타거나 영화를 보는 것조차 허락되지 않는데 과연 박재희와 영원히 함께할 수 있을까. 고등학교를 졸업한 후에는 박재희와 어떻게 되는 것일까. 결국 헤어지게 되지 않을까. 그리고 강유나가 점심시간 후 화장실 칸막이 안에 있을 때 그녀의 이런 부정적인 생각들을 완결시켜 주듯 바깥에서 여학생들이 잡담하는 소리가 고스란히 들려온다.

"제이랑 유나 말이야. 쟤들 생각보다 꽤 오래가네."

"그래 봤자 아니겠어? 걔들, 학교 바깥에선 아예 만나지도 못하는데."

"로미오와 줄리엣이 따로 없네, 크크."

"제이는 유나 어디가 좋은 걸까? 아무리 봐도 무매력인데."

"그거야 잘 모르지만 동정심 아닐까? 소문을 들었는데 강유나 아버지가 실종됐대."

강유나는 칸막이 문을 열고 당당히 나온다. 세면대 앞

으로 가서 흘러내리는 차가운 물에 손을 씻는다. 여학생들이 당혹스러워하며 재빨리 화장실을 나간다.

밤이 늦도록 강유나는 박재희와 학교 도서관에 마주 앉아 있다. 그녀는 역사 숙제를 위해 빅토리아 시대 관련 서적들을 읽고, 박재희는 영문학 시간에 제출할 소설을 집필 중이다. 굶주림으로 허덕여야 하는 섬을 탈출하기로 한 유나와 레오드의 이야기. 완성된 원고를 언젠가 강유나와 평양의 누이가 읽게 될 거라는 상상은 소설 쓰기의 크나큰 동력이 된다.

맞은편에 앉은 박재희가 글을 쓰다가 강유나에게 몇 번이나 쪽지를 보낸다. 이 소설 여주인공 이름이 유나인데 소설 제목을 유나로 할까? 넌 결혼을 하면 아들과 딸 중에 어떤 성별의 아기를 선호해? 남조선에선 남녀가 결혼하면 통장 관리는 누가 해? 넌 결혼하면 주말에 남편에게 자유 시간을 줄 생각이 있어?

그녀는 박재희의 쪽지들을 펼쳐서 읽어 보곤 침묵한다. 그러다가 비현실적인 질문들에 불현듯 짜증이 인다. 기분을 가라앉히려고 먼저 도서관에서 나와 계단을 내려가는데 뒤따라 나온 박재희가 그녀의 팔을 붙잡는다.

"유나야, 너 오늘 왜 그래?"

"박재희. 넌 우리가 결혼할 수 있을 거라고 생각해? 학교 밖으론 한 발짝도 함께 못 나가는데, 다른 평범한 연인들처럼 아이스크림을 먹으며 강변을 걷거나 공원을 산책하다가 잔디에 누워서 밤하늘의 별을 보거나 나란히 자전거를 타거나 이런 것들조차 아예 못 하는데, 결혼이 가당키나 해? 정말?"

"그, 그건……."

"이 학교를 졸업하는 순간 우린 어떻게 될까?"

"대학에 가겠지. 같은 대학을 가면 되고."

"그 대학을 졸업한 후엔?"

"유나야."

"얼마 전 고등학생들 포트레이트 전시회 때 어머니가 오셨지. 유럽에서 오셨다는 네 외삼촌과 함께. 넌 가족들에게 내가 여자 친구인 건 둘째치고 친구라는 것조차 밝히지 못했어. 왜지 알아? 두려웠거든. 남조선 여자 친구가 있는 걸 밝히는 게 너무 무서웠거든."

"그건 어머니가 괜히 걱정하실까 봐."

"거봐. 너와 나의 관계는 말이야, 이 교복을 입고 이 학교 안에 있을 때만 가능한 관계야. 학교 밖에선 아무것도 아니라고. 아무것도. 심지어 친구조차 아니야."

"우리 지금 행복하잖아. 비록 학교 안에서지만 난 너와 함께하는 이 시간이 진심으로 행복하고, 또 이 모든 게 경이로워."

"넌 우리의 미래가 얼마나 비관적인지 이미 알고 있어.
우린 지금 제한된 시간 속에서 다가오는 미래는 애써 외
면하고, 이 공간에서만 허락된 환상을 즐기고 있을 뿐이
고. 넌 언젠가 날 떠날 거야. 다시는 내가 볼 수 없고, 만
질 수 없고, 소식조차 알 수 없는 곳으로 떠날 거라고. 그
런데 지금 이 순간에 행복할 수 있겠어?"

"너무 앞서가지 마. 유나야, 너, 너무 비관적인 생각에
압도된 거 같아."

"그 비관적인 생각이 곧 현실이 될 거야."

"같이 계획을 짜면 되지."

"너 말이야, 사랑하는 사람을 잃어 본 경험 있어?"

강유나가 냉담한 목소리로 묻는다. 박재희는 대답하지
못하고 입술만 우물거린다.

"난 내 아버지를 존경했어. 엄청 사랑했어. 그런 아버지
가 어떤 기별도 없이 사라진 후에 내 삶이 어땠는지 알아?"

강유나는 계단을 내려가서 교정 쪽으로 움직인다. 박재
희는 뒤따라가지 않는다. 그녀는 어느새 교정에 드리운 모
든 그늘들을 압도하는 더 어두운 그림자가 되어 걸어간다.

어떤 과거는 현재보다 힘이 셌다. 그래서 한 번도 헤어진 적 없다. 물리적으로는 헤어졌으나 정신적으로 박재희는 강유나와 완전히 이별하지 못했다.

강유나와의 추억은 언제나 복원되었다. 번번이 손에 잡힐 듯 선명한 회상으로, 사무치는 그리움으로, 각종 SNS에 접속하는 방식으로. 대구 강유나, 제주도 강유나, 강릉 강유나, 서울 강유나를 찾아서. 7년 전 마침내 베이징에 있는 강유나의 소식을 확인하는 방식으로. 강유나는 그의 가슴속에서 수시로 되살아났다. 그녀와 함께했던 과거는 언제나 그의 현실 곳곳을 지배하고 있었다.

박재희는 강유나가 페이스북에 올린 코코넛 사진을 넘겨 보았다. 강유나의 페이스북 사진에는 온통 코코넛 사진뿐이었다. 코코넛 1, 코코넛 2, 코코넛 3, 코코넛 4……코코넛 627. 코코넛들로 도배된 페이스북 계정 소유자가 강유나라고 알아챈 건 그 상처 때문이었다. 그녀가 손에 쥔 코코넛의 그늘 아래 그녀의 가느다란 발목 복숭아뼈 위에 난 상처는 아버지가 실종됐다는 소식을 듣고 충격으로 뜨거운 차가 담긴 쟁반을 놓쳐서 입은 화상이라고 했었다.

그는 이틀 전 폐가로 들어서는 강유나의 뒷모습을 무한 반복하여 머릿속에서 재생했다. 그러나 그것은 복원이 아니었다. 그녀가 현실 속에 오롯이 나타났다.

박재희의 호텔 방에 연결된 전화기가 울렸다. 박재희는 프런트에서 걸려 왔을 거라고 짐작하며 전화를 받았다. 까랑까랑하고 자신감 넘치는 목소리는 메이였고, 그녀는 며칠 전 그들 사이에 아무 일도 없었던 듯 태연하게 지금 드레스 숍으로 이동 중이라고 조잘거리다가 오늘 밤 시간이 되는지 물었다. 박재희가 담담한 목소리로 이틀 내에는 시간이 나지 않을 것 같다고 대답하는데 초인종이 울렸다. 전화를 끊고 문을 열자 친구 치형이 서 있었다.

치형은 어쩐 일인지 달뜬 얼굴을 하고 흥분해서 방으로 들어왔다. 미니 냉장고 문을 열고 탄산수를 꺼내어 벌컥벌컥 마시며 소파에 앉았다. 호텔 전화기의 벨이 다시 울렸지만 박재희는 메이의 전화를 무시했다.

"왜 안 받아?"

"받을 필요 없는 전화야."

그런데 메이는 어떻게 그가 투숙하는 방을 알았을까…… 메이의 집요함에 질려 혀를 차며 박재희는 소파에 널브러지는 치형을 바라보았다.

"재희, 내가 누굴 봤는지 알아?"

"누구?"

"네가 베이징에 도착한 첫날 내게 찾아봐 달라고 부탁했던 사람."

"어디서?"

"이 호텔에서."

"정말?"

"응. 이 호텔에 한국 여배우 강소라가 투숙 중이야. 우리 어머니와 여동생이 한국 드라마 애청자인데 특히 한류 스타 강소라 팬이지. 우리 가족의 저녁 식사에 강소라를 초대했어. 콧대 높은 강소라가 거절했고. 그래서 내가 직접 설득해 보려고 강소라가 호텔 내 피트니스 센터에서 운동 중이라는 얘길 듣고 그쪽으로 내려가고 있었어. 그런데 어떤 여자가 우리 호텔 매니저한테 거칠게 항의하고 있는 거야. 호텔 로비 앞에서 어느 몰상식한 인간의 차가 자기 나침반을 밟았대. 그 몰상식한 사람이 나침반을 망가트린 후 사과도 변상도 없이 그냥 가 버렸다는 거야. 차 번호를 기억하니 폐쇄 회로 카메라를 이용해서 범인을 찾아 달라고 항의하더라고."

"나침반?"

"응. 매니저가 폐쇄 회로는 공개할 수 없고, 대신 그 나침반을 호텔 측에서 변상해 주겠다고 했는데, 그게 돈으

로 가치를 매길 수 없는 거라고, 당장 범인을 찾아 달라고
요청하고 있었어."

"그게 강유나였고."

"응! 날 보고 강유나가 얼마나 놀란 표정을 지었는지
알아?"

"혹시 내가 이 호텔에 투숙 중인 거 얘기했어?"

"내가 바보냐? 어차피 만나지도 못하는 사이인 거 뻔히
아는데, 그런 얘긴 해서 뭐 해. 일단 너랑 얘기해 보고 전
하든지 말든지 하려고 했지."

"잘했어. 다시 찾아올 거 같아?"

"모르지. 내가 일을 잘 처리해 주겠다고 약속했어. 그
나침반 말이야, 그거 고등학교 때 네가 유나한테 준 거 맞
지?"

치형이 박재희의 표정을 살피며 물었다.

"응."

"네가 준 걸 아직 간직하고 있는 거나, 그걸 망가트렸
다고 저렇게 강력하게 항의하는 걸 보면, 강유나도……."

"그건 내가 알 바 아니고."

"너 정말 강유나에 대한 마음 깨끗이 정리된 거야? 하
긴, 흘러간 세월이 벌써 얼마야."

"강소라가 강유나의 언니야."

"뭐?"

"두 번 봤어. 한번은 학교 전시회 때 강유나와 함께 왔었고, 한번은 학교 앞으로 강유나를 찾아왔을 때 봤지. 나중에 한국 방송에서 강소라를 보고 바로 알아봤어."

"뭐야! 그럼 당장 나침반 망가트린 범인을 찾아 줘야겠네."

"찾아 줘."

"그럴 수 없어. 기막히게도 나침반을 밟고 지나간 차의 주인, 그 몰상식한 자가 나침반을 선물한 남자와 동일 인물이거든."

2017년 2월, 베이징

장우일 목사의 얼굴에 근심이 어렸다. 강유나는 베개 옆에 둔 『아름다운 상처』를 들고 와서 황인호가 남긴 쪽지를 빼냈다. 그것을 펼쳐서 장 목사에게 내밀어 보였다.

"어느 나라 언어인 거 같아요?"

"영어는 아닌 거 같은데."

"암호 같아요. 황인호가 제게 남긴 메모예요. 그날 어떤 이유에서인지, 황인호는 저와의 개인적인 대화가 바깥으로 새는 걸 우려하는 눈치였어요. 비서나 경호원들도 듣길 바라지 않았죠. 비밀스럽게 이 메모를 저에게 전했고요. 그리고 암살당했어요."

"그럼 암호 전문가를 먼저 찾아야겠네요."

"네."

"그런데 황인호는 왜 만나러 간 거야?"

"사실 지난해 황인호가 한국으로 망명한 후 한국에 갔을 때 방문 신청을 했었어요. 거절당했고요. 제가 싱가포르에 도착한 날 우연히 황인호도 싱가포르에 와 있다는 사실을 알게 됐어요. 그래서 다시 방문 신청을 했고요. 또 거절당하리라 예상했는데 암살당하기 하루 전날 저녁, 아니 정확히는 새벽 1시에 방문을 승인한다는 연락을 받았어요. 그날 아침에 황인호와 삼십 분 정도 대화를 나누었고, 그때 받은 메시지예요. 보다시피 암호고요."

"이거 뭔가 불길한데."

"같은 생각이에요. 하필이면 저를 만난 날 황인호가 암살당했어요."

"당분간 조심하고."

"아, 제러미를 봤어요. 우연히."

"제러미? 그 의사?"

"네. 갑자기 나타나서 제게 조심하라고, 아무도 믿지 말라고 경고하고는 사라졌어요. 뭐랄까, 무엇인가로부터 쫓기는 듯한 인상이었어요."

"제러미가 싱가포르에 있었어? 원래 활동 지역이 베이징이었잖아."

"거기에 있는 이유를 몰라요. 아이들을 보러 내려가려던 참이에요. 오늘 아이들 아침은 뭐죠?"

"딸기잼을 바른 토스트와 바나나우유. 아, 그런데 지금 여기에 손님이 와 있어."

그들은 공용 휴게실로 이동했다. 휴게실 가운데에 놓인 테이블에 고등학생으로 보이는 남학생이 앉아 있었다. 전형적인 모범생처럼 보였다. 남학생이 강유나를 보자 자리에서 일어나서 90도로 허리를 꺾고 인사를 했다.

"여긴 황시우. 유나의 고등학교 후배야."

장 목사가 남학생을 강유나에게 소개했다.

"아, 의료품을 지원해 주는?"

강유나가 황시우에게 다가가 악수를 청했다. 강유나는 2년 전 모교에 의료품과 식료품 지원 신청서를 냈다. 그녀가 다닌 고등학교 UWC에선 캄보디아, 북한, 미얀마 같은 빈곤 국가의 어린이들을 위해 의료품이나 식료품을 원조하는 클럽 활동들이 수십 개였다. 학생들은 각종 행사나 사업을 통해 기금을 마련해 빈곤 국가 어린이들의 기아 문제, 의료 문제, 교육 문제를 도왔다. 황시우는 11학년으로 북한 지원 팀의 리더였다. 재작년 그가 보낸 편지에서 북한 인권 문제에 지대한 관심을 갖고 있다고 적었던 기억이 남았다. 그 후로 클럽 활동과 사업을 통해 모은 기금으로 한 달에 한 번씩 의료품과 식료품을 사서 보내 주었다.

"안녕하세요, 선배님."

황시우가 인사를 했다.

"이렇게 보게 될 줄 몰랐어! 반갑다. 베이징엔 어떻게 온 거야?"

그녀는 정말로 황시우가 반가웠다. 그동안 이메일로만 연락해 왔고 만나 보지 못했지만 여러 번 만난 것 같은 친근함이 느껴졌다.

"아버지께서 이쪽으로 출장을 오신다고 하셔서 따라왔어요. 마침 주말이 끼어 있어서요."

"아침은 먹었니? 컵라면 먹으려던 참인데 안 먹었으면 같이 먹을래?"

그녀는 찬장에서 컵라면을 꺼내며 물었다.

"좋죠. 집에선 금지된 식품이거든요."

"목사님은 안 드시죠?"

"응, 난 이미 토스트로 요기했어. 커피나 한잔 마실게."

장 목사가 전기 포트에 물을 붓고 스위치를 눌렀다. 그녀는 의자 등받이를 잡고 맞은편에서 황시우를 바라보았다. 이제 겨우 11학년인 고등학생이 북한 인권 문제에 열성적으로 관심을 갖고 지원하는 게 기특하고 신기하기만 했다. 그녀가 11학년일 때는 생각지도 못했던 일이었다.

"저, 엿들으려던 건 아닌데 화장실에 가다가 우연히 들었어요. 방문이 열려 있어서."

강유나는 황시우의 말을 듣고 부주의함을 지적하듯이 장 목사를 흘겨보았다.

"암호에 대해서 말씀하시던데."

"응, 맞아."

"제가 한번 볼 수 있을까요? 역사 시간에 제가 선택한 주제가 1차 세계대전과 2차 세계대전이었어요. 영국은 독일의 암호기 에니그마를 획득하면서 오버로드 전투, 즉 공중전에서 승리해 독일군으로부터 자기들 땅을 지켰죠. 암호를 해독하는 능력은 없지만 그게 정말 암호인지는 봐드릴 수 있을지 몰라요."

그녀는 방으로 돌아가 『아름다운 상처』를 들고 왔다. 책갈피에서 쪽지를 꺼내어 황시우에게 내밀었다.

"2차 대전 때 독일군이 썼던 에니그마 방식은 아니에요. 그보다 이전의 암호 방식인데, 패턴을 보니 1차 대전

때 일본 주재 러시아 기자였던 리처드 소르주가 자국으로
보낸 암호와 비슷해 보여요. 블라디보스토크와 상하이에
서 1000통이 넘는 암호를 구소련 송신국으로 보냈었죠.
이 때문에 소르주는 결국 일본 총경에게 체포됐고요."

"하하, 환상적인데!"

장 목사가 신기하다는 듯 목소리를 높였다.

"열일곱 살?"

장 목사가 물었다.

"한국 나이로는 열여덟 살이요."

"북한 인권 문제에 관심이 있고, 북한 기아 문제를 지
원하고, 2차 세계대전을 공부하다가 암호에 대해서도 공
부했다고? 도대체 황시우가 못하는 건 뭐야?"

"국제 학교에서 그 흔하디 흔한 댄스파티에는 한 번도
초대받은 적이 없어요."

강유나는 황시우의 냉소적인 농담에 씩 웃었다.

"부모님이 NGO이신가? DNA가 남달라."

장 목사가 물었다.

"아니요, 저희 아버지는 사업가이신데 메르세데스 벤
츠와 골프장 회원권과 오차드 시내의 콘도미니엄이 성공
의 상징이라 여기시고, 어머니는 에르메스 백과 루부탱
에 열광하고 피부과 의사를 가장 신뢰해야 할 친구라고

믿으세요."

강유나는 의미심장한 미소를 지으며 황시우를 바라보았다.

"돌연변이네."

강유나가 혼잣말을 하며 전기 포트를 들고 컵라면에 뜨거운 물을 부었다. 그리고 종이 뚜껑 꼭지를 손톱으로 꾹 누른 후 황시우에게 건넸다.

"우리의 오버로드 전투를 위하여."

그녀는 컵라면으로 황시우와 건배했다.

"혹시 이곳에 저희로부터 지원받은 북한 어린이들이 있으면 만나 볼 수 있을까요?"

황시우가 물었다.

"그건 좀 곤란해."

강유나가 부드러운 목소리로 거절했다.

"비밀 유지 때문인가요?"

"그렇다고 볼 수 있어."

"이해해요. 안 된다고 하시면 보챌 생각은 없었어요. 제가 2차 대전의 간첩 활동들 관련 서적을 읽으며 알게 된 건, 사람도 일종의 암호가 될 수 있다는 거죠."

"사람이 암호가 된다고?"

장우일 목사가 되물었다.

"네. 에니그마의 등장 이후로 세계는 급변하고 첩보전도 컴퓨터가 장악했지만 아직 간첩 활동 분야에선 2차 대전과 냉전 시대의 방법들이 활용되고 있고요. 어디에나 비둘기는 있죠. 저를 비둘기로 오해하셔도 충분히 납득이 되고요."

"비둘기?"

장 목사가 무슨 뜻인지 묻는 눈초리로 물었다.

"인류 최초의 암호 교신 도구였어요."

황시우가 모범생다운 바른 자세로 앉아서 대답했다. 황시우가 지금 입은 폴로 티셔츠, 라바이스 청바지, 뿔테 안경이 평생 그에게 잘 어울릴 것 같다는 새삼스러운 생각이 들었다.

"네가 비둘기일 거 같진 않아. 내가 상대의 기밀을 빼내기 위해 비둘기의 발목에 메시지를 묶어서 날려 보낸다면, 적어도 댄스파티에 가 본 비둘기를 포섭하겠어. 북한 인권 문제에 관심을 갖고, 전쟁 역사에 대한 지식이 넘치고, 간첩 활동에 흥미를 느끼는 비둘기는 적들의 경각심을 불러일으킬 거라고. 그치만 엉덩이를 흔들며 춤추는 비둘기는 어디서나 환영받지. 사람들의 경계를 쉽게 허물 테니까. 널 의심해서가 아니라 기밀 유지 때문이니 이해해 줘."

강유나는 쪽지를 다시『아름다운 상처』책갈피에 끼웠다.

"잠깐만요, 저도 그 책 알아요. 저희 학교 선배가 집필한 책이죠. 선배님 혹시 그 책을 누가 썼는지 아세요? 저자는 프란체스코. J인데요, 제가 1995년 초 이 책이 출판된 당시에 학교를 다녔던 학생들 이름을 조회해 보니 프란체스코. J라는 이름을 가진 학생은 없었어요. 선배님이 그때 학교를 다녔으니까 혹시 아시지 않을까요?"

"저자가 왜 궁금한 건데?"

"제가 이 책의 팬이거든요."

그때까지도 그녀는 자신이 이미 비둘기라는 생각은 추호도 하지 못했다.

1995년 8월, 싱가포르

일주일 후 박재희는 방과 후에 아이스박스와 자전거를 준비해 두고 그녀를 기다린다. 학교 안 배구장 앞이다. 방과 후 수업인 배구를 마치고 실내 스포츠센터에서 나오던 강유나는 박재희가 붙잡은 자전거를 보고 놀란다. 그들은 박재희가 자전거 대리점에서 빌려 온 자전거 두 대를 나란히 끌고 운동장 쪽으로 걷는다.

잠시 운동장 스탠드에 앉는다. 박재희가 아이스박스에
서 아이스크림 두 개를 꺼낸다.

"네가 해 보고 싶었던 거 학교 안에서 다 해 보자. 연습
삼아."

빙그레 웃는 박재희의 얼굴은 천진하기만 하다. 그들은
팔마디를 꼭 붙이고 앉아 잔디밭에서 축구를 하는 학생들
을 보며 바닐라 아이스크림을 먹는다.

"소설 제목은 정했어?"

강유나가 녹아내리는 아이스크림을 핥고는 묻는다. 강
유나의 아이스크림이 녹아내린다. 손가락을 타고 손목 쪽
으로 흘러내린 아이스크림을 박재호가 입술로 핥는다.

"아직."

박재희가 자리에서 일어나더니 운동장 트랙을 따라서
자전거를 타자고 제안한다. 그러나 그녀는 자전거를 탈
줄 모른다.

"탈 줄도 모르면서 함께 탈 수 없다고 불평했던 거야?"

박재희가 강유나의 뺨을 꼬집으며 씩 웃는다.

며칠간 연습했지만 자전거 타기가 쉽지 않다. 박재희는
그녀 자신의 균형 감각을 믿고 페달에 올린 발에 힘만 실
으면 된다고 했지만 말처럼 간단하지 않다. 무언가 나타
나서 부닥칠 것만 같고, 충돌하게 되었을 때 자신만 아니

라 누군가에게 상처를 입힐 수 있다는 우려가 자꾸만 그녀를 주춤하게 만든다.

"난 내가 상처 입는 것도 다른 사람이 나로 인해 상처 입는 것도 싫어. 상처는 전염성이 강해서 반드시 제2의 상처를 만드는 데 총력을 기울인다고 했던 네 말, 기억나지?"

"응. 그건 진실이야."

"그럼 나로 인해서 누군가 상처 받을 수도 있는 거잖아."

"그게 뭐 어때서. 상처도 상처 그 자체로 존중받아야 할 가치와 권리가 있는 거지. 그리고 여기 나의 상처는 말이야, 아주 아름다워. 눈이 부실 정도로 아름다워."

박재희가 말하며 두 팔을 벌리고 그녀를 안는다.

"아름다워……."

그는 혼잣말을 중얼거리다가 두 눈을 번뜩인다.

"아! 아름다운 상처!"

"아름다운 상처?"

"응, 소설 제목으로 그게 좋겠어."

박재희는 늘 이런 식이다. 지나칠 만큼 긍정적이다. 상처는 상처일 뿐인데, 아플 뿐인데. 그런 엉터리 제목은 처음 들어 본다. 살면서 한 번도 실패나 좌절을 겪어 보지 않은 자의 그 천진하고 순진한 미소와 낙천성이 그녀를 더 심란하게 만든다.

하루는 박재희가 자전거 손잡이에 나침반을 달아 준다.

앞면은 나침반이고, 뒷면에 스테인리스로 반질반질한 부분에는 'Queen Yuna'라고 새겨져 있다. 하단엔 작은 구멍들이 몇 개 뚫려 있다.

"자, 여기 고리를 당기면 소리가 울릴 거야. 그럼 사람들이 저기 상처 온다 하고 알아서 비키거나 달아날 거야. 그러니까 넌 네 존재 때문에 다른 사람이 입게 될 상처까지 걱정하진 마."

그녀는 벨에 달린 고리를 잡아당긴다. 따르릉따르릉 울릴 것 같았던 벨에서 음악이 흘러나온다. 바로 그 음악 「가브리엘의 오보에」.

감동한 그녀가 쳐다보자 박재희가 머쓱해한다.

"이런 아름다운 음악으로 인해 상처 입을 사람은 없을 거야."

"아름다운 음악에 혼이 빠졌다가 상처 입을 수도 있고."

그 후로 두 주가 지나도록 그녀는 여전히 10미터도 나아가지 못한다. 하지만 찰나의 행복들에 미소 짓는다. 그녀가 간절히 바라던 일들이 일어나고 있다. 드디어 박재희와 학교 밖에서도 몇 번 데이트를 하게 된다. 이레나 선생님의 차를 몰래 얻어 타고 뒷자리에서 몸을 잔뜩 웅크린 채 학교를 벗어나 보타닉 가든으로 간다. 밤이 내린 너른 풀밭 가운데에 공룡처럼 우뚝 선 폴레이 바송나무 아래 박재희의 팔을 베고 눕는다. 하늘에 떠 있는 구름과 나무 이파리 사이를 헤치고 빛나는 별들을 본다. 하나의 이어폰을 한쪽씩 나누어 귀에 꽂고 「투 비 위드 유(To be with you)」를 들으며 키스를 한다. 박재희가 그녀의 귀에 속삭인다.

"이 세상은 반대되는 성질들이 서로를 끌어당기는 힘으로 균형과 조화를 이루고 있어. 그런데 예외가 한 가지 있어. 같은 성질끼리 서로를 끌어당겨서 결국 만나게 되는. 그게 뭔지 알아?"

나무와 풀 냄새가 스며든 부드러운 바람이 그의 잔잔한 목소리를 쓸고 간다.

주말에는 극장에도 간다. 미술 시간에 르네 마그리트의 그림에서 영감을 받은 박재희의 계획대로 친구들이 단체로 같은 모자를 쓰고, 같은 의상을 입고, 오차드 쇼 이세탄 극장에서 만나 영화 「브레이브 하트」를 관람한다.

아직 자전거는 교내 운동장 트랙에서만 연습 중이다. 박재희는 그녀가 자전거를 능숙하게 타는 날이 오면 이스트코스트에 가서 타자고 한다. 이스트코스트 코스를 섭렵한 후엔 자전거 코스로 더할 나위 없이 멋진 스위스 인터라켄으로 자전거를 타러 가자고 속삭인다.

강유나는 박재희의 달콤한 속삭임들 속에서 찰나의 평화를 느낀다. 다른 연인들이 즐기는 소소한 것들을 학교 밖에서 박재희와 함께할 수 있어서 즐겁지만 그렇다고 부정적인 생각들을 완전히 떨쳐 낸 건 아니다. 타인의 도움을 받지 않고는 아무것도 할 수 없는 관계가 아닌가. 타인의 협조와 지원 안에서만 가능한 사랑이라는 사실이 여전히 답답하고 비참하기만 하다. 보다 독립적이고 자주적인 자유감과 데이트를 만끽하고 싶다. 하지만 자전거 연습을 그만두진 않는다. 함께 이스트코스트나 운치 좋은 이국의 호숫가에서 자전거를 타리라는 희망마저 없어지면 숨 막히는 나날을 보내리라는 걸 알고 있다. 사랑하는 사람을 잃게 되었을 때의 바닥 치는 슬픔이 무언지 알고, 그게 두려워 시도 때도 없이 우울의 늪에 빠진다. 박재희를 사랑하게 될수록 그녀는 점점 더 불행해진다.

2017년 2월, 베이징

폐가에서 50미터 떨어진 위치에 차를 세우고 박재희는 폐가를 지켜보았다.

강유나와 일행은 저 폐가를 임시 숙소로 사용하는 듯

했다. 어제도 그는 이곳에서 차창 밖을 주시했다. 숙소를 나온 강유나와 일행이 어디론가 이동하고 있었다. 그는 차에서 내려 그 뒤를 쫓았다. 강유나 옆으로는 또래의 남자 두 명이 있었다. 한 명은 씨름 선수처럼 덩치가 아주 크고, 한 명은 호리호리한 체구에 안경을 꼈는데 지퍼가 달린 회색 후드 티 위에 검은색 점퍼를 덧입었다. 안경 쓴 남자가 강유나와 가까이 걸었다. 박재희는 틈틈이 그들의 사진을 찍었다.

안경은 그녀가 보행 중 누군가와 부딪치려고 하면 막아 주고, 바람이 세지면 편의점에 들어가 따뜻한 캔 커피를 사 와 그녀에게 건넸다. 신호등이 초록색에서 빨간색으로 바뀌고 그녀가 무심결에 차도로 나가려 했을 때 박재희가 안 돼 하는 사이에 그 안경이 그녀를 붙잡았다. 그는 섬세한 손길로 그녀의 머리카락에 붙은 실오라기 같은 것을 떼어 주었다. 그녀가 뭐라고 말하면 매번 웃었다. 가장 중요한 건 거의 매 순간 안경이 강유나를 관찰하고 있다는 것이었다. 누가 보아도 강유나에게 특별한 호감이 있다는 걸 느낄 수 있었다.

기분이 이상했다. 박재희는 강유나를 떠올릴 때마다 그녀가 행복하고 안온한 삶을 살길 바라 왔다. 그녀를 사랑해 주고 아껴 주는 남자를 만났기를 진심으로 바라 왔다.

그게 막상 현실이 되어 나타나자 기분이 썩 좋지만은 않았다. 그는 미행을 하며 줄담배를 피웠다.

오늘도 박재희는 같은 장소에서 폐가를 지켜보았다. 강유나가 일행과 함께 숙소에서 나와 어디론가 가고 있었다. 그런데 오늘은 안경이 보이지 않았다.

그는 일행의 자취가 완전히 사라진 후 차에서 내려 폐가 주변을 한 바퀴 돌아보았다. 벽을 따라서 건물을 도는데 어느 방에서 사람의 형체가 지나갔다. 안경이었다. 누리끼리한 커튼이 반쯤 열린 방 안을 슬쩍 엿보니 침대 위에 아무렇게나 벗어 놓은 하얀색 셔츠가 보였다. 벽에 아버지의 사진이 붙은 것으로 보아 그녀가 사용하는 방이었다. 무슨 이유에서인지 안경이 그녀의 방을 뒤지고 있었다.

박재희가 다시 한번 방을 엿보았을 때 안경은 그 책을 들고 있었다. 표지만으로도 박재희는 제목을 짐작할 수 있었다. 『아름다운 상처』. 그가 1995년 겨울방학 때 집필하기 시작해 1996년 여름방학이 시작하기 전 탈고한 후 학교 출판사를 통해 출판한 책이었다.

누이에게 보낼 살구색 스타킹 한 묶음과 필명으로 출판한 『아름다운 상처』를 평양으로 보내고 한 달 후였다. 평양의 누이에게서 편지가 왔다. 그가 보내 준 책으로 인해 가슴이 두근거려서 며칠 밤잠을 설쳤다는 내용이었다.

그리고 아버지와 어머니, 그가 사상 교육을 받고자 본국으로 귀환했던 여름방학에 누이가 그 책을 내밀었다.

그의 손에 들어온 책은 부피가 이전의 절반도 되지 않았다.

"그래서 결국 유나가 비밀 뗏장에서 그를 만났어?"

누이가 속삭여 물었다. 누이는 소설 속 유나가 제 남동생의 여자 친구와 이름이 같다는 건 몰랐다. 남동생에게 여자 친구가 생겼다는 것도 몰랐다. 그 여자 친구가 남조선인이라는 것도 물론 몰랐다.

소설 속 주인공 유나는 『아름다운 상처』에서 주요 배경인 섬을 탈출하기로 한 여자였다. 지상낙원을 꿈꾸고 섬으로 이주한 사람들은 자연재해로 갖은 피해를 입은 후 섬이 그들이 꿈꾸던 낙원이 아님을 깨닫게 된다. 많은 섬 주민들이 바다를 건너 이주하자 섬 관리국에선 항구를 폐쇄하기에 이른다. 사랑에 빠진 젊은 유나와 레오드는 섬을 탈출하고자 비밀리에 뗏목을 만들기 시작한다. 뗏목을 만드는 사람들이 늘어나면서 섬의 나무들이 눈에 띄게 사라진다. 나무값이 천정부지로 오른다. 유나는 가진 모든 것들을 팔아서 나무를 구해 온다. 심지어 돌아가신 부모님이 남긴 반지도 판다. 그들은 가까스로 뗏목을 만드는 데 성공한다. 그러나 레오드는 홍역에 걸린 동생을 두고 떠날

엄두가 나지 않아 고민에 빠진다. 유나는 동생과 함께 섬을 탈출하자고 레오드를 설득한다. 그러나 섬에서 태어나고 자란 레오드의 어린 동생은 섬을 떠나고 싶어 하지 않는다. 또한 동생에겐 드높은 파도가 이는 바다와 낯선 세상에 대한 두려움이 홍역에 대한 두려움보다 더 크다.

"레오드는 약속 장소였던 비밀 뗏장에 나타나지 않았어."

그의 대답과 동시에 누이가 상심하여 한숨을 내쉬었다. 사랑을 잃은 젊은 여인 유나에게 깊이 감정이입을 한 듯했다. 그런 누이가 안타까웠다. 그에겐 홍역에 걸려 몸져누운 레오드의 어린 동생이 마치 그의 누이 같았다. 섬 밖의 세상에 대해 아무것도 모르는 멍청한 레오드의 동생. 가련한 누이.

잠시 후 폐가에서 안경이 나왔다. 박재희는 안경의 휴대폰을 훔치려고 계획했다. 그의 휴대폰을 획득하는 건 어렵지 않았다. 2000위안을 주고 전문 소매치기를 고용했다. 이튿날 인파가 붐비는 지역에서 안경과 고의로 부딪친 후 휴대폰을 슬쩍 빼내 오도록 지시했다.

안경의 삼성 갤럭시 휴대폰은 잠겨 있었다. 박재희는 고운 입자의 밀가루를 액정 위에 뿌리고 후 불어 낸 후 손자국이 남아 있는 번호를 찾아냈다. 0과 2와 3이었고, 이

번호들로 네 자리 숫자를 만들어 열세 번째 시도했을 때
이윽고 잠금 기능이 해제되었다.

2017년 2월, 베이징

이한수는 밤새도록 노트북을 열어 두었다. 파일별로 정
리한 강철수 사건의 자료들을 재차 검토했다. 강철수 사
건은 미스터리였다. 그를 살인자로 몰기엔 증거들이 부족
했다. 물론 처음에 월북설은 추론이 가능했다. 모 국정원
(1994년 당시 안기부) 직원에게서 받았다고 알려진, 강철수
가 북한 정보원과 접선한 사진들과 북한 벌목공의 녹취록
에 담긴 진술들이 그 추론을 뒷받침했다. 결정적으로《로
동신문》에 사진이 실렸으니 강철수가 북한에 있다는 사
실을 입증하기에 충분했다. 살인이나 살인에 연루되었을
가능성은 그의 월북이 기정사실화된 후 힘을 얻었다. 당
시 강철수 관련 뉴스를 시청하거나 신문기사를 읽은 대중
은 언론에서 제공한 단서와 추론과 일부 증거들을 확고히
믿었다.
이한수는 강철수의 사진이《로동신문》에 실리기 전 '강
철수 월북설'을 처음 제기한 민태호 기자와 만나 봐야겠

다고 결심했다. 윤 부장의 말에 따르면 민태호는 '4자 회담' 취재차 베이징으로 출장을 나와 있었다.

민태호가 근무하는 I 방송국 보도국에 전화를 걸어 개인 번호를 문의했다. 해외 로밍을 알리는 신호음이 울렸다. 전화는 연결되지 않았다. 문자메시지를 남겼다.

"《선데이 K》 이한수 기자입니다. 시간이 나실 때 회신 부탁드립니다."

조금 전 답신이 왔고 이한수는 오늘 오전 왕푸징 로열호텔 라운지에서 민태호와 만나기로 약속을 잡았다.

아침 해가 밤새 노트북 자판 위를 벗어나지 못한 손목에 빗금을 그었다. 방 밖에서 강유나의 목소리가 들려왔다. 맑고 톤이 높은 그녀의 목소리를 듣자 심장이 다시 여지없이 뛰었다. 그는 곧장 방을 나가서 목소리가 들려오는 휴게실 쪽으로 걸어갔다. 강유나와 장우일 목사와 낯선 학생이 앉아서 이야기를 나누고 있었다. 『아름다운 상처』라는 책에 대해서였다.

한 시간쯤 지나 그들이 숙소를 떠나고 이한수는 철사를 꺼냈다. 어머니는 만취하면 어린 그를 때렸다. 그런 어머니를 피해 동철이네로 갔다가 어머니가 곯아떨어졌을 야심한 밤에 돌아오곤 했다. 집을 나간 그가 괘씸했던 어머니는 매번 문을 잠가 두었다. 그는 어느 날부터인가 철사 끝을 구부려서 문을 여는 데 도가 텄다.

철사를 끼운 문고리에서 찔걱거리는 소리가 들려오고 마침내 강유나의 방문이 찰칵 열렸다. 방 안에 그녀가 사용하는 비누 냄새가 남아 있었다. 옹색한 창으로 들어온 빛이 그녀의 방을 비추었다. 담배 자국이 무성한 누런 장판, 철제 싱글 침대, 누리끼리해진 체크무늬 이불, 삼단 서랍장, 그리고 방바닥에 놓인 낡고 색 바랜 푸른색 배낭.

그는 제일 먼저 그녀가 싱가포르에 들고 갔던 배낭을 뒤졌다. 여름 티셔츠 두 장과 청바지 한 벌. 꽁지가 묶인 검은색 봉지에는 속옷이나 양말 같은 빨랫감이 들어 있었다. 칫솔, 치약, 비누, 샴푸 같은 세면도구가 든 비닐 파우치. 회색 수건 두 장과 빨간색 천으로 된 필통 하나. 필통에는 문구류 외에 손톱깎이가 들었다. 그리고 소지하고 다니는 코팅한 두 남자의 사진. 책 한 권. 아까 공공 휴게실에서 들려오던 대화에서 언급되었던 책이었다.

책갈피를 휘리릭 넘기자 쪽지 한 장이 끼어 있었다. 알파벳이지만 어느 나라 언어인지 알 수 없는 문자들이 적힌 쪽지였다. 이한수는 휴대폰 사진기로 그 종이에 적힌 문자를 찍었다.

이한수는 민태호에게 정중하게 인사했다. 일면식도 없

는 사이였지만 대학 선배였다. 사십 대 후반이라기에 민태호는 잘 관리된 동안이었다. 늘씬한 몸에 운동으로 다져진 균형 잡힌 체격. 카메라를 잘 받는 시원시원한 이목구비. 이한수가 대학생일 때부터 이 남자는 모든 남자에게 선망의 대상이었다. 남다른 오라를 뿜어냈다. 영화배우 뺨치는 비상한 외모 때문만은 아니었다. 강남 금수저 출신, 경기고등학교, 한성대학교, 하버드 석사 과정의 엘리트 코스. 대중적 인기를 누리는 가장 출세한 기자 출신 아나운서가 가질 법한 자신감이 휘황한 빛처럼 그를 휘감고 있었다.

"어, 여기까지 오게 해서 미안해. 내가 미팅이 잡혀서. 《선데이 K》에 이한수라는 기자가 있는 걸 내가 왜 몰랐지?"

민태호가 이한수의 어깨를 툭툭 치며 말했다.

"늦깎이로 꿈을 찾아 이쪽으로 전향한 케이습니다."

"꿈을 찾는 데 나이가 무슨 상관이야. 탈북자들을 취재 중이라고. 한물간 소재지만 취지와 패기는 좋네. 이쪽에서 시작 단계라면 아직 뜨거운 피가 끓을 때잖아. 그나저나 조심하라고. 여기 공안들은 북한 보위부와 유대가 강하고, 가차 없으니까."

"선배님은 어떤 일로 출장을 오신 겁니까."

"한류 열풍의 주역인 강소라를 취재하러."

이한수는 민태호의 말을 듣고 당혹스러워서 얼떨떨한 표정을 지었다.

"아아, 농담이야. 중국에서 빅 4 정상들을 초대했잖아. 북한 내 핵 폐기 문제와 몇 가지 다른 문제들이 논의될 거야."

민태호와 이한수는 호텔 로비의 카페에 앉아 커피를 주문했다. 민태호가 테이블 위에 놓인 휴대폰의 전자시계를 봤다.

"자, 이십 분. 시간이 별로 없으니까 본론으로 들어가자고."

"1994년 블라디보스토크 강철수 사건 기억하시죠."

"응. 월북한 선교사 강철수."

"선배님이 9시 뉴스에서 북한 벌목공과의 대화 녹취록을 공개하셨잖아요."

"응, 그랬지. 강철수가 북한에 가고 싶다고 발언했지."

"그게 결정적인 단서가 되었는데 사실 누구나 그런 말은 할 수 있는 거잖아요. 당시엔 더 그랬죠. 지금이야 탈북자 수만 명 시대여서 그들을 통해 북한의 실상이 많이 밝혀지고 있지만, 1994년도만 해도 철저히 봉쇄돼 있어서 북한에 대한 정보들은 미미했죠. 호기심으로, 아니면 그냥 던지는 말로도 많은 사람들이 북한에 가 보고 싶다고 말하던 시절이었어요."

"그랬지. 하지만 막걸리에 김치전이나 보쌈을 먹으며
아 북한에 한번 가 보고 싶다라고 말하는 민간인과 북한
벌목공을 선교하러 블라디보스토크에 체류하는 선교사가
비밀 접선 중에 그 말을 내뱉는 건 상황이 전혀 다르지.
소풍을 나가서 달밤에 아 달에 가 보고 싶다 말하는 일반
인과 나사에 근무하는 우주 비행사가 달에 가 보고 싶다
말하는 의미가 같지 않은 것처럼. 여기서 핵심은 그가 북
한 요원들과 접선한 거였어. 음, 내 기억엔 다른 증언들도
있었고. 누군가는 강철수가 정부에서 승인을 받고 블라디
보스토크로 간 이유가 애당초 북한에 가기 위한 계획이었
다고 진술하기도 했지."

"아직 고등학생인 두 딸이 있는데 강철수가 그런 무리
수를 둬야 할 이유가 있었을까요."

"친딸들이 아니었지. 호적에 올리긴 했지만 강철수는
그 자매의 친부가 아니었어. 말하자면 고아원 출신 강철
수에겐 가족이 없었어. 교회 문 앞에 버린 부모가 북한에
있다는 설도 있었지."

"당시 선배님께 강철수와 북한 요원이 접선한 사진을
넘긴 게 안기부 쪽이었죠. 정확히 누구였나요?"

"내게 정보를 제공한 사람의 신분은 철저히 보호받지.
자네가 내게 일급 비밀 정보를 넘긴다면 말이야, 목에 칼

이 들어와도 난 자네의 신분을 보호할 거네. 혹시 내게 줄 짭짤한 정보 있나?"

이한수는 민태호의 거만한 말투가 마음에 들지 않았다. 매스컴에서 그가 보여 주는 겸손하고 진지한 태도와는 상반되었다.

"납북되었을 가능성은 고려하지 않으셨나요?"

이한수가 물었다. 이한수는 간밤에 내내 그 생각을 했다. 블라디보스토크에서 강철수가 납북된 것은 아닐까.

"하하, 나를 까고 싶나? 뭐 그게 가장 빠른 지름길이긴 해. 초고속으로 올라가고 싶을 땐 자기 앞사람들 중 가장 영향력이 있는 자를 잡아서 족쳐야지. 아무렴. 초반엔 납북 가능성도 무시하지 않았어. 하지만 월북 가능성에 무게를 실은 건 분명한 단서와 증거 들이 있었기 때문이야. 사진과 녹취록. 그 사건은 어차피 진실을 밝히기 어려웠어. 강철수가 등장해서 진실을 밝히지 않는 이상 더 진척될 수 없었지. 진실에 최대한 가까이 접근하려고 시도했을 뿐이야. 취재 중 입수한 단서와 진술 들을 근거로 퍼즐 조각을 맞춰 나갔지. 사실 강철수가 나서서 자신의 입장을 밝힌다 해도 그게 진실이라는 보장이 없어. 그런데 갑자기 강철수 사건은 왜? 고릿적 사건이잖아. 이게 지금 하는 취재와 무슨 연관이 있나?"

"그보다는 좀 더 개인적인 문제예요."

"자, 이전에 납북 사례들이 꽤 있었어. 다들 그럴 만한 가치가 있는 사람들이었지. 영화「양귀비」출연 교섭 논의로 홍콩에 갔다가 납북된 영화배우 최은희나 신상옥 감독처럼. 김정일은 그들을 납치한 후 북한에서 영화를 제작하도록 장려했어. 문화 예술 발전을 위한 도구로 활용했다고. 강철수는 선교사였어. 종교가 금지된 나라에서 일개 선교사를 납치해야 할 이유가 무엇이었을까. 심지어 몇 주 후 월북자 강철수 사진이《로동신문》에 대문짝만하게 공개됐었어."

"선전용일 수도 있죠. 생명의 위협을 받았다면 월북 행세가 불가피했을 수도 있고요. 당시에 진술을 받은 사람들 중에 블라디보스토크에서 함께 활동했던 한국 사람도 있는 거죠. 혹시 아직 연락처를 가지고 계신다면 제게 메일로 보내 주실 수 있을까요."

"찾아보지. 지금은 회담 직전이라 바쁘니까 한국에 돌아가서 조회해 볼게."

"녹취록은 가지고 계신가요?"

"자료실에 있겠지. 요청하면 바로 받아 볼 수 있을 거야. 필요해?"

"네. 바쁘신데 시간 내주셔서 감사합니다."

이한수가 정중하게 감사 인사를 하는 동안 민태호의 휴대폰이 울렸다. 아내였다. 민태호는 왼쪽 입꼬리를 끌어 올리며 속을 알 수 없는 미묘한 미소를 지었다. 무언가 일 그러지는 듯한 표정이었다. 민태호는 남은 커피를 마저 들이켜고 자리에서 일어났다. 아내의 전화는 받지 않았다.

　"언제든. 또 궁금하거나 부탁할 거 있으면 연락하라고."

　"네. 감사합니다."

　"저기, 우리 같이 사진 한 장 찍을까?"

　예상 밖의 제안에 이한수는 그만 실소했다. 민태호와 어깨동무까지 하고 사진을 찍다니.

　"어떤 기사든 자네가 내 과거의 기사를 제대로 까는 날이 오면 그 기념으로 이 사진을 페이스북에 올리려고. 그런 패기 넘치는 도전은 말이야, 언제나 대환영이거든."

　민태호가 자신감 넘치는 목소리로 말하고 휴대폰으로 사진을 전송하며 로비를 향해 걸어갔다. 이한수는 자신과 찍은 사진을 전송하는 민태호를 보고 고개를 갸웃했다.

　이한수는 민태호가 입은 양복 재킷의 날렵하고 매끈한 뒤태를 바라보았다. 민태호는 베테랑 기자다. 쉽게 실수를 저지를 사람이 아니다. 하지만 그가 놓친 게 있을지 몰랐다. 강철수가 제 피가 섞이지 않은 두 딸을 친딸처럼 사랑하고 지극하게 보살핀 아버지였다는 점을 놓친 국정원

처럼. 당시 고등학생이었던 강철수의 딸들이 친아버지가
아니었던 강철수를 영웅이나 아이돌처럼 섬기며 그의 사
진을 책상머리에 붙여 두었고, 아주 오랜 시간이 지난 후
에도 그에게 물려받은 낡은 배낭을 위대한 유품으로 메고
다녔으며, 매일 그의 사진을 보는 것으로 하루를 시작한
다는 사실을 간과한 것처럼.

　이한수는 호텔 밖으로 나가 주변에 임시 휴대폰을 구
할 편의점이나 전자 매장이 있는지 두리번거렸다. 호텔
앞에서 택시를 타지 않고 길을 따라 걸었다. 거리의 북적
이는 인파로 인해 보행자들과 여러 번 부딪쳤다. 중국인
들은 다른 보행자를 위해 길을 비켜 주거나 기다려 주지
않았다. 한번은 좀 세게 부닥쳐서 차도 쪽으로 넘어질 뻔
했다. 휴대폰을 잃어버렸다는 사실을 알아차린 건 민태호
와 만나기로 한 로열호텔 로비에 도착한 후였다.

　강유나는 왜 1996년 북한 대사관에 갔던 것일까. 그 집
이 혹시 사진 속 남학생의 집은 아니었을까. 평양 오렌지.

　가끔씩 그녀는 방에서 그 사진을 들여다보았다. 궁금
했던 이한수가 둘이 어떤 사이였냐고 넌지시 물었던 적이
있다.

　"정말 특별한 첫사랑이었나 봐요."

"글쎄요, 생각해 본 적 없어서 모르겠네요."

이한수는 그녀의 첫사랑에 호기심을 갖게 되었다. 잠들기 전 가상의 북한 남학생을 캄캄한 허공에 세워 두었다. 북한 남학생이라면 굶주려서 왜소하고 야위어 광대뼈가 튀어나왔겠지. 눈치를 보느라 가자미처럼 흘긴 눈을 흘긋거릴 거야. 북한 사투리를 쓰고. 옷차림은 1950년대 후반에서 멈추었을 테고. 그동안 습득해 온 북한 관련 정보들로 구축한 가상의 북한 남학생을 창조하여 캄캄한 허공에서 마주 보다가 결투하는 꿈을 꾼 적도 있었다. 어느 순간 그 남학생은 그의 삶에 깊게 침투한 유령이 되었다.

적어도 이한수는 다른 사람들이 알지 못하는 두 가지 단서를 가지고 있었다.

첫째, 강철수는 존경받는 아버지였으며 두 딸을 지극히 사랑했다. 둘째, 어쩌면 북한 대사관 관저는 강유나의 첫사랑인 북한 남학생이 살았던 집일 수도 있다. 여기서부터 실마리를 풀어야 했다. 그리고 가장 시급한 건 새로운 휴대폰을 구매하는 일이었다.

2017년 2월, 베이징

한 개인의 모든 정보가 휴대폰 안에 죄다 들어 있었다.

개인 정보 파일의 여권 복사본을 보니 안경의 이름은 이한수였다. 1978년 4월 29일생. 한성대학교 졸업장과 《선데이 K》 기자증 복사본도 있었다. 사진첩에 들어가자 대체로 음식과 인물 사진들이었다. 과시욕이 심해 보였다. 미슐랭 레스토랑, 선물받은 고가의 물건들, 유명인들과의 인증 샷.

반복되는 인물 사진이 하나 있긴 했는데 거구의 남자와 함께 찍은 사진이었다. 폐가에서 함께 지내는 일행 중한 명이었다. 이한수는 거구의 어깨 정도에 닿았다. 롯데자이언츠 야구 모자를 눌러쓴 거구는 족히 100킬로그램은 넘어 보였다. 그렇지만 위협적으로 보이는 외관은 아니었다. 유럽 출장을 갔을 때 보테로 전시회에서 본 뚱뚱하고 익살스러운 인물들과 어딘지 모르게 닮은 남자였다.

왓츠앱으로 받은 사진들이 자동 저장되는 사진첩에는좀 더 다채로운 인물 사진들이 있었다. 주로 직장 동료들이 회식 자리에서 찍은 단체 사진을 전송해 준 경우였다. 카카오톡으로는 롯데 자이언츠 야구 모자를 쓴 남자가 넓적한 얼굴과 커다란 몸집에 어울리지 않게 애교 넘치는 귀여운 표정을 짓고 셀피를 자주 찍어서 보냈다. 그들이 연인 관계인가 의심이 들 정도였는데 문자 내용을 보니 그런 것 같지는 않았다.

최근엔 검은색 슬리브리스만 입고 사진을 찍은 여자의 사진을 받았다. 의도적으로 목 위의 얼굴을 찍지 않았지만 가느다란 어깨와 쇄골과 가슴골로 여자라는 것은 짐작 가능했다.

그 사진과 연결된 번호로 왓츠앱을 조회해 보니 지난 한 달간 여자가 일방적으로 문자를 보내왔다는 사실을 알아낼 수 있었다. 거의 매일이다시피 했다.

잘 지내? 베이징 날씨는 어때? 오늘은 어떻게 보내고 있어? 취재는 잘돼 가? 보고 싶어. 보고 싶어. 왜 연락이 닿지 않는 거야? 한수야, 왜 대답하지 않아?

박재희는 카카오톡으로 이동해서 같은 이름과 번호로 된 대화창을 열어 보았다.

네이버로 조회해 보니 중국에선 왓츠앱이 안 된다네. 난 그것도 모르고 계속 왓츠앱으로 문자를 보냈었어. 여기에도 이한수는 대답하지 않았다. 오늘 오후에 전화했었어. 전화도 받지 않더라. 보고 싶어. 혹시 심경의 변화가 있는 거야? 우리 헤어지는 거야? 정말 왜 이래. 이거 보면 연락 좀 해 줄래?

이한수는 수많은 질문들과 질문들 사이사이 충동적으로 솟아올랐을 애정 표현과 보고 싶다는 말에 끝내 대답하지 않았다.

　마지막으로 가장 흥미로운 사진 한 장을 발견했다. 암호처럼 보였다. 암호가 적힌 쪽지 뒤로 책에 적힌 문장들이 배경이었다. 그는 무슨 책인지 알았다. 자신이 쓴 문장과 대화들이어서 모를 수 없었다.

　"유나, 이 세상은 반대되는 성질들이 서로를 끌어당기며 균형과 조화를 이루고 있어. 그런데 유독 같은 성질이지만 열렬히 서로를 끌어들여서 결국 만나게 되는 성질이 있어. 그게 뭔지 알아?"

　"레오드, 그게 뭔데?"

　먼 옛날 그가 쓴 소설 속 레오드는 유나에게 결국 그게 무언지 대답하지 못했다. 육지에 도착하면 얘기해 주기로 약속했는데 레오드는 뗏목장에 나타나지 않았고 말할 기회마저 놓쳐 버렸다.

　박재희는 휴대폰 문자메시지들을 열람했다. 좀 더 공적인 메시지들이 오갔던 것을 확인할 수 있었다. 그가 베이징에서 연락을 주고받은 사람은 대략 일곱 명으로 압축되었다. K 신문사 특파원 이진철, 한국 대사관 직통 번호와 대사관 직원으로 짐작되는 윤수정, 강유나, 장우일 목사,

김동철, 그리고 최근에 윤 부장이라는 남자에게서 베이징에 도착했다는 메시지가 들어와 있었다. 가장 흥미로웠던 것은 이한수가 국정원 소속 차대경과 만났다는 사실이다. 또 '공군 재킷'이라고 입력한 남자와 계속 연락을 취해 왔는데 내용이 심상치 않았다. 마지막으로 이한수가 공군 재킷에게 전송한 문자메시지를 읽었다.

강유나가 도착했습니다. 언급하신 오보에 가방과 배낭을 뒤져 보았으나 소지품 외에는 아무것도 발견되지 않았습니다.

1995년 6월, 싱가포르

박재희와 강유나의 친구들은 언약식을 하기에 가장 적합한 장소를 물색하다가 최종적으로 학교 야외 식당으로 정한다. 학교 밖에서 언약식을 했다가 혹시라도 누군가 목격하게 되면 박재희가 궁지에 몰릴 수 있다. 그런 불미스러운 상황을 피하기에 학교는 가장 안전한 장소다. 학교 관계자와 학생이 아닌 외부인은 이 학교에 출입이 불가능하다.

토요일 오후 오케스트라 연습이 끝난 후 비밀 언약식

을 준비하는 동안 다들 들떠 있다. 양국의 정치적 한계를 극복하고 국경을 넘어서 사랑을 꽃피운 두 친구의 미래를 약속하는 뜻깊은 자리가 아닌가. 이들을 축복하듯 야외 식당 옆 정원에 핀 하얀 꽃다지들이 잔잔하게 한들거린다.

치형은 음악을 준비하고 일회용 식기류를 챙겨 왔다. 메이는 강유나가 머리에 쓸 하얀 안개꽃 화관과 열대 과일을 준비했고, 마이크는 며칠 동안 성의껏 써 내려간 축사와 칠면조구이를, 로베르토는 제 아버지의 와인 냉장고에서 훔친 시칠리아산 화이트 와인 세 병과 영상을 찍기 위한 캠코더를 들고 왔다.

그들은 다른 오케스트라 친구들과 함께 식당을 단장하고 일회용 와인 잔과 접시들을 차린다. 그리고 저녁 8시가 되어 어둑어둑해진 교내가 몇 개의 촛불만으로 아늑하게 밝혀질 무렵 야외 식당에 모인다.

친구들에게 둘러싸인 강유나와 박재희는 서로를 마주보고 있다. 다소 숙연해진 분위기에서 마이크가 샴페인 잔을 포크로 두들기며 이목을 집중시킨다.

"축사를 하기 전 고백할 게 있습니다. 얼마 전까지 저는 강유나를 좋아했었습니다. 그런 강유나의 사랑을 얻은 박재희를 축복하는 것이 저에겐 골치 아픈 과제가 아닐

수 없었습니다."

마이크가 밝은 목소리로 운을 떼자 친구들이 웃는다. 마이크는 노트 한 장을 가득 채운 축사를 읽어 내려간다. 눅눅한 여름 바람에 섞인 마이크의 목소리가 마지막 문장을 향해 가고 있다.

"저는, 아니 우리는 재희와 유나의 사랑이 얼마나 값진지, 큰 의미인지 알고 있습니다. 그리고 오늘 재희와 유나의 용기와 의지가 먼 훗날 멋진 기적을 만들어 내리라 믿습니다."

축사의 마지막 문장이 끝나자 치형이 음악을 튼다. 스피커에서 서정적이고 감미로운 「가브리엘의 오보에」가 울려 퍼진다. 박재희는 케이스를 열고 목걸이를 꺼낸다. 은구슬로 엮은 줄에는 보라색 천이 감겨 있었다. Queen Yuna라는 이름이 수놓인 천은 반들반들하다. 부식을 막고자 천연 도료인 옻나무 수액으로 칠을 입힌 리드가 보라색 천에 매달려 있다. 박재희는 그것을 잔털이 난 강유나의 목에 걸고 버클을 잠근다. 그리고 앙증맞은 안개꽃 화관 아래로 동그랗게 솟은 그녀의 이마에 입을 맞춘다.

밤이 깊어 간다. 박재희는 세 걸음 정도 떨어진 강유나를 지켜본다. 그녀의 목에 매달린 리드 목걸이를 보는 게 마냥 기쁘다. 그녀의 눈은 여느 때보다 영롱하게 빛나고,

입가에는 순연한 미소가 걸려 있다. 늘 옹송그려져 있던 어깨와 굽은 척추가 활짝 펴졌다. 예쁘다. 행복해 보인다. 잃어버린 하나의 소리만 찾아 주면, 그러면 그녀의 행복은 더 완벽해질 것이다. 박재희는 그 마지막 하나가 무언지 안다.

"축하해, 재희."

메이가 재희에게 잔을 내민다.

"고마워."

박재희는 메이의 잔에 자신의 잔을 살짝 부딪친다.

"재희, 내가 사귀자고 했을 때 넌 학업에 더 집중하고 싶다고 말했었어. 솔직히 나는 너와 언젠가 연결될 거라는 기대를 내심 품고 있었어. 네가 강유나와 만나기 시작했을 때는 도대체 네 안에서 무슨 일이 일어난 건지 잘 이해가 되지 않았어. 강유나와 언약식을 하겠다고 했을 때는 네가 미쳤다 생각했고."

박재희는 어떤 대꾸를 해야 할지 몰랐다. 메이의 말은 사실이었다. 메이가 싫은 건 아니었다. 다만 메이에게 친구 이상의 감정을 가져 본 적이 없다. 당시 메이에게 거절 의사로 밝힌 이유들은 학생인 그에게 너무나 자연스러운 것이었다. 학업과 학교생활에 집중하고 싶었다. 마찬가지로 강유나에게 관심을 갖게 된 것도, 한동안 촉각을 곤두

세우고 기민하게 그녀를 관찰했던 것도, 그녀에게 마음이 기운 것도, 마침내 강유나에게 키스를 한 것도 모두 자연스럽게 일어난 일이었다.

"꼭 대답할 필요는 없어. 사실 난 우리에게 아직 빛나는 무언가가 남아 있다는 사실을 깨달았거든."

"그게 뭔지 물어도 돼?"

"우정."

박재희는 메이를 향해 잔을 들어 올린다. 강유나를 비롯한 친구들이 다가온다. 강유나가 박재희의 팔짱을 끼고, 마이크가 잔을 올리며 "위하여"라고 어설픈 한국 발음으로 축배를 한다.

"졸업하기 전에 탈출할 거라고?"

마이크가 들뜬 목소리로 묻는다.

"응."

박재희가 대답하며 강유나의 머리에 입맞춤을 하고, 강유나는 그의 품으로 파고든다.

"이탈리아로 가기로 했어."

"이탈리아?"

"응, 바이올린 연주자 파가니니의 고향. 그리고 「가브리엘의 오보에」를 작곡한 엔니오 모리코네의 나라이기도 해."

"꽤 로맨틱하네."

"제노바에 우리 집 별장이 있어. 재희와 유나는 거기서 한동안 지내다가 그다음 목적지를 결정할 거야. 제노바는 프랑스와 스위스 국경과 근접해서 어디로든 이동하는 데 문제가 없을 거야."

로베르토가 말을 잇는다.

"잠깐 나 집에 전화 좀 하고 올게. 언니도 오고 싶어 했는데 학교 출입 허가를 받지 못했거든. 지금 무척 궁금해하며 내 전화를 기다리고 있을 거야."

강유나가 한국어로 말한다.

"같이 가 줄까."

"아니, 괜찮아."

영어로 말하는 친구들 사이에서 강유나와 나누는 한국어는 밀어처럼 들리곤 했다. 박재희는 그게 좋았다. 그들의 언어가 온전히 그들만의 것이 되는 이 순간들. 강유나가 공중전화 부스로 걸어가는 동안 박재희는 친구들과 계속 대화를 이어 간다.

"외할아버지의 도움을 받으면 미국으로 이주하는 것도 가능할 거야. 북한 외교관들이나 관계자들이 체류하는 유럽보다야 미국이 더 안전할지도 모르고."

마이크가 말을 보탠다.

"잠깐, 이탈리아까지는 어떻게 갈 거야?"

메이가 눈썹을 치켜올리고 묻는다.

"먼저 빈탄으로 갈 거야. 이민국을 통과하지 않아도 되는 배편이 있대. 밀항이지. 빈탄에 가서 무사히 이탈리아행 비행기를 타면 그 후로는 수월할 거 같아."

"돈은 충분히 있어?"

메이는 대대로 상인 집안이었던 가문의 딸답게 현실적인 문제를 집어낸다.

"아직 충분하지 않지만 그때까지 1년 정도 시간이 남았으니까 준비해야지."

"우리가 다 같이 힘을 모으면 그 정도 문제는 해결할 수 있을 거야."

마이크가 고무적인 목소리로 말한다. 박재희는 행복에 도취한 발그레한 얼굴로 아낌없는 지지를 해 주는 친구들에게 고마움을 느낀다.

마이크의 어깨 너머로 달려오는 강유나의 모습이 보인다. 머리에 썼던 화관이 보이지 않고 작은 꽃잎 몇 개만 머리카락에 붙어 있다. 강유나가 숨을 헉헉 고르고 고개를 들었는데 눈시울이 젖어 있다.

"언니가 응급실에 실려 갔대. 위태로운 상태인가 봐."

강유나가 어깨를 떨며 울먹이는 목소리로 말한다.

"어디 응급실?"

"엘리자베스 마운틴."

"거기면 여기서 그리 멀지 않아."

모두 학교 정문을 향해 내달린다. 게이트 바가 내려져 있고, 경비 초소에서 두 명의 경비가 입구를 지키고 있다. 박재희는 초소에서 10미터를 앞두고 달리기를 멈춘다. 수영장 옆의 계단참이다. 치헝이 뒤돌아보며 소리친다. "재희! 무슨 일이야!" 앞서 달리던 강유나와 다른 친구들이 그 소리를 듣고 멈춰 선다. 박재희는 어둠 속으로 난 계단의 마지막 단에 오도카니 서서 고개를 젓는다. 그 순간 박재희는 강유나의 눈을 본다. 처음으로 강유나가 옳을지도 모른다는 데 생각이 미친다. 그동안 그녀가 일관되게 해 온 비관적인 지적들은 결코 과장이 아니다. 차츰 현실감각이 돌아온다.

사랑하는 여자의 언니가 응급실에 실려 간 위급한 상황에서 그는 가 볼 수조차 없다. 여기가 그가 강유나와 함께 갈 수 있는 마지노선이다. 강유나를 따라가지 못하는 그 순간이 그에게 오랫동안 상처로 남는다.

7장

작은 아가씨들

1996년 6월, 싱가포르

33도와 36도 사이를 오가는 살인적인 더위가 연일 지속되고 있지만 집 안의 모든 에어컨은 가동하지 않는다. 언니의 저체온 때문이다. 엘리자베스 마운틴 병원에서 퇴원한 지 일주일이 지났는데도 언니의 상태는 그때로부터 달라진 게 없다. 아니, 입원하기 일주일 전보다 더 악화된 듯하다. 얼굴은 핏기 없는 해골바가지가 되었다. 몸무게는 10킬로그램 이상 빠져서 살가죽이 뼈에 바짝 들러붙고, 관절 부위의 뼈들이 조약돌처럼 살갗을 뚫고 나올 기세다. 앙상해진 손가락 끝을 연신 물어뜯는다. 흐리멍덩

한 눈동자는 어디에도 안주할 수 없는 것처럼 불안정하게
흔들린다.

싱가포르로 이주한 뒤 언니는 성인처럼 짙은 스모키
화장을 하고 밤 외출을 일삼았다. 클락키나 보드키 강변
의 클럽들을 전전하며 불량배들과 어울리고 술, 담배를
한다는 건 진즉에 알고 있었다. 언니는 변했다. 삶이 언니
의 육신과 영혼을 송두리째 갉아먹기로 작정한 것 같았
다. 맥주로 탈색한 머리카락은 빗자루처럼 끝이 갈라지
고 푸석푸석했다. 팔목 안쪽과 뒷목에 문신을 새기고 배
꼽 위와 오른쪽 콧방울에 피어싱을 했다. 가슴골이 보이
는 탱크톱과 엉덩이 선이 보일락 말락 하는 미니스커트를
입었다. 어쩌다 강유나가 샴푸나 보디 워시를 빌리러 언
니 방의 욕실에 가 보면 타일 벽이 담배 냄새로 찌들어 있
었다. 옷장 속, 한국에서 입고 온 둘둘 말린 겨울 점퍼 안
에는 미니 위스키 병과 보드카 병이 숨겨져 있었다. 영어
를 잘 못하는 언니는 말끝마다 뻐킹을 붙였다. 뻐킹 싱가
포르, 뻐킹 핫, 뻐킹 찹스틱스, 뻐킹 택시, 뻐킹 라이프.

얼마 전 언니가 강유나의 학교 앞으로 왔을 때도 그랬
다. 언니는 검정색 가죽 미니스커트에 망사 스타킹을 신
고 10센티미터가 넘는 하이힐 위에서 위태롭게 걸었다.
입술엔 검정색에 가까운 빨간 립스틱을 바르고서.

단정한 교복을 입은 학생들과 명품 의류나 가방을 차려입은 학부모들 사이에서 언니의 퇴폐적인 차림새는 눈에 띄었다. 학교 앞 택시 정거장을 지나 경비 초소에서 학교에 들어가겠다고, 동생을 만나러 왔다고 단어만 뒤죽박죽 나열한 영어로 목소리를 높였다. 사람들이 수군거리며 그런 언니를 지켜보았다.

다른 장소도 아닌 학교 앞에서였다. 그런 언니가 창피하고 둘이 자매라는 사실을 친구들이 알게 될까 봐 두려웠다. 강유나는 언니를 보자마자 수영장 쪽 모퉁이 뒤로 몸을 숨겼다. 그걸 보았는지 아니면 기다리는 데 인내심이 바닥을 쳤는지, 강유진이 사람들의 이목을 집중시킬 만큼 목청껏 그녀의 이름을 불렀다.

"강유나! 강유나! 뻐킹, 강유나!"

언니는 포기하고 돌아갈 품새가 아니었다. 어쩔 수 없이 언니에게 달려갔다. 언니를 그만두게 하려면 그 방법뿐이었다. 언니를 끌고 인적이 없는 학교 밖으로 나가 아파트 단지 뒤 쓰레기장으로 데려갔다.

"넌 김 회장이 준 돈 좀 있지?"

언니는 그녀를 보자 다짜고짜 돈이 있는지 물었다. 얼마 전 김 회장으로부터 불가피하게 언니의 용돈을 끊었으니 절대 돈을 주지 말라는 명령을 받았지만 그럴 수 없었다. 강유나는 지갑에 있던 돈을 몽땅 언니에게 쥐여 주었다. 황급히 지나가는 택시를 잡아서 문을 열고 언니를 밀어 넣었다. 누군가 보았을까 주변을 둘러보았다.

그 후로도 번번이 용돈의 절반가량을 언니와 나누었다. 그게 화근이 되리라곤 예상치 못했다. 언니는 약물 과다 복용으로 응급실에 실려 갔다.

비교적 가벼운 엑스터시로 시작하여 최근엔 로힙놀 종류에 손을 댔다. 언니가 삼킨 다량의 약물들은 언니를 파괴했다. 언니의 예쁜 눈웃음을, 맑은 눈빛을, 다정한 언어를, 부드러운 손짓을, 언니가 지녔던 장점들의 기조가 되었던 삶의 모든 소소하고 아름다운 기억들을.

강유나는 따뜻하게 데운 죽을 쟁반에 받쳐 들고 언니의 방으로 들어간다. 동화 속 공주의 방처럼 분홍색과 부드러운 크림색으로 꾸민 방과 어울리지 않는 건 오직 두 가지다. 한국에서 짐을 싸 가지고 왔던, 방 가운데에 세워진 더러운 트렁크와 마약에 중독되어 나뭇가지처럼 앙상해진 소녀. 언니는 침대 위에서 베개를 끌어안고 앉아 연방 손톱을 물어뜯는다.

강유나는 언니 옆에 앉는다.

"언니, 이거 한 숟갈만 떠."

언니는 고개를 흔든다.

"모, 못, 못 먹겠어. 소, 속이, 메, 메스, 메스꺼워."

강유나는 쟁반을 책상 위에 올려 두고 다시 옆에 앉아서 언니의 어깨에 고개를 기댄다.

"언니, 한국에 가지 말고 여기에 있어. 여기서 해결책을 찾아보자. 나와 함께."

"아, 아니, 야. 가, 가야, 해."

"꼭 가야겠어?"

"가, 가야, 해. 너, 너한테, 는, 미, 미안, 해."

달그락거리는 턱 때문인지 언니의 언어들은 무덤 속의 뼈들처럼 다 해체된다. 강유나는 울컥해진다. 솜뭉치로 꽉 막힌 것 같은 목구멍 저 아래에서부터 뜨거운 액체가 치민다. 함께 있자고 했지만 언니가 더 이상 싱가포르에 머물 수 없다는 걸 안다. 언니는 불법으로 마약을 복용해 왔다. 싱가포르는 법적으로 마약이 엄격하게 금지된 나라다. 마약 판매상은 사형 선고를 받기도 한다. 마약 소지가 발각되면 태형과 수감을 면치 못한다. 김 회장이 인맥을 총동원해 손을 쓴 덕분에 최악의 경우는 모면했지만 언니는 싱가포르에서 추방당하는 거나 다름이 없다.

그녀는 언니의 손을 잡는다. 손이 얼음장처럼 차갑다. 서울 집을 떠났던 그해 기나긴 꽃샘추위 속 찬 바람에 꽝꽝 얼어붙었던 그 손보다 훨씬 차다. 체온이 느껴지지 않는다.

"언니, 그럼 같이 가."

"아, 아, 아냐, 냐, 너, 넌, 여, 여기 나, 남아, 야야, 해."

"같이 가."

"너, 너, 넌, 꼭, 조, 졸, 졸업, 해, 해. 좋은, 대, 대학에 들어가. 한국 토, 통장에 예, 옛날, 우, 우리 집, 저, 전세금, 바, 받은, 거, 저, 저금해, 둬, 뒀어. 그, 그걸, 로, 네, 네, 하, 학비, 내, 낼 거, 야."

방 안의 온도계는 33도를 가리킨다. 찜통 같은 더위가 압박해 온다. 가만히 앉아 있어도 겨드랑이와 이마에서 땀이 줄줄 흘러내린다. 그 무더위가 견딜 수 없을 만큼 추운지 언니는 한파 속 벌거숭이처럼 온몸을 파들파들 떨어댄다. 강유나는 언니의 어깨를 이불을 감싸 주고 그 위로 언니를 안는다.

창이 공항에서 담요로 몸을 친친 감은 언니를 보내고 방학 내내 강유나는 영어 공부에 매진한다. 여름방학을 맞아 박재희와 다른 친구들이 모두 싱가포르를 떠나서 달리 만날 친구도 없거니와 다시 무언가에 몰입하지 않고는 한순간도 버틸 수 없는 숨 막히는 여름의 절정이다.

아이비 프로그램으로 선택한 여섯 과목을 이수하려면

그녀가 모르는 수만 개의 단어를 더 외워야 한다. 대학을 목표에 둔 건 아니다. 10학년 마지막 성적표를 보고 김 회장은 미국 동부의 명문 대학 몇 군데를 언급했지만 그녀는 그럴 계획이 없다. 그래도 아이비 프로그램은 이수하고 싶다. 대학 커리큘럼 수준의 아이비 프로그램을 이수하면 적어도 영어권 나라에서 직업을 얻을 수 있을 테니까.

종일 책상 앞에 앉아서 시간을 보낸다. 집으로 방문한 선생에게 하루에 한 시간씩 오보에 교습을 받는다. 해가 지면 수영장으로 나간다. 미지근한 물에 누워 두 팔로 노를 저으며 하늘을 바라볼 때면 언니가 떠오른다.

언니가 학교에 왔을 때 부끄러워하지 말았어야 했어. 그때 왜 나는 언니를 숨기려 했을까. 내가 죽고 싶은 지경에 이르렀을 때 언니가 내게 그랬던 것처럼 왜 언니를 좀 더 따뜻하게 보듬어 주지 못했을까.

수영장에서 올라오면 저녁 8시 즈음이다. 거실에 있는 전화기 코드를 뽑아 방으로 가지고 들어간다. 서울에 있는 언니에게 전화를 건다. 한국은 한 시간이 빨라서 저녁 9시다.

언니는 언제나 밝은 목소리로 전화를 받아 잘 지낸다고 말한다. 잘 지내고 있다고, 걱정하지 말라고, 공부 열심히 해서 꼭 좋은 대학에 들어가라고.

통화를 마치고 나면 그녀는 잠시 먹먹해진다. 전화를 잡고 멍하니 그대로 앉아 있다. 먹먹한 기분에 사로잡혀 언니의 방문 앞으로 걸어간다. 어떤 날은 문 앞에 섰다가 그냥 제 방으로 돌아온다. 어떤 날은 문을 슬며시 열어 보기도 한다. 통화 중에 비교적 언니의 목소리가 밝은 날이다. 그렇지 않은 날엔 해골 목걸이나 샤넬 넘버 5 향수병이나 스탠드 아래에 놓인 피어싱처럼 언니의 채취나 취향이 군데군데 남은 그 방문을 차마 열어 볼 수조차 없다.

2017년 2월, 베이징

이한수는 오전에 이메일로 받은 녹취록을 벌써 백 번 가까이 반복해 들었다. 그 바람에 아침 식사를 걸렀고, 배 속에서 꺽꺽 신호가 왔지만 아랑곳하지 않고 녹취록만 들었다. 오래된 테이프는 중간중간 손상되어 목소리가 또렷하지 않았다. 하지만 누락된 부분을 감안해도 강철수와 북한 벌목공의 대화 내용은 민태호 기자가 말한 그대로였다. 대화 뒤편에서는 나뭇가지를 부러트리는지 나무 기둥을 긁어 대는지 귀에 거슬리는 소리가 들렸다.

"이거 들어 봐. 무슨 소리 같아?"

이한수는 노트북에 연결한 이어폰을 빼내고 볼륨을 높이며 침대 위에서 킨들로 할리퀸 소설을 읽고 있는 김동철에게 물었다.

"심장이 으스러지는 소리."

"심장이 으스러질 때 소리가 나냐?"

"지금 며칠째 내 심장에서 저런 소리가 울려. 바드득바드득."

김동철은 말하면서 소설책을 엎어 꽉 내려 두었다.

"아니 내 사랑 강소라를 빼앗아 갔으면 죽을 때까지 일편단심 강소라만 사랑해 주고 위해 줄 것이지, 생긴 것부터 마음에 들지 않아. 딱 족제비처럼 생겼잖아."

"누구? 이민준?"

"강소라가 당시 눈에 뭐가 씌었던 거지. 남자들이 줄을 섰을 시기인데 하고많은 사람들 중에 왜 하필 족제비냐고."

이한수는 혀를 끌끌 차며 방을 나갔다. 장 목사가 차 트렁크에 실어 온 박스들을 숙소 안으로 옮기는 중이었다. 이한수는 기지개를 켜고는 박스를 든 구부정한 장 목사를 도왔다.

장 목사는 얼마 전 칠순이 되었다. 딸이나 아들이 있었다면 거창한 잔치까지는 아니어도 근사한 식당에서 칠순을 기념했을 것이다. 그런 그가 코코넛 운영 자금을 마련하고자 여기저기 전화해서 아쉬운 소리를 하고, 빚쟁이들의 성화에 골치 썩는 모습을 볼 때마다 이한수는 안쓰럽다는 생각이 들었다. 장 목사는 머리카락이 다 세기도 했지만, 지방이 거의 없고 버석버석한 피부에다 입가에 깊게 팬 팔자주름과 눈가와 이마의 골진 주름들 때문에 실제보다 더 나이가 들어 보였다. 그나마 하회탈 웃음을 지어서 인자한 인상이었다.

최근에는 안색이 부쩍 나빠졌다. 얼마 안 되는 푼돈이라도 굴려서 아이들 간식값이라도 벌어 보겠다고 이자놀이를 했는데 그 돈마저 날려 버렸다. 채무자와 채납자 사이의 브로커가 베이징에서 자영업을 하는 한인들에게서 받은 몇십 억의 돈을 들고 잠적했는데 그 돈에 코코넛의 후원금도 포함돼 있었다. 강유나는 아직 그런 사실을 몰랐다.

"자매가 둘 다 그렇게 밝을 수가 없었어. 유나 언니는 어릴 때부터 멋 내는 걸 좋아했고 유나는 책 읽고 남자아이들과 축구하는 걸 좋아했지. 유나는 국어 선생이나 체육 선생이 될지도 모른다고 생각했었어. 두 아이 다 뭐가 그리 재밌고 좋은지 늘 웃고 있었어. 그때도 유나는 고집이 세서 강철수 그 친구가 여러 번 걱정을 했지. 과연 저 아이를 감당할 남자가 있겠느냐고. 아멘."

"목사님도 강철수 씨가 살인에 연루되고 죗값을 회피하려고 월북했다고 보십니까."

"자네 그걸 어찌 알게 되었나? 아, 자네 직업이 기자지. 강철수를 아는 사람들은 믿지 않았어. 다 허튼소리였지. 그러나 어쩌겠어. 자네 같은 기자들이 이미 강철수는 이런 악인이다, 살인마다, 비겁하게 월북한 겁쟁이다, 라고 명명했어. 순진한 국민들은 그걸 철석같이 믿었지. 유나와 유진이가 절망한 건 아버지가 실종되어서였지만, 결국 그 아이들이 상처받은 건 존경하고 사랑하던 아버지가 그런 식으로 모욕당해서였지. 그 아이들을 나고 자란 곳에서 쫓아낸 건 바로 자네 같은 기자들이었어. 유나가 왜 그토록 기자들을 혐오하는지 알겠나?"

"그런 사연이 있었군요."

"그래서 기자들이 취재 오겠다고 하면 유나는 극도로 예민해졌지. 딜레마에 빠져서. 일 분도 같이 있기 힘들 만큼 증오하지만 어쩌겠어. 기자들이 그렇게라도 다녀가서 취재한 걸 영상으로든 기사로든 내 주면 우리에게 후원금이 들어오니 무턱대고 싫다 할 수도 없고."

"유나 씨는 아버지가 실종된 후 후원자가 나타나서 싱가포르로 이주했죠. 심지어 유나 씨는 세계 각국의 명망 높은 권위와 부를 가진 사람들의 자녀들이 다니는 국제 학교에 입학했고요. 거기서 북한 남학생과 교제를 했다고 들었어요. 혹시 그 남학생 때문인가요? 유나 씨가 연애를 하지 않고 이렇게 홀로 살아가는 이유요. 그 남학생과 교제하던 시기에 유나 씨는 정말 행복해 보였어요. 그때 어떤 결정적인 사건이 일어났던 게 아닌가 하는 생각이 얼핏 스쳤어요."

"그때 난 서울에 있었어. 내가 싱가포르에 함께 있었던 게 아니라서 북한 남학생에 대해선 잘 몰라. 언젠가 유진이한테 슬쩍 들은 게 다야. 우리 유나에게 관계란 결국 버림받는, 홀로 남겨지는, 처절한 고통의 연속일 뿐이었네. 언젠가 그러더군. 이 일을 하는 동안엔 괜찮다고. 자기처럼 불가피하게 가족을 잃고, 사랑하는 사람과 이별하고, 고향을 떠나야 했던, 상처받은 아이들 한 명씩 구출할 때마다 10대 때의 강유나, 빛 한 점 없이 어두컴컴한 구덩이 저 아래에 떨어져서 헤어 나오지 못하는 아주 작고 힘없는 강유나의 일부를 구출하는 기분이 든다고."

"아이들과 있을 때 유나 씨는 좀 더 행복해 보여요. 뭐랄까, 그게 숨겨진 이면의 모습인지 자기 본연의 모습인지는 잘 모르겠지만 아이들과 함께일 때면 장난꾸러기가 되네요. 악동 같을 때가 더러 있긴 하지만."

"하하, 악동 맞지. 그러니 절대 말하면 안 돼. 내가 후원금을 사기당한 사실을 절대 얘기하면 안 돼. 알면 노발대발할 거야."

"아직도 그 사기꾼은 못 찾았나요?"

"사기당한 한인들이 모여서 회의를 하고 여기서 미장원을 하는 원장이 한국에 가서 수소문을 했는데 신분증도 계좌도 전화번호도 다 대포였어. 찾을 길이 없지. 내가 노망이 든 게야. 그 이자가 얼마나 된다고. 그걸로 아이들 간식을 해 먹이면 얼마나 해 먹인다고. 쯧, 그 큰돈을 덥석 사기꾼의 손아귀에 내주었으니, 내가 말년에 정말 끔찍한 짓을 저지른 거야."

"아니 이런 비영리 단체에 기부는 못할망정 어떻게 사기 칠 생각을 했을까요."

"뭐 이 또한 주님의 뜻이겠지. 자네가 여기에 왔듯이."

"제가 여기에 온 게 주님의 뜻이라고 여기시나요?"

"유나는 내게 딸처럼 소중한 존재야. 자네가 오기 전, 그러니까 새해 첫날이었지. 둘이 떡국을 끓여 먹다가 불현듯 그런 생각이 들더군. 여기서 구출한 아이들이야 한국으로 보내면 몇 년 후에나 한번 다시 볼 수 있을까. 이따금 맥주 한잔 마시며 속 이야기를 하는 친구라곤 언제 죽을지 모르는 이 늙은이밖에 없고. 혼자 저렇게 쓸쓸하게 살아가는 걸 지켜보는 내 마음인들 편하겠나. 기도 드렸어. 1년 동안 매일같이. 유나가 제 짝을 만나서 남들처럼 아웅다웅, 오순도순 살 기회를 달라고. 그리고 자네가 여기에 왔지."

장 목사가 장난기 어린 표정으로 한 눈을 찡긋했다.

"기회만 주신다면 최선을 다해 보겠습니다. 물론 유나 씨 마음엔 제가 1도 없는 것 같지만요. 박, 재, 희. 온통 그 남자 생각에 사로잡혀 있지만, 제가 노력해서 유나 씨의 마음이 제게 기울도록 해 볼게요. 목사님께 지원받는 차원에서 질문 하나 드려도 될까요?"

"맞아, 어차피 그 북한 남학생은 과거의 남자고, 현실에선 결코 만날 수 없는 존재가 아닌가. 까짓 지원, 얼마든지 해 주지."

"얼마 전 유나 씨가 싱가포르에는 왜 갔었나요?"

"근데 말이야. 그걸 자네가 어찌 알고 있나? 유나가 얘기했나?"

"아니요. 유나 씨가 얘기해 준 건 아니에요. 우연히 다른 경로로 알게 됐어요."

"들으면 맘 상할 텐데."

이한수는 박스를 들고 숙소로 들어가 다른 박스들 위에 올렸다. 휴게실에서 달짝지근하고 매콤한 냄새가 풍겨 왔다. 강유나가 국자로 냄비 안의 걸쭉하고 검은 국물을 젓고 있었다.

"그런데 이것들은 다 뭔가요?"

강유나가 장 목사에게 물었다.

"아이들에게 줄 간식들. 유나야, 아이들이 자꾸 물어. 왜 남조선의 모든 과자와 라면 봉지에 같은 여자의 얼굴이 붙어 있느냐고."

"왜죠?"

이한수가 끼어들어서 물었다.

"이게 다 여배우 강소라가 광고 모델로 계약한 제품들이거든. 강소라가 유나의 언니예요."

"정말요?"

이한수는 마치 이 사실을 오늘 처음 안 것처럼 연기를 했다.

"자매가 참 다르네요."

이한수가 중얼거렸다. 강유나와 강소라를 어린 시절부터 봐 왔던 장 목사가 회심의 미소를 지었다.

"당분간 동철이에겐 비밀로 해 주세요. 지금 그 사실을 말하면 달달 볶일 거예요. 강소라를 만나게 해 달라고."

"한수 씨는 친구에게 왜 그렇게 야박해요? 듣자 하니 동철 씨에게 빚이 많던데."

강유나가 퉁명스러운 어조로 말을 이었다.

"빚, 많죠. 인정해요. 일곱 살 때였죠. 술에 취할 때마다 손에 집히는 물건으로 무작정 때리는 어머니를 피해 동철이네 집으로 도망쳤어요. 동철이는 문턱에 앉아서 제 얼굴만 한 막대 사탕을 핥아 먹고 있었어요. 제가 다급하게 숨겨 달라고 하자 저를 제 집 간장독 안에 숨겨 주었죠. 어머니가 동철이네 집까지 들이닥쳐서 저를 못 봤냐고 물었는데 천연덕스럽게 보지 못했다고 말하는 소리가 들려왔죠. 동철이는 커다란 막대 사탕을 다 먹은 후에야 장독 뚜껑을 열어 줬어요. 그 바람에 전 간장 독이 올라서 한 달 동안 고생을 했고요. 그날 이후로 간장이 들어간 음식을 못 먹어요. 우리나라 음식 중 간장이 주 소스인 음식이 몇 가지나 되는지 아세요?"

"풋, 누가 그런 걸 세어 보나요."

"한국의 대표 음식 갈비나 불고기, 잡채는 다 그림의 떡이죠. 그 맛있다는 간장게장, 냄새만 맡아도 두드러기가 올라와요. 그걸로 빚을 갚아 나가고 있다 생각해요. 이번 취재가 끝나면 동철이, 강소라 씨와 식사 한번 하게 해 주세요. 그게 가장 큰 선물일 거예요. 다만 지금은 타이밍이 좋지 않아요."

"그거야 어렵지 않죠."

"강소라 씨가 유나 씨 언니라는 게 믿기지 않네요."

"처음 듣는 소린 아니에요."

"언니와는 사이가 좋은가요?"

"좋다고 해야 하나 나쁘다고 해야 하나."

강유나가 심드렁한 목소리로 말하며 손가락으로 국자에 묻은 소스를 찍어 혀에 댔다. 입을 쩝쩝거리며 눈알을 굴렸다.

"언니의 일방적인 짝사랑이지."

장 목사가 허탈한 웃음을 지으며 말을 이었다.

"만인의 여신, 국민 누나 강소라가 끔뻑 죽는 유일한 사람이, 여기, 유나잖아."

"목사님, 왜 통장에 돈이 없어요?"

강유나가 생각났다는 듯 물었다. 장 목사의 눈가에 난 부채꼴 주름들이 꿈틀거렸다.

2017년 2월, 베이징

강소라가 호텔 로비로 내려왔을 때 동생 강유나는 이미 택시 승강장 줄에 서 있었다. 그녀는 손목시계를 보았다. 고작 십 분 늦었는데 동생은 그새를 못 참고 떠나려는 중이었다.

그녀는 누구보다 동생을 사랑하고 아꼈다. 이 세상에 하나뿐인 혈육이 아닌가. 청소년기 때 아버지가 블라디보스토크에서 실종된 후로 이 각박한 세상에 믿고 의지할 존재는 서로가 유일했다. 그런데 언제부터인지 동생과 멀어졌다. 만나기조차 쉽지 않았다. 물론 동생은 베이징에 거처를 두고 활동해서 물리적으로 거리감이 있는 건 당연했다. 하지만 동생을 만나려고 일부러 방문하거나 팬 사인회나 영화 홍보 같은 활동으로 베이징에 와서 연락할 때조차 강유나는 시간을 내주지 않았다. 그녀의 동생은 태국이나 라오스나 미얀마에 가야 한다며 언니를 피했다.

동생과 마주 앉아 쫓기지 않고 밥 한 끼 먹은 게 언제였는지 기억이 가물가물할 지경이었다. 코빼기도 비치지 않는 동생이 야속하기만 했다. 동생이 지내는 곳에 그녀가 광고 모델로 계약한 상품들이나 음식들을 보내 주어도 고맙다는 전화 한 통 해 오지 않았다. 얼마 전에는 술 취한 거구의 동료를 그녀가 지내는 호텔 방에 맡기고 사라졌다. 동생 강유나는 현실이 아닌 어떤 다른 세계에 사로잡혀 사는 것 같았다. 이러다간 영영 연이 끊어질 것 같다. 그래서 이번에는 강수를 둔 것이다. 동생이 활동하는 단체에 대한 후원금을 끊었다. 마침내 만나자고 연락이 온 게 어젯밤이었다.

그녀는 강유나에게 주려고 사 놓았던 마카롱 박스와 몽클레르 패딩 점퍼가 든 큼직한 쇼핑백을 양손에 들고 택시 승강장 쪽으로 걸어갔다. 이제 막 택시에 오르려는 동생을 붙잡았다. 택시 문을 잡은 채로 고개를 저었다.

"갑자기 급한 일이 생겨서 가 봐야 해."

"급한 일은 늘 생겼어. 우리가 만나려고 할 때마다. 하지만 우리가 마주 앉아서 대화를 나누는 시간은 잘 생기지 않았지."

"정말 급한 일이야. 그리고 1000만 원만 넣어 줘. 코코넛 계좌 번호는 알지? 거기로 넣어 줘. 당장."

문을 잡은 채로 강소라는 뒷사람에게 먼저 타라는 눈짓을 보냈다. 강유나의 얼굴이 붉으락푸르락 일그러졌다.

"지금 뭐 하는 거야?"

"십 분. 딱 십 분만 얘기 좀 해. 이렇게 가면 언제 다시 볼 수 있을지 모르잖아."

"지금 급하다고."

"그럼 나도 돈을 보내 줄 수 없어."

"지금 기부금으로 날 협박하는 거야?"

"아니, 네가 기부금을 내는 내게 최소한 예의를 갖춰 주길 바라는 거야."

강유나는 마지못해 강소라를 따라나섰다. 강소라는 돈

으로 동생을 압박하고 싶은 생각이 없었다. 돈이야 충분
히 있었다. 게다가 도박이나 사치를 위한 자금을 요구하
는 것도 아니고 정의로운 일에 쓰이는 돈인데 이렇게 치
사하게 굴고 싶었겠는가. 하지만 이러지 않고는 동생 강
유나를 십 분이라도 붙잡아 둘 방도가 없었다. 앞서 걷는
강소라는 호텔 앞 공원 벤치에 앉았다. 겨울이지만 날씨
가 푸근하고 해가 밝은 날이었다. 나무들 사이로 날아다
니는 새들이 평화로워 보였다.

"언제까지 이러고 지낼 거야."

"미래에 대한 계획은 아직 없어."

"이제 서울로 돌아와. 한강 변에 작은 아파트를 마련해
놨어. 거기서 지내면서 이제 좀 사람답게 살자."

"사람답게 사는 게 뭔데?"

"필라테스나 크로스핏처럼 건강에 좋은 운동도 하고,
네가 배우고 싶은 게 있다면 요리든 어학이든 음악이든
뭐든 배우고, 다시 오보에를 연주해도 좋고, 취미가 맞는
친구도 사귀고, 음, 마음의 준비가 되었다면 선도 보고."

"지금 나보고 언니 너처럼 신부놀이 준비하라는 거야?"

"네가 탈북자들을 돕고 싶다면 다른 방법들도 얼마든
지 있어. 요새는 국내에도 탈북자들을 지원하는 비정부
단체들이 꽤 많다고 들었어. 이렇게 현장에서 이뤄지는

활동만이 의미 있는 건 아니야. 이젠 네 삶도 보살펴야지. 이게 뭐야. 나이 마흔이 가까워 가는데 네 생활을 한 번 봐. 그 좋은 성적으로 대학을 중도 포기한 건, 그래, 좋아. 언니로선 너무 안타까웠지만 좋다고. 그때 너는 아버지를 찾겠다는 의지가 강했으니까 나도 끝까지 반대할 수 없었어. 국경을 넘어온 아버지를 네가 찾아서 무사히 집으로 데려올 거라는 다짐, 무모해 보였지만 네가 얼마나 아버지를 그리워했는지 알아서 만류하지 않았어. 베이징에서 탈북자들을 도왔던 지난 15년간, 그래서, 아버지를 만났어? 소식이라도 알아냈어? 이제 너도 알잖아. 불가능한 일이라는 거. 이제 현실을 받아들이자. 친구라곤 나이든 장 목사님뿐이고, 결혼은 둘째치고 연애다운 연애 한 번 못 해 보고, 밥이라곤 허구한 날 인스턴트 라면과 맥도날드를 먹으면서 사는 이 삶을⋯⋯."

"김 회장이 시켰어? 베이징에 와서 날 설득해 보라고?"

"너도 알다시피 난 싱가포르를 떠나고 김 회장과 만난 적 없어. 한 번, 김 회장이 광고 촬영장에 방문하긴 했는데 인사만 하고 돌려보냈어."

"근데 레퍼토리가 어쩌면 이렇게 김 회장과 똑같아? 사는 형태가 비슷하면 말투도 비슷해지나?"

"유나야, 그만 좀 비꼬아. 난 단지 네가 다른 삶도 경험해 보길 바래. 다른 세계를 경험해 본 후에, 그때도 네가 이 세계가 더 낫다고 판단한다면, 그때 다시 돌아오면 되잖아. 그땐 정말 나도 더 이상 널 설득하지 않을 거야."

"그래서 나보고 언니 너처럼 사람들에게 인정받고 주목받으며 살라고? 부잣집 사모님놀이를 하면서?"

"나 같은 삶을 살라는 게 아니잖아."

"그럼 뭔데? 언니가 사는 삶이 내 삶보다 더 낫다고 생각해? 정말?"

"난 네가 탈북해서 중국을 떠도는 아이들에게 책임감을 갖듯이 네 자신의 삶에도 책임감을 갖길 바랄 뿐이야."

"언니가 나한테 책임감 운운할 수 있나? 단둘이 남았을 때 그렇게 혼자 싱가포르를 떠나 놓고서? 혼자만 살겠다고 줄행랑친 언니의 책임감을 높이 평가해 줘야 하나? 아, 톱스타 강소라니까 그런 대접을 받아야 마땅한 건가? 여자, 일, 결혼 모두에서 성공의 여신이란 타이틀을 가지고 있으니까?"

"그땐……."

"언니 너 정말 대단하더라. 보통 재벌가 며느리가 되면 잘나가던 여배우나 아나운서들도 시댁 압력을 못 이기고 활동을 중단하던데. 도대체 어떻게 거래를 한 거야? 어떻게 계속 활동을 하고, 심지어 마흔이 넘어서까지 팬심을 휘어잡아? 국민 누나에서 국민 언니로 갈아타서 영화며 드라마며 광고까지 다시 섭렵하고! 덜미 잡아서 협박이라도 한 건가?"

"네가 나에 대해서 섭섭한 마음이 남은 건 이해해. 그때 내가 그렇게 떠나 버린 것도 늘 마음 한구석에 미안함으로 남아 있고. 우릴 멸시하고 하대하고 끝내 쫓아낸 한국으로 돌아가서 반드시 성공하고 싶었어. 자력으로 힘을 키워서 우리 둘 다 지키고 싶었어. 아무도 우릴 그런 식으로 다시는 짓밟고 공격하고 쫓아내지 못하도록."

"김 회장이 개자식이긴 해도 영리한 사람이라고 생각했는데 아니었어. 내가 자길 닮았다고, 다섯 딸 중에 자기 뇌를 물려받은 딸은 나뿐이라고 했는데, 아니야. 김 회장의 성공에 대한 갈망과 기회주의적인 피는 바로 언니 네가 그대로 물려받았어. 내가 아니라."

"서울로 돌아가자. 이제부터 내가 널 지켜 줄게. 이제 내겐 그런 능력과 힘이 생겼으니까. 한 번만 날 믿고 기회를 줘. 네가 원한다면 탈북자 아이들을 돕는 단체를 설립할 수도 있고, 학교를 지어서 아이들에게 남한 아이들과 같은 질 좋은 교육을 시킬 수도 있고, 그 아이들이 더 멋진 미래와 기회를 가지도록 여러 길들을 함께 모색해 볼수도 있어. 안 그래도 네 형부가 몇몇 사람들과 함께 통일 관련 재단을 설립하려고 준비 중인데, 거기에서도 네가 큰 역할을 할 자리가 있을 거야."

"강유진."

강유나가 그녀의 이름을 힘주어 불렀다. 강소라는 동생이 본명을 불러 주는 게 어색하지 않았다. 나이가 더 많은 언니를 그리 호명한다고 기분 나쁜 적도 없었다. 오래된 버릇이었다. 다만 이름에 성을 붙여서 본명으로 호명할 때가 언제인지 알았다. 제 언니가 한심하다고 느낄 때였다. 또한 자기 결심이 너무나 분명해서 논쟁의 가치가 없다고 판단할 때였다.

"난 돌아가지 않을 거야."

"아버지와 재회했을 때 네가 아버지가 걸었던 그 길을 걸었다는 걸 보여 주고 싶겠지. 그걸로 피 한 방울 섞이지 않은 아버지의 딸인 것을 증명하고 싶겠지. 그런데 말이야, 너 정말로, 네가 이렇게 살길 아버지가 바란다고 생각해?"

"아버지는 왜 블라디보스토크로 떠났을까? 평생 이해할 수 없었어. 우릴 두고 6개월씩이나 머나먼 곳에 간다고 했을 때 그런 결정을 내린 아버지가 정말 이해가 안 가서 답답하고 화가 났었어. 심지어 냉전 시대의 그늘이 남아 있을 때였고, 블라디보스토크는 북한 공작원들이 깔린 위험 지역이었고, 혹한이었고, 아버지가 그토록 좋아하는

376

김치찌개도 못 먹는 곳이었는데. 그런데 하루라도 못 보면 보고 싶어 미치겠다고 했던 우리를 두고, 가야 했어."

"자신이 옳다고 믿는 일을 굽히지 않았어. 그 결과가 어땠어? 그 후로 우린 어떻게 살아야 했지? 난 말이야, 너와 다르게 그런 아버지가 원망스러웠어. 한 번도 아버지의 결심과 행동이 존경스럽지 않았어. 우릴 동정도 연민도 없는 가혹한 세계에 툭 떨어트렸잖아."

강유진은 손아귀의 무언가를 떨어트리듯이 허공에서 주먹 쥔 손을 펼쳤다.

"아버지의 어린 시절에 대해서 들었던 거 기억나? 왜 아버지가 블라디보스토크로 떠나기 전 여름, 우리를 데리고 청평에 갔잖아. 한 치 앞도 보이지 않는 캄캄한 밤에 나룻배를 타고 강 한가운데로 나갔었지. 소름 끼치는 적막과 어둠뿐인 곳에서 우리 셋이 구명조끼를 입고 찬 강물에 들어갔었어. 여름밤이었는데도 물이 어찌나 차던지 하늘의 그 선명한 별빛들마저 온몸을 차갑게 찌르는 것 같았어. 난 먹물처럼 까만 물속에서 발이 닿지 않아 무섭다고 했었어. 그날 아버지가 우리에게 얘기해 줬어. 당신이 얼마나 두렵고 불행한 어린 시절을 보냈는지. 그 남자아이는 전쟁으로 부모를 먼저 그다음엔 형제를 잃고 폭격으로 절름발이가 되었는데, 누구도 위로해 주거나 아이의 마음이 어떤지 묻지 않았어. 아버지는 그런 시절이었다고 했어. 각자의 상처와 상실감이 너무 커서 옆의 상처를 보듬어 줄 여유가 누구에게도 없던 시절. 배를 불리는 것만이 유일한 목표이던 시절. 아버지는 고아가 되고 절름발이가 된 것도 모자라 다른 아이들의 조롱과 멸시를 끝도 없이 받았어. 간혹 치미는 화를 참지 못하는 날이면 간질과 발작을 일으키기도 했어. 결국 강화도의 고아원 창고에 스스로를 가두고 거기서 나오지 않은 채 식음까지 전폐했어. 어린 남자아이가. 왜 그랬을까. 무엇이, 그 어린 남자아이를, 먼지만 나풀거리는 어두운 창고에 스스로를 감금하게 했을까. 일주일이 넘도록 나오지 않자 걱정이 된 어른들이 급기야 도끼를 들고 와서 문을 부쉈어. 그 남자아이는 일주일간 먹지 않아서 기운이 하나도 없었는데, 부서질 것 같은 몸을 이끌고 가장 먼저 뭘 했는지 알아? 자신을 조롱했던 무리 중 우두머리를 잡아다가 죽도록 팼지. 코가 부러져서 덜렁거리고 얼굴 가득 피를 흘리고 게거품이 부글거릴 때까지 팼어. 아이가 의식을 잃을 때까지 멈추지 않았어. 문득 정신이 들었을 때 아이의 코가 뭉개지고 눈이 뒤집어지고 팔 하나가 덜렁거리는 걸 알아챘어. 자신이 누군가를 죽이려 했고, 자기처럼 병신을 만들었다는 생각에 끔찍한 공포가 몰려왔어. 남자아이가 내달

378

려간 곳은 강화도 바다의 어느 절벽이었어. 거기서 뛰어내리려고 했지. 거친 파도 속에 산산이 부서져 이 세계에서 사라지고 싶었어. 그렇게 자기 안에서 좀처럼 죽지 않는 그 악을 파괴하고 싶었어. 그때 남자아이가 죽음의 문턱에서 들은 소리가 있었어. 배 한 척 없는 바다였는데 어디선가 뱃고동이 울리는 것 같았어. 오보에 소리였어. 너무나 그윽하고 아름다운 소리. 남자아이의 내면에서 끝도없이 부글거리는 어떤 슬픔과 분노를 씻어 주는 소리였어. 남자아이는 그 황홀한 소리를 들으며 용서받는 거 같았어. 그래서 다시 살기로 결심했어. 그날 이후 완전히 다른 인간이 되었어. 절름발이에 고집불통에 걸핏하면 주먹을 휘둘러서 꼬마 악마나 병신이라는 주홍글씨를 달고 살았던 남자아이는 이제 누구보다 일찍 일어났어. 고아원의모든 허드렛일을 마다하지 않았고, 청소년이 되었을 땐 자기보다 약하고 어린 고아원 아이들을 위해 공사장에서막노동을 하며 돈을 벌었고, 성인이 되어선 오지로 나가소외된 사람들의 이야기에 귀를 기울이며 도움이 될 일거리를 찾았고, 기찻길에 버려진 생면부지의 산모가 출산을하도록 도왔고, 그 산모가 낳은 딸들을 제 딸처럼 키웠어. 아버지로서 이 세상의 어떤 아버지보다 훌륭한 아버지가되었어. 비록 가난했지만 선교사로서도 존경받았지. 그런데 말이야, 그 이면에 인간 강철수가 있었어. 내 아버지 강철수 씨는 문득문득 되살아나는 그 불행, 사랑받아 본 적 없고 위로받아 본 적 없는 불행 속에서 탄생했던 악의 뿌리를 어쩌지 못했어. 슬픔과 분노로 뭉쳐진 한의 어둡고 끈끈한 불행의 뿌리는 말이야, 25도의 쾌적한 실내 온도나 타인의 따뜻한 포옹이나 달콤한 초콜릿 음료 따위로는 녹지 않는 막강한 힘을 가지고 있었던 거야. 아버지는 당신 안의 그 괴력과 맞설 때마다 저항해야 했어. 더 험난한 시간으로, 극한의 온도로, 위험한 공간으로 자신을 몰고 갈 수밖에 없었던 거야. 그 절대의 열악함 속에서 보이지 않는 절대의 선을 감각하지 않고는 견딜 수 없는 시간이 있었던 거야. 그날 절벽 끝에서 꼬마 강철수가 들었던 건 정말 오보에 소리였을까? 오보에 소리가 인도한 건 무엇이었을까? 언니, 난, 지금, 돌아갈 수 없어."

1996년 9월, 싱가포르

11학년 새 학기가 시작된 후로 학생들은 본격적인 아이비 프로그램 준비로 정신이 없다. 도서관이나 정원에 모이면 각자 목표하는 대학들의 정보를 교환하고, 그 목표에 맞추어 지난 여름방학 동안 세운 계획들을 떠들어 댄다. 어느 대학에 갈지, 무엇을 전공할지, 사회에 나가 어떤 삶을 살고 싶은지. 이 미래 지향적이고 열정적이고 활기찬 에너지 속에서 강유나는 이물감을 느낀다. 이 시간에 완전히 속하지 못하고 겉돈다. 졸업이 가까워진다는 사실, 곧 박재희와 헤어질지도 모른다는 가정, 강유나에게 그것은 시간의 벼랑으로 가는 길이다.

박재희와 자전거를 타려고 운동장 쪽으로 가는 길에 만난 인도네시아 친구가 그들에게 어떤 대학을 염두에 두고 있는지 물었을 때도 그랬다. 강유나는 대답하지 못하고 입술만 우물거린다.

"베이징 대학을 고려하고 있어."

박재희가 대답한다. 불현듯 강유나의 표정이 침울해진다. 베이징 대학? 이건 무슨 소리지? 졸업하기 전에 함께 이탈리아로 떠나기로 했는데……. 강유나는 대화가 다 끝나기도 전에 자전거를 그 자리에 버려 두고 먼저 자리를 벗어난다. 걸음을 재촉하여 교정을 가로지른다. 뒤따라온 박재희가 그녀를 붙잡는다.

"왓츠 롱."

박재희가 묻는다. 그녀는 당혹스럽다. 박재희의 입에서 나온 영어 때문이다. 말뜻을 몰라서가 아니다. 이 정도의 간단한 질문에는 충분히 답변할 수 있다. 다만 그의 입에서 튀어나온 영어가 선뜻 받아들여지지 않는다. 어떤 불길한 신호 같다.

"너, 지금 나한테 영어로 말한 거야?"

"아, 잠시 잊어버렸어. 나도 모르게 그만."

"학교에서 나와 한국어로 말하면 우리만의 밀어처럼 들려서 특별하다며. 이제, 그게, 더 이상 특별하지 않은 거니?"

"유나야."

"낫띵 이즈 롱, 갓잇?"

"유나야, 정말 왜 그래."

강유나는 입술을 앙다문 채 돌아선다.

그날 저녁부터 강유나는 아프다. 고열이 끓고 먹는 음식을 죄다 토해 내고 입안이 헐고 혀가 마른다. 목구멍이 타들어 갈 듯이 밭은기침을 해 댄다. 오한이 든다. 우 비서가 병원에 가자고 하지만 침대에서 일어나고 싶지 않다. 이불을 덮어쓰고 그 안에서 나오지 않는다. 이튿날 우 비서를 통해 학년 비서와 이레나 선생님에게 진단서를 제출하고 수업과 오케스트라 연습에 빠진다.

결석한 지 이틀이 지난 저녁, 친구 메이와 마이크가 집으로 병문안을 온다. 그녀는 제 방의 침대에 누운 채로 그들을 맞는다. 마이크가 가방 지퍼를 열고 그 안에서 동글동글하고 빛깔 좋은 오렌지 하나를 꺼내 유나에게 건넨다. 오렌지에는 매직펜으로 그린 눈웃음과 웃는 입이 그려졌고, 그 반대편에는 "보고 싶어."라고 한국어가 적혀 있다.

"제이가 전해 달라고 부탁했어."

마이크가 말하며 슬그머니 메이의 눈치를 살핀다. 마이크가 말을 잇는다.

"유나야, 제이는 베이징 대학에 가지 않을 거야. 제이의 부모님이 제이가 그곳에 진학하길 바라셨대. 별로 친하지 않은 친구들이 물어봤을 때 불필요한 설명을 하고 싶지 않아서 그렇게 대답한 것뿐이야."

"상관없어."

"유나, 너희 두 사람은 서로를 믿어야 해. 너희가 처한 상황에서 서로에 대한 신뢰마저 깨지면 이 관계를 지속하기 어려워져. 네가 너무 걱정스러운데, 보고 싶은데, 우리처럼 여기에 올 수조차 없는 제이의 입장도 생각해 봐."

"그만 돌아가 줄래. 쉬고 싶어."

"그래, 어서 나아. 콘서트가 다가오잖아. 연습해야지."

내내 조용하던 메이가 격려해 주고, 그들은 방을 나간다.

그날 밤 강유나는 자정이 넘도록 오렌지를 손에 쥐고

그 문장을 본다. 보고 싶어, 보고 싶어, 보고 싶어. 내가 너무 과민 반응을 보였어⋯⋯. 박재희에게 너무 야멸치게 대했어⋯⋯. 언니가 싱가포르를 떠난 후로 그녀는 예민하고 소심해졌다. 이제 싱가포르에서 믿고 의지할 사람은 박재희뿐인데 졸업 후에 그와도 헤어질지 모른다고 생각할 때마다 막막하다. 박재희가 없는 세계는 상상할 수 없다. 박재희가 없는 시간은 무의미하다. 박재희와 5월 졸업 직전에 함께 탈출하기로 했지만 어떤 변수가 생길지 몰라 조마조마하다. 졸업을 1년도 남겨 두지 않은 이 현실이 서글프다.

보고 싶어, 보고 싶어, 박재희가 보고 싶다. 다시 학교로 돌아가고 싶다. 그들을 안전하게 지켜 주는 그곳으로 돌아가고 싶다. 찰나의 기쁨이라도 괜찮다. 영상실에서 박재희의 팔에 안겨 고전 영화를 시청하고, 도서관에서 마주 앉아 책을 읽다가 쪽지를 주고받으며 키들거리고, 오케스트라 연습실에서 연주하며 무언의 눈신호를 주고받고 싶다. 펜싱 경기장 관중석에서 그를 응원하고 싶다. 야외 식당에서 만나면 친구들이 보는 앞에서 노골적으로 팔짱을 끼거나 가벼운 입맞춤을 하며 박재희와 연인인 사실을 과시하고 싶다. 그렇게 과시해서라도 현재의 시간을 붙들고 싶다.

오렌지를 내려놓으니 땀으로 끈적거리는 손바닥에 '보고 싶어'라는 글자가 찍혔다.

사흘 후 강유나는 아직 미열이 가시지 않은 채 학교로 돌아간다. 박재희에게 사과해야 한다. 등교하는 수많은 학생들 사이에서 박재희를 찾느라 두리번거린다. 저 멀리 도서관 건물로 올라가는 박재희가 시야에 들어온다. 박재희가 친구들 편에 보내 준 오렌지를 손에 쥐고 달려간다. 박재희를 향해 오렌지의 스마일 표시를 내민다. 사과의 뜻으로 스마일 입술 위에 가벼운 입맞춤을 한다. 박재희가 그녀를 안아 주지 않고는 못 배긴다고 버릇처럼 말하던 환한 미소를 지어 보인다.

그런데 무표정하던 박재희의 얼굴이 그녀를 보자 싸늘하게 돌변한다. 쌩하니 그녀를 지나친다. 바로 코앞이어서 확률은 미미하지만 혹시나 자신을 못 본 게 아닐까 싶어서 이름을 부른다.

"재희야!"

그는 뒤돌아보지 않는다. 달려가 그의 팔을 붙잡는다.

"재희야."

그는 강유나의 손을 뿌리치고 가던 방향으로 계속 걸어간다. 강유나는 포기하지 않고 등 뒤로 바투 다가가서 다시금 그의 팔마디를 잡는다.

"재희야 미안해."

"왓 더 뻑!"

박재희가 그녀의 면전에 침을 튀기며 고함친다. 손을 거칠게 뿌리치고 두 손으로 그녀를 세게 밀친다. 그 바람에 강유나는 넘어지면서 중심을 잃고 계단으로 굴러떨어진다. 계단 모서리에 팔마디와 갈비뼈가 부닥치고 콘크리트 바닥에 머리를 쿵 찧는다. 도대체 무슨 상황인지 납득되지 않는다. 일어설 수조차 없다. 당혹감으로 어리어리해진 까닭에 통증조차 체감되지 않는다. 리드 목걸이가 바닥에 떨어졌다는 사실도 알아차리지 못한다.

1996년 9월, 싱가포르

다른 의도는 없었다. 박재희는 친하지 않은 인도네시아 친구에게 앞으로의 계획을 굳이 말하고 싶지 않다. 졸업 전 싱가포르에서 빈탄으로 도주할 계획, 빈탄에서 이탈리아행 비행기를 탈 계획, 그가 가장 존경하는 천재 바이올린 연주자 파가니니의 고향인 제노바 바닷가에서 살 계획, 발각되는 즉시 엄청난 문제들을 초래할 이 비밀스러운 계획들을 말하는 건 어리석은 짓이다. 베이징 대학을 준비하고 있다고 둘러댄다. 그 대답을 듣자 강유나가 실망스러운 표정으로 먼저 자리를 떠난다. 그렇게 말해야 했던 이유를 설명하려고 하지만 늦었다. 강유나는 그날 자전거 연습을 하러 나오지 않고 학교를 떠난다. 다음 날도 학교에 오지 않는다.

박재희는 착잡한 심경이 되어 방과 후 집으로 돌아가서 냉장고 문을 연다. 야채 칸에 든 오렌지를 보자 강유나와의 첫 만남이 떠오른다. "아 유 카인드 오브 오렌지?" 강유나가 그에게 처음 건넨 말. 햇빛이 쨍한 영국문화원 앞. 그녀는 박재희에게 오렌지들이 가는 곳을 물었고, 그는 영국문화원 옆 슈퍼마켓으로 데려가서 오렌지 마대를 보여 주었다. 우스꽝스럽기만 한 첫 만남을 상기하자 그녀가 더 보고 싶다.

사과의 뜻으로 오렌지에 웃는 얼굴 그려 학교에 가지고 간다. 강유나는 보이지 않는다. 교실에서도 운동장에서도 찾을 수 없다. 아직 오지 않은 것 같다. 이레나 선생님을 통해 강유나가 아파서 결석했다는 소식을 듣는다. 당장 병문안을 가고 싶지만 그럴 수 없다.

그 무렵 수요 자아비판 모임의 기류가 심상치 않다. 군부 출신 동지들이 파견을 나오면서부터 예전의 화기애애한 분위기는 사라진 지 오래다. 우스운 농담이나 가벼운 얘기는 일절 오가지 않는다. 분위기는 딱딱하고 엄숙하기만 하다. 고난의 행군은 먼 이국땅에도 영향을 끼친다. 어머니는 수요일이 되면 집 안의 영국이나 미국 소설과 시집들, 그가 숙제용으로 읽는 외국 신문들, 오디오 옆에 놓인 음악 시디들을 숨기느라 바빠진다. 어느 날은 그것들을 치운 자리에 금성청년출판사나 문학예술출판사에서 발간된 『운명의 길』이나 『폭풍의 찬아』, 『따뜻한 봄빛』 같은 북조선 작가들의 소설책이나 주체사상에 관한 책들을 내려 둔다. 이탈리아 나폴리 해안의 요트 위에서 찍은 가족사진을 김일성 최고위원이 초대한 별장에서 김일성과 그 아들이자 후계자인 현 북조선의 최고지도자 김정일 국방위원장과 박재희 가족이 함께 찍은 사진으로 바꾸었다. 집에서 피자를 먹거나 맥도날드 로고가 들어간 치즈버거를 먹는 일도 없어졌다. 아버지는 와인 애호가이고, 특히 이탈리아 투스카니 지방 와인을 즐기는데, 이제 그것들도 집에 들이지 않는다. 어머니는 질 좋고 비교적 값이 저렴한 인조가죽 구두를 얼마든지 구할 수 있지만, 누이처럼 일부러 북조선에서 가져온 비날론 구두를 신고 그것을 방문객들이 볼 수 있도록 현관에 내려 둔다.

방으로 돌아가는 길에 박재희는 우연히 아버지와 어머니가 안방에서 나누는 대화를 듣는다.

"최도광 동지가 우리 재희를 눈엣가시처럼 여기는 거 같아요."

어머니의 걱정스러운 목소리가 방문 틈으로 흘러나온다.

"섣불리 판단하지 맙시다."

"수요 자아비판 모임에서 재희의 이름이 거론된 게 벌써 몇 번째예요."

"너무 걱정 말아요."

"당신이 러시아로 출장 갔을 때 최도광 동지를 봤으니 더 잘 알겠죠."

"최도광 동지는 재희를 걱정해서 하는 말일 거예요."

"이해경 동지에게 들었어요. 최도광 동지는 우리가 알고 지내던 동지들과 다르대요. 무서운 사람이래요. 블라디보스토크에서 여러 사람을 처형했대요."

"당신도 말조심하구려. 그리고 재희는 여태 잘해 왔지 않소. 그러니 걱정 내려놓고 재희를 믿읍시다."

박재희는 발소리를 죽이고 제 방으로 돌아간다.

아버지와 어머니에게 걱정을 끼치고 싶지 않다. 지금 강유나와 교제하는 사실이 들통나면 최도광 동지가 그 점을 지적하고 문제 삼을 게 자명하다. 아버지와 어머니는 실망할 것이다. 어쩌면 그의 선택과 행동이 아버지와 어머니를 곤경에 처하게 할 수도 있다. 어쩌면 평양 밖으로 한 발자국도 벗어나 보지 못한 누이에게까지도.

다음 날 맞은편에서 마이크와 메이가 걸어온다. 박재희는 오렌지를 내밀며 강유나에게 병문안을 가서 오렌지를 전달해 줄 수 있는지 묻는다. 강유나가 결석한 이틀 동안 박재희는 수업에 집중하지 못한다. 바이올린 연주에서도, 펜싱 연습에서도 번번이 실수를 저지른다. 입맛이 없어서 점심으로 산 샌드위치를 한 입 베어 먹고는 쓰레기통에 던져 버린다. 주차장에 나란히 세워 둔 자전거 두 대를 보다가 그녀의 자전거 손잡이에 매달린 나침반을 만져 본다. 퀸 유나가 보고 싶다.

연중 가장 큰 행사인 유엔 나이트다. 음악 담당인 그는 행사에 쓸 음악 CD를 집에 두고 온 사실을 학교에 도착한 후에야 알아차린다. 담임에게 상황을 설명한 후 외출증을 받아 서둘러 집으로 돌아간다.

그가 탄 택시가 열대 나무들이 우거진 부킷 티마의 오르막길에 접어든다. 주택가와 스위스 클럽을 지나 몇몇 대사관들이 있는 골목 끝에 멈추어 선다. 그의 집은 다른 집들과 대조된다. 폐쇄적이고 방어적이다. 높은 담벼락에는 가시철망이 쳐 있다. 인근 다른 대사관들처럼 커다란 국기는 달리 펄럭이지 않는다.

대문을 열고 들어선다. 마당을 지나 현관문을 연다. 이상하다. 아버지는 이틀 전 말레이시아로 출장을 떠났다. 그런데 현관에 구두코가 반짝거리는 검정색 남성 구두가 놓였고, 그 구두는 아버지의 신발 사이즈보다 적어도 세 치수는 작아 보인다.

박재희는 어머니를 찾아서 곧장 부엌으로 직행한다. 오전에 어머니는 주로 주방에서 시간을 보낸다. 저녁거리를 미리 준비하거나 며칠분의 반찬을 미리 만든다. 양배추나 무로 김치를 담그기도 하고, 오이와 양파로 장아찌를 만들기도 하고, 돼지고기와 야채와 두부를 다져 만두를 빚기도 하고, 마른 멸치와 채소들을 넣고 국수를 말 다시를 내곤 한다. 최근엔 현지 음식 레시피를 보고 요리 연습을 하기도 한다.

부엌 창으로 햇빛이 쏟아져 들어온다. 어머니는 보이지 않는다. 주방에서 타는 냄새가 진동한다. 가스레인지 위 냄비 뚜껑을 열자 하얗고 억센 김이 뿜어져 올라온다. 냄비 속 그린 카레는 졸아들어 거뭇하게 탄 바닥을 드러내고 있다. 가스레인지를 끄고 부엌 뒤쪽의 마당을 살펴본다. 햇빛 아래서 빨랫감들이 고요하게 너풀거린다.

부엌을 나가려는 찰나 식탁 위에 놓인 국화차 잔을 발

견한다. 두 개인데 하나는 다 비었고, 하나는 차가 가득
찼다. 잔 옆으로 몇 장의 사진들이 흩어져 있다.

사진들을 들추어 본다. 미동조차 할 수 없다. 악기 가방
을 메고 나란히 걷는 모습, 야외 식당에서 팔짱을 끼고 있
는 옆모습, 펜싱장에서 포옹하는 모습, 어두운 영상실에
서 어깨동무를 하고 영화를 시청하는 뒷모습……. 박재희
와 강유나가 함께 찍은 사진들이다.

심장이 철렁 내려앉는다. 황급히 부엌을 뛰쳐나가다가
식탁 의자에 걸려서 넘어진다. 냉큼 일어나 계단을 뛰어
올라간다. 그의 방과 안방은 복도 끝에서 대각선으로 마주
보고 있다. 그의 방문은 정리되지 않은 지저분한 내부가
훤히 보이도록 활짝 열렸고 안방은 문이 굳게 닫혀 있다.

안방 문 앞에도 사진 한 장이 떨어져 있다. 박재희와
강유나의 언약식 사진이다. 사진 속에서 박재희는 안개꽃
화관을 쓴 그녀를 안고 있다. 알량한 행복에 도취된 제 얼
굴을 짓밟고 그는 방 문고리를 잡아 비튼다.

방문이 왈칵 열리는 동시에 그는 살면서 처음으로 어
머니의 비명을 듣는다.

어머니는 블라우스 앞섶이 다 풀어 헤쳐지고 긴치마가
배 위까지 기어 올라가 있다. 침대 앞에 선 최도광의 바지
가 허벅다리께에 걸쳐져 있다. 최도광이 태연하게 바지를

끌어 올린 후 벨트 버클을 잠근다. 머리카락을 쓸어 넘긴 후 유유히 박재희를 지나치며 왼쪽 입꼬리를 끌어당긴다. 그렇게 두어 걸음 걷다가 우뚝 서서 뒤돌아보지 않은 채 특유의 허스키한 목소리로 중얼거린다.

"참 재밌는 인생 아니겠습니까, 박재희 동지. 제가 이곳으로 오기 전에 활동했던 곳이 블라디보스토크였는데 말입니다. 거기에서 상부 지시를 받고 한국 선교사 한 명을 납치했었죠. 돈에 환장한 남조선 요원이 기꺼이 협조해 주어서 가능했고요. 그런데 이 학생이 바로 제가 납치했던 그 선교사의 딸이란 말이죠. 제게 지시를 내린 상부가 누구였는지 아십니까?"

최도광이 복도를 걸어 나간다.

주먹을 쥐고 부들부들 떨던 박재희는 잠시 후 최도광을 따라 내려간다. 현관으로 이어진 복도 콘솔 서랍에 권총 한 자루가 비치돼 있다. 아버지가 러시아에서부터 소장했던 PM 피스톨. 총신의 하부를 감아쥔다. 마당을 걸어 나가는 최도광을 향해 달려가는데 어머니가 가로막는다. 어머니는 그를 붙잡고 놓아주지 않는다.

"안 돼, 재희야. 안 돼."

사정하는 어머니를 뿌리치고 현관으로 내달린다. 어머니가 달려와 그의 앞에 무릎을 꿇는다. 두 손을 모으고 빌면서 눈물을 흘린다.

"제발, 제발. 재희야, 안 돼. 그럼 우리 모두 끝이야. 선희도 우리도 모두. 재희야 안 돼."

그의 얼굴이 시뻘겋게 달아오른다. 목에서 팽팽하게 부푼 핏대들이 선다. 그를 붙잡고 사정하는 어머니의 목소리는 환청처럼 웅웅거리며 멀어진다. 더 이상 들리지 않는다. 절대의 적요 속에서 총구를 최도광에게 정확히 겨누고 방아쇠를 당긴다.

딸각, 딸각.

딸각, 딸각. 소음만 낼 뿐 총은 발사되지 않는다. 총알이 장전되지 않았다. 그는 괴성을 내지르며 권총 개머리판으로 벽을 마구 찍는다. 벽 전면에 붙은 거울 속 박재희는 산산조각이 난다.

1996년 9월, 싱가포르

우 비서가 학교 주차장에서 기다리고 있다. 강유나는 차문을 열고 뒷자리에 앉아 책가방을 내려놓는다. 룸미러로 그녀의 안색을 살피는 우 비서와 눈이 마주쳤지만 곧 창밖으로 고개를 돌린다. 무언가 허전해서 다시 룸미러를 본다. 항상 목에 걸고 다니던 리드 목걸이가 보이지 않는다. 박재희가 언약식 때 목에 걸어 주었던 리드 목걸이.

"잠시만요!"

그녀는 문을 열고 나가서 달려간다. 하교하는 학생들을 비집고 역류하며 나아간다. 오전에 박재희가 밀었을 때 넘어져 굴렀던 계단으로 간다. 계단 한 칸 한 칸을 면밀히 살핀다. 목걸이는 없다. 계단 끝에 서서 미간을 브이자로 모으고 그날 들었던 수업들을 상기해 본다. 글로벌 시티 즌십, 음악, 영어. 그날 수업을 들었던 모든 교실과 화장실에 가서 목걸이를 찾아본다. 야외 식당에서 자신이 앉았던 자리와 이동하며 지나갔던 모든 복도와 정원과 계단을, 그리고 마지막으로 분실함까지 샅샅이 뒤진다.

어디에도 목걸이는 없다.

거의 한 시간이 지난 무렵 그녀는 차로 돌아간다. 우비서는 김 회장과의 약속 시간에 늦었다고 차분한 목소리로 나무란다. 강유나는 응대하지 않는다. 목걸이를 찾느라 여기저기 뛰어다녔더니 앞머리가 푹 젖었다. 강유나는 땀으로 미끈거리는 쇄골 사이의 살을 초조하게 만지작거린다.

같은 시간 김준철 회장은 프렌치 레스토랑에서 식사 중

이다. 68세에 백발인 그는 동남아시아에서 성공한 한국인 사업가로 자리를 굳혔다. 몇 해 전 오렌지 그로브의 4성 호텔을 사들였다. 현재는 인도네시아에서 세 번째로 큰 규모의 목재 회사와 투자 합병을 진행 중이다. 오늘은 목재 회사의 대주주인 인도네시아 클라이언트와 이른 저녁 식사를 하는 자리고, 마침 그 아들도 보딩으로 강유나와 같은 학교에 다닌다는 정보를 받고 아이들을 데리고 식사를 하기로 했다. 그런데 일 관련 식사 접대 자리에 한 시간이 넘도록 강유나가 나타나지 않자 슬슬 조바심이 인다.

김 회장과 클라이언트와 그 아들이 먼저 식사를 시작한다. 그들이 에피타이저인 푸아그라를 마쳤을 때 강유나가 들어온다. 그녀는 동급생인 남학생과 인사를 하며 몇 마디 나눈다.

"네가 오케스트라 연습으로 늦는다고 해서 먼저 식사를 시작했다."

강유나는 낮은 목소리로 늦어서 미안하다고 사과를 하고, 늦은 이유를 설명한다. 미군 부대 구두닦이 영어나 이곳에 살면서도 영어 실력이 형편없는 다른 딸들과 비교했을 때 이곳에 온 지 3년 6개월 만에 훨씬 더 고급하고 자연스러운 영어를 쓰는 강유나를 김 회장은 식사 내내 뿌듯하게 바라본다.

강유나는 김 회장 특유의 가슬가슬한 목소리를 들으며 식사를 한다. 그의 목소리는 대패로 나무를 긁을 때 나는 소리처럼 거칠고 귀에 거슬리는 무언가가 있다. 간혹 날 카로운 언어의 갈고리가 되어 그녀나 언니에게 상처를 주 기도 했다. 그는 자신이 친부라고 주장해 왔지만 아직까 지 단 한 번도 김 회장을 아버지라고 부른 적이 없다. 그 렇게 생각하지도 않는다. 다만 당장은 경제적으로나 법적 으로 스스로 독립할 수 없는 처지다. 졸업 때까지만 하자. 똑똑하고 영어 잘하고 명문 학교에 다니는 딸 인형놀이를 해 주자.

강유나는 냅킨을 허벅지 위에 가지런히 올리고 나이프 와 포크를 집어 든다.

"네가 오기 전까지 여기 탄지와 어느 대학에 가고 싶은 지 이야기를 나누고 있었다. 탄지의 아이비 점수가 너와 비슷하더구나."

강유나는 마지막 시험에서 39점을 받았다. 봉사 활동 과 에세이를 합산하면 41점이다. 미국 동부의 대학들에 원서를 낼 수 있는 점수다. 1점을 더 올리면 옥스퍼드도 가능하다.

"탄지는 공대에 원서를 낼 거라는구나."

김준철은 강유나를 흘긋하고 행커치프를 꽂은 푸른 재

킷 차림의 클라이언트 쪽으로 시선을 돌린다.

"우리 아이들 세대는 우리와 달라서 제조업이나 유통업보다 IT 업계가 전망이 좋을 겁니다. 앞으로 컴퓨터가 모든 걸 장악할 거예요. 그런 면에서 탄지가 공부하려는 컴퓨터 사이언스가 탁월한 선택이라는 데 의심의 여지가 없습니다."

"유나는 진로를 결정했습니까?"

머리가 벗어진 클라이언트가 입가에 묻은 양고기 소스를 냅킨으로 닦아 내며 묻는다.

"유나는 아직 진로를 정하지 않았어요. 세컨드 랭기지이긴 하지만 영어 점수가 7점이 나왔고, 또 오보에를 전공하고 있습니다. 오케스트라가 있는 미국 동부 대학들을 알아보아야 하겠지요."

"훌륭합니다."

클라이언트가 붉은 와인이 일렁이는 와인 잔을 들어 보인다. 김 회장이 제 잔을 내밀고 건배를 한다.

"여기 탄지가 아까 흥미로운 얘기를 해 줬는데, 남자 친구가 생겼다고?"

강유나는 김 회장의 질문을 놓친다. 물컹거리고 진득거리는 녹색 민트 소스를 양고기에 바르는 동안 온통 박재희 생각만 하고 있다. 왜 나를 모른 척했을까. 왜 나를 그냥 지나쳤을까. 왜 내 사과를 무시했을까. 왜 나에게 욕을 했을까. 왜 나를 밀쳤을까. 내가 계단에서 굴러떨어지는 걸 보았는데도 왜 외면했을까. 왜, 왜, 왜…….

"유나야?"

김 회장이 상냥한 목소리로 이름을 부른다.

"탄지가 유나의 사생활을 괜히 떠벌린 건 아닌지 모르겠습니다."

클라이언트가 미안한 듯 중얼거린다.

"하하, 아닙니다. 딸만 다섯입니다. 그리고 저는 이 분야에서 아주 오픈 마인드입니다."

왜 그랬을까. 왜, 왜, 왜…….

김 회장이 강유나의 팔을 쓰다듬는다.

"유나야, 괜찮니?"

그녀는 정신을 차리고 김 회장을 본다. 그리고 다시 접시로 고개를 돌려 민트로 범벅된 양고기를 입에 넣는다.

"네."

"아까 너 계단에서 넘어진 것 같던데 괜찮은 거야?"

탄지가 디저트 접시에 놓인 몽블랑 케이크를 포크로 잘게 부수며 묻는다. 강유나는 난감해서 어, 단답형으로 대답하고 물을 마신다. 목에 걸린 양고기의 살점이 넘어가지 않는다.

탄지와 그의 아버지가 먼저 떠나고 강유나는 호텔 로비에서 우 비서를 기다리고 있다. 김준철 회장이 두 손으로 턱부터 시작해서 백발을 쓸어 넘긴다. 손바닥이 다른 얼굴을 덧입힌 것처럼 그의 표정이 돌변한다. 식사 자리에서 내내 관대함과 상냥함과 웃음으로 일관했던 얼굴이 갑자기 냉혹해진다. 눈에는 서슬 퍼런 살기가 흐른다.

"그 버러지 같은 강철수 하나로도 부족해서 이번엔 너야? 뭐? 북한 남학생?"

강유나는 어금니를 악물고 호텔 로비 앞의 분수대를 바라본다. 손가락으론 목걸이 줄 끝에 매달려서 간혹 쇄골 사이를 간질이던 리드가 있던 자리를 매만진다.

"좋은 집에서 살게 해 주고, 좋은 음식 먹여 주고, 좋은 학교 보내 주고, 남들은 죽어라 노력해도 얻을까 말까 한 좋은 미래를 보장해 주었더니 은혜를 원수로 갚아도 유분수지. 어디서 겁도 없이 개망나니처럼 날뛰어!"

김 회장이 버럭 윽박을 지른다. 검정색 메르세데스 벤츠가 다가와 멈춰 선다. 벨 보이가 문을 열어 주자 그는 차에 올라앉는다.

"네 언니 짝 나고 싶지 않으면 정신 차려! 내 이름에 먹칠을 했다간 너도 골로 가게 해 줄 테니까!"

그녀는 닫히려는 차 문을 붙든다.

"나를 골로 보내든 말든 상관없어요. 하지만 내 언니한
테 무슨 일이 생기면 당신도 온전하게 살아갈 수 없어요.
알겠어요?"

그녀는 김 회장이 그토록 자랑스러워하는 명료하고 유
창한 영어로 또박또박 말하고 차 문을 쾅 닫는다.

2017년 2월, 베이징

강유나는 공용 휴게실에서 아이들에게 줄 김치볶음밥
을 만들고 있었다.

"아이들에게 줄 점심인가요? 매번 느끼는 거지만, 요리
하는 강유나, 뭔가 어색하네요."

"왜요? 제가 요리에 젬병이지만 요리하는 걸 싫어하진
않아요. 멸치 다시에 다시마는 몇 개를 넣어야 하는지, 설
탕은 몇 스푼, 간장은 몇 스푼, 마늘은 다지는 게 좋은지
통이 좋은지, 어떤 야채를 넣어야 할지 고민하고 집중하
는 동안 잡념이 사라져서 좋아요."

"그런데 맛은 더럽게 없지."

장 목사가 휴게실로 들어오면서 말을 이었다.

"유나 씨, 물어볼 게 있어요. 잠깐 제 방에서 얘기 좀 할

수 있을까요?"

강유나는 이제 막 행주로 겹쳐 든 김치볶음밥 냄비를 장 목사에게 건네주었다. 그리고 이한수를 따라 그의 방으로 들어갔다. 그녀는 무표정한 얼굴로 방 벽의 아시아 지도에 꽂힌 압정들을 보았다. 무언가 생각하듯 두 눈을 깜박였다.

"유나 씨, 며칠 전 싱가포르에 갔었죠?"

이한수가 단도직입적으로 물었다. 그녀는 곧장 대답하지 않았다. 얼마 전 이한수가 전화를 걸어 어디냐고 물었을 때 방콕 한국 대사관 근처에서 코코넛을 마시고 있다고 대답했다. 새빨간 거짓말이었다. 그때 그녀는 싱가포르에 있었고, 오보에를 찾으러 학교에 가는 길이었다.

"네."

강유나는 순순히 자신의 거짓말을 인정했다. 그러자 이한수는 도대체 왜 방콕에 있다고 거짓말했냐고 따져 묻는 게 의미가 없음을 깨달았다.

"싱가포르엔 왜 간 건가요?"

"말할 수 없어요."

"비밀이에요?"

"네, 한수 씨가 취재하는 일과는 전혀 관련 없는 일이에요."

"좋아요. 그게 무엇이든 일과 관련이 없다면 제가 더 물을 수 없죠. 하지만 이 질문에는 꼭 대답해 주세요. 유나 씨의 고등학교 시절에 대한 거예요. 잠깐 앉을래요?"

이한수가 책상 의자를 빼 주었다. 그녀는 방어적인 자세로 뻣뻣하게 서서 의자 등받이를 잡았다. 의자에는 앉지 않았다.

"취재와 무관한 개인적인 질문은 삼가 달라고 부탁한 걸로 기억하는데요."

그녀가 건조한 목소리로 말했다.

"알아요. 하지만 한 가지만 물어볼게요. 정중하게 부탁할게요."

"뭔데요?"

"고등학교 때 첫사랑 말이에요."

"그건 또 왜요?"

"북한 남학생이었다고 했잖아요."

"네."

"혹시 그 남학생 집에 방문한 적 있나요?"

강유나는 이한수의 눈길이 불편한 듯 시선을 회피했다. 그녀의 시선이 이한수의 어깨 너머 아시아 지도에서 스르륵 미끄러졌다. 윗니로 아랫입술을 깨물었다. 과거를 돌이켜 보는 건지, 아니면 적당한 변명을 찾아내려는 건지 골몰하는 눈치였다.

"아니요."

그녀는 또렷한 목소리로 대답한다. 이한수의 머릿속엔 북한 대사관 초인종을 누르는 그녀의 사진이 남아 있었다.

1996년 11월 싱가포르

며칠이 지나도록 박재희가 학교에 나오지 않는다. 강유나는 걱정이 든다. 박재희와 어울려 다니는 친구들을 비롯하여 그의 담임, 펜싱 코치, 이레나 선생님에게 찾아간다. 그가 왜 학교에 나오지 않는지 묻지만 정확한 이유를 아는 사람은 없다. 그녀만큼 박재희의 근황을 궁금해하는 사람은 이레나 선생님이다. 일 년 넘게 준비해 온 국제 연주회가 임박해 오는데 연주에서 가장 중요한 파트를 맡은 박재희가 나타나지 않자 깊은 근심에 빠져 있다.

연주곡목은 생상스의 「죽음의 무도」다. 도입부의 바이올린 파트는 박재희를 대신해 다른 친구가 임시로 연주하는 중이다. 연습 동안 강유나는 연거푸 실수한다. 오보에 연주에 집중할 수 없다. 혀가 굳어 버렸고, 초보자 때처럼 자꾸만 리드를 이에 부닥치거나 옷깃에 긁힌다. 호흡도

404

잘되지 않는다. 이미 호흡을 온전히 할 수 없을 만큼 공황
상태에 빠져들고 있었다. 삑, 삐익, 삐이익. 오보에에서 비
명이 터진다.

박재희에게 무슨 일이 생긴 걸까.

그 주의 마지막 연습이 있던 금요일 오후, 이레나 선생
님이 강유나를 부른다. 이레나 선생님이 푸른 혈관들이
훤히 비치는 창백한 손으로 그녀의 손을 잡는다.

"이번 콘서트는 성공적으로 마치기 힘들 거 같구나."

"죄송해요."

"그렇다고 그 과정에서 일어났던 모든 소소한 사건들
이 아무런 의미가 없는 건 아니야. 실력 미달이었던 너를
뽑은 결정도, 연주자 둘이 남아서 별도로 연습했던 열정
의 시간들도, 너희를 내 차에 몰래 태워 보타닉 가든에 내
려 주어야 했던 상황도, 우리 단원들이 아주 비밀스럽고
엄청난 계획에 동참했던 사건도. 이 모든 이변과 예외들
이 내게도 근사한 경험이었거든."

강유나는 고개를 숙인다.

"재희가 고국으로 돌아가게 됐다는구나. 나도 오늘 오
후에서야 학년주임에게 소식을 들었어."

강유나는 고개를 번쩍 쳐든다.

대관절 이게 무슨 소리란 말인가. 박재희가 고국으로

돌아가게 됐다니. 어떻게 이런 일이 일어날 수 있을까.

도무지 납득할 수 없다. 두 눈을 부릅뜬다.

"너희 둘을 보타닉 가든에 데려다주었던 날은 정말 짜릿했지. 그날 이후 기적이 일어났어. 네 오보에 연주는 놀랍도록 달라졌어. 그 멋진 소리를 듣고선 내가 그 엄청난 발전에 일조했다고 생각하니 뿌듯했고. 그건 네 영혼에서 우러나온 소리였어. 유나야, 네가 가장 행복했던 순간에 얻게 된 그 소리로 뜻깊은 일을 하길 바라. 재희도, 그걸 바랄 거야."

"선생님, 재희가 고국으로 돌아간다니요. 재희한테 그런 말을 듣지 못했어요. 친구들도 모르고 있고요."

"나도 자세한 건 모르겠어."

강유나는 제 노트 앞에 붙여 둔 엽서 속 바다, 1년 후면 박재희의 품에 안겨 바라볼 그 바다처럼 푸른 눈을 응시한다. 바이올린 연주자 파가니니의 고향. 박재희와 함께 살기로 했던 지중해 도시. 제노바의 바다. 거기서 함께 들을 거라고 상상했던 뱃고동 소리. 그녀의 귓전을 끝없이 맴돌던 그 아름답고 그윽한 소리가 더 이상 울리지 않는다.

강유나는 곧장 연습실을 뛰쳐나간다. 연습실 앞에서 기다리고 있던 메이와 마이크가 그녀를 붙잡고 무슨 일인지 묻는다.

"재희가 고국으로 돌아가게 됐대. 학교에 재적 처리를 해 왔어."

"뭐라고!"

메이와 마이크가 동시에 소리친다. 메이도 충격을 받아서 할 말을 잃고 경직된다.

"너희 혹시 재희네 집 주소 알아?"

마이크가 고개를 젓는다.

"유나야, 그래도 네가 거길 가는 건……."

늘 호들갑스러운 마이크지만 이번엔 이성적인 표정과 어조로 말한다.

"스위스 클럽 인근 어디라고 들었던 거 같아. 재희와 중학교 때 같이 스쿨버스를 탔던 친구가 얘기해 줬었어. 담벼락에 철망이 쳐져서 신기했다고. 교무처에 가면 주소를 알아볼 수 있을 거야."

메이가 말한다. 세 사람은 당장 교무실로 달려간다.

교무 직원은 그들이 거듭 사정하고 애원하지만 끝내 박재희의 주소를 알려 주지 않는다.

"학교 규정상 안 돼."

"급한 일이에요."

"이 학교에 입학할 당시 박재희의 가족들이 주소지를 타인에게 공개하길 원치 않았어. 난 규정을 어기고 너희에게 주소를 알려 줄 권한이 없고."

강유나는 먼저 교무실을 뛰어나간다. 택시 승강장에 도달할 때까지 한 숨도 허투루 쉬지 않고 내달린다. 줄을 무시하고 이제 막 손님이 내린 택시를 잡아탄다. 줄에 서 있던 학생들이 비난과 불평을 쏟아내지만 개의치 않는다.

"정말 급한 일이에요. 어서 부킷 티마 스위스 클럽으로 출발해 주세요."

택시 운전사는 먼저 기다리고 있던 사람들을 가리키며 그녀에게 당장 택시에서 내리라고 한다. 강유나는 출발해 달라고 거듭 부탁하지만 택시는 꿈쩍도 하지 않는다. 그사이 마이크와 메이가 나타난다.

"재희가 학교를 떠났어. 우리에게 인사도 하지 않고. 유나는 지금 재희를 만나러 가는 길이야."

마이크가 다른 학생들에게 설명하자 다들 괜찮다고 손사래 치며 택시 운전사에게 출발을 부탁한다. 택시는 학교를 떠난다. 도버 로드를 달려 홀랜드 빌리지를 거쳐 패러 로드를 지난 후 고속도로를 탄다. 하이웨이에서 내리자 부킷 티마 지역이다. 도로 가에 열대 나무들이 울창한 우거진 길을 올라가는 동안 그녀는 박재희와 함께 보냈던 지난 2년을 곱씹는다.

함께 오케스트라 연습을 하다가 박재희의 따뜻한 눈길

과 마주치면 그녀의 호흡은 더 깊은 곳으로 내려가 바닥
을 찍고 힘차게 올라왔다. 점심시간에 그가 플라스틱 접
시에 담아 온 드래곤프루츠나 파파야나 수박 조각을 우물
거리면 지독한 여름 속에서도 더위가 말끔히 가셨다. 도
서관에서 책이나 자료들을 읽다가 앞에 앉은 그를 보면서
그들이 함께 계획한 이탈리아 북부의 바닷가를 상상할 때
마다 공부를 더 열심히 해야겠다는 동기를 얻었다. 이제
그녀는 자전거를 탈 줄 알았고, 누군가와 충돌할 기미가
보이면 박재희가 핸들에 부착해 준 나침반의 고리를 적절
한 타이밍에 잡아당길 줄도 알았다. 그때마다 자전거에선
아버지의 곡이 흘렀다.

 가장 인상적이고 멋졌던 시간은 그와 영상실 벽에 등
을 기대고 앉아 고전 영화를 볼 때였다. 얼마 전 「로미오
와 줄리엣」을 보다 박재희가 잔머리가 흘러내린 그녀의
목덜미에 입을 맞추었다. 여름방학이 끝나고 마이크가 미
국에서 사 온 풍선껌을 씹다가 손가락으로 살며시 빼내
어 바닥에 붙이고 고개를 틀어서 그의 부드러운 혀를 향
해 입술을 벌렸다. 그들은 자연스럽게 차가운 시멘트 바
닥에 누웠다. 박재희가 제 카디건을 벗어서 그녀의 등과
엉덩이 아래에 대 주었다. 그의 눈동자 속에 그녀가 있고,
그녀의 몸속에 그가 있었다. 그의 전부를 이토록 완전하

게 느끼고 있음이 뭉클하기만 했다. 떨어지고 싶지 않았다. 차가운 시멘트 바닥에 뭉근한 열기가 돌아서 그 온도가 그들의 체온보다 더 따뜻해질 때까지 그대로 포개져 있었다. 그녀의 엉덩이에는 박재희의 카디건 가슴에 박힌 독수리 문양이 찍혔다.

마침내 택시는 스위스 클럽 앞에서 정지한다.

강유나는 근처 집들의 대문이나 정원 한가운데 솟은 국기들을 둘러본다. 북한 국기는 보이지 않는다. '담벼락에 가시철망이 있다고 했어…… 철망, 철망, 철망…….'

십여 분이 지나 골목 끝에서 그 집을 발견한다. 담벼락이 다른 집보다 드높고 담장에는 가시철망을 둘렀다. 높다란 담은 그 안의 집을 철저하게 가리고 있다. 다른 관저처럼 국기가 드러나지 않았다. 대문도 창살 형식이 아니라서 마당조차 엿볼 수 없다.

대문 앞까지 걸어가는 동안 그녀는 진공상태에 빠진다. 어떤 소리도 들리지 않고, 주변의 무엇도 보이지 않는다. 그 집과 그녀 사이는 터널이 된다. 들리는 소리는 요동치는 제 심장박동뿐이고, 보이는 거라곤 그 대사관 관저뿐이다.

초인종 위로 자그마한 북한 국기가 붙어 있다. 그걸 보자 현실감이 돌아온다. 호흡이 날뛰고 심장이 날뛰기 시작한다. 박재희를 만나야 한다는 절박함과 이곳의 초인종을 눌렀을 때 다가올 파장이 내부에서 교차한다. 누군가 그 모습을 카메라에 담기 위해 모퉁이 뒤에서 셔터를 누르지만 그녀는 쥐새끼 울음같이 찍찍거리는 셔터 소리조차 인지하지 못할 만큼 제정신이 아니다. 그녀는 손가락을 초인종 가까이 가져간다.

네가 나와 함께 이곳에 남을 수 없다면, 네가 나와 제3국으로 갈 수 없다면, 내가 너와 함께 갈 거야. 거기가 어디든 내가 너와 함께 갈 거야.

8장

죽음의 무도

2017년 2월, 베이징

건물 앞에는 '평양무역상사'라는 간판이 붙어 있다. 박재희의 옆에는 얼마 전 이한수의 휴대폰을 날치기하고자 고용했던 도둑 첸이 동행했다. 건물 안에서 경비원이 주변을 면밀히 살피며 걸어 나왔다. 건물 모퉁이에 서서 기다리던 박재희는 건물 출입을 도와주는 대가로 경비원에게 현금 5000위안을 건넸다. 경비원은 교대 시간인 이십 분 후 밤 12시 30분에 건물 전체가 정전될 거라고 말해 주었다. 그들에게 주어진 시간은 오 분이었다.

12시 30분이 되어 박재희는 첸과 건물로 들어갔다. 휴대폰 손전등의 가냘픈 빛에 의존하며 재빠르게 계단을 올라갔다. 미리 준비해 둔 열쇠 복사본으로 수월하게 문을 따고 들어갔다.

어두컴컴한 사무실 내부에 휴대폰에서 뿜어진 희붐한 빛을 비추었다. 북조선의 3대 지도자 사진이 벽면에 나란히 걸렸고 국기가 꽂힌 책상과 사무 집기들이 비치된 곳 옆에서 그는 안전 금고를 찾아냈다.

일 분이 지나고 있었다. 박재희와 첸은 금고 앞에 무릎을 꿇고 앉아 탐지기를 꽂고 비밀번호를 알아냈다. 서류 뭉치를 먼저 빼내고 그 뒤에 지퍼백을 빼냈다. 리드 목걸이가 들어 있었다.

일 분 삼십 초가 남았다. 건물 밖으로 완전히 빠져나가는 시간을 계산해 보았을 때 일 분 내에 이 안의 정보들을 휴대폰 사진기에 담아야 했다. 박재희는 서류의 절반을 첸에게 찍게 하고, 나머지 절반은 자신이 찍었다. 문제는 USB였다. 휴대폰에 연결해 자료를 전송하는 데 시간이 예상보다 초과됐다. 첸은 벌써 제가 휴대폰으로 찍은 자료들을 반듯하게 모아 책상 위에 올려 두고 문 앞에서 기다리고 있었다.

"삼십 초 후면 불이 켜집니다."

박재희는 첸의 초조한 목소리를 들으며 먼저 건물 밖

으로 나가라고 지시했다. USB의 자료를 모두 전송했을 때는 십 초도 남지 않았다. 서류와 USB를 원래 자리에 넣고 사무실을 빠져나와 문을 닫았을 때 복도 천장의 백열등이 깜빡거리며 켜지고 있었다.

그대로 건물을 나갔다가는 현관에 설치된 폐쇄 회로 카메라에 모습이 찍힐 것이다. 박재희는 지하 경비실로 내려갔다.

이제 막 퇴근하는 경비원이 복도를 걸어오는 박재희를 보고 벽 쪽의 기계실 문을 열어 주었다. 박재희는 그 안에서 경비원의 옷과 모자를 받아 갈아입었다. 그제야 호주머니에 넣어 둔 리드 목걸이를 빼서 손바닥에 올려 두고 바라보았다.

2017년 2월 13일, 베이징

그곳은 베이징의 훠궈 식당가였다. 거리에 훠궈 식당만 자그마치 서른 개 넘게 밀집해 있어서 사향과 후추와 고추기름 냄새가 뒤섞인 느끼하고 맵싸한 향이 사방에서 진동했다. 강유나와 이한수와 김동철은 모처럼 외식을 하러 나왔다가 비슷비슷해 보이는 수많은 식당들 중에서 훠궈 식당이 아닌 곳을 찾아 두리번거렸다.

"아 이렇게 날이 추울 땐 뜨뜻하고 시원한 콩나물국밥 한 그릇 때려야 하는데."

김동철이 점퍼 앞섶을 여미며 입맛을 다셨다. 그때 저 멀리 맞은편에서 모퉁이를 돌아 걸어오는 한 쌍이 시야에 들어왔다. 강유나의 시선을 사로잡은 건 검은색 목 폴라와 가죽 재킷을 입고 짙은 색 청바지를 입은 남자였다. 갈색 레이벤 선글라스를 끼고 있었다. 갈색 렌즈로 두 눈을 가렸지만 누구인지 한눈에 알아보았다.

박재희였다.

강유나의 심장이 철렁 내려앉았다. 주변의 움직임들과 소리들이 일시에 정지하고 박재희가 뚜벅뚜벅 걸어와서 그녀 앞에 멈추었다. 20년 만이었다. 그토록 기다려 온 순간이었다. 그녀는 미동조차 못 하고 박재희를 바라보았다.

"오랜만이야."

박재희가 선글라스를 벗으며 인사했다.

"여긴, 음, 여긴, 웬일이야."

그녀가 버벅거리며 답했다. 여긴 웬일이야는 20년 만의 재회 인사로 적절하지 않았지만 너무나 갑작스럽고 우연한 만남에 다른 적절한 말은 떠오르지 않았다.

"보다시피 식사하러 나왔어."

"아, 그렇구나."

그녀의 입에서 오랜만에 만나서 반갑다는 말은 차마 나오지 않았다. 20년 동안 잘 지냈냐는 말도 나오지 않았다. 이 순간이 실제인지 뺨이라도 꼬집어 비틀어 보고 싶었다. 입술만 뻐끔거리며 그녀는 옆에 서 있는 여자 쪽으로 시선을 돌렸다. 박재희가 진진이라고 소개했다. 중국 이름이라 강유나는 허리가 잘록한 롱코트를 입은 가녀린 여인이 중국인일 거라고 짐작했다. 강유나 옆으론 이한수와 김동철이 서 있었다. 일행을 기자라고 밝힐 수 없어서 동료들이라고만 소개했다. 박재희 옆에 선 여자는 몹시 수줍어했다. 얼굴이 불그스름하게 상기돼 있었다. 강유나가 중국어로 "오늘 춤죠?"라고 운을 뗐는데 여자는 입술만 달싹였다가 아무 말도 하지 않았다. 박재희가 나서서 진진은 말을 하지 못한다고 설명했다.

강유나는 그동안 켜켜이 쌓아 올린 그리움들이 폭발할 거라고 예상해 왔다. 그런데 그렇지 않았다. 너무 긴장한 탓도 있었고, 주변 사람들의 시선도 의식하지 않을 수 없었다. 또한 하고 싶은 말과 질문들이 증폭한 나머지 그중 변변한 말 하나를 적절하게 꺼내기가 쉽지 않았다. 그녀가 우물쭈물하는 사이에 박재희가 "그럼 잘 지내." 하며 맵시 있는 말투로 인사하고 그녀의 등허리를 도닥이며 지나갔다.

　그 단순한 마지막 인사가 진저리 나도록 허탈해서 말문이 막혔다. 박재희와 진진이 30미터쯤 멀어졌을 때 옆에 서 있던 이한수가 다가와서 누구냐고 물었다. 몇 초의 순간들이 슬로모션으로 지나갔다. 그녀를 중심으로 정지해 있던 움직임들과 소리들이 차츰 되돌아오고 있었다. "박재희요." 그 이름을 입 밖에 내자 정신이 번뜩 들었다. 떨리는 손으로 가방 속을 마구 뒤져 수첩을 꺼냈다. 종이 한 장을 북 찢어서 그 위에 제 휴대폰 번호를 적었다. 흥분한 나머지 글씨가 취객의 걸음처럼 비뚤배뚤했다. 그녀는 정말로 무언가에 취한 것 같았다. 박재희를 향해 달려갔다. 그 행위가 위험하거나 어떤 비극을 초래할 거라고는 미처 생각할 겨를이 없었다.

2017년 2월 13일, 베이징

"누구예요?"

"박재희요."

　이한수는 그 이름을 기억하고 있었다. 박, 재, 희. 그녀의 첫사랑 북한 남학생. 평양 오렌지. 그녀의 생을 붙잡고 놓아주지 않았던 이름. 한편으로 며칠 전 칭롱모텔에서 회의가 막바지에 다다랐을 때 차대경이 말했다. 저쪽에서 강유나에게 접촉해 올 거라고.

박재희는 이한수가 상상한 북한 남학생 박재희와 전혀 다른 인물이었다. 이한수가 매일 밤 잠들기 전 어두컴컴한 허공에 세워 두었던 그 유령과는 판이했다. 다른 북한 사람들처럼 영양 상태가 부족하여 광대뼈가 불거지지 않았고 왜소하지도 않았다. 외려 이한수보다 키가 한 뼘이나 크고 피부는 기름지고 혈색이 돌았다. 표준 한국어를 사용했다. 경계심에 차서 내리깐 눈으로 눈알을 굴리며 눈치를 보기는커녕 그의 눈을 똑바로 쳐다보았다. 자신만만했다. 옷차림새가 1950년대 후반에서 멈추어 버린 것처럼 촌스럽지도 않았다. 뉴요커나 파리지앵처럼 세련됐다. 손목엔 번쩍거리는 롤렉스 시계를 차고 있었다. 서울 한복판에서 만났어도 북한 사람이라는 생각은 추호도 들지 않았을 터였다.

이한수는 박재희와 강유나가 서 있는 자리로 성큼성큼 걸어갔다. 김동철이 뒤따르며 중얼거렸다.

"누구지? 대관절 누구여서 천하의 유나 씨가 저렇게 안달복달하는 거야?"

이한수는 그들 앞으로 걸어가서 태연하게 미소 지었다.

"저희는 식사를 하려고 나왔어요. 그쪽도 식사를 하러 나오신 거 같은데 같이 식사하시면 어떨까요."

이한수가 제안하자 박재희가 모호한 미소를 지어 보였다.

그들은 박재희와 진진이 저녁을 먹기로 한 이탈리아 레스토랑으로 이동했다. 박재희가 제안했다. 식당은 휘귀 거리에서 도보로 십오 분 정도 떨어진 곳에 위치해 있었다. 박재희와 강유나가 다섯 발자국 앞에서 나란히 걸었다. 이한수는 시간이 지날수록 거리를 좁혀 가는 두 사람의 등을 보며 둘이 무슨 이야기를 나누고 있을지 궁금해서 미칠 지경이었다.

식당 제노바는 아늑했다. 다섯 사람이 앉아 있는 테이블 위로 컵 속에 든 촛불이 빛났다. 직원이 잘게 썬 엔초비가 뿌려진 올리브오일 종지와 빵 바구니를 날랐다. 박재희는 식사 전에 프로세코를 한 잔씩 하자고 권했다.

"프로세코가 뭡니까?"

이한수가 물었다.

"식사 전에 가볍게 마시는 술입니다."

박재희가 대답했다.

"샴페인 같은 건가요?"

"이탈리아의 샴페인이라고 생각하시면 됩니다."

노란 빛깔의 술이 담긴 잔이 다섯 사람 앞에 놓였다.

그들은 달콤한 술을 마시며 간단한 통성명을 끝냈다. 강유나는 아직 충격에서 헤어 나오지 못한 얼얼한 표정이었다. 진진은 누구에게도 시선을 두지 않고 술에서 부글거리는 기포들만 지켜보았다. 김동철은 신이 나서 사진기로 나머지 네 사람의 사진을 틈틈이 찍었다.

"제가 여기 위스키를 맡겨 두고 마시는데 같이 한잔하시겠습니까?"

이번에도 박재희는 이한수를 보고 물었다. 이한수는 술을 즐기지도 않고 주량도 약한 편이었다. 술을 마시는 자리마다 고역을 치러 왔다. 술은 기자 생활에서 가장 큰 걸림돌이었다. 입사 신고식으로 선배들이 바가지에 가득 부어 준 소주와 막걸리와 맥주가 막무가내로 배합된 정체불명의 술을 마셨다가 호흡 곤란을 일으키고 응급실에 실려 갔던 전력이 있다.

그러나 이한수는 호기롭게 대답했다.

"좋습니다!"

식당 매니저가 RCR이라는 로고가 붙은 크리스털 술병을 가지고 나왔다. 박재희가 테이블에 앉은 사람들의 잔에 위스키를 따랐다. 김동철은 자신은 오늘 술을 마시지 못하고, 특히 독주는 쥐약이라고 말하며 정중하게 거절하면서 사이다 한 병을 주문했다. 이한수는 술잔을 코끝에 대 보왔다. 호흡기를 찢을 듯 독한 술 향이 훅 끼쳐 왔다.

"유나 씨, 이 독한 술을 마실 수 있겠어요?"

이한수가 걱정스러운 어투로 강유나에게 물었다.

"아마 유나가 이한수 씨보다는 술이 셀 겁니다."

박재희가 능쳤다.

"북한 분이시라고 들었습니다."

이한수가 박재희에게 물었다.

"네."

"그런데 완벽한 서울말을 쓰십니다."

"한국어를 처음으로 배운 곳이 외국이었거든요. 러시아였어요. 한국어는 부모님과 대화할 때만 썼습니다. 두 분 다 출생지가 서울이어서 표준 한국어를 사용하셨고요."

"아, 그래서 표준어를 쓰나 봅니다. 참 신기하네. 나보다 더 서울 사람처럼 말하지 않습니까."

김동철이 어설픈 부산 경상도 사투리로 말했다. 고향은 엄연히 서울이었는데 롯데 자이언츠 팬이 된 후로 부산 문화에 빠져 있었다. 간혹 부산 사투리를 흉내 내기도 했다. 한번은 이한수가 그 이유를 묻자 국제 사회에서 출생지 따위가 무슨 의미냐고 대꾸했다. 오랫동안 둘도 없는 친구였지만 이한수는 그런 동철이 이따금 이해가 되지 않았다.

"두 분이 고등학교 때 동창이셨다고요."

이한수가 물었다.

"네."

"유나 씨 고등학교 때는 어땠었나요."

"전 평범했어요."

강유나가 선수 쳐서 대답하고는 술잔을 입안으로 기울였다.

"하하, 전혀 평범하지 않았을 거 같은데. 지금 모습으로 보면 유나 씨가 평범했다는 게 상상이 안 돼요."

"지극히 평범했어요. 특이점이 있었다면 그 학교에서 영어를 가장 못하는 학생이었죠. 그래서 자주 놀림거리가 되곤 했어요. 운 발음을 잘 못해서, 별명이 상처였죠."

"언어에서 발음은 중요하지 않다고 생각해요. 그 언어로 자신의 생각과 감정을 어떻게 표현하느냐가 더 의미 있죠. 언어는 전리품이 아니라 소통의 수단이니까요. 그런 면에서 유나는 완벽할 만큼 멋진 표현을 했었어요."

"이를테면……."

이한수가 호기심 어린 눈빛으로 박재희를 바라보았다.

"아 유 카인드 오브 오렌지?"

박재희가 말하자 강유나가 긴장했던 얼굴을 풀고 환하게 웃었다. 이한수는 은근히 심사가 뒤틀렸다. 몽골에서 처음 만나 지금까지 함께 지내는 동안 그녀가 이토록 환하게 웃는 건 처음 보았다. 누군가 강유나를 웃게 만드는 마법을 가졌다는 게, 그리고 이한수는 자신이 가져 보지 못한 마술봉을 그의 앞에서 마구 휘두른다는 게 조금도 달갑지 않았다.

"유나가 제일 처음 제게 한 질문이었어요."

"아, 날라리였구나."

김동철이 키들거리며 말을 이었다. 박재희가 상황을 파악하려는 듯 집중하자 얼굴 근육이 당겨져 이목구비들이 뿔처럼 가운데로 모였다.

"아, 한국에선 말입니다, 강남이라는 지역이 있는데요, 그 지역에서 부모 자알 만나서 아무런 걱정 없이 돈이나 펑펑 쓰고 다니는 젊은 한량들을 오렌지라고 불렀죠. 1990년대에요. 뭐, 고급 차 타고 다니고, 비싼 옷이나 시계나 신발을 신고, 여자들 끼고 바나 클럽에 다니면서 시간을 죽이는 그런 부류들 말입니다."

김동철이 말을 잇자 박재희의 얼굴에 당혹감이 스쳤다.

"아, 그러니까 박재희 씨에 대한 유나 씨의 첫인상이 딱 그거였군요. 하하."

이한수가 식당에 들어와서 처음으로 시원하게 웃으며 말을 이었다.

"솔직히 첫인상은 그랬죠."

강유나가 짧게 받아쳤다.

"어쩐지, 외모가 영 북한 사람 같지 않아 보였습니다."

이한수가 말하며 기분 좋게 술잔을 박재희 쪽으로 내밀었다. 어린 강유나가 뭣 모를 때야 오렌지족을 좋아했겠지만 그런 족속과 미래를 꿈꿀 리 없다. 현재는 그런 종류의 인간들을 경멸하고 혐오했다. 박재희가 찬 금빛 시계를 가소롭다는 듯 쳐다보았다. 어차피 박재희가 오렌지족이 아니더라도 두 사람이 연결될 가능성은 제로라는 생각에 자신감이 술잔 속 기포들처럼 부르르 상승했다.

박재희가 가볍게 건배를 한 후 입속으로 위스키를 털어 넣고 잔을 탁 소리 나게 내려놓았다.

"그런가요. 저도 같은 인상을 받았는데. 흥미롭게도 이한수 씨는 남조선 사람 같지 않습니다. 외모가 뭐랄까, 북조선 어느 지역의 남자들과 좀 비슷해요."

"아, 정말요? 어디, 어딘데요. 저도 이 새끼가 어디 다른 별이나 지역에서 온 것 같다는 생각을 종종 했거든요. 지난 30년간. 거기가 어디에요?"

김동철이 수선스럽게 물었다.

"초면에 이런 말을 해도 되는지……."

박재희가 난감한 표정을 지으며 손가락으로 제 콧대를

천천히 매만졌다.

"아, 어디 해 보이소. 궁금해 죽겠네."

김동철이 또 어설픈 경상도 사투리로 눈을 반짝이며 재촉했다.

"아오지."

박재희가 거만한 말투로 대답했다. 그 자리에 있는 사람들은 아오지가 탄광촌이라는 것을 다 알고 있었다. 모두 박장대소했다. 김동철은 사이다병을 잡고 테이블을 치며 가장 큰 소리로 웃었다. 이한수는 불쾌한 기분을 내색하지 않으려고 침착하게 위스키를 한 잔 더 따라 마셨다. 이미 주량을 슬쩍 넘어서고 있었다.

"그런 특이한 첫인상 때문에 아까부터 뭐 하시는 분일까 궁금했었습니다."

박재희가 턱을 슬쩍 추켜올리며 내뱉곤 이한수의 빈 잔에 다시 술을 부어 주었다. 이한수는 취기가 확 올랐다. 지금부터는 속도를 조절해야 했지만 오기가 생겼다. 마주 보고 앉은 일개 평양 오렌지에게 질 순 없지 않은가.

"전 기자입니다. 이 옆에 제 친구는 본업이 경찰이지만 현재 이곳에 사진을 찍으러 왔고요."

"기자요? 어느 부서의 기자시죠?"

이한수가 말하려는데 강유나가 가로챘다.

"연예부 기자. 요새 중국에서 한국 연예인들에 대한 관심이 높아지고 있잖아. 한류 바람이 불고 있어. 그래서 여기 팬 사인회나 촬영을 나온 연예인들을 취재하려고 나와 있어."

"흥미롭네요. 최근엔 누굴 취재하셨죠?"

박재희의 시선이 강유나에게서 이한수 쪽으로 방향을 틀었다.

"강소라요."

"아, 강소라! 아름다운 나의 여신님! 저기, 평양 오렌지 친구, 강소라 본 적 있어? 유나 씨와 동창이었으면 우리가 동갑일 테니 말 놓을게. 남한 여배우 강소라를 아나?"

김동철이 이제야 제 집에 온 듯 편한 말투로 박재희에게 물었다.

"알죠. 잘."

이한수는 곁눈질로 강유나의 안색을 살폈다.

"아, 난, 강소라 좋다는 남자들 정말 이해가 안 가더라."

강유나는 천연덕스러운 얼굴로 조잘거렸다.

"티브이에서 강소라를 몇 번 보았습니다. 얼마 전까지 중국에서도 강소라가 출연한 그 드라마가 인기였는데, 제목이……"

"사랑의 왈쭈. 거기선 아주 정점을 찍었지."

김동철이 술잔에 사이다를 따라 마시고는 구성지게 캬 소리를 냈다.

"강소라를 보면 늘 누군가가 연상되었습니다. 강소라의 얼굴에서 제가 잘 아는 어떤 여자의 얼굴이 오버랩되었거든요."

"키야, 오렌지 동지의 첫사랑인가? 첫사랑이 아주 미인이었나 봐. 내가 아까 보자마자 오렌지 동지의 눈이 상당히 높을 거란 생각은 들었지."

김동철이 흥이 올라서 박재희의 잔에 술을 부어 주었다. 강유나가 술을 마시다가 사레가 들려 캑캑 밭은기침을 해 댔다. 박재희는 서둘러 얼음 알갱이가 댕그랑거리는 물잔을 내밀었다. 손이 어느새 그녀의 등짝에 가닿았는데 그 동작이 무척 자연스러워 보였다.

손 내려라, 내려라, 감히 타락한 롤렉스 손목으로 어딜…… 손 내려라.

"네, 첫사랑이었죠."

박재희가 명확한 어조로 또박또박 대답했다.

"그 첫사랑과는 어떻게 되었습니까."

이한수가 목소리에 힘을 실어 물었다.

"모든 첫사랑은 실패하죠. 어리고, 무얼 어떻게 해야 할지도 모르고, 그 순간의 폭풍 같은 감정을 감당하기엔 또

한없이 나약하고."

"아, 내 첫사랑 강소라는 지금 이 베이징 하늘 아래서 무얼 하고 있으려나."

김동철이 사이다를 마시며 허공을 향해 두 눈을 끔뻑거렸다.

"모든 첫사랑이 실패하는 건 아닙니다. 첫사랑 나름이죠."

이한수가 당찬 목소리로 응대했다.

"그런 사례를 보신 적이 있나요?"

박재희가 점잖은 목소리로 물었다. 막 손에 쥔 잔의 술을 털어 넣는 순간 이한수는 자신이 감당할 수 없는 어떤 감정 상태에 진입하게 되리라고 직감했다. 순간의 폭풍 같은 감정. 첫사랑과 비슷한. 실패의 예감만이 충만한. 알았지만 까짓, 괜찮았다. 매번 그의 심장을 쥐락펴락하는 그녀의 눈동자 색깔과 같은 투명한 갈색 액체가 목울대를 태우며 쭉 미끄러졌다.

"제 첫사랑은 아직 실패가 아니거든요."

2017년 2월 13일, 베이징

테이블 위로 해산물 요리와 카나페, 바질 페스토 파스

타가 차려졌다. 박재희는 칼과 포크로 초록색 바질 소스가 발린 빈대떡처럼 넓적한 파스타를 자르며 강유나를 연방 흘긋거렸다. 정확히는 그녀의 목 아래 쇄골 사이를 보았다.

"리드 목걸이를 하지 않았네."

박재희가 말하자 술에 취해 눈이 풀린 이한수가 두 눈에 바짝 힘을 주었다.

"언제 적 목걸이야. 하하."

강유나가 허탈하게 웃으며 말을 이었다.

"가끔씩 네 생각을 하면 자연스럽게 그 목걸이를 한 네 모습이 떠올랐거든. 목걸이에 달린 리드는 네 아버지의 유품이니까. 위대한 유산."

박재희가 의미심장한 어조로 말했다. 강유나는 짐짓 당혹스러워하며 포크와 나이프를 내려놓았다. 그러곤 위스키를 한 번에 들이켰다.

"사실은 잃어버렸어."

그녀가 대답하자 옆에 앉았던 이한수가 갑자기 머리를 흔들어 대고는 긴 한숨을 내쉬었다. 물을 두 컵이나 연달아 마시고 또 한 번 머리를 흔들면서 두 눈을 길게 꾹 감았다가 떴다.

"네가 학교를 떠나기 전날, 밀쳤을 때, 계단에서 굴러떨어지면서 잃어버렸어."

강유나는 돌연 차가운 눈빛으로 박재희를 보았다. 시선에는 원망이 어른거렸다. 박재희는 어줍은 미소를 띠고 빈 술잔들에 위스키를 따랐다. 그때 이한수가 일어나다가 휘청하는 바람에 의자가 옆으로 쓰러졌다. 이한수는 거듭 도리질하면서 잠시 바깥공기를 쐬고 오겠다며 식당 뒷문 쪽으로 나갔다.

십 분 후 강유나는 걱정스러운 얼굴로 의자에서 일어났다. 이한수가 괜찮은지 보고 오겠다고 했다. 박재희는 자신이 대신 나가 보겠다며 강유나를 만류했다. 그리고 자리에서 일어나 호주머니 속의 담뱃갑을 툭툭 치면서 냉장고 앞으로 걸어갔다. 냉장고에서 막 꺼낸 차가운 사이다병을 들고 식당을 나갔다.

어느새 밤이었다. 식당에 들어섰을 때만 해도 석양 무렵이었는데 사위가 컴컴했다. 박재희는 여유롭게 휘파람을 불며 주위를 둘러보았다. 이한수는 뒷문으로부터 30미터 떨어진 공터에서 플라스틱 음료수 박스를 붙잡은 채 토하고 있었다. 박재희는 이한수의 옆에 뚜껑을 딴 사이다병을 내려놓았다. 그리고 좀 떨어진 자리에서 담배 한 개비를 꺼내 입에 물었다.

"술도 못 마시는 양반이 왜 그렇게 술을 마셨습니까."

박재희가 비아냥거렸다. 이한수는 대답하지 못하고 헛

구역질만 거듭했다. 이삼 분을 엎드려 있다가 소매로 입가를 닦으며 일어섰다. 박재희가 턱짓으로 사이다병을 가리키자 마지못해서 병을 집어 들고 마셨다. 입가에 흘러내린 사이다를 토사물을 닦은 소매로 다시 문질렀다. 그러곤 혼잣말로 나직하게 세 번 연속 중얼거렸다. 내가 오렌지 새끼한테 질 수야 없지. 일개 평양 오렌지한테 질 순 없다고. 그래 봐야 평양 오렌지야.

박재희는 그 소리를 듣고 피식 웃었다.

이한수가 비틀거리며 박재희 쪽으로 걸음을 옮겼다. 그런데 시야가 흐려졌는지 방향이 오른쪽으로 기울어지고 있었다.

"사랑했던 여자에게 기별도 주지 않고 떠났으면 조용히 살아야지, 도대체 왜 다시 나타난 겁니까."

이한수가 제법 공격적으로 물었다.

"담배 한 대 피우시겠습니까?"

박재희가 뚜껑이 열린 담뱃갑을 의연하게 내밀었다. 이한수는 불쾌하다는 듯 손등으로 담뱃갑을 툭 쳤다. 담배 두 대가 후르르 바닥으로 떨어졌다.

"앞으로 술은 자제하십시오. 주량이 맥주 세 병밖에 안 되시는 분이 뒷감당을 어찌하려고 그 독한 술을 한 병 가까이 마십니까."

박재희가 차분하게 말하자 이한수는 술이 확 깨는 얼굴로 박재희를 쳐다보았다.

"당신이 내 주량을 어떻게 알아."

"첫사랑에 실패하지 않으려면 정신이 멀쩡해야지 센 척하느라 술을 퍼마시고 정신을 다 잃어서야 어디 그 첫사랑 지키겠습니까. 틴에이저도 아닌데."

박재희가 끌끌 혀를 찼다. 이한수가 눈살을 오므리며 노려보았다. 박재희는 피식 웃었다.

"이한수. 1978년생. 경기도 성남시 출생. 보험 외판원 홀어머니 슬하에서 성장. 판자촌. 중학교 3학년 때부터 반 석차 1등. K 신문사 소년 기자. K 신문사의 장학금을 받고 한성대학교 신문방송과 진학. 2000년 K 신문사 입사. 2006년 선데이 K로 좌천. 퇴사. 윤 부장의 권유로 2010년 복귀. 유부녀와 1년간 교제 중. 탈북자 취재로 베이징 출장."

이한수는 박재희의 멱살을 와락 거머쥐었다.

"네가 나에 대해서 어떻게 알아!"

이한수의 목소리에 분노와 적개심이 팽배했다. 충혈된 새빨간 눈자위가 떨렸다. 박재희는 여유롭게 미소를 띠다가 싸늘한 표정으로 돌변하여 이한수의 멱살을 쥐었다.

"당신을 이곳으로 보낸 사람이 누구야. 그 사실을 강유나에게 얘기했나? 못 했겠지. 왜냐. 강유나가 증오하는 사람이니까. 그 사람의 셰퍼드라는 걸 밝힐 수 없겠지. 안 그래? 강유나는 알고 있나? 그 작자의 셰퍼드인 것도 모자라서 결국 강유나를 족치려는 국정원의 끄나풀까지 되었다는 걸? 자, 한쪽에선 강유나를 무사히 데려오라고 널 긴밀히 보냈고, 또 다른 한쪽에선 강유나를 잡아서 파멸시키려 해. 어느 쪽에 서야 할지 결정은 했나? 왜, 아테나의 농간 같아? 아니, 그렇지 않아. 북조선에서도 말이야, 셰퍼드를 발굴할 때는 나름의 법칙이 있지. 머리가 돌아가는 야심만만한 자. 그러나 누가 버려도 괜찮은 자."

이한수가 주먹을 날렸다. 그 주먹은 박재희의 턱을 빗나가 허공으로 쭉 뻗어 나갔다. 그 바람에 중심을 잃고 휘청했다. 충격이 전혀 없었던 것은 아니지만 상대를 녹다운시킬 강타는 아니었다. 박재희도 이한수에게 주먹을 날렸다. 박재희의 주먹은 정통으로 이한수의 턱과 광대 사이로 파고 들어갔다. 이한수의 턱이 휙 돌아갔다.

두 남자는 뒤엉켜 격투를 벌였다. 무릎으로 복부를 올려 찍고 팔꿈치로 등허리를 내리찍었다. 주먹으로 어퍼컷을 날렸다. 이한수가 바닥에 엎어지자 박재희는 발길질을 해 댔다. 두 팔로 얼굴을 가리고 있던 이한수가 날아오는 발을 날래게 붙잡아서 안쪽으로 끌어당기자 박재희가 엉덩방아를 찧으며 뒤로 나자빠졌다. 이한수는 기회를 놓치지 않고 박재희의 배에 올라타 얼굴을 가격했다. 두어 대 맞은 박재희가 허리를 꿈틀거리며 왼쪽 다리로 이한수의 왼쪽 다리를 걸며 중심을 비틀었다. 박재희가 상황을 역 전하고자 이한수의 목을 비틀면서 배 위로 올라탔다. 얼 굴에 주먹을 한 번 찍고 나서였다. 저 멀리서 강유나의 목 소리가 들려왔다.

"두 사람 뭐 하는 거야!"

강유나가 달려오고 있었다.

"박재희, 너 왜 강유나한테 접촉한 거야. 무슨 꿍꿍이야."

이한수는 찢어진 입술에서 흘러내리는 핏줄기를 혀로 핥고는 물었다.

"모르겠어? 난 강유나에게 접촉한 게 아니야. 이한수, 너한테 접촉한 거지."

이한수는 이 상황이 도무지 납득되지 않는 모양이었다. 피범벅이 되어 어리둥절한 표정으로 박재희를 쳐다보았 다. 강유나의 발걸음 소리가 가까워지고 있었다.

2017년 2월 14일, 베이징

강유나, 김동철, 장 목사는 휴게실에서 아직 돌아오지

않은 이한수를 기다리고 있었다. 김동철은 식당에서 네 사람이 다정한 모습으로 찍은 사진들과 그 이후의 사진들을 넘겨 보았다. 식당 뒤에서 벌어진 두 남자의 격투 장면. 김동철이 기억하기에 이한수는 평생 몸싸움을 벌인 적이 없었다. 그들이 친구가 된 일곱 살 적부터 지금까지 단 한 번도. 똘똘이 스머프는 겁이 많았다. 아무리 화가 나도, 억울해도 결코 주먹질을 하지 않았다. 김동철이 최초로 목격한 친구의 격투였다.

식당 밖 공터에서 두 남자 사이에 무슨 일이 일어났던 걸까. 두 남자는 생의 마지막 결투라도 되는 양 뒤엉켜 격렬하게 싸웠다. 김동철은 그 장면을 카메라에 담았다. 어, 이거 명작이네, 명작, 뇌까리는데 이한수가 숙소로 들어오는 게 보였다. 자정이 넘은 시각이었다. 이한수는 만신창이였다.

장 목사가 재빨리 구급약 상자를 들고 왔다. 이한수는 그들을 쓱 보고는 곧장 방으로 갔다. 세 사람은 이한수의 방으로 쫓아갔다. 이한수는 몰골이 그야말로 엉망이었다. 턱이 시뻘겋게 부어오르고, 오른쪽 눈썹 위가 찢어졌으며, 콧대가 휘었다. 강유나는 공동 휴게실로 달려갔다. 냉동고에서 얼음을 꺼내 비닐봉지에 담아서 들고 왔다. 휘어진 코에 닿지 않게 주의를 기울이며 얼음주머니를 턱에 대 주었다.

"도대체 무슨 일이 있었던 거예요."

강유나가 물었지만 이한수는 침묵하며 부어오르지 않은 멀쩡한 눈마저 감아 버렸다.

장 목사가 "꼴이 거지 같네."라고 중얼거리며 상처 부위를 소독했다. 이한수가 찢어진 입술을 다시 깨물다가 윽, 짧은 신음을 토했다.

사람들이 방을 나간 후 강유나는 그 자리에 잠시 오도카니 서 있었다.

"유나 씨, 나갈 때 불 좀 꺼 줄래요?"

이한수가 부탁 조로 말했다.

"한수 씨, 이 불을 끄면 뭐가 보이나요?"

"아무것도."

"한수 씨 방 앞을 지나가다가 바깥에서 몇 번 우연히 방 안을 엿보았어요. 그때마다 한수 씨가 캄캄한 허공을 뚫어져라 보고 있더라고요. 무얼 보는지 궁금했어요."

"……유령이겠죠."

"그 유령이 무서워요?"

그는 대답하지 않았다.

강유나가 침대 가까이로 의자를 끄는 소리가 들렸다. 어둠에 눈이 적응하자 바깥에서 흘러 들어오는 빛이 느껴졌다. 달이 보이지 않지만 달빛일지도 모른다고 이한수는 생각했다. 달빛에 강유나의 실루엣이 어렴풋이 비쳤다. 그녀의 모습이 짙은 어둠 속에 지워졌지만 그래서인지 목소리는 여느 때보다 더 명료하게 들려왔다. 평소엔 그저 맑고 높은 톤이라고만 느꼈는데 이렇게 어둠 속에서 유일하게 도드라지는 그녀의 목소리를 들으니 어떤 한 음절이 누락된 느낌이 들었다. 말 사이에 쉼표가 많은 건 구멍처럼 비어 있는 그 음절을 건너뛰기 전의 주춤거림은 아닐까. 그 음절은 대관절 어디에서 잃어버린 것일까.

"유령이 사라질까요."

이한수가 물었다.

"유령이 사라지는 날은 지구 종말이죠."

이한수와 강유나의 나직한 웃음이 허공에서 섞였다.

"유나 씨는 지구 종말이 오면 무얼 하겠어요?"

"글쎄요. 생각해 본 적 없어요. 당장 한 달 후에 무얼 하고 싶은지도 모르는데 지구 종말의 날까지 생각해야 하나요."

그녀가 볼멘소리로 말하며 웃음을 흘렸다. 그녀와 가까운 쪽 눈이 부어서 제대로 보이지 않지만 함박같이 웃고 있는 것 같았다. 굴렁쇠가 돌아갈 때 바닥에서 차고 나오는, 짧은 바람이 밀려 올라오는 듯한 웃음소리였다.

"유나 씨, 고등학교 이후에 연애 한 번도 안 해 봤다고 했죠."

"네."

"박재희 씨를 너무 사랑했던 거겠죠. 잊을 수 없을 만큼 깊이, 또 간절히."

"아마도요. 아마도 아니거나. 글쎄요, 그 문제에 대해 깊게 생각해 본 적 없어요."

"사랑을 믿나요?"

"사랑, 믿죠. 사랑을 하는 인간은 믿지 않지만요. 하지만……."

"하지만?"

"믿지 않는다고 중단할 필요는 없죠. 언젠가 이한수 씨가 말했듯이 불신을 깨고 싶은 것도 사랑의 일부가 아닐까요?"

"와우."

"왜요? 놀라워요?"

"글쎄요, 아직 생각해 보지 못했어요."

"하하, 따라 하지 마요."

강유나의 웃음소리가 밤의 아리아처럼 방 안에 울렸다. 이한수는 그 소리를 오래 붙잡아 두고 싶었다. 가능하다면 아침 해가 떠오를 때까지. 그녀의 이미지들로 점철된 달콤한 아침까지. 생의 어딘가에서 한 음절을 잃어버려서 그 앞에만 서면 여지없이 주춤하고, 또 그 사라진 음절을 건너기 위해 때론 거침없이 비상하는 듯한 그녀의 목소리가 그의 밤을 지켜 줄 것 같았다. 오래된 악몽들을 지워 줄 것 같았다.

"한수 씨, 지구 종말까지 생각하지 말고요. 마흔 살이 되기 전에 꼭 해 보고 싶은 거 있어요?"

"……사랑이요."

"풋, 시시하게 고작 사랑이요?"

"지금까지 살아오며 아등바등해 온 모든 것들이 사실은 누군가를 사랑해 보지 않아서, 혹은 누군가 나를 사랑한다고 믿어 보지 않아서 그 공백을 채우려고 애쓴 노력들이 아니었을까 하는 생각이 들기 시작했어요. 그렇다면 앞으로 살아가야 할 시간에 누군가를 사랑하거나 누군가 나를 사랑한다는 믿음으로 살아가면 어떨까 궁금해졌고요. 그 누군가가 강유나 씨이길 바라고요."

"동철 씨 말이 옳아요. 똘똘이 스머프다운 고리타분한 대답이네요."

그녀는 대답이 마음에 들지 않는다는 듯이 고개를 설레설레 저었다.

"유나 씨는 사랑하는 인간은 믿지 않아도 사랑은 믿잖

아요. 그러니까 첫사랑을 찾아다녔고, 또 잊지 못한 거 아닌가요?"

"제 안에는 두 가지 음악이 흘러요. 전혀 다른 두 개의 멜로디가 제 혈관을 흐르죠. 하나는 「가브리엘의 오보에」처럼 서정적이고 아름다운 곡이고, 또 다른 하나는 「죽음의 무도」처럼 어둡고 강렬한 곡이죠. 둘 중에서 어느 곡이 남은 생을 지배할지 몰라요."

"아니면 전혀 다른 제3의 곡이거나."

"그렇진 않을 거예요."

"그럴 거예요."

두 사람의 이견 사이에 짧은 고요가 지나갔다.

"있잖아요, 한수 씨. 며칠 전 제게 싱가포르에 갔던 이유를 물었죠? 우연히 철지난 기사를 읽다가 북한 금융사와 영국 보험회사의 분쟁 사건을 읽게 됐어요. 북한 금융사가 싱가포르에 거점을 두었는데 거기 담당자가 박재희였고요. 싱가포르에 가면 어쩌면 박재희를 우연히 만날 수 있지 않을까 기대했던 것도 사실이에요. 박재희와의 첫사랑은요, 음, 제게 의미가 깊어요. 아버지가 실종된 이후로 때려치운 오보에를 다시 연주하게 만들었고, 자살을 기도했던 저를 다시 살고 싶도록 만들어 주었어요. 어쩌면 아버지를 다시 만날 거란 희망을 갖게 되었죠. 다시

이 비참한 인생을 버티고 나아가게 해 준 동력이 되었어요. 그런데 마지막에 전 다시 무너졌어요. 박재희가 기별도 없이, 어떤 이유도 설명해 주지 않고, 떠났죠. 미래를 함께하기로 약속했던 박재희가 왜 갑자기 떠났는지 왜 마지막 인사조차 하지 않고 떠났는지, 알 길이 없었어요. 박재희가 떠난다는 소식을 듣고 집 앞으로 찾아갔었죠. 헤어진 후에 꿈속에서조차 수만 번, 아니 수십만 번도 더 그 집 앞으로 되돌아갔어요. 그날 내가 초인종을 눌렀다면, 그래서 그 집에 들어갔다면, 그래서 그에게 떠나게 된 이유를 물었다면, 그래서 대답을 들었다면, 혹은 내가 함께 북한으로 갔다면 과연 그와 내 관계의 미궁은 사라졌을까? 오늘 박재희를 만나고 깨달았어요. 그렇지 않아요. 그 미궁은 다른 형태로, 다른 시간으로, 공간으로 또 찾아왔을 거예요. 그게 사랑의 본질 아닌가요?"

이한수는 벌떡 일어나 앉았다. 그 바람에 흉곽을 뚫고 단단한 주먹이 들어오는 것처럼 통증이 느껴졌다. 그는 잠시 갈비뼈를 움켜쥐고 숨을 고른 후 어둠 속에서 그녀를 응시했다.

"잠깐만요. 박재희 집에 가 본 적 없다고 했잖아요."

"집에 들어가진 않았죠. 하지만 집 앞에는 갔었어요. 며칠 동안 박재희가 학교에 나오지 않다가 갑자기 싱가포르와 학교를 떠나게 됐다는 소식을 듣게 되었어요. 제정신이 아니었어요. 그래서 무작정 집으로 찾아갔는데, 그래서 초인종 앞에 섰는데 결국 누르지 못했죠. 그날 박재희 어머니가 집 앞으로 나오셨어요. 제게 부탁하셨죠. 돌아가 달라고. 그러지 않으면 박재희가 굉장히 곤란하고 위험한 상황에 빠질 수 있다고."

"박수환 대사의 아내."

"네?"

"아니에요. 휴, 그렇게 된 거였군요."

"네. 자신이 사랑하는 사람이 곤란하고 위험한 상황에 빠지길 누가 바라겠어요."

"아까 식당에서요. 유나 씨와 박재희 씨가 리드 목걸이 얘기를 하던데. 그건 뭔가요?"

"한수 씨, 그거 알아요? 한수 씨는 너무 꼬치꼬치 묻는 경향이 있어요. 기자니까 이해는 해도 누군가에겐 어떤 하나의 질문이나 대답조차 소화하기 버거울 때가 있어요. 하나의 대답에서 이미 생의 전부를 소진해 버린 것 같은 기분이 들 때가 있죠. 박재희와의 사연이 제겐 그래요."

강유나의 대답을 듣지 못했지만 그에겐 식당에서 강유나와 박재희가 나누었던 대화를 들은 기억이 남아 있었다. 강유나는 분명히 그 리드 목걸이를 고등학교 때 잃어

버렸다고 대답했다.

강유나가 의자에서 일어났다. 이한수는 더 붙들고 밤새
도록 대화를 나누고 싶었다. 그녀의 목소리를 계속 들을
수만 있다면 오랜만에 깊은 잠을 이룰 것 같았다. 그녀의
수많은 쉼표들이 자장가가 되어 줄 것 같았다. 하지만 그
녀는 이미 일어서서 방 밖으로 걸어 나가고 있었다. 방문
을 닫기 전 가벼운 한숨을 내쉬고 잘 자요, 인사했다. 찰
칵 방문이 닫히자 이제는 텅 빈 것 같은 심장에 도장처럼
선명한 그녀의 발자국 소리가 찍혔다.

더 이상 유령은 나타나지 않을 것이다. 그 유령은 그가
상상했던 것보다 미남이며 근육질이고 지적이고 세련됐
다. 표준 한국어를 구사하고 목소리도 매력적이었다. 싸
움 실력도 제법이었다. 꿈속에서의 결투는 언제나 이한수
의 완승이었는데 현실에선 그렇지 않았다. 먼저 공격한
건 이한수 자신이었다. 주먹은 허공을 가로질렀다. 되돌
아온 주먹은 정통으로 그를 가격했다. 그의 주먹은 꿈속
에서처럼 강하지도 않았고, 공격에 방어하는 자세가 날렵
하지 않았다. 필패였다.

이 결투가 다시는 일어나지 않으리라는 것을 알았다.
모든 게 뚜렷한 현실에서도, 캄캄한 허공에 그려진 가상
에서도, 아득한 꿈속에서조차도.

잠시 후 만신창이가 된 얼굴을 하고 강유나의 방으로 갔다. 진실을 말해야 했다. 이곳에 온 목적을 고백해야 했다. 그의 손엔 박재희에게서 받은 리드 목걸이가 쥐어져 있었다. 이제는 그 자신이 유령이 되어야 할 차례였다.

2017년 2월, 베이징

아침이 밝자 침대에서 일어난 박재희는 여행용 트렁크 안쪽 그물 주머니에서 카세트테이프 케이스를 꺼냈다. 누런 견출지가 붙은 반투명 케이스는 세월의 잔금들로 덮여 뿌옇게 낡았다. 박재희는 호텔 프런트에 전화를 걸어 호텔 내에 카세트 플레이어가 있는지 물었고, 십 분 후 호텔 직원이 와서 초인종을 눌렀다. 소니 카세트 플레이어를 창가에 두고 낡은 반투명 케이스 안에서 꺼낸 테이프를 끼운 다음 재생 버튼을 눌렀다.

스피커에서 「죽음의 무도」 도입부가 흘러나왔다.

20년 전 강유나와 단둘이 연습실에 남아서 바이올린과 오보에 연결을 연습한 부분을 녹음해 둔 것이다. 사귀기 시작하고 얼마 후였다. 그녀의 오보에 소리가 차츰 힘과 안정감을 찾아가던 어느 날이었다.

학교를 떠난 후 그는 수시로 그 음악을 들었다. 출장을 떠날 때마다 트렁크 안쪽 그물 주머니에 항상 이 테이프를 넣었고, 문득문득 강유나가 생각날 때마다 듣곤 했다. 연주는 고르지 않았고, 수시로 끊겼으며, 다시 또 연결되는 식으로 불완전했다. 틈틈이 그녀의 목소리가 물방울처럼 튕겨 올랐다. 아, 틀렸지, 괜찮았어? 아.

홍지숙은 막 샤워를 마치고 가운을 입은 채로 욕실에서 나왔다.

"또 그 음악을 듣는 거예요?"

홍지숙이 심드렁한 목소리로 물었다.

"언제 또 들은 적이 있었나?"

"당신을 처음 만났을 때. 당신 아파트에 갈 때마다 당신은 이 음악을 들었죠. 당시 당신과 홍연에 함께 왔던 친한 친구가 있었는데 이름이……"

"오민수."

"그 친구는 잘 지내요?"

"응."

홍지숙은 박재희가 오민수에 대해 무슨 이야기를 더 할 거라 짐작하고 침대 가장자리에 걸터앉아 귀를 세우고 들을 준비를 했다. 그녀는 박재희에 대해 알고 싶었다. 가족, 친구, 일처럼 그의 일상을 채운 사소한 모든 것들을 알고 싶었다. 박재희는 등을 돌린 채 창밖만 바라보며 음악을 들을 뿐 아무 말도 하지 않았다.

홍지숙은 박재희가 이 음악을 들을 때면 어떤 의식을 치른다는 인상을 받곤 했다. 평소 박재희는 자신감 넘치고 활달하고 당당한 성격인데 이 음악을 들을 때는 전혀 다른 사람이 되었다. 과묵해지고 우수에 젖어들었다. 그가 일상에서 보여 주지 않는 다른 인물이 되었다. 애도인 것도 같고 숭배 같기도 한 어떤 깊은 감정에 침잠하는 듯했다. 숙연해졌다. 사랑하는 이의 묘지 앞에 서 있는 것처럼.

어제 홍지숙은 식사 내내 조용한 시선으로 박재희를 관찰했다. 박재희는 처음 만나서 헤어질 때까지 강유나에게 거리를 두는 척했지만 그의 눈에서 뿜어져 나오는 따스한 눈빛은 숨길 수 없었다. 강유나의 접시에 빵이나 면을 덜어 주었고, 강유나의 잔이 비기라도 하면 바로 물이나 술을 채워 주었다. 사레가 들려 기침하는 강유나의 등을 걱정스러운 눈길과 애정 어린 손길로 부드럽게 쓸어내렸다. 홍지숙은 한 번도 받아 보지 못한 시선과 손길과 배려였다.

박재희는 자정이 넘어서야 호텔 방에 돌아왔다. 그녀는 잠들지 않았지만 침대에 누워서 그를 기다렸다. 피로감이 몰려와 당분이 필요했다. 방에 있는 스니커즈를 하나 까서 반쯤 먹고 있는데 박재희가 돌아왔다. 박재희는 가죽 재킷만 휙 던져 놓고 샤워도 하지 않은 채 침대 위에 널브러졌다. 고약한 술 냄새와 담배 냄새가 풍겼지만 그녀는 몸을 부드럽게 풀고 그를 안아 주었다. 박재희가 그녀의 팔을 살며시 밀어내고 몸을 돌렸다. 옷가지도 벗지 않고 지퍼만 내린 채로 그녀의 몸을 취했다. 그는 그녀가 얼굴을 돌리지 못하도록 손바닥으로 뒤통수를 눌렀다. 스니커즈의 우둘투둘 한 견과류들이 그녀의 뺨을 압박해 왔다. 아팠지만 그녀는 가만히 통증을 견디었고, 거칠기만 했던 동작은 다행스럽게도 기본적인 욕구를 해소하고 금방 끝나 버렸다.

박재희는 곯아떨어졌고 그녀는 그를 깨우지 않기 위해 모로 누워 식사 자리에서 나왔던 첫사랑에 대해 생각했다. 그때 박재희가 이름을 언급하진 않았지만 그 첫사랑의 대상이 강유나라는 걸 직감으로 알았다. 음악을 들을 때 박재희는 간혹 고등학교 시절의 사진첩을 열고 강유나의 사진을 꺼내곤 했다. 기다란 피리를 들고 예쁘게 웃는 여학생.

홍지숙은 그런 사랑을 받는 강유나가 부러웠다.

다소곳한 발걸음으로 박재희의 등 뒤로 다가갔다. 어깨에 살며시 손을 올리자 박재희가 그녀의 손을 거두었다.

혼자이길 바라는 예의 바른 거절의 몸짓이었다. 홍지숙은 언제나처럼 조용히 그에게서 거리를 두었다.

　7년 전이나 지금이나 박재희는 그녀의 이상형이고 진정으로 좋아하지만 발전된 관계를 기대해서는 안 된다는 걸 알았다. 브로커 일을 하게 된 경위는 알 수 없고 물어본 적도 없지만 그는 베이징 대학을 나온 인재였다. 그녀가 베이징에 와서 알게 된 모든 북조선 사람들 중에서 유일하게 베이징 대학을 졸업한 사람이었다. 반면 그녀는 낮에는 컴퓨터 모니터에 장착한 카메라 앞에서 속옷만 입고 성욕으로 들끓는 남자들과 남사스러운 화상 채팅을 하고, 밤에는 술을 따르고 몸을 파는 접대부였다. 지금 박재희와 시간을 보내고 있지만 그 이상을 바라는 건 과욕이었다.

　박재희가 바닥에 던져 둔 바지와 옷가지들을 홍지숙이 반듯하게 접어서 카우치 위에 올려 두었다. 간밤에 그가 관계를 마친 후 냉장고에서 꺼내 마신, 손바닥 자국을 따라 찌그러진 빈 맥주 캔을 쓰레기통 안의 희멀건 액체가 남은 콘돔 위에 버렸다. 그때까지도 방에는 「죽음의 무도」가 흘렀는데, 홍지숙은 오보에로 이 음악을 연주하는 강유나가 그녀의 동생들을 찾으러 얼마 전 국경 시장에 갔던 걸 몰랐다. 동생들이 강유나를 대장이라고 부르며 따른다는 사실을 몰랐다. 강유나가 바리깡으로 제 어린 동생의 머리를 깎아 주었다는 걸 몰랐다. 두 번 통화했던 장 목사와 동료라는 사실조차 짐작하지 못했다. 박재희가 그녀를 미행해서 동생들의 거처를 이미 알고 있다는 사실도 몰랐다.

2017년 2월, 베이징

강유나와 이한수는 차오양에 위치한 한국 대사관 건물로 향했다. 장 목사에게 빌린 아반테는 둥팡둥루 80미터 앞에서 신호를 받아 잠시 멈추어 섰고, 4차선 도로 끝 정면으로 검은색의 길쭉하고 얇은 창문들이 달린 회색 건물이 보였다. 나뭇잎 한 점 없는 앙상한 나뭇가지들이 도로가에 서 있다. 이한수는 대학 동기였던 영사과 윤수정과 약속을 잡아 두었다.

"얼굴이 왜 그 모양이야?"

윤수정이 피식 웃으며 물었다.

"어, 좀 일이 있었어."

이한수와 윤수정은 간단히 인사하고 휴게실로 이동했다. 강유나가 그들 뒤를 따라갔다.

"이번에는 안 돼."

윤수정이 단호한 목소리로 말했다. 예측하지 못했던 상황 앞에서 이한수와 강유나의 얼굴이 아연해졌다. 밤색 모직 재킷에 검은색 바지 차림을 한 윤수정은 손등을 절반이나 가린 긴 소매를 야무지게 걷어 올렸다.

"한 달 전에 얘기했을 땐 분명히 협조해 주겠다고 약속했잖아."

이한수가 다그치듯 말했다.

"지금은 상황이 달라. 네가 문의해 왔을 때만 해도 베이징에서 열릴 4자 회담의 날짜, 장소, 의견안 같은 게 구체적으로 드러나지 않았었어. 지금 여기 각 나라의 대표들이 와 있어. 얼마 전 싱가포르에서 암살된 황인호 사건이 테이블에서 이용되고 있고. 한국은 대통령 자리가 비었어. 총력을 기울여 외교 방어전을 펼쳐야 하는 마당에 우리가 탈북 어린이들을 대사관에 진입할 수 있도록 돕는다고 가정해 봐. 그리고 그 사실을 북한과 중국 쪽에서 알게 돼. 중국과 북한에 싱싱한 대어를 거저 주는 격이지. 미국은 우리의 실수를 물고 늘어지며 다른 카드를 얻으려 할 테고. 골로 가는 일이야."

"아이들이 대사관 담장을 넘는 것만 허용해 줘. 그다음부터는 불법이 아니잖아."

이번엔 부탁 조로 말했다.

"아니. 우린 그 아이들을 받지 않을 거야. 제3국으로 가. 여기 베이징에선 안 돼. 라오스나 미얀마를 거쳐서 태국으로 가는 게 현재로선 가장 안전해."

"아이들 상태가 그다지 좋지 않아. 장거리 여행을 감당할 체력도 안 되고, 현재 북한에서 미얀마, 라오스와 우호적인 관계를 형성해서 그 지역을 통과하는 것도 안전이 보장돼 있지 않아. 얼마 전 라오스에서 단체로 탈출하려던 학생들이 모두 체포되어서 경비도 삼엄하고."

"이한수."

"응."

"왜 갑자기 정의의 사도가 된 거야? 반반한 얼굴과 기자 신분증으로 유부녀들 등이나 치고 살던 넌 말이야, 사기꾼이 더 어울려. 그리고 다시 말하지만 이곳은 안 돼. 8년 전에 날 한 번 엿 먹인 걸로 충분해, 두 번 죽이진 말아 줘, 알았지?"

윤수정의 말투에 날이 서 있었다. 사실이었다. 이한수는 8년 전 남편에게 허구한 날 손찌검을 당하면서도 혼자 아이들 양육권 문제로 이혼도 못 하고 속앓이만 하던 윤수정과 1년 가까이 만났다. 언제나 그랬듯 헤어질 땐 그녀가 유부녀라는 사실을 지적했다. 그녀의 말처럼 그녀의 영혼을 죽였다.

"현재 아이들의 안전이."

"안 돼. 여기서 준비해 온 모든 활동과 앞으로 일어날 잠재적 활동을 중단해. 장거리 여행이 불가능하다면 베이징을 벗어나서 싼성 밖으로 가. 당분간 그곳에 조용히 지내라고 해. 지금의 형국이 잠잠해지면 그때 미얀마나 라오스로 이동해."

"늘 외교전은 있어 왔지. 아이들은 싼성 밖에서 무국적 자로 의료 혜택도 교육 혜택도 받지 못한 채 떠돌이로 살아야 하고."

이한수가 반박했다.

"아이들이 자진해서 대사관 담장을 넘는 건 당신네 과실이 아니잖아요. 그다음부터가 외교전이고요."

조용히 듣고 있던 강유나가 한마디 보탰다.

"쟤들은 뭐 대가리가 없을 거 같아요? 제가 이한수와 연락해 온 거나 오늘 이 미팅까지 이미 손에 다 쥐고 있을 거예요. 제가 여기 소속인데 이번 일을 추진한 사람들과 연락을 취하고 미팅까지 했어요. 그런데 쟤들이, 아, 이건 아이들이 자력으로 한국 대사관 담장을 넘은 거다 판단할 거 같아요?"

이한수는 아랫입술을 지그시 깨물었다. 윤수정의 논쟁

은 일리가 있었다. 저쪽에서 한국 정부의 입장을 순순히 받아들일 리 없었다. 살쾡이처럼 물고 늘어질 것이다.

"아이들의 생명이나 안위에 대해선 조금도 염두에 두지 않는 거네요, 윤수정 씨."

"정부 입장은 조금도 배려하지 않는군요, 강유나 씨."

"인권을 이런 식으로 무시하는 게 정부의 역할인가요?"

"강유나 씨, 어느 나라 국민인가요?"

"저에겐 국가가 없어요."

"하, 자칭 아나키스트? 어쨌든 우리는 현지에 있는 자국민의 안전과 이익을 우선으로 해요. 스스로는 대한민국 국민이 아니라고 생각하는 강유나 씨 같은 국민까지 포함해서요. 하지만 북한 아이들은 한국에 입국하기 전까지는 자국민이라고 볼 수 없어요."

"그럼 이 아이들은 어느 나라 소속이죠? 어느 정부로부터 보호받을 수 있는 거죠? 당신 말이 옳다면, 이 아이들은 자국에 돌아가서 다시 수용소로 가거나 처형당하는 식으로 제 정부의 보호를 받아야 하겠네요?"

강유나의 목소리가 이전보다 날카로워졌다.

"강유나 씨, 대사관은 무국적자를 돕기 위한 기관이 아닙니다. 아이들의 인권 문제가 걱정되신다면 유니세프를 소개해 드릴까요."

윤수정이 먼저 테이블에서 일어났다. 짤막한 고개인사를 예의 바르게 건넨 후 차가운 구두 굽 소리를 또각또각 내며 멀어졌다.

강유나는 다시 한번 설득해 보려고 빠른 걸음으로 윤수정 쪽을 향했다. 그때 휴대폰 벨이 울렸다. 액정을 보니 고등학교 때부터 친구이자 코코넛 후원자이고, 싱가포르 주재 미국 외교관인 마이크의 번호였다. 그녀는 걷는 속도를 조금 늦추며 전화를 받았고 이내 걸음을 뚝 멈추었다.

"응, 마이크."

"황인호가 암살되기 이틀 전 싱가포르 사격 클럽에서 총 두 자루가 사라졌어. 그 때문에 사격 클럽이 임시 폐업했고. 총이 유실된 날짜에 폐쇄 회로 카메라는 먹통이었어. 제길, 유나, 당장 뉴스 틀어 봐."

한국 대사관 로비에 비치된 텔레비전 앞으로 걸어갔다. 중국 CCTV에서 뉴스가 방송되고 있었다. 말레이시아 공항에서 김정남이 독극물에 의해 암살됐다는 속보였다.

2017년 2월, 베이징

"비상이에요."

강유나가 숙소에 들어서자마자 말했다.

"우리를 돕기로 했던 한국 대사관에서 이번에 도울 수 없다는 거절 의사를 분명히 해 왔어요."

강유나의 말이 끝나자 모두 실망하고 난감한 표정이 되었다.

"계획 변경이 불가피해요."

강유나는 말끝을 흐리며 머리를 쥐어뜯었다.

그들은 다섯 명의 남자아이들을 제3국으로 탈출시킬 작전을 짰다. 작전명은 '독수리 5형제'다. 지난 일주일 동안 가장 안전한 경로를 물색해 왔다. 중국 서남부 쪽으로 이동하여 라오스를 거쳐 태국으로 가는 경로는 막혔다. 며칠 전 그곳에 수학여행을 갔던 북한 학생들이 탈출을 시도하다가 체포된 후로 경비가 더 삼엄해졌다. 게다가 아이들은 모두 영양실조 상태였고, 공재필은 발목에 심한 부상을 입어 파상풍에 감염되었다. 장거리의 험난한 여정을 떠나기 전 체력 회복이 불가능했다.

디데이는 베이징에서 회담이 끝나기 전으로 정했다. 회담은 이틀 후면 끝난다. 시간적 여유가 없었다. 베이징 내에서 탈출 경로를 찾기 어려워서 불가피하게 찾은 대안이 한국 대사관 진입이었는데 그쪽에서 거절해 왔다.

"정말 안 된대?"

장 목사가 물었다.

"자, 한국 대사관에선 당분간 안 된다고 말했어요. 그 당분간은 몇 달이 될 수도 있고 몇 년이 될 수도 있어요. 베이징에선 받아 줄 수 없으니 태국으로 가랍니다. 미얀마나 라오스를 거치는 태국행에 현재 무리수가 따르면 중국 쌴성 밖에서 잠잠해질 때까지 있으라는 거예요. 아무래도 회담에 끼칠 영향을 무시하지 못하는 것 같아요. 정치적으로 중국이나 북한과 우호적인 국가들을 1순위로 배제하고. 오는 길에 이한수 씨와 상의해 봤어요. 미국, 영국, 프랑스, 일본, 캐나다 같은 나라의 대사관들이 거론되었고, 최종적으로는 여러 변수를 감안하여 이 아이들을 가장 안전하게 지켜 줄 수 있는 미국 대사관으로 결정했어요."

"미국도 이번 회담에 참석했잖아."

"그래서 더더욱 사전에 그쪽과 연락을 하거나 상의하면 안 돼요. 윤수정의 말로는 이미 우리가 그들과 연락을 취해 오고 미팅까지 가졌던 것이 덜미를 잡을 거라고 했어요. 아주 틀린 말은 아니죠. 미국은 이번 회담에 참석했지만 아이들을 받아 주지 않을 경우 국제적으로 비난을 면치 못할 거고, 어쨌든 우방국으로서 지위를 지키기 위한 시도는 할 거예요. 우린 내일 당장 미국 대사관 주변

건물들과 동선과 주변의 감시망을 관찰해야 해요. 싱가포르 주재 미국 대사관에서 근무하는 마이크가 한 가지 정보를 줬는데, 베이징에 있는 미국 국제 학교에서 대사관 견학을 갈 예정이에요. 정확히 말하면 대사관 내의 역사관이요."

강유나가 책상 위에 베이징 지도를 펼치면서 말했다.

"아이들에게 미국 국제 학교 교복을 입히면 어떨까요."

이한수가 방금 떠오른 듯 말하고 물 한 모금으로 목을 축인 후 말을 이었다.

"아이들이 외모는 국제 학교에 재학 중인 동북아시아 아이들과 닮았지만 외관이 문제예요. 그렇다고 외국인으로 보이지도 않죠. 미국 국제 학교에 동북아계 학생들이 다닌다고 들었습니다. 같은 교복을 입히면 승산이 있다고 봅니다. 미국의 정치적 입장을 고려했을 때 만약 그곳에서 예상치 못한 불미스러운 일이 생겨도 수습하기 쉽고요."

"그럼 내일 아침 당장 미국 대사관 쪽으로 답사를 나가야 해요. 첫째, 대사관 인근 지도를 구해야 하고, 둘째, 그학교 교복을 사야 할 거예요. 난 지금 가서 아이들의 치수를 재겠어요. 한수 씨는……."

"아이들의 치수를 잴 때 신발 치수도 적어 줘요. 지금아이들이 신은 신발은 국제 학교에 다닐 법한 아이들이 신는 종류가 아닐 겁니다. 비용이 더 지출되더라도 나이키나 아디다스 브랜드면 괜찮을 거 같아요."

"사야 할 게 꽤 많네요."

김동철이 걱정스러운 표정으로 말을 이었다.

"동철 씨나 한수 씨 혹시 돈 좀 가진 거 있어요?"

강유나가 물었다. 장 목사가 미안한 듯 백발의 머리통을 긁적였다.

"일단 제 신용카드로 지불할게요."

이한수가 대답했다.

"자자, 그럼 어서 움직여요."

<u>2017년 2월, 베이징</u>

비밀의 문을 열었다. 강유나는 사다리를 타고 지하로 내려갔다. 이한수와 김동철도 뒤따랐다. 갑작스럽게 계획이 변경되었으니 이 사실을 아이들에게 알려 주어야 했다. 감기 기운으로 옷을 겹쳐 입었는데도 강유나는 한기가 느껴져서 어깨를 옹송그렸다. 이한수가 회색 후드 티를 벗어 그녀에게 걸쳐 주었다.

그들은 스위치를 올려 불을 밝혔다. 그리고 테이프로

봉한 검은 봉지를 바닥에 털썩 내려놓았다.

"자, 다들 모여 봐."

아이들이 호기심 어린 눈빛으로 검은색 봉지 앞으로 모여들었다. 강유나는 요새 유독 귀여워하며 챙긴 아홉 살짜리 홍두봉을 옆구리에 끼고 바닥에 앉았다. 다섯 살 위의 형 등에 업혀 지난가을 두만강의 세찬 물줄기를 건넌 아이였다. 앞니 네 개가 몽땅 빠져서 웃을 때마다 그 사이가 텅 비어 있었는데 새 이는 금니로 나게 해 달라고 밤마다 두 손을 모으고 기도했다.

이한수가 둘둘 말아 온 전지를 풀어서 벽에 붙이자 김동철이 거들었다. 두 장의 전지에는 지도가 그려져 있었다. 하나는 미국 대사관 인근의 일반적인 거리 지도이고, 다른 하나는 마이크를 통해 받은 대사관 건물 내부 상세도였다. 군데군데 중요 지점을 프린트한 사진들과 글자가 적혀 있었다. 그러나 학교에 다녀 본 유종호를 제외하곤 아무도 글자를 읽지 못했다.

"자, 여기가 미국 대사관이야."

이한수가 작대기로 가운데의 빨간 별 표시를 짚었다.

"우리의 원래 계획이 바뀌었어. 내일 아침 진입하기로 했던 한국 대사관은 가지 않기로 했어."

아이들이 술렁였다. 김동철이 아이들을 진정시키고자

두 손을 벌리고 손바닥으로 먼지 날리는 허공을 쓰다듬었다. 한국 대사관에서 아이들의 잠입을 거절한 이유는 차마 설명할 수 없었다.

"현재로선 한국 대사관 진입이 어려워. 자, 여기 이 별표가 있는 학교로 진입할 거야."

이한수는 설명하면서 아이들 얼굴 하나하나를 훑어보았다. 아이들의 눈에 교차하던 희망과 두려움 중에서 희망이 완전히 밀려나는 순간이었다.

"그러니까 저기도 한국 대사관처럼 중국 땅이 아닌 거지요?"

공재필이 손을 번쩍 들고 물었다.

"응, 저긴 미국 땅이나 마찬가지야. 중국 공안이나 북한 보위부가 막무가내로 쳐들어오진 못할 거야. 이 방법이 아니면 우린 몇 달을 더 기다려야 할지도 몰라. 아니면 몇 년을. 상황이 어떻게 변하느냐에 따라서 다르겠지."

"그럼 우리가 잡혀갈 수도 있다는 뜻인가요."

"너희의 안전을 사수하기 위해서 우리 모두 최대한 노력할 거야."

이한수는 마치 브레이크 타임을 맞은 농구 팀 감독처럼 보였다. 다리를 벌리고 서서 씩씩하게 말하려고 애썼지만 사실 그는 자신이 없어 보였다. 과연 자기 말이 얼마나 위력을 발휘할지 미지수라는 듯이. 인간의 삶은 노력으로 완성되지 않는다고 언젠가 지나가듯이 내뱉었던 냉소적인 말이 떠올랐다. 조금 전 지하로 내려오기 전에 그는 이 상황이 축구나 농구 같은 단체경기 직전의 작전 계획이면 좋겠다고 말했다. 실패해도 언젠가 다시 싸울 기회가 주어지는 운동경기 말이다. 이번 작전은 실패하면 그걸로 끝이었다. 체포될 경우 아이들은 북송될 것이다. 고문을 당하거나 수용소로 이송될 것이다. 최악의 경우 본보기 삼아 사형을 당하기도 한다.

이한수는 일단 아이들이 대사관 진입에 성공만 한다면 언론을 이용해 이 문제를 국제적인 인권 문제로 몰아 갈 계획이었다. 현재 중국에 체류 중인 북한 인권 문제로 저명한 BBC 기자에게도 연락을 해 둔 상태였다. 그러나 언제나 그러하듯 결과는 장담할 수 없었다. 기적을 기대해야 했다.

강유나는 가운데에 놓인 검은 봉지 세 개를 풀기 시작했다. 김동철의 도움을 받아서 물품들을 꺼냈다. 막내 홍두봉이 나서서 거드는 모습이 기특해 강유나는 아이의 목덜미를 안고 가슬가슬한 정수리에 입을 맞추었다.

아이들은 교복 한 벌과 나이키 혹은 아디다스 운동화 한 켤레, 책가방 하나씩을 받았다. 사이즈가 맞는지 입어 본 아이들이 서로를 흘긋거리고 손가락질하며 낄낄거렸다. 좀 전에 압도되었던 두려움은 어느새 잊은 듯했다. 처음 입어 본 교복이 어색해서 부끄럽고 신기한 모양이다.

막내가 헐렁한 교복을 내려다보며 입술을 뾰로통하게 내밀었다.

"껍딱지, 너 이제 정말로 학생 같구나, 야. 이제 학교 가서 공부만 하면 박사님도 되겠다."

형들이 놀리자 동그란 귓불이 발갛게 달아올랐다.

이한수와 김동철이 테이프를 정리하는 사이 발목에 붕대를 감은 공재필이 호주머니에서 꺼낸 면도날을 흔들어 보였다.

"이번에 잡히면 면도날로 손목을 그어 버릴 거다. 아니면 요기 목이나."

아이는 서슬 퍼런 칼날로 손목의 동맥이 지나가는 자리를 적확하게 가리켰다. 몇 번이나 연습해 본 게 틀림없었다. 공재필은 살기 넘치는 눈빛으로 면도날을 휴지에 돌돌 말아서 교복 바지 호주머니에 도로 넣었다.

2017년 2월 14일, 베이징

강유나가 마지막으로 사다리를 올라가려는데 유종호

가 그녀의 옷깃을 살며시 잡았다. 고개를 돌린 강유나는 유종호의 눈을 보았다. 늘 흐리멍덩하게 풀려 있던 눈 속에 이전에 보이지 않던 작은 빛 조각이 반짝였다. 착각일 수도 있고, 아직 희망의 신호라고 단언할 순 없지만 그건 분명 빛이었다. 그렇다고 믿고 싶었다.

둘은 강유나의 방으로 올라갔다. 침대 가장자리에 앉아 있던 유종호가 망설이듯 무릎 위에 모은 두 손을 비볐다.

"…… 감사합니다."

유종호를 구출한 후 처음 듣는 목소리였다. 저음이지만 발음이 정확했다. 배우 한석규의 목소리와 흡사했다. 악기로 분류하자면 오보에 소리와 비슷했다. 매력적인 음성이었다. 유종호의 목소리는 훗날 성우를 해도 될 만큼 감미롭고 격조 있는 톤과 어감을 가졌다.

"어쩌면 선생님이 저보다 훨씬 힘든 시간을 보냈을 거란 생각이 들었어요."

"난 선생님이 아니야. 그냥 누나라고 불러. 누나라고 부르기엔 내 나이가 너무 많나? 그럼 그냥 아줌마라고 불러도 돼."

"만약 그날 어머니의 죽음을 보지 못했다면, 선생님처럼 어머니가 살았는지 죽었는지도 모른 채 살아가야 했다면 그게 더 끔찍했을 거예요."

"맞아, 그건 정말 끔찍해. 그렇다고 해서 내 고통이 더 크단 얘긴 아니야. 누구에게나 자기만의 고통이 있고, 그건 타인의 경험치로 환산할 수 없거든."

"한국에 가면 저도 선생님과 같은 일을 하고 싶어요."

"정말? 네가 그렇게 생각해 주는 건 영광인데 이보다 더 근사한 일들이 많아. 네 목소리가 이렇게 멋지니까 훈련을 좀 받아서 성우를 해도 되고, 아니면 대학에 들어가서 공부하며 차차 네가 무얼 하고 싶은지 생각할 시간은 얼마든지 있어."

"저건 총인가요?"

유종호가 책상 위의 뚜껑이 열린 오보에 케이스를 보며 물었다. 그 말이 그녀의 열 살 생일을 상기시켰다. 그녀도 오보에를 처음 보았을 때 장총으로 오해했다. 그녀에게 오보에를 물려준 아버지도 어릴 적 그것을 장총으로 넘겨짚었다고 했다. 총이 아닌 악기를 상상할 수 없는 시대였다고. 그런데 시대가 바뀌어도 변하지 않는 것이 있었다. 1980년대 후반의 강유나나 2017년의 유종호가 그것을 아직도 장총으로 오해한 것처럼.

"악기야. 관악기."

"관악기요?"

"피리 알지? 피리 종류의 악기야. 정말 멋진 소리를 내지. 네 목소리처럼."

유종호는 칭찬이 어색하고 부끄러웠는지 뺨에 홍조를 드리웠다.

"선생님이 저 피리를 불 줄 아세요?"

"음…… 지금은 불 수 있나 모르겠다. 왜, 들어 보고 싶어?"

유종호는 고개를 끄덕였다. 훌륭한 연주는 아니더라도 음계를 연주하는 건 가능했을 텐데. 리드가 없어서 연주를 할 수 없는 게 조금 아쉬웠다. 강유나는 유종호의 옆으로 가서 앉았다.

"어떤 소리를 내나요?"

"뱃고동."

"뱃고동……."

"위기에 처해 절망에 빠졌을 때, 길을 잃고 방황할 때, 그러나 아직은 살고 싶다는 바람이 희미하게 스쳤을 때 내게 가야 할 방향을 알려 준 소리야."

"꼭 들어 보고 싶어요."

"부우— 부우— 하하, 더 고운 소리지만 이 소리와 비슷한 소리를 내. 목관악기 중에서 저음군에 속해. 방콕에 도착하면 누나가 저 악기를 들고 찾아갈게. 알았지? 네가 배우고 싶다면 내가 기초 정도는 가르쳐 줄 수도 있어. 기억이 가물가물하긴 하지만 음계는 알려 줄 수 있을 거야. 아버지가 나에게 가르쳐 주었던 것처럼."

말하는데 가슴이 뭉클해졌다. 그녀는 누구와도 섣불리 약속을 하지 않는 편이었다. 특히 누군가를 기다리게 만드는 약속이라면 되도록 삼갔다. 간혹 약속을 하면 기필코 지키려고 노력해 왔다. 지금의 약속도 그럴 것이었다.

"기다리겠습니다."

유종호가 말했다. 그녀의 눈시울이 젖어 들었다. 기다리겠습니다, 그 짧은 문장이 가슴을 관통했다. 기다리겠습니다, 그 말은 그녀가 살아온 생에서 수백만, 아니 수천만 번 독백으로 토해 낸 말이었다. 기다리겠습니다, 이 문장이 지닌 의미의 깊이를 누구보다 잘 알았다.

다시 사다리를 타고 지하 은신처로 내려가는 유종호를 보며 강유나는 다짐했다. 기회가 주어진다면 그의 목소리와 닮은 오보에 소리를 들려주고 싶었다. 유종호가 원한다면 아버지가 그랬던 것처럼 이 악기의 음계 연주법을 가르쳐 주고 싶었다. 새 발자국처럼 총총총, 지문으로 은색 단추들 위를 뛰어다니는 멋진 경험을 맛보게 해 주고 싶었다. 마침내 저기 깊고 깊은 내부에서 끌어 올린 아득하고 비밀스러운 숨이 아름다운 소리로 울려 퍼질 때의 전율을 느끼게 해 주고 싶었다. 그녀는 오보에를 바라보며 생각했다. 살면서 분명한 이유가 없이도 하게 되는 것들이 있고, 역으로 반드시 이유가 있어서 하게 되는 것들이 있다면, 오보에는 언제나 그녀에게 명확한 의미들을 주었다고. 불가항력적인 이유를 주었다고. 삶의 방향을 제시해 주었다고. 그리하여 그녀는 이곳에 와 있다고. 어쩌면 그것은 아름다운 소리를 향한 인간의 원초적 갈망에서 비롯되었다고.

2017년 2월, 베이징

100년의 밤처럼 긴 밤이 지나갔다. 지하 은신처에서 잠을 이룬 아이들은 한 명도 없었다. 지상의 어른들도 마찬가지였다. 아침이 밝자 아이들의 눈꺼풀 사이로 잠이 밀려드는 게 역력히 보였다. 그런데도 대부분 정신은 여느 때보다 멀쩡하고 호기를 부렸다. 아이들이 한 번도 다녀 본 적 없는 학교의 교복을 챙겨 입고 나가서 숙소 앞에 세워진 밴에 올라탔다. 장 목사가 운전대를 잡고 보조석에 사진기자 김동철이 앉고 뒷자리에 강유나와 이한수가 아이들 틈에 앉았다. 강유나는 아이들의 긴장을 풀어 줄 겸 초코파이를 하나씩 나누어 주었다.

그들은 미국 대사관을 향해 달리고 있었다. 이따금 덜 컹거리는 차 안에서 다섯 명의 남자아이들 얼굴에 희망 찬 미소가 어렸다. 머지않아 따뜻한 쌀밥을 먹을 수 있다 는 희망, 글을 배우고 학교를 갈 수 있다는 희망, 국적을 갖게 되어 아플 때마다 의료 혜택을 받을 수 있다는 희망, 무엇보다 미래에 대한 희망을 가질 수 있다는 희망. 이 세 계의 수많은 아이들이 이 시간에도 너무나 당연하게 누리 고 있는 아주 사소한 것들을 가져 보고 싶은 희망.

슈파, 슈파, 슈파, 슈파! 우렁찬 엔진 소리! 독수리 5형제!

아이들이 「독수리 5형제」 주제곡을 부르는 동안 미국 대사관에서 100미터 떨어진 곳에서부터 차가 속도를 슬 슬 늦추었다. 미국 대사관 앞은 주정차 금지 구역이었다. 차는 미국 대사관 정문에서 50미터 떨어진 텐저루에 정 차한 미국 국제 학교 셔틀버스 뒤에 멈추어 섰다. 미국 대 사관 견학이 예정돼 있던 아이들이 버스에서 차례로 내리 는 모습이 보였다.

아이들이 차에서 내리기 전 강유나는 막내 홍두봉의 손을 잡았다. 수상한 사람이 다가오거든 재빨리 달려서 대사관 정문을 통과해야 한다고 재차 일렀다. 대사관에

들어선 후엔 뒤돌아보지 말고 건물 안으로 달려가야 한다
고 덧붙였다. 홍두봉이 비장하게 고개를 주억거렸다. 그
러곤 무언가 생각났는지 호주머니를 뒤적거렸다. 그녀는
홍두봉이 건넨 사진 한 장을 받았다.

"저희 누나와 함께 찍은 사진입니다. 혹시 제가 잡히면
저희 누나가 곤란해질 수도 있으니까 대장님이 가지고 계
셨다가 나중에 서울에 오시면 주세요."

강유나는 홍두봉의 사진을 받아 들고 씁쓸한 미소를
지었다. 제 생각만 해도 모자랄 어린아이가 가족의 안위
를 더 걱정한다는 사실이 기특하면서도 짠했다. 잡히지
않을 거라고, 무사히 정문을 통과할 거라고 용기를 주었
다. 하지만 언제나 그렇듯 확신할 수 없어서 불안과 긴장
으로 짓눌린 위가 조여들고 쓰라렸다.

이한수가 대각선 방면에 신호를 보냈다. 관광객으로 위
장한 김동철이 캠코더를 들고 풍선껌을 질겅질겅 씹으며
대기 중이었다. 차 문이 열리자 아이들 다섯 명이 차례로
내렸다. 나이가 가장 많은 유종호가 앞장을 섰고, 그다음
에 공재필이 목발을 집고 내려섰다. 나머지 세 명도 그들
뒤를 따랐다.

아이들은 미국 국제 학교 학생들 틈에 자연스럽게 섞
여 들었다. 서로 간격을 두고 인도를 걸었다. 국제 학교

재학생들 중 절반 이상이 미국 국적이나 외국 국적을 가진 동북아계 학생들이었다. 같은 검정색 머리카락에 같은 황색 피부였다. 같은 교복도 입었다. 진짜 학생들 틈에 섞이자 아이들은 감쪽같이 그 학교 학생들처럼 보였다. 아이들은 당당한 척 연기하면서도 어딘지 모르게 불안정한 걸음으로 정문을 향해 나아갔다.

강유나는 떨어지는 아이들을 보다가 홍두봉이 준 사진으로 잠시 시선을 떨어트렸다. 망치로 머리를 얻어맞은 듯 강렬한 충격에 두개골이 쩍 갈라지는 것만 같았다.

왜 이 여자가 이 사진 속에 있는 거지? 진진…… 박재희와 함께 있던 여자…… 두봉이와 두식이의 누나…… 동일 인물……. 박재희가 이 작전을 알고 있어!

부리나케 아이들을 따라서 차에서 내리려고 일어났다. 이한수가 저지하고 나섰다. 그와 강유나 사이에 육탄전을 방불케 하는 몸싸움이 일어났다. 이한수는 강유나가 움직이지 못하도록 차 바닥에 눕히고 팔꿈치로 쇄골 가운데를 눌러서 제압했다.

"이 계획은 이미 노출됐어요."

강유나는 격앙하며 소리쳤다.

"도대체 무슨 말이에요."

"우리 계획이 노출됐다고요!"

그녀가 파들파들 떨며 말했다. 그때 어디선가 공안인지 보위부인지 사복들이 나타나 앞장서서 걷는 공재필을 먼저 제압했다. 목발을 집고 있던 공재필이 체포되자 뒤따라 걷던 나머지 아이들 중 유종호가 그 광경을 보고 놀라서 허둥지둥 달리기 시작했다. 어느새 열댓 명의 숫자로 불어난 사복들이 우르르 나타났다. 아이들은 그동안 배운 대로, 혹은 본능적으로 힘껏 달렸다. 홍두식은 영리하게 불구경하듯 걸음의 속도를 늦추면서 국제 학교 학생들 틈으로 끼어들었다. 목발을 놓친 공재필은 자신을 짓누른 사내를 향해 면도칼을 휘두르다가 곤봉으로 머리를 가격당하고 쓰러졌다. 공재필의 관자놀이를 타고 흘러내리던 핏줄기가 어느새 갈기 져서 얼굴을 덮었다. 어느 모로 보아도 국제 학교 아이들과 비슷한 외관이었는데 사복들은 다섯 명의 아이들을 정확하게 잡아냈다.

"씨발! 이거 놔!"

강유나가 악다구니를 부리며 몸부림쳤다. 이한수는 놓아주지 않았다. 필사적으로 붙들었다. 그녀는 이한수의 몸통에 짓눌려 차 바닥에 누운 채 눈만 간신히 돌려서 아이들 쪽을 바라보았다. 미국 대사관 정문 앞은 삽시간에 아수라장이 되었다.

사이렌이 울리자 국제 학교 학생들은 다급히 셔틀버스

로 돌아갔다.

미국 대사관의 검은색 철문이 닫히고 있었다. 보초를 서는 군인들의 숫자가 늘어났다. 문이 닫혔다. 거기까지 이른 남자아이 두 명이 가까스로 정문 쇠창살에 매달렸다. 한 명은 불구경하듯 시치미를 떼던 홍두식이였고, 다른 한 명은 막내 홍두봉이였다.

이제 막 붙잡힌 홍두봉이 쇠창살을 부여잡고 발버둥치다가 미끄러졌다. 막내에게 손을 뻗던 홍두식은 막내가 사복에게 붙잡히자 엎어진 아이의 어깨와 등을 밟고 쇠창살 꼭대기 난간으로 올라갔다. 서서히 밀려나는 홍두봉은 홍두식의 바짓단을 붙잡고 늘어졌지만 형의 드센 발길질에 못 이겨 놓치고 말았다.

생존자는 단 한 명이었다.

9장

적과의 동침

<u>2017년 2월, 베이징</u>

강유나가 사라졌다.

이한수는 벽에 붙여 둔 아시아 지도를 응시했다. 강유나는 어디로 갔을까. 그녀가 마지막으로 있었던 곳은 공안과 보위부가 출동한 미국 대사관에서 황급히 돌아와서 폐가 앞에 세운 2017년식 토요타 밴 뒷자리였다. 여느 때처럼 바짓단이 너덜너덜해진 물 빠진 리바이스 청바지와 하얀색 셔츠를 입고 그 위에 검정색 잠바를 입었다. 낡아서 해지고 세탁한 지 오래되어 새까매진 운동화를 신고 있었다. 포니테일로 묶은 갈색 머리는 흐트러져서 군데군데 머리카락들이 연줄처럼 흘러내렸다. 울음을 참느라 윗니로 꽉 깨문 아랫입술이 떨렸고 손톱을 연방 물어뜯었다. 손톱을 물어뜯지 않는 다른 손으로는 홍두봉이 맡긴 가족사진을 꽉 움켜쥐고 있었다. 그게 이한수가 본 마지막 모습이었다.

"지금 당장 못 떠난다고?"

조금 전 사태를 수습하기 위해 숙소로 찾아온 윤수정이 되물었다. 외교관 윤수정은 화난 목소리였다. 이한수가 도무지 이해되지 않았다. 오늘 오전 베이징 주재 한국 대사관에서 비상령이 떨어졌다. 이한수 기자를 중국에서 조속히 탈출시키라는 지시가 내려왔다. 중국 내 탈북 아이들과 인권 단체를 도우며 불법 취재를 감행해 왔던 사실이 오늘 아침 중국 공안에 발각되었다. 시기적으로 보나 정치적으로 보나 최악의 상황이었다.

내일 베이징에서 한국, 북한, 미국, 중국의 회담이 열린다. 1997년 이후 20년 만에 본격적으로 추진된 4자 회담이었다. 이한수가 체포되어 취조를 당할 시 이곳에서 불법적으로 벌여 온 취재 과정들이 하나하나 밝혀진다면……. 그리고 그런 이한수에게 한국 대사관 외교관 신분인 자신이 도움을 준 사실이 알려진다면……. 골치가 아팠다.

이번 일은 회담 석상에서 거론될 것이었고, 어떤 식으로든 이용될 가능성이 적지 않았다. 그 변수는 외교적으로 한국 쪽에 결코 좋은 카드가 아니었다. 돌이켜 보면 이한수와 엮어서 좋은 꼴을 본 적이 없다. 이번에도 후회했지만 이미 늦었다.

점입가경은 이한수가 당장 베이징을 벗어나도 모자랄 판에 일행을 찾아야 한다고 뻗대는 것이다. 며칠 진 한국 대사관에 동행했던 여자 강유나를 찾아야 한다고 고집을 부렸다.

아시아 지도를 쳐다보던 이한수가 윤수정 쪽으로 돌아섰다.

"미안해. 강유나를 먼저 찾고 바로 떠날게."

"이한수 넌 중국에서 승낙하지 않은 불법 취재를 해 왔던 게 발각됐어. 여기서 미적거리다가 체포되는 순간 끝장이야. 내가 예약해 둔 비행기를 타고 떠나. 가장 빨리 이곳을 떠날 수 있는 방콕행 비행기야. 방콕에서 한국으로 돌아가. 그게 널 지킬 유일한 길이야."

"이렇게 떠날 순 없어."

"이, 한, 수. 너 돌대가리야? 베이징에서 지금 4자 회담이 열리고 있어. 잔칫집에 잿물 끼얹지 말고 내가 예약해 준 비행기를 타고 당장 떠나라고!"

윤수정이 언성을 높였다.

"시간을 줘."

"이한수. 강유나 그 여자가 네 안위보다 더 중요해?"

"응."

"국가에 불이익을 주더라도 그 여자를 지켜야 하는 거야?"

윤수정이 냉정을 되찾고 물었다. 이한수는 윤수정의 눈을 직시했다.

"응."

이한수의 대답에는 한 치의 흔들림도 없었다.

"응. 강유나를 찾아야 해."

이한수의 비장한 표정을 보고 윤수정은 항복하듯 두 손을 들어 올렸다. 이한수를 처음 알게 된 순간부터 지금까지 단 한 번이라도 이 남자를 이겨 본 적이 있던가. 없었다.

"이한수, 다시 말하지만, 지금부터 베이징에 체류하는 동안 네가 체포되면 우린 널 보호해 줄 수 없어. 넌 중국 법에 의해 처벌받게 될 거야."

사실이었다. 그녀가 준비해 준 티켓을 들고 떠나지 않는 이 순간부터는 대사관 측에서 해 줄 수 있는 게 없었다. 그녀의 손을 떠난 일이었다. 이제는 이 남자가 중국

정부에 체포되든 드넓은 중국 땅 어느 감옥에 감금되든 관여하지 않으리라.

"자, 지금부터 잘 들어. 너희가 한국 대사관에 찾아온 건 비자를 연장하기 위해서였어. 너희가 비밀리에 준비한 그 일은 우리와 아무 상관도 없었어. 알겠어?"

"응."

윤수정은 가차 없이 뒤돌아섰다. 문간을 벗어나 모퉁이를 돌았을 때 이한수의 목소리가 들려왔다.

"윤수정, 고마워."

그녀는 그대로 복도를 걸었다.

2017년 2월 싱가포르

늦은 오전 뙤약볕 아래서 마이크는 테니스장에 있었다. 상대편에게 서브를 하기 전 노란 테니스공을 손바닥 안에서 굴렸다. 머릿속이 복잡했다. 베이징에서 열릴 4자 회담은 전초전이다. 북한, 한국, 미국, 중국 대표들이 북경에서 만나 납북자 문제, 핵 폐기 문제, 북한이 비밀리에 시리아로 보내는 무기들과 시리아에서 발견된 북한의 핵 원자료 문제들이 논의될 예정이다. 북한에선 경제 지원 문제와 경제 제재 해제 문제를 협상안으로 들고 나올 게 분명했다. 그리고 그의 아내 메이는 4자 회담과 관련된 어떤 이유로 베이징에 가 있었다. 전 북한 고위 관료였다가 한국으로 망명한 황인호는 얼마 전 싱가포르에서 암살당했다. 이 사건이 협상 테이블 위에서 어떻게든 변수로 작용할 것이다.

마이크는 노란 공을 바닥에 한 번 튕겨 보았다.

"맨 온 더 마인드필드야!"

건너편 코트에서 마이크의 동료가 소리쳤다. 마이크는 테니스 라켓을 쥔 채로 자신이 서 있는 위치를 재확인했다. 날아오는 테니스공의 전 각도를 확보할 수 없는 맨 온 더 마인드필드였다. 그는 서브를 하려고 번쩍 올린 팔을 떨어트렸다. 라켓이 바닥으로 통 소리를 내며 떨어졌다. 일 년 전 메이의 화장대 서랍에서 우연히 발견한 것이 불현듯 떠올라서였다.

그날 마이크는 안방의 화장대 앞에 서 있었다. 메이는 파티에 참석하기 전 다홍색 실크 드레스를 상반신으로 끌어올리며, 서랍장 안의 군청색 보석 상자를 건네 달라고 부탁했었다. 서랍장 안에는 두 개의 군청색 귀걸이 상자가 있었다. 그가 첫 번째로 열어 본 상자 안에 그 목걸이가 들어 있었다.

대나무 이파리처럼 생긴 리드가 달린 목걸이.

리드와 목걸이 줄이 연결되는 부위에 보라색 천이 감겨 있었다. 기시감 어린 목걸이였지만 어디서 보았는지는 바로 기억나지 않았다. 10대 소녀들이 할 법한 장난감 같아 보였다. 메이가 평소 착용하는 화려한 보석이 박힌 파인 주얼리가 아니어서 이상했다.

"허니, 이런 귀여운 주얼리도 가지고 있었어?"

마이크는 목걸이를 들어 보이며 메이에게 물었다. 메이가 실크 드레스의 얇은 끈을 어깨 위로 올리며 어색한 미소를 지어 보였다. 그 목걸이는 오전에 상관으로부터 받은 사진 속 목걸이와 비슷했다. 황인호 저격 장소였던 오차드 파 이스트 플라자와 면세점 사이의 육교에서 발견된 증거물. 이 결정적 단서는 현재 사라진 상태였다.

그는 같이 테니스를 치던 동료에게 양해를 구하고 집으로 돌아갔다. 2층으로 연결된 나선형 계단을 뛰어올라갔다. 안방으로 들어갔다. 커튼 사이로 고운 입자의 아침햇살이 들어와 침대 위의 금색 실크 덮개 가운데에 엷은 빛을 드리웠다.

서랍장 앞에 서서 귀금속들이 들어 있는 서랍 첫 번째 칸을 열었다. 일 년 전처럼 군청색 상자는 두 개였다. 그의 기억이 옳다면, 그 목걸이는 고등학교 때 박재희가 언약식 징표로 강유나에게 준 것이었다.

마이크는 이 상황이 납득되지 않았다. 물론 그의 아내는 이해하기 쉬운 유형의 여자는 아니다. 오만하고 충동적이고 즉흥적이다. 그녀가 잠들기 전 갑자기 '내일 파티를 열어야겠어.' 내뱉곤 아침부터 부산을 떨어 당일 밤 수십 명을 초대하는 파티를 열거나, 지나가다 고가의 에르메스 백이나 해리 윈스턴 보석을 충동구매하거나, 예정에 없던 유럽 여행을 가거나, 미슐랭 레스토랑에서 값비싼 음식을 잔뜩 주문해 놓고 마음이 바뀌었다며 다른 음식들을 주문한 후 먼저 주문했던 것들을 싹 버리라고 지시하는 모습을 수없이 보아 왔다.

버릇없는 부잣집 외동딸처럼 행동했다. 그것들이 허락될 만큼의 막대한 경제력이 뒷받침되어서 그런 철없는 아내의 태도를 한 번도 비판한 적이 없는 마이크였다. 그러나 지금의 경우는 달랐다. 떨리는 손으로 군청색 상자를 열어 보았다. 상자는 비어 있었다.

이한수는 점퍼를 벗었다. 추위 속이지만 긴장으로 오른 열기 때문에 온몸이 후덥지근했다. 그는 인터넷에 접속해 북한 대사관 주소를 조회했다. 입술을 잘근잘근 씹다가 두 눈을 번뜩였다. 그와 지난 며칠간 연락을 주고받았던 공군 재킷이 문득 떠올랐다. 전화를 걸었지만 연결되

지 않았다. 공군 재킷이라면 강유나를 찾을 수 있을지도
몰랐다. 이한수는 지나가는 택시를 잡아타고 칭롱모텔로
갔다.

칭롱모텔 건물 안 엘리베이터가 10층 꼭대기에 멈춰있
었다. 기다릴 수만은 없었다. 비상계단을 이용해 3층으로
뛰어 올라갔다. 305호 앞에 도착하니 그 앞에 수건과 세
면용품들이 진열된 카트가 있었다. 방문은 열려 있었다.
청소 중인 방 안은 여느 호텔 방과 다를 바 없었다. 며칠
전 보았던 책상과 의자들, 도청 기기들, 테이블 위의 프로
젝터는 모두 사라졌다.

이한수는 다시 공군 재킷에게 전화를 걸고 신호음을
들었다. 음성 메시지에 저, 이한수입니다까지 말하고는
입을 다물었다. 종료 버튼을 눌렀다. 등골에 빗금이 그어
지며 온몸이 서늘해졌다. 강철수가 납치되었던 1994년과
지금의 상황이 마치 데자뷔 같았다. 그때 방 앞에 떨어진
아몬드 한 조각이 눈에 띄었다. 우드득, 우드득. 지난 며
칠간 불쾌하게 귓전을 괴롭히던 소리. 강철수와 북한 벌
목공의 녹취록을 들었을 때 그들의 대화 뒤에서 들려왔던
귀에 거슬리던 바로 그 소리였다.

이한수는 다급히 윤 부장에게 전화를 걸었다.

"부장님, 한 가지만 알아봐 주세요. 1994년 2월에 블라

디보스토크에 체류 중이던 안기부 요원들 중에 차대경이 있었는지 알아봐 주세요."

"너 어디야? 공항이야?"

"아니요. 아직요. 설명하자면 길어요. 차대경이 당시 블라디보스토크에서 활동했는지 빨리 알아봐 주세요."

"차대경? 우리가 얼마 전 만났던 그 차대경 말하는 거야?"

"네. 그리고 그날 공군 재킷의 이름이 뭐였죠? 그 사람도요."

그들의 본래 목적은 무엇이었을까. 그가 저 방에서 본 사진들 중 하나는 강유나가 북한 대사관 관저 앞에서 초인종을 누르기 직전의 모습이었다. 강유나는 박재희를 만나러 찾아갔지만 그 집에 들어가지 않았다고 했다. 박재희와 저녁 식사를 한 식당에서 말하길 강유나는 이미 21년 전에 리드 목걸이를 잃어버렸다고 했다. 그리고 그 목걸이를 박재희가 되찾아서 그에게 주었고, 이한수는 독수리 5형제 작전 전날 밤 강유나에게 목걸이를 걸어 주었다.

젠궈먼와이 거리 리탄 공원 옆 북한 대사관 앞에 도착한 그는 거칠게 차오르는 숨을 골랐다. 1996년 그녀가 북한 대사관에 찾아갔을 때 이런 심정이었을지 모른다고 이한수는 생각했다. 사랑하는 누군가를 잃기 직전의 순간.

무어라도 해 봐야 한다는 절박한 심정.

길거리에서 휴지와 일회용 휴지나 껌 따위를 파는 노인이 성가시게 들러붙었다. 노파가 봉지에서 이것저것 꺼내 보이며 중국어로 떠들었다. 그는 노파를 밀치려다가 멈칫했다. 봉지 속에 든 잡다한 물건들 사이에 동그란 오렌지가 보였다. 노파를 붙들고 봉지를 낚아챘다. 봉지에 든 오렌지를 꺼냈다. 가운데에 홈이 있었다. 비좁은 홈 안에 돌돌 말린 종이가 끼워져 있었다. 오렌지 껍질을 벗겼다. 노란 과육을 갈라서 벌리고 그 안에 낀 종이를 뺐다. 말린 종이를 펼치니 주소가 적혀 있었다.

2017년 2월, 베이징

메이는 준비했다. 10년 전 2월 10일 로열호텔 스위트룸에서 했던 대로 준비했다. 5년 전 2월 4일 프라하에 그녀가 소유한 펜트하우스에서 준비한 것과도 같았다. 일년 전 그의 탄생일인 6월 3일에 맞춰 예약했던 싱가포르 마리나베이샌즈 호텔에서도 준비했던 것이며, 지난해 크리스마스이브에 홍콩 페닌슐라 호텔에서도 준비했던 것이다. 메이가 박재희와 비즈니스 파트너로 다시 만난 후로 어떤 특별한 날마다 준비해 왔던 그대로였다.

그토록 기나긴 시간이 흐르는 동안 기회가 될 때마다 준비해 왔지만 늘 박재희는 나타나지 않았다. 그러나 오늘은 아니었다.

그녀는 코코넛 오일을 가볍게 바른 매끈한 몸 위에 검정색 코사벨라 슬리브리스를 입었다. 긴 머리를 말아서 가느다랗고 뾰족한 막대기처럼 생긴 핀을 찔러 넣어, 그것을 빼내면 자연스럽게 머리카락이 흘러내리도록 틀어 올렸다. 그가 언젠가 냄새가 좋다면서 무슨 향수냐고 물어봤던 바이레도의 블랑쉬 롤 온을 손목 안쪽과 귀 뒤쪽에 찍었다. 색조 화장은 하지 않았지만 입술은 붉은색으로 발랐다. 하얀 보를 덮은 테이블 위에는 로마네 콩티 와인과 캐비아 브루스케타와 이탈리아 제노바산 트러플 치즈와 그가 좋아하는 드래곤프루츠와 애플망고와 한국산 배를 차려 놓았다. 그들이 처음 만난 중학교 때부터 해를 세어 장미 스물일곱 송이를 장식으로 올렸다. 테이블 위 은촛대에 꽂힌 초 하나하나에 불을 붙이고 있을 때 이윽고 초인종과 전화벨이 동시에 울렸다. 메이는 전화를 먼저 받고서 곧장 미간을 찡그렸다. 리드 목걸이가 사라졌다. 강유나를 암살범으로 몰아가는 데 결정적 증거물인 목걸이 하나 관리하지 못한 최도광을 믿은 자신의 잘못이었다.

메이는 표정을 고치고 문을 열었다. 박재희가 걸어 들어오면서 가죽 재킷을 벗어 바닥에 던졌다. 셔츠 앞의 단추들을 하나씩 풀면서 테이블 쪽으로 걸어갔다. 그가 좋아하는 음식들로만 단출하게 차려진 테이블을 바라보는 얼굴은 무표정했다. 그녀가 오디오 리모컨 버튼을 누르자 「죽음의 무도」가 흘러나왔다.

"난 말이야, 이 곡이 좋아. 내 모든 실패와 좌절의 순간들을 상기시켜 주거든. 저 바이올린 파트가 특히 좋아. 오보에 파트는 채찍 같지. 날 더 강인하게 만들어 줘."

그녀는 박재희 쪽으로 다가가 그의 팔마디를 손가락으로 쓸어내렸다. 박재희가 그녀를 향해 턱을 돌렸다.

"메이, 이제 얘기를 해 줘야지."

"오늘처럼 의미 있는 날 꼭 일 얘기를 해야겠어?"

"메이. 너도 알다시피 이건 내게 단순히 일이 아니야."

박재희의 완고한 목소리를 듣자니 뒤로 물러날 기세가 아니었다. 메이는 오목하게 팬 잔에 와인을 따랐다. 잔 하나를 박재희에게 건네고 다른 잔은 제 손가락 사이에 끼웠다.

"마이크의 전화를 도청해 왔어."

"마이크도 그 사실을 알아?"

"하하, 도청하면서 도청한다는 사실을 말하는 어리석은 사람이 어디에 있어. 요새 미국과 북한 사이의 기류가 심상치 않아. 이번 협상이 여러모로 까다로울 거라며 이번 제안을 받았어. 내겐 어려운 일도 아니었고."

"마이크와 결혼한 건 그를 이용하기 위해서였고."

"적과의 동침이라고 하지."

"나도 마이크처럼 너에게 이용당하는 거고."

"넌 아니야. 난 널 적대적으로 생각한 적이 없어. 그러니까 넌 내게 아주 특별한 존재야. 마이크와는 다른 경우지. 예전 같진 않아도 서로가 필요하잖아. 우린 아직 한 팀이야, 재희."

"아니, 맞아. 넌 심지어 최도광과도 연결돼 있으니까."

메이는 이 지점에서 말을 아꼈다. 최도광과 알게 된 건 오래전이었다. 그녀가 고등학생 때 아버지는 북한에서 싱가포르로 파견 나온 새로운 주요 인사들을 집으로 초대해 파티를 열었다. 그때 그와 처음 만났다. 최도광은 메이와 박재희가 같은 학교에 다니며 동급생이라는 사실을 이미 알고 있었다. 그리고 그는 박재희를 진심으로 걱정하고 있었다. 당에서 주목하는 인재인데 외국 생활을 하는 동안 사상에 변질이 와서 앞으로 제 역량만큼 중요한 일을 맡지 못하게 될까 봐 박재희를 보호해 주고 싶다고 했다.

메이는 최도광의 부탁을 받고 박재희의 학교생활을 사진에 담아 최도광에게 넘겨 주었다. 그중엔 박재희와 강유나가 함께 찍은 몇 장의 사진도 포함되었다.

그 후로 최도광과 연결되어 일한 적은 없었다. 이번에 최도광이 먼저 접촉을 해 와 솔깃한 제안을 했는데, 그녀가 지분을 가진 그녀 아버지의 회사가 신의주에 독점 계약을 할 수 있도록 도와주겠다는 것이었다.

박재희가 그녀를 번쩍 안아 하얀 침대보 위에 던지다시피 내려놓았다.

박재희는 그녀의 입술에 마른 혀를 밀어 넣고 앙상하게 튀어나온 갈비뼈를 손으로 어루만졌다. 그에게 손가락이라곤 엄지뿐인 것처럼 따뜻한 엄지가 그녀의 좌골을 정성스레 문지르다가 허리 뒤쪽으로 넘어가면서 손이 부채꼴로 펼쳐지는가 싶더니 엉덩이를 움켜쥐었다. 마사지하듯 엉덩이를 주무르자 가랑이 사이의 연한 살과 살이 자연스럽게 밀착됐다가 떨어지길 반복했다. 그녀는 흥분했다. 그녀의 살갗에서 마찰음이 나고 마침내 그녀가 탄식하며 고개를 활처럼 젖히자 부드럽게 휘어져 늘어난 목덜미에 그가 키스를 퍼부었다. 더 이상 견딜 수 없을 만큼 흥분이 고조되어 물기가 허벅지 안쪽으로 질금 흘러내렸을 때 박재희는 부리부리한 눈으로 그녀의 눈을 바라보았다.

"어디에 있는지 얘기해 줘."

나른하게 너풀거리는 전율을 뚫고 올라오는 한 줄기의 감정에 몸서리쳤다. 그것은 슬픔이었다. 칼자국처럼 너무나 선명한 슬픔. 그러나 이 슬픔에 익숙해졌고, 이 잔인하고 아픈 절망감 없이는 단 하루도 살 수 없었다. 그녀는 손으로 그의 다리 사이에 빳빳하게 선 언덕을 어루만졌다. 그는 그녀의 손목을 부여쥐고 머리 위쪽으로 옮겨서 놓아주지 않았다.

"자, 약속은 지켜야지."

옆으로 약간 흘러내린 유두에 그의 혀끝이 닿았다. 너무나 오랫동안 기다려 온 이 순간을 놓칠 수 없었다. 그녀는 현재 강유나가 감금된 장소를 발설했다. 그녀가 곧 독점 계약을 맺을 북조선의 신의주였다.

박재희가 그녀의 젖꼭지를 핥으며 호주머니 속에 있는 휴대폰을 꺼냈다. 무언가 의심이 들었는지 그는 제 몸을 사이드테이블 쪽으로 옮겨서 손을 뻗었다. 몸을 일으켜 세우고 그녀의 휴대폰을 들어 보이며 확인을 요구했다. 그녀는 박재희의 손을 자신의 가장 따뜻하고 촉촉한 부위에 끌어당겨 밀착시키고 휴대폰을 열었다. 강유나가 감금된 장소의 사진을 보여 주자 그는 그 사진과 주소를 어디론가 전송했다. 그녀가 제 휴대폰을 쥐려고 하자 그것을 그녀의 손에서 빼내어 바닥으로 던졌다. 그리고 바지 지퍼를 내렸다. 그의 단단하고 차가운 살갗이 그녀의 뜨거운 뇌까지 치밀어 올랐다. 절정에 이르러 발그스름한 환희에 젖어드는데 박재희가 그녀를 내려다보았다. 그의 표정이 마치 저승 초입에 당도한 혼처럼 느껴졌다. 그는 이미 죽었다.

2017년 2월 16일, 중국과 베이징

로열호텔 옥상에 대기한 헬기의 프로펠러가 힘차게 돌아갔다. 세찬 바람이 불어와 박재희와 이한수의 머리카락과 옷자락들이 사방으로 나부꼈다. 두 남자는 바람의 저항을 이겨 내며 헬리콥터에 올라탔다. 박재희가 이한수에게 서류 봉투를 내밀었다.

"이게 뭡니까."

이한수가 말했지만 프로펠러와 엔진 소리에 묻혔다.

"이게 뭐냐고요!"

"1994년 블라디보스토크 강철수 사건과 관련된 정보들입니다. 유나가 제2의 인생을 시작하기 위해 반드시 필요한 것이어서 드리는 거예요. 이후의 일은 이한수 씨가 알아서 잘 처리하리라 믿습니다."

이한수는 서류 봉투를 꽉 쥐었다.

헬기는 어느덧 중국 랴오닝성 단둥의 압록강 철교를 지나고 있었다. 압록강 부근의 평야에서 헬리콥터가 착륙하자마자 박재희가 먼저, 그리고 이한수가 뒤따라 내렸다.

박재희는 가죽 재킷 안쪽에 꽂은 PM 피스톨을 만져 보았다. 아버지가 러시아에서부터 소장했던 이 총은 그가 열여덟 살이었던 1996년에 한 번 쥐었던 것이다. 그때와 다른 게 있다면 장전하는 걸 잊지 않았다는 것이다.

대기 중인 차에 타기 전 이한수를 향해 돌아섰다. 살을 에는 2월의 공기가 뺨을 그었다. 압록강 건너편은 단둥과 대조되어 빛 한 점 없이 컴컴했다. 평야와 나지막하게 굴곡을 이루는 언덕들이 칠흑 같은 어둠에 묻혀 있었다.

"앞으로 세 시간입니다."

박재희는 국경에 접어들었다. 국경 경비대원들은 그의 신분증을 확인한 후 그를 통과시켜 주었다. 차를 몰고 십여 분을 달려 강 건너편에서 기다리는 세 남자와 만났다. 그들은 박재희를 호위하며 대기 중인 차로 이동했다. 검정색 토요타는 고요한 평야를 지나서 신의주를 향했다.

저 멀리 신의주특구가 시야에 들어왔다. 신의주특구는 2002년 경제특구로 개발돼 화교 출신 네덜란드 사업가

양빈이 행정 장관을 맡게 됐지만 탈세 혐의로 체포되면서 무산되고, 2012년 장성택이 북중 간 핵심 사업으로 추진 했으나 처형당하면서 역시 무산됐다. 5·24 조치로 한국 정부나 기업은 이쪽 사업에 손을 내밀 수 없었다. 그러면서 2015년 일본 아베 총리가 납북자 문제를 카드로 내밀고 나와 원산을 기점으로 이곳에 대북 투자를 시도 중이었다. 북조선은 류윈산 중국공산당 상무위원에게 일본 압박 카드를 이용해 이곳에 투자를 요구했고, 메이의 아버지는 이 지역에 3조 원의 투자 유치를 확정했으며 메이가 그 회사의 지분 40퍼센트를 소유하고 있다.

평원선 철길을 따라 신의주 운하와 십자형으로 만나는 남신의주 운하가 보였다. 그 너머 발전소 위로 솟아오른 첨예한 첨탑에서 빨간 불빛이 깜박였다.

신의주특구 발전소가 코앞이었다. 박재희 옆에 앉은 머리를 묶은 남자가 손가락 관절을 꺾고 돌리자 우두둑 소리가 났다. 남자는 두툼한 손으로 양복 재킷 안쪽을 만지작거렸다. 리볼버가 꽂혀 있었다.

차는 두 명이 보초를 서는 발전소 초입에서 멈추어 섰다. 머리를 묶은 남자가 차에서 내리자마자 보초 한 명에게 마취 스프레이를 뿌리고, 돌아서자마자 그 옆 보초의 목에 리볼버 총구를 들이댔다. 차는 발전소 안으로 진입

하는 데 성공했다. 박재희는 곧장 차에서 뛰어내려 발전
소 안 지하로 내려갔다. 세 남자가 보초의 목에 총을 겨누
고 그를 뒤따랐다.

어두침침한 복도를 걷는 동안 불길한 기계음이 끊임없
이 울렸다. 박재희는 총을 조준한 자세로 전압 1실의 녹
색 철문을 열었다. 모든 이들이 일제히 서로를 향해 총을
겨눴다.

강유나는 천장에서 내려온 쇠사슬 끝에 양팔이 매달려
있었다. 무릎을 꿇은 채 고개는 힘없이 시멘트 바닥을 향
하고 있었다. 얼굴에는 검은 봉지를 씌워 놓았다. 봉지는
물에 젖어 있었다. 그녀 앞에 물 양동이가 놓여 있었다.

박재희를 포함해 이쪽이 넷. 창고 안에 있던 남자들은
셋. 수적으로는 저쪽이 열세였다. 반대편 총잡이 중 한 명
이 최도광이었고, 다른 한 명이 이한수가 보여 준 사진 속
남자와 같은 공군 재킷 복장이었다. 최도광이 박재희를
보고 조소를 지어 보였다. 뺨에 난 지렁이처럼 길고 구불
거리는 상흔이 꿈틀거렸다. 박재희는 PM 피스톨의 하부
몸통을 꽉 쥐었다. 그러나 계획했던 것처럼 방아쇠를 당
길 수 없었다. 최도광의 총구는 정확히 검은 비닐봉지를
향했다.

총구를 세운 모든 사람들이 정자세를 유지했다. 박재희

는 재킷 안쪽의 USB를 꺼내 최도광 앞의 바닥으로 던졌다.

"1994년 블라디보스토크 사건. 1996년 싱가포르 사건. 2004년과 2010년 베이징 사건. 그리고 2017년 신의주 사건까지. 네가 남조선 요원들에게 돈을 받아 처먹은 사건들이지. 최도광 널 죽이지 않을 거야. 그 증거물을 가지고 사라져."

박재희의 말에 최도광이 쇳소리가 나는 기괴한 웃음소리를 내었다.

"남조선과 연루된 건 나만이 아니지 않습니까. 박 동지! 뒷배가 든든하여 겁도 없이 며칠 전 쥐새끼들을 돕던 남조선 활동가와 기자들과 식사까지 하셨습니다!"

"나는 내가 맡은 일을 수행했을 뿐이야. 그날 저들을 통해 알아낸 사실을 당과 공유했지."

그 소리를 듣고 봉지를 뒤집어쓴 채 고개를 바닥으로 떨어트리고 있던 강유나가 몸부림치며 발악했다. 젖은 봉지가 그녀의 입을 압박했다. 머리를 묶은 남자가 조준 자세를 유지하며 턱으로 강유나를 가리켰다.

박재희는 총구를 최도광에게 겨눈 채 강유나에게 다가갔다. 먼저 얼굴을 덮은 봉지를 벗겼다. 그녀가 거친 숨을 토하며 기침하다가 구역질을 해 댔다. 입에서 누런 오물이 쏟아졌다. 박재희는 서둘러 쇠사슬을 풀려고 했지만 열쇠가 없었다. 창고를 휘둘러보니 전압기 손잡이에 놓인 열쇠 꾸러미가 보였다. 그는 벽에 등을 대고 옆으로 걸으며 전압기 쪽으로 가서 열쇠를 움켜쥐었다.

쇠사슬을 풀자 강유나가 미끄러지듯 쓰러졌다. 박재희는 겨드랑이 사이로 어깨를 밀어 넣고 그녀를 등에 업었다. 전압실을 나가는 동안 그녀의 숨소리가 간헐적으로 들려왔다.

"1994년 블라디보스토크 사건."

등 뒤에서 최도광의 목소리가 들려왔다.

"이제는 박 동지도 아시지 않습니까. 블라디보스토크 사건을 지휘한 수장이 누구였는지."

박재희는 최도광의 말을 무시하고 문간을 벗어났다.

"박수환. 박 동지의 아버지가 당시 블라디보스토크로 출장을 다녀온 이유를 이제는 박 동지도 잘 아시지 않습니까."

최도광의 마지막 발악은 발전소 내 기계음들 속에서 또렷하게 들려왔다.

차에 타기 직전 그녀는 발작을 일으켰고 잠시 의식이 돌아왔다. 그녀는 원망하듯 박재희에게 왜 그랬느냐고 물었다. 왜 아이들을 체포하는 데 자신을 이용했느냐고 악다구니 쳤다. 구역질을 하고 몸을 파들파들 떨면서도 집요하게 질문을 멈추지 않았다. 힘없는 팔을 박재희에게 휘두르며 물었다. 왜 말도 없이 사라졌어! 왜 다시 나타났어! 왜 날 이용했어! 왜! 왜! 왜! 입 밖으로 흘러나온 '왜'들이 점점 힘을 잃고 쓰러지는 와중에 그녀는 안간힘을 다해 차에서 내리려고 했다.

"유나야, 시간이 없어. 빨리 이곳을 떠나서 국경을 넘어가야 해."

박재희는 강유나를 진정시키려고 애썼다. 하지만 그녀는 차에서 내리려고 사력을 다했다. 그는 그녀의 어깨를 잡아끌어 다시 차에 밀어 넣었다. 이번엔 그녀가 닫히는 차 문을 발로 걷어찼다.

"저 안에 남자아이가 한 명 있어!"

"시간이 없어."

"저 아일 두고 갈 수 없어."

박재희는 이글거리는 그녀의 눈을 보았다. 그녀가 이곳 어딘가에 감금된 아이를 두고 떠나지 않으리라는 걸 알았다. 강제로 데려간다 해도 지금의 이 순간을 기억에 남겨 둔 채 온전히 살아갈 수 없다는 걸 알았다. 그녀에게 그 지옥 같은 생을 줄 수는 없었다.

"어딘지 알아?"

"모르겠어. 내가 지하로 끌려갈 때 아이는 위층으로 데리고 갔어. 올라가는 방향이 어딘지는 알아."

그들은 다시 발전소 안으로 들어가 2층으로 올라갔다.
사방은 캄캄했고 이 큰 발전소를 샅샅이 뒤지려면 시간이
역부족이었다. 그때였다. 사방에서 들리는 둔탁한 기계음
속에서 그 소리가 들려왔다.

부우, 부우, 부우.

2017년 3월, 서울

베이징 사건 영상이 뉴스에 대대적으로 방송되었다. 남
자아이들이 미국 대사관 앞에서 매질을 당하며 체포되는
장면을 시청한 전 세계인이 애석한 마음으로 바닥을 치
거나 눈시울을 적셨다. 북한의 무자비한 횡포에 혀를 찼
다. 한국의 민태호가 뉴스에서 이 영상을 최초로 내보냈
다. 그러나 이 영상을 어떤 경로로 취득했는지 아는 사람
은 아무도 없었다.

이한수는 윤 부장을 만나러 사무실로 가는 길에 운전
대를 잡고 그날의 일을 회상해 보았다. 베이징의 이탈리
아 레스토랑 제노바 뒤 공터에서 박재희와 격투를 벌이던
날 이한수와 박재희는 일행을 먼저 보내고 단둘이서 대화

를 나누었다. 강유나는 자기도 남겠다고 고집을 부렸다. 박재희의 설득에 못 이겨 그 자리를 벗어났다가 아쉬움이 가득한 얼굴로 몇 번이나 되돌아왔다. 이윽고 그와 박재희에게 등을 떠밀려 다른 일행이 기다리는 곳으로 걸어가면서도 몇 번이나 걸음을 멈추고 버텼다.

강유나의 자취가 완전히 사라진 후에야 박재희가 이한수에게 담배 한 개비를 건넸다. 이한수는 속이 울렁거려서 당기지 않았지만 박재희가 준 담배를 입에 꼬나물었다. 두 남자는 나란히 앉아서 담배를 피웠다.

"아, 고집이 센 여잡니다."

박재희가 희미한 미소를 지으며 말했다.

"남한 여자들이 좀 세긴 합니다만, 유나 씨는 센 걸로는 타의 추종을 불허합니다."

"손힘도 센 거 아십니까?"

"왜 모르겠습니까. 등짝 스매싱을 당하면 등허리가 부서질 거 같아요."

"배구부에서 스파이커였어요."

"하아, 그런가요? 어쩐지."

"절대 포기하는 법이 없죠."

박재희가 담배 연기를 뱉으며 말을 이었다.

"겁이 없습니다."

"겁이 없다는 건 잃을 걸 두려워하지 않아서겠죠."

"이미 더 잃을 게 없을 만큼 모든 걸 잃어서일 수도 있고요."

"아직 잃을 게 있습니다."

"잃을 게 있다……."

"강유나를 살게 하고, 강유나를 움직이게 하고, 지금의 강유나를 만든 것."

이한수는 마지막 한 모금을 길게 빨았다. 강유나의 첫 사랑이 박재희 당신이야, 그녀가 당신 사진을 들고 다니며 수소문해 왔어. 계속 당신을 그리워하고 기다렸어. 다른 누구도 그 자리를 대신하지 못했기 때문에. 이 말을 해 주고 싶었지만 이한수는 그러지 않았다. 이미 박재희가 알고 있을 거라는 확신이 들어서였다. 그런 결론에 미치자 이제는 그녀의 과거형 사랑이 아닌 현재형 사랑에 대해서 이야기하는 편이 나을 거란 생각이 스쳤다.

"강유나를 사랑합니다."

이한수는 고백하며 땅바닥에 떨어트린 담배꽁초를 발로 비벼 껐다. 다시 오른 취기에 박재희에게 맥주 한잔 더 하자고 권했다. 박재희가 흔쾌히 동의하며 식당에 들어가 냉장고 안의 페로니 두 병을 들고 나왔다.

맥주를 마시는 동안 이한수는 묘한 기분에 젖어 들었

다. 국가 간의 정치적 상황으로 보았을 때 박재희는 적이었다. 또한 한 여자를 사랑하는 경쟁자였다. 조금 전 격렬한 격투를 벌이기도 했다. 그런데 아이러니하게도 자신을 박살내고 짓뭉갠 경쟁자이자 적에게 속마음을 털어놓고 싶었다. 제 비루하기 짝이 없는 속내를 다 까발리고 싶었다. 솔직해지고 싶은 욕구가 스멀스멀 올라왔다. 어쩌면 이 사랑의 역사 앞에선 평양 오렌지도 별수 없이 패자라는 것을 예감했다.

그는 박재희에게 모든 이야기를 털어놓았다. 이한수는 지난해 가을 윤 부장을 통해 K 신문사와 계열사 세 군데를 곧 인수하게 될 김준철 회장을 만났다. 강남의 일식집이었다. 김준철 회장은 금가루를 뿌린 생선회 살점을 우물거리며 자신에게 딸만 다섯인데, 그중 나이가 가장 어린 막내딸이 베이징에 있다고 운을 뗐다. 아들을 얻으려고 산 여자에게서 낳은 딸인데 다섯 딸 중에서 자기와 가장 닮았다고, 명석하고 공부를 꽤 잘했다고 했다. 한번 마음먹으면 끈질기게 해내는 독기가 자기 피를 물려받아서라고 했다. 성질이 대단하다고 했다. 한번 화가 나면 끝장을 보고, 누군가 자신을 건드리면 어떻게든 복수를 하고야 마는 것 또한 자기 유전자 때문이라고 자랑하듯 떠들어 댔다. 중국을 떠돌며 인권 활동을 하기엔 아까운 인재라고 했다. 김준철은 딸을 잘 설득해서 한국으로 데려와 달라고 부탁하며 두둑한 수고비와 함께 이한수가 부당하게 잃었던 자리를 약속했다.

이야기를 듣던 박재희가 물었다.

"쩨쩨하게 권력에 결탁하려 했습니까?"

"오랫동안 경영난에 시달리던 신문사가 현금 부자에게 넘어가는 순간이었는데 잠정적 사주와 잘 알아 둬서 나쁠 건 없다고 생각했습니다. 오렌지들은 죽었다 깨어나도 모르는 다크사이드라고 해 두죠."

"그 잠정적 사주의 딸을 사랑하게 된 건 그럼, 우연이 아니군요."

"지금은 저도 제 진심이 무언지 잘 모르겠습니다. 저는 남한의 자본주의가 요구하는 삶을 살아왔죠. 돈, 성공, 권력과 결탁하기 위해서라면 가벼운 사기나 협박도 감행했습니다. 제 인생이 더 나아지는 데 필요한 일이라면, 내 생활이 더 윤택해지도록 계획된 일이라면 마다하지 않았죠. 그런데 강유나라는 여자를 만난 이후로 제 마음에 변화가 일었습니다. 타당한 논리를 들어서 이 사랑이, 내 안의 더럽게 세속적인 그 모든 허영과 야심과 욕심이 몰고 간 게 아니라고 우기고 싶지만, 그렇지만, 현재로서는 논리 박약처럼 들리는군요. 그건 그녀를 처음 본 날 불가항력적으로 일어났습니다. 그녀와 함께 있으면 삶을 계획하는 게 무의미해졌습니다. 삶을 상상하게 되었으니까요."

"뭔지 알 것 같습니다. 상대를 꿰뚫어 보는 것 같은 갈색 눈동자로 야, 평양 오렌지라고 불렀을 때, 저도 이미 제 앞날에 어떤 이변들이 일어날지 직감했으니까요. 저 또한 제가 아닌 저로 오랜 시간을 살았습니다. 남조선의 자본주의와는 반대로 북조선의 사상이 제게 요구하는 바가 있었고, 저는 태어나는 순간 그 숙명을 받아들여야 했죠. 전혀 다른 사상의 그늘에서 살아온 이 기자와 제가 동일한 이유로 비슷한 삶을 살아온 것 같군요. 그러니 우리가 한 여자를 사랑하는 것은 어쩌면 우연이 아니겠습니다."

이한수는 초록색 병 바닥에 남은 미적지근해진 맥주를 목구멍으로 털어 넣었다. 박재희가 자리에서 일어서며 그의 등을 두드리고 말했다.

"서울 촌놈 자존심이 있지, 기존의 여자 관계는 깨끗이 정리하십시오. 그리고 그 첫사랑, 우리의 역사가 요구하는 수많은 것들에 굴복하지 않고 나아가는 그 첫사랑과 꼭 성공하십시오."

박재희의 격려를 받자 이상하게도 이한수는 천군만마를 얻은 기분이었다. 어쩐지 지금의 진솔한 대화와 이 순간에 그를 둘러싼 청명한 공기와 눈앞에서 부드럽게 일렁이는 불빛들과 얼핏얼핏 코끝을 스치고 지나가는 피 냄새와 토사물의 구역질 나는 냄새까지 오래도록 낭만적으로 기억될 것 같았다.

회의실에 먼저 도착한 이한수는 윤 부장을 기다렸다. 그는 베이징 사건을 어떤 식으로 발표해야 가장 파급 효과가 클지 이틀 내내 골몰했고, 오늘 아침 박재희가 준 정보를 가장 잘 활용할 사람을 두 명으로 압축했다. 노트북 바탕 화면에 파일을 열었다. 이한수가 강유나의 방에서 몰래 촬영한 황인호의 쪽지는 일종의 짤막한 편지 형식이었다.

저는 고국으로 돌아갈 계획입니다.

원대한 통일의 꿈을 가지고 한국으로 망명했으나 그것이 얼마나 무모한 선택이었는지 깨달았습니다. 그건 한 개인의 소망으로 이루어질 수 없는 것입니다. 제 마지막 소원은 이 비루한 생이 끝나기 전 한 번이라도, 단 한 번이라도 가족을 만나는 것입니다. 북한으로 돌아가면 가족이 있는 수용소로 가게 되겠지요. 후회는 없습니다.

혹시라도 강유나 씨 아버지를 만나게 되면 강유나 씨가 어떤 여성으로 살고 있는지 전하겠습니다. 강유나 씨 아버지는 1994년 2월 블라디보스토크에서 납치된 것입니다. 박수환이라는 외교관의 지휘하에 납치된 후 화물선에 실려 남포항으로 북송됐습니다. 당시 한국 정부에서 강철수를 살인자로 몰아간 것은 정치적 이유 때문이었습니다.

강유나 씨의 봄을 기다리며.

황인호의 편지에는 1994년 2월 김유나 씨의 아버지 강철수가 납치된 것이라고 명확히 기록돼 있었다. 그렇다면 이를 안기부에서 몰랐을 리 없었다. 1994년에는 간과한 일이라고 하더라도 그 후 북한의 핵심 관료가 망명한 사례가 몇 번이나 있었다. 그리고 황인호가 한국으로 망명하여 여러 일급 기밀 정보를 공유하기 시작한 이후에 반드시 알게 되었을 정보다. 그런데 그들은 이 사실을 은닉했다. 그와 만났을 때 강철수를 여전히 살인자이며 월북자로 명명했다. 강철수 납치를 총지휘한 박수환은 박재희의 아버지였다.

점심 식사를 마치고 막 회의실에 들어온 윤 부장이 이쑤시개로 이물질을 빼내면서 그에게 담뱃갑을 던졌다.

"이게 뭔가요?"

"금의환향이라고 축하라도 해 줄 줄 알았냐. 그 좋아하는 담배나 뻑뻑 피우다가 단명하라고."

'독수리 5형제' 관련 독점 기사를 민태호에게 뺏긴 윤 부장은 심기가 몹시 불편했다.

이한수는 테이블 위에 누런 서류 봉투를 올려 두었다. 단둥으로 가는 헬기 안에서 박재희로부터 받은 것이다. 봉투 안에 들어 있던 USB를 제 노트북에 끼웠다. 윤 부장의 시선이 노트북을 향했다. 자료들을 검토하는 윤 부장의 두 눈이 휘둥그레졌다.

"실화냐."

윤 부장이 말하는 사이 잇새에 끼고 있던 이쑤시개가 툭 떨어졌다.

"오, 이한수, 내가 진즉에 알아봤어. 술도 못 마시는 놈이 호흡곤란으로 기절해서 구급차에 실려 갈 때까지 선배들이 주는 술을 다 퍼마셨을 때 이 독종이 언젠가 뭐 하나는 하겠구나 싶었지. 좀 늦은 감이 있긴 하지만 이래서 개천의 용은 무시하면 안 되는 거지. 아, 이한수, 입사 6년 만에 대박! 특종!"

"어제 차대경과 만났습니다."

"수의까지 곱게 차려입고 관에 누운 시체는 만나서 뭐하게. 잘 가시라 인사라도 해 주려고 갔냐?"

"그날 공군 재킷이요. 차대경은 그자가 변절자라는 것을 몰랐다고 잡아떼더라고요."

"그거야 뭐 걔들이 항상 하는 짓거리지. 오리발 내밀기. 그런데 이 정도 증거면 차대경은 빼박이야. 근데 넌 이런 일급 정보를 어디서 얻은 거야? 너 혹시 알고 보면 뒷배가 장난 아닌 뭐 그런 거였어?"

"뒷배."

이한수는 미소 지으며 얼마 전 제 등을 두드려 주던 박재희를 떠올렸다.

"민태호 말이 맞아요. 한물간 소재."

"한물간 소재?"

"얼마 전 베이징에서 만났을 때 민태호가 했던 얘기예요. 다른 얘기니까 신경 쓰지 마세요."

"너, 요만한 풋내기 시절부터 제2의 민태호가 될 거라고 내가 장담했었지!"

"1994년도 사건인 데다 이슈화하기에는 뭔가 부족해요. 심지어 지금은 대통령 탄핵과 관련해서 너무 많은 대형 스캔들이 쏟아져 나오고 있어요. 묻힐 수도 있단 얘기죠. 관심을 끌지 못하고 어영부영하는 사이 우리가 모르는 어떤 곳에서 이 문제를 덮으려 들 수 있어요. 배후가 없을 리 없고, 차대경 살리기에 들어가면 어떤 시나리오가 나올지 예측 불허죠. 섣불리 움직이면 저쪽에 수습할 시간을 벌어 주는 꼴이 돼요. 확실한 한 방이 필요해요.

그래서 말인데요, 선배, 이 기사는 선배 이름으로 내 주세요. 하지만 동시에 다른 누군가도 터뜨릴 거예요. 한 번만 용서해 주세요. 이번 한 번만 눈감아 주면 제가 기필코 성공해서 BTS한테 손해배상 청구해 드릴게요."

"이건 무슨 헛소리야. 너 지금 이 뜨거운 감자를 남의 손에 넘기겠다는 거야? 제정신이야?"

현재 우선순위는 몇 해 전 잃었던 기자로서의 명예 회복이 아니었다. 돈도 아니었다. 이한수는 노트북과 USB를 챙겨서 가방에 넣었다. 회의실을 걸어 나가는데 윤 부장의 흥분한 목소리가 끈질기게 따라붙었다.

"야, 이거 알려지면 넌 바로 잘릴 거야. 바로 모가지라고."

이한수는 회의실을 나가기 직전 윤 부장을 돌아보며 씁쓸하게 웃어 보였다. 어차피 그는 사직서를 써 두었다. 곧 《선데이 K》의 모회사인 신문사 사주가 바뀔 것이다. 아직 발표 전이지만 어제저녁 김준철 회장과 이전 사주 사이에 계약이 완료되었다. 그는 이곳에 남고 싶지 않았다. 서울 촌놈 자존심이 있지, 쩨쩨하게 권력과 결탁하고 싶지 않았다.

한 번이라도 좋았다. 자신을 늘 압도해 온 무언가, 다크 사이드일 수도 있고 그 이상의 무언가일 수도 있는, 그의 인생 전체에서 그를 항상 이겨 오고 조종해 오고 지배해 온 그 정체불명의 힘에 저항해 보고 싶었다. 단 한 번이라도.

이한수는 민태호와 만나기로 한 약속 장소로 걸어갔다. 신문사에서 50미터 떨어진 카페였다. 번드르르한 회색 양복차림에 포마드로 머리를 빗어 넘긴 민태호가 카페에 들어오며 거만하게 손을 들어 보였다.

"혹시 네 물건을 내가 건드려서 화난 건 아니지? 어차피 이 동네는 누가 더 빠르냐의 승부전이잖아. 내가 건드리지 않았어도 누군가는 선수 쳤을 거야. 네가 개, 인, 적, 인, 일로 정신이 빠져 있는 동안."

민태호가 조소를 흘리며 말했다. 매스컴에서는 절대 볼수 없는 무자비함과 야비함이 어린 미소. 누군가를 제압하고 지배했을 때 오로지 승리에만 도취한 미소. 민태호는 인간적으로 결코 호감형이 아니었다. 그러나 그는 이 세계에서 누구보다 신뢰도가 높았다. 민심을 움직일 수 있는 실력자였다. 하이에나 같은 승부사.

"선배님, 베이징에 한류 스타 강소라 취재하러 가신 거 아니었나요? 언제 시간이 나서 그 영상까지 찍으셨어요."

"하아, 그랬지! 야, 강소라 남편 이민준이 호텔 바에서 내연녀와 술을 마시는 걸 본 목격자가 나타났더라. 승승장구의 여신 강소라에게도 이런 비극이 오는구나."

"그런데 저희가 미국 대사관에 갈 거라는 건 어떻게 아셨죠?"

"비밀."

민태호는 그들의 기밀을 빼낸 경로를 밝힐 인물이 절대 아니었다. 이한수는 가방에서 노트북을 꺼내 테이블 위에 올려놓았다. 민태호가 군침을 흘리듯 혀로 입술을 핥고 두 손바닥으로 머리카락을 쓸어 넘겼다. 이한수는 자료를 열었다. 민태호가 헤드폰을 끼고 심각한 표정으로 노트북을 보다가 슬슬 감이 오는지 만면에 또 그 특유의 미소를 지어 보였다. 하이에나가 되어 이 자료 안의 인물들을 물어뜯어 놓을 기세였다. 이번에도 얼굴엔 포식자가 흔들어 대는 승리의 깃발이 나부꼈다.

"단독 인터뷰를 해 주겠대?"

민태호가 반신반의하는 표정으로 물었다.

"네. 오늘 아침에 확답을 듣고 왔어요."

민태호는 의심의 눈초리로 이한수를 바라보았다. 다 차린 만찬을 경쟁자, 그것도 자신이 한 번은 기필코 짓밟고 올라가야 하는 저 위의 경쟁자에게 순순히 넘기려는 이한수의 행동에 어떤 저의가 있을 거라고 의심하는 눈치였다. 개의치 않았다. 어차피 민태호는 보이지 않는 어떤 것, 성공이나 승리 같은 것 이상의 가치, 내일을 계획하는

것이 아니라 꿈꾸게 하는 그 작은 빛에 대해선 죽었다 깨
어나도 믿지 못할 인간이었다.

"못 믿겠으면 다른 데 넘길게요."

이한수가 증거물들이 저장된 파일을 닫는 시늉을 했다.

"야, 야, 아니야. 나 줘. 내가 제대로 해 줄게. 네가 다
차려 놨으니까 난 거기에 어울리는 팡파르만 울려 주면
되는 거 아냐. 아주 근사하게 울려 주지."

이한수는 카페를 나와서 도로 가에 섰다. 택시를 잡으
려고 손을 흔들었다. 호주머니 속에서 진동이 울렸다. 휴
대폰을 꺼내 보니 발신자 표시 제한 번호로 온 메시지였
다. 문자는 없고 사진만 전송됐다. 베이징 로열호텔 왕푸
징에서 민태호와 이한수가 함께 찍은 사진이었다.

그는 카페 안의 민태호를 돌아보았다. 민태호는 제 노
트북에 USB를 끼우고 자료들을 다운로드하는 데 집중하
고 있었다. 휴대폰은 그의 손에서 멀찍이 떨어진 테이블
위에 놓였다. 그렇다면 민태호가 아닌 다른 인물이 보낸
사진이었다. 누구일까.

초저녁이 되어 이한수는 노란 튤립 다발을 들고 병실
안으로 들어섰다. 강유나는 붉고 고운 석양 입자가 어른
거리는 6인실에서 창가 쪽 침대에 누워 있었다. 골절된

오른쪽 다리는 석고붕대를 감아 천장에 달린 끈으로 고정
해 두고, 팔에는 진통제를 섞은 포도당 주사를 꽂았다. 얼
굴은 멍투성이고 상처를 꿰맨 실 자국이 개미 떼처럼 군
데군데 나 있어서 흉측했다. 그녀는 천장을 향해 두 눈을
부릅뜨고 있었다.

"눈 좀 붙여요. 왜 그렇게 눈을 뜨고 있어요."

"잠이 들면 악몽의 연속이에요. 미끌미끌하고 새까만
어둠 속에서 숨이 끊어지기 직전까지 가요. 살려고 숨을
헐떡이면 더 끈끈하고 축축하고 지독한 어둠이 압박해 와
요. 꿈속이 더 고통스러워요."

현실보다 더 고통스러운 꿈속. 이한수는 속으로 그 표
현을 읊조리며 그녀가 묘사한 지독한 어둠을 머릿속으로
그려 보았지만 실패했다. 그것은 온전히 그녀만이 감각할
수 있는 공포일 것이다.

간호사가 들어와서 혈압과 체온을 체크했다. 이한수는
벽시계를 보고 리모컨을 들어 병실 안 텔레비전의 채널을
변경했다. 그런 후 냉장고에서 오렌지주스를 하나 꺼내
침상 옆 간이 의자에 앉았다.

화면에는 「민태호의 뉴스」 진행자인 민태호가 홀로 데
스크에 앉아 있었다.

"민태호의 뉴스입니다. 오늘 단독 특종을 발표하기 전,

이 자리에 특별한 손님 한 분을 모셨습니다."

카메라는 민태호의 옆자리로 이동했다. 병상에 누워서 텔레비전 화면을 보던 강유나가 놀라서 눈을 휘둥그레 떴다.

화면에 민태호가 진행하는 시사 방송과는 도무지 어울리지 않는 여배우가 등장했다. 강소라는 평소와 사뭇 다른 모습이었다. 여배우 강소라는 언제나 두꺼운 방송용 메이크업에 드라이한 헤어스타일이었고, 드레스나 화려한 옷을 입었다. 그러나 지금은 강소라가 아닌 강유진으로 저 자리에 앉았다. 화장기가 거의 없었다. 귀걸이나 목걸이도 하지 않았다. 수수한 데님 셔츠를 입었고, 운동화를 신었다. 이 또한 연출이라면 나쁘지 않은 선택이라고 이한수는 뇌까렸다.

"안녕하세요, 강소라 씨. 이렇게 자리에 나와 주셔서 먼저 감사 인사를 드리겠습니다. 강소라 씨 본명이 강유진이라고요."

"네."

전화가 빗발쳤다. 친구 김동철이었다. 이한수는 그 전화를 일단 무시했다.

"1994년 블라디보스토크에서 살인과 월북 혐의를 받았던 강철수 씨를 아시나요?"

"네, 1994년 블라디보스토크에서 실종된 강철수 씨는 제 아버지입니다."

옆 병상에 있던 환자들과 간병인들이 갑자기 텔레비전 화면에 집중했다. 병실 너머 간호사들도 이 방송을 보는지 데스크에 몰려들어 수군거리는 게 보였다.

"1994년 블라디보스토크 선교사 사건을 기억하실 겁니다. 어려운 상황에 처한 약자들을 돕는 것을 천직으로 삼았던, 선의 결정체로 불렸던 선교사 강철수 씨에게는 두 딸이 있었습니다. 그중 한 명이 여기 앉아 계시는 여배우 강소라 씨였습니다. 두 딸의 아버지이자 선교사였던 강철수 씨는 당시 마흔여덟 살이었습니다. 맹추위 속에서 학대당하며 동사하거나 벌목한 나무에 깔려 죽어 나가는 북한 벌목공들을 돕기 위해 블라디보스토크로 떠났습니다. 1994년 겨울이었습니다. 그런 그에게 어떤 일이 벌어진 것일까요?"

"당시 아버지는 선교 활동을 하고자 블라디보스토크에 체류 중이었습니다. 그러던 어느 날 갑자기 실종 소식을 듣게 되었습니다. 눈으로 뒤덮인 설원에서 아버지가 운전했던 차가 발견되었습니다. 그러나 그 차 안에 아버지는 없었습니다."

강유진은 눈물을 애써 참는 게 역력히 보였다. 화면은

설원에 세워진 차로 바뀌었다.

"차 문은 양쪽 다 열려 있었습니다. 그리고 강철수 씨는 사라졌습니다. 당시 안기부에서 저에게 증거 자료로 제공했던 사진들 중 하나입니다."

화면이 강철수와 얼굴에 상흔이 길게 난 북한 요원이 만나는 장면들로 넘어간다.

"이 사진이 공개된 후 강철수 씨가 도왔던 북한 벌목공과의 대화 녹취록 또한 단서가 되었습니다. 그리하여 강철수 씨는 살인자에 월북자 누명을 써야만 했습니다. 강소라 씨, 지금 심경이 괴로우시겠지만 당시의 상황을 조금 더 설명해 주실 수 있을까요."

카메라가 강소라에게 이동했다.

"저와 두 살 아래인 여동생은 어느 날 갑자기 아버지를 잃었습니다. 학교에선 친구들이 저희를 살인자의 딸들이라고 손가락질하고 비난했습니다. 저희에게 관심과 애정을 주었던 이웃들마저 모두 등을 돌렸습니다. 저희는 결국 고향을 떠나야만 했습니다."

강소라의 두 눈에 투명한 눈물이 고였다.

"누가, 왜, 선량한 선교사 강철수 씨에게 살인자 누명을 씌웠을까요? 누가, 왜, 무고한 어린 자매들의 가슴을 찢어놓았을까요? 누가, 왜, 사랑으로 넘치던 한 가족의 가슴에 이토록 잔인한 비수를 꽂았을까요? 지금부터 저는 그 진실을 밝히려고 합니다. 그리고 그 진실을 공개하기 전, 이 사건과 관련되어 23년 전 오보를 냈던 저 자신의 과오부터 먼저 깊이 사죄드립니다. 저 민태호는 제 잘못에 대한 책임을 지기 위해 오늘부로 「민태호의 뉴스」에서 하차할 것입니다. 제가 쓴 오보로 피해를 입은 강철수 씨와 그 따님들에게 진심 어린 용서를 구합니다."

화면 속에서 민태호가 고개를 숙인 채 잠시 가만히 있었다. 고개를 들었을 때 그의 눈가는 젖어 있었다. 주위에서 웅성거리는 소리가 드높아졌다. 민태호의 팡파르는 강도가 굉장히 높았다. 이한수도 예상치 못했던 한 방이었다.

"앞으로 보시게 될 사진은 저에게 사진과 녹취록을 증거 자료로 제공했던 안기부 직원과 북한 요원이 만난 장면입니다."

차대경과 북한 요원이 만나는 장면이 지나가고 화면이 다시 민태호로 바뀌었다. 민태호는 카메라를 향해 작은 쪽지를 들어 보였다. 황인호가 강유나에게 남긴 쪽지였고, 그가 강유나의 방을 뒤졌을 때 『아름다운 상처』 책갈피에서 발견한 것이었다.

"얼마 전 싱가포르 하얏트 호텔 앞에서 전 북한 고위 관료 출신을 버리고 한국으로 망명한 황인호 씨가 암살됐습니다. 황인호 씨가 암살되기 전 강철수 씨의 다른 딸, 강유진 씨의 여동생에게 남긴 편지입니다. 여동생을 대신해 강유진 씨가 이 편지를 낭독해 주실 겁니다."

카메라가 다시 강유진에게로 옮겨졌다. 강유진은 또렷한 발음으로 황인호가 남긴 편지를 읽었다.

강유나는 상황을 아직 이해하지 못하는 듯했다. 민태호가 어떻게 저 쪽지를 가지고 있는 걸까 의아한 표정으로 이한수를 돌아보았다. 그는 화면을 응시한 채 그녀와 시선을 마주치지 않았다.

강유진이 편지의 마지막 부분, 강유나는 아직 해독하지 못했던 암호들을 읽는 동안 여기저기서 탄식이 터졌다. 강소라의 눈가에서 눈물이 조르륵 흘렀다. 낭독이 끝나자 카메라가 민태호로 방향을 바꾸었다. 민태호는 작은 USB를 들어 보였다.

"제가 가지고 있는 이것은 당시 벌목공으로 위장하여 강철수에게 접근했고, 또 같은 시기 아까 보셨던 사진 속 안기부 직원에게 정보를 제공한 북한 요원의 대화가 녹취되어 있습니다. 다른 하나는 북한 요원이 다른 북한 사람과 나눈 대화의 일부입니다. 저희는 이 두 개의 녹취록을 음성 전문가에게 보냈습니다. 그리고 녹취록에서 발췌한 목소리가 동일 인물이라는 사실을 확인받았습니다."

"치직. 강철수는 우리가 납치했지. 치직. 그자가 자꾸만 북조선 벌목공들에게 얼쩡거렸거든. 치직. 화물선에 실어 남포항으로 보냈지. 치치직. 그런데 재밌는 게 뭔지 알아? 치이이이직. 납치를 했더니 치칙. 그걸로 소설을 하나 써서 감쪽같이 살인자로 만들더라고. 남조선의 여우 같은 요원 치이익. 차대경이가 말이야. 치직. 블라디보스토크에서 무기 거래를 하던 사실이 남조선 외교관에 이어 거기서 활동하던 선교사 강철수에게 덜미가 잡혔거든. 치이이이익. 자기 죄를 은닉할 희생자가 필요했던 참이었지."

녹취록이 방송에 나가자 주변이 술렁였다.

침대 위의 강유나는 두 눈을 감았다. 저 밑바닥에 고여 있던, 오래도록 짓눌러 왔던 슬픔이 한꺼번에 목까지 치밀어 오르는지 다문 입술과 눈꺼풀이 파르르 떨렸다. 23년 만에 아버지가 살인자의 누명을 벗었다.

"유나 씨, 괜찮아요? 기쁘지 않아요?"

이한수가 고무적인 목소리로 물었다.

"아버지의 생사조차 모르는데 누명을 벗는다 한들 무슨 의미일까요. 더 이상 살인자의 딸이 아니라는 것? 저 자신이 더 떳떳해졌다는 것? 그게 무슨 의미죠?"

그녀는 감은 눈을 뜨지 않은 채로 말했다.

"다만 아버지가 덜, 춥기를, 덜, 굶주리기를, 덜, 아프기

를, 덜, 고통스럽기를 바랄 뿐이에요. 그 '덜'의 모든 필연
적인 것이 죽음이라면, 차라리 아버지가 죽었길 바라요."

지금 그녀는 언젠가는 흘려야 할 눈물을 흘리고 있었
다. 필연적 애도의 눈물이었다.

2017년 3월, 북한 18호 수용소

박재희는 피복 공장 감독관의 인사를 받으며 차에서
내렸다. 감독관은 오늘 오전 상부로부터 연락을 받았다.
외국에서 외화벌이를 하여 평양으로 막대한 자금을 보내
는 역할을 맡은 고위층이 현재 벌이는 주요 사업과 관련
하여 수용소 내에 있는 인물과 면접이 불가피하다고 통보
를 받은 터였다.

감독관은 허리를 90도로 굽혀서 깍듯하게 인사한 후
박재희가 내민 쇼핑백을 받았다. 손에 쥔 큼직한 백을 흘
긋 내려다보았고, 로열 살루트 위스키 상자와 말보로 담
배 보루 사이에 끼워진 푸릇한 달러 지폐 몇 장을 발견하
고는 이게 웬 횡재냐 싶어서 기쁜 표정을 미처 감추지 못
하고 히죽거렸다.

"독방에 있다고 들었습니다."

박재희는 도착하기 전에 들은 소식을 되물었다.

"한 달이 넘도록 밤새 기침을 해 대서 독방으로 보냈습니다. 무슨 병인지 알 수도 없고 병세를 보아하니 전염병이 아닌가 싶은데 한창 댐 공사에 박차를 가하는 노동자들이 전염되면 손실이 커서요."

"제가 취조할 상태가 되는지 저와 함께 오신 봉화병원리 동지가 먼저 확인한 후 제가 그 방으로 들어갈 겁니다."

"아무렴요. 높으신 분이 행여 허섭스레기 같은 자들의전염병을 옮아 가면 큰일 아니겠습니까."

봉화병원에서 의사로 근무하는 그의 친구 리 동지가먼저 독방에 들어갔다. 그사이 박재희는 면접실에서 기다렸다가 이십여 분이 지난 후 감독관의 안내를 받아서 독방으로 걸어갔다. 복도 끝에서부터 밭은기침 소리가 들려왔다. 리 동지는 폐렴인 것 같다고 말하며 독방을 나왔다.

"여기서 폐렴에 걸리면 한두 달을 못 버팁니다. 이제곧 죽은 목숨이죠. 거기다가 치매까지 있어서 기억을 잘못하니 산송장인데 박재희 동지가 하시는 일에 과연 도움이 될는지."

감독관이 자신 없는 표정으로 머리를 긁적였다. 박재희는 감독관과 리 동지에게 기밀 사안인 만큼 혼자서 들어가겠다고 양해를 구했다. 그들은 흔쾌히 뒤로 물러섰고,

박재희가 등 뒤의 문을 닫았다.

쿵쿵쿵쿵. 기침 소리가 멈추지 않고 독방을 울렸다. 벽 모서리에 웅크리고 앉은 노인은 한 줌도 안 되어 보였다. 어린아이인가 싶을 정도로 작았다. 땅바닥을 보는 노인의 뺨에는 살점이 없었고 깊숙하게 팬 눈자위가 누랬다. 소매 아래로 드러난 가느다란 팔목과 손가락. 노인은 다른 팔마디에 그 손가락들을 올려 두고 움직였다. 손가락 관절들이 피아노 건반처럼 오르락내리락하는 걸 지켜보면서 노인이 지금 묵음의 연주를 하고 있다는 것을, 오보에 단추들을 누르고 있다는 것을 박재희는 짐작할 수 있었다.

박재희는 기침을 하는 노인의 앞으로 가서 앉았다.

"저에게 먼저 사과를 하셔야겠습니다."

박재희가 말했지만 노인은 아랑곳하지 않고 거듭 손가락 연주에 몰입해 있었다.

"제가 타지에서 한 여성을 만났습니다. 강인하고 멋진 여성입니다. 수많은 사람들이 그 여성의 도움을 받아서 제2의 인생을 살고 있습니다. 그 여성으로 인해 제가 여러모로 편치 않은 삶을 살아왔습니다. 1994년부터 지금까지 줄곧. 이 문제로 제게 사과를 해 주셔야겠습니다."

박재희는 닫힌 문을 돌아보고 재킷 안쪽에서 사진 한 장을 꺼내 바닥에 내려놓았다. 쪽창에서 내리쬐는 햇빛

한 줄기가 닿는 자리였다. 강유나는 사진 속에서 다섯 명의 남자아이들과 함께였다. 이제는 더 이상 푸른색이라할 수 없는 낡은 배낭을 등에 메고 있었다. 노인은 손가락연주를 멈추지 않은 채 사진을 바라보다가 이윽고 뚝 멈추었다. 텅 빈 동공이 물결 위의 나룻배처럼 흔들리는가싶더니 입가에 엷은 미소가 아주 잠시 떠올랐다.

"이제는 이 연주를 쿵, 쿵, 쿵쿵쿵."

노인은 몇 마디 하기가 무섭게 밭은기침을 하면서 말을 이었다.

"멈출 수 있겠군요."

박재희는 평양에서 타고 온 차 뒷자리에 앉아서 수용소를 벗어났다. 저 멀리 댐 공사장 너머로부터 먹구름이몰려왔다. 빗방울들이 차창을 두들기기 시작했다. 그는노인과 한 약속을 곱씹으며 정치범 수용소 구역을 벗어났다. 다시 돌아오겠다는 약속을 이번엔 꼭 지키고 싶었다.

2017년 3월, 서울

3월의 꽃샘추위였다. 강유나는 환자복 위에 점퍼를 껴입고 목발을 짚은 채 병실을 나섰다. 복도를 걷는 동안 누군가 뒤를 쫓는 기척이 들려와서 초조한 눈길로 연거푸 뒤를 확인했다. 건물 밖을 나가자 사위가 어두웠다. 밤바람이 불어오는 벤치에 앉으려다 말고 다시 가재미눈으로 뒤를 힐끔 돌아보았다. 여기에 누군가 있어. 누군가 지켜보고 있어. 그녀는 어깨를 웅크렸다.

그녀의 점퍼 안에는 방콕에서 보낸 유종호의 편지가 있었다. 방심할 수 없었다. 건물 모퉁이를 돌아서 벽에 몸을 바짝 붙이고 주변에 아무도 없는 것을 확인한 후에야 조심스럽게 품에 든 편지를 꺼냈다.

유종호는 태국 내의 난민 수용소에서 지내다가 안전한 곳으로 옮겼고, 현재는 한국으로 올 준비를 하는 중이라고 썼다. 오보에 소리가 궁금하여 자신을 돌봐 주는 분의 도움을 받아서 유튜브로 오보에 연주곡들을 여러 번 들어 보았다고 했다.

제가 상상했던 것만큼 아름다운 소리였습니다.

이 문장을 세 번 되뇌며 편지를 도로 반듯하게 접었다. 칼바람이 불어오는 정면으로 얼굴을 돌리자 뺨과 귀가 아릿했다. 다른 아이들은 어떻게 됐는지 알 수 없었다. 유종호라도 구출되어 다행이라는 생각은 들지 않았다.

지금은 정체불명의 누군가가 이 편지를 읽기를 원치 않았다. 유종호가 위험에 빠지게 둘 수 없었다. 호주머니에서 라이터를 꺼냈다. 편지 모서리에 불을 붙였다. 편지가 통째로 불길에 삼켜지는 것을 보고서 편지에 붙은 불을 발로 탁탁 밟아서 껐다. 재가 된 편지 앞에 옹송그리고 앉았다.

그날 박재희와 헤어지기 전 단둘이 식당 앞 거리로 나가서 나누었던 대화가 떠올랐다. 그녀도 마찬가지였지만, 박재희는 짧게 허락된 그 시간에 진심으로 묻고 싶었던 질문을 차마 꺼내지 못하는 눈치였다. 머뭇거리다가 주변적인 이야기들로 말문을 열었다. 그녀가 어느 대학에 들어갔는지 물었고, 그녀도 박재희가 어느 대학에 갔는지 물었다. 그런 후 그녀는 얼마 전 싱가포르에 간 이야기를 꺼냈다. 그들이 함께 다녔던 학교는 더 커졌고, 이레나 선생님은 이제 꼬부랑 할머니가 되었지만 여전히 오케스트라 단원들을 지도한다고 말해 주었다. 그날 밤의 보타닉 가든으로 갔고 풀레이 바송 나무 밑에 누워 20여 년 전 박재희와 그랬던 것처럼 「투 비 위드 미」를 들었다고 했다. 그러자 박재희가 자기도 보타닉 가든에 갔었다고 잇대면서 그녀를 향해 손을 내밀었다. 식당 유리창 너머로 흘긋거리는 일행을 의식하면서도 그녀는 과감히 손을 내

주었다. 그들은 그렇게 손을 잡았다. 그뿐이었다.

"이게 어떻게……."

"네 아버지는 살아 계셔."

강유나는 목이 메었다. 아무 말도 할 수 없었다.

"북조선의 어느 학교에서 오보에 기초를 가르치셔."

"아버지를, 봤어?"

"응, 한 번."

"말도 했어?"

"응."

그녀는 씁쓸한 미소를 지었다. 박재희는 거짓말할 때 검지로 콧잔등을 만지작거리는 버릇이 있었는데 오랜 시간이 지난 지금까지도 그 버릇은 여전했다. 박재희가 거짓말하고 있다는 사실을 그녀는 알았다. 하지만 굳이 왜 거짓말을 하는지 물어볼 필요는 없었다.

"네가 사랑하는 사람과 짝을 이루고 행복하게 살길 바라셔."

박재희가 엄지 지문으로 그녀의 눈 밑을 어루만졌다. 동화책 결말에나 어울릴 법한 그 말. 어쩌면 아버지가 정말로 소원하고 있을지도 모르는 그 말. 박재희가 그녀의 삶을 축복하는 방식의 그 단순한 문장을 가슴에 되새겼다.

병실로 돌아가는 길에도 쫓아오는 이가 없는지 재차

뒤를 돌아보았다. 병실 앞에 도착해서 문을 닫을 때도 바깥을 예의 주시했다.

밤이 내린 병실 침상에 누워서 강유나는 비로소 긴장을 풀었다. 천장을 보고 아버지를 회상했다. 종종 지금처럼 기억의 숲 곳곳에 숨어 있는 아버지와의 추억들을 불러냈다. 추억의 전령들은 대체로 그녀가 삶의 방향감각을 잃었을 때, 옳고 그름의 판단을 내릴 수 없는 모호하거나 복잡한 상황에 직면했을 때, 무엇이 옳은지 가슴으로는 느끼나 그것을 실행에 옮길 용기가 부족할 때 나타나곤 했다.

아버지는 왜소하고 다리를 절고 단벌 신사였다. 계절마다 거의 옷 한 벌로 지냈다. 선교 활동을 하고자 먼 땅으로 떠나기 전 마지막 계절에는 물 빠진 리바이스 청바지와 칼라에 구멍이 난 검정색 티셔츠와 미색 재킷이 전부였다. 언젠가 소외된 사람들을 돕는 일을 봉사가 아닌 직업으로 택한 이유를 물었을 때 아버지는 그때껏 한 번도 보이지 않던 쓸쓸한 얼굴로 대답했다.

"너무 오랫동안 약자로 살면서 짓밟히면 말이야, 거기서 악이 태어나."

당시에는 아버지가 말한 악의 기원을 이해할 수 없었다. 지금도 그 의미를 다 헤아리지 못했다. 그 말이 사실이라면 이 세계에는 지금도 얼마나 많은 악이 탄생하고 있을까.

아버지는 당신의 삶이 그런 것처럼 두 딸의 삶에서도 필요한 물건들 중 최소한의 구입을 허락해 주었다. 그녀는 유치원 때 친구들 모두 가지고 있는 요술공주 밍키 스티커가 너무나 갖고 싶었는데 그건 사 주지 않았다. 밍키 스티커가 없는 아이는 또래 여자아이들의 어떤 밍키 놀이에도 끼지 못했다. 초등학교 1학년 때 그녀는 친구들의 스케치북이나 유치원 가방에 붙은 스티커를 몰래 떼어다가 제 필통이나 책가방에 붙였다. 최초의 도둑질이었다. 이미 타인의 사물에 한번 붙었다가 떨어진 그것들은 금세 너덜너덜해졌고, 그녀의 소지품들에서 쉬이 떨어져 나가곤 했다. 선생님을 통해 그 사실을 듣게 된 아버지는 그녀를 안아 주고 몇 번이나 미안하다고 했다. 네게 불필요한 결핍들을 주어서 미안하다고, 정말 미안하다고.

그토록 온화하고 자애로운 아버지에게도 대한민국의 모든 부모들처럼 세속적인 욕망이 있었다. 자신의 못 다 이룬 꿈을 이뤄 주길 바라는. 그 뜨거운 꿈속에서 날갯짓하며 비상하길 바라는.

블라디보스토크로 떠나기 전날 밤 리드 조각들을 애벌레라고 부르곤 했던 아버지는 그 애벌레들이 언젠가 그녀의 호흡을 통해 이 세상 멀리멀리 날아갈 거라고 했다. 소리를 잃은 곳으로, 온기가 사라진 곳으로, 빛이 필요한 이 세상의 모든 그늘로 퍼져 갈 거라고. 그리고 대나무 조각들을 손질하면서 의미심장한 시선으로 그녀를 가만히 쳐다보더니 엉뚱한 질문을 던졌다.

"우리 유나는 학교에서 사귀는 남자 친구 없니?"

바닥에 배를 깔고 누워서 발장구를 치던 그녀는 벌떡 일어나 가부좌를 틀고 앉아서 입술을 뾰로통하게 내밀었다. 얼굴이 분홍빛으로 달아올라 있었다.

"강철수 씨, 무슨 해괴망측한 소리야."

그녀는 리드 갑을 채워 가는 리드들을 보며 투덜거렸다.

"그게 왜 해괴망측해. 인생에서 가장 멋진 사건인데. 아빠도 엄마를 만났잖아. 언니도 남자 친구가 있고, 오 권사님 딸은 너와 동갑인데 벌써 남자 친구가 생겼다는데."

"난 그런 거에 관심이 없씨유. 그리고 보세요, 강철수 씨, 여기 꽂힌 이 리드들을 강철수 씨가 돌아올 때까지 다 쓰려면 얼마나 연습을 많이 해야 하는지 알아? 남자 친구 만들 시간이 참도 있겠다."

그녀는 당시 학교에서 「귀여운 여인」 레코드판을 선물해 준 남학생이 있다는 사실을 함구했다. 왠지 모르지만 그런 종류의 일들이 아직 부끄럽기만 했다.

"그 녀석 누군지 내가 사과부터 해야겠구나."

"이건 또 무슨 소리래?"

그녀는 무안하기도 했고 정말로 아버지의 말뜻을 헤아리지 못해서 아버지를 흘겨보았다.

"누군지 몰라도 강유나 고집통 때문에 내리 맘고생 좀 할 테니, 내, 홀가분하게 사과부터 하련다."

이윽고 아버지가 100개의 리드가 빽빽하게 꽂힌 갑을 그녀에게 내밀었다. 끙 소리를 내고 일어선 아버지는 당시 마흔여덟 살이었는데 이미 머리가 반백이었다. 리드를 다듬느라 굽어진 허리를 펴고 기지개를 켜며 창 밖 먼 데를 무연한 시선으로 바라보았다.

"그건 말이지, 인생에서 가장 아름다운 사건이야. 사랑이란, 각자의 숨겨진 비밀스러운 소리의 기원을 찾아가는 여정이니까."

"오늘따라 웬 사랑 타령이야?"

"거참, 어떤 놈인지 궁금하네."

어디선가 아버지의 「가브리엘의 오보에」가 들려오는 듯하다. 저 밑바닥에 켜켜이 쌓인 아버지와의 추억들이 소용돌이가 되어 눈까지 부드럽게 치밀어 올랐다. 목구멍에는 뜨끈하고 말갛고 동그란 것이 오르락내리락했다.

어둠 속에서 천천히 젖은 눈을 뜨자 박재희와 이한수

가 차례로 떠올랐다.

창가의 노란 튤립 아래서 꾸벅꾸벅 졸고 있는 이한수 쪽을 살며시 돌아보았다. 그는 베이징에서부터 줄곧 입었던 회색 후드 티를 걸쳤다. 베이징에서 보여 주었던 수많은 암시들과 신호들. 이한수가 그녀를 좋아하는 건 진심 같았다. 때론 그 진심이 너무 노골적이어서 대화가 그 방향으로 가는 기미가 보이면 시치미를 떼거나 회피하기도 했다.

아직 이한수가 어떤 사람인지 다 알지 못했다. 결핍이 많고 허세가 심하고 재미라고는 눈곱만큼도 없는 남자라는 정도만 알고 있었다. 베이징 비밀 숙소에서 그녀에게 마흔 살이 되기 전에 무얼 해 보고 싶은지 묻고 대답을 기다리는 그의 눈에 차오르던 기대와 설렘이 떠올랐다. 그가 사귀자고 했을 때 그녀는 장난 반 농담 반으로 수수께끼를 하나 낼 텐데 그 수수께끼의 정답을 맞히면 한번 고려해 보겠다고 말했다.

"이 세상은 반대의 성질끼리 만나서 균형과 조화를 이루고 있어요. 그중 예외가 한 가지 있어서 같은 성질끼리 서로를 끌어당겨 결국은 만나게 되는 것이 있죠. 그 에너지가 다른 균형과 조화들의 변수가 되기도 하는데, 그게 무언지 알아요? 그 답을 맞히면 어디 우리가 한번 사귈

수 있을지 심사숙고해 볼게요."

그때 그녀는 장난처럼 말했다. 사실 오래전 박재희가
쓴 소설에서 발견한 문장이었고, 그녀는 아직 그 답을 알
지 못했다. 박재희와 몸싸움을 벌이고 퉁퉁 부은 눈두덩
아래로 눈알을 굴려 가며 답을 골몰하던 이한수는 진정으
로 그 답을 찾고 싶어 했다.

"한수 씨."

그녀가 그의 이름을 나지막이 불렀다. 막 잠에서 깬 그
는 손등으로 눈을 비비고 그녀를 바라보았다. 그리고 잠
꼬대를 하듯 웅얼거렸다.

"그리움이요. 같은 성질끼리 서로를 끌어당겨서 결국
만나게 되는 것은, 그리움이에요."

그녀의 귓전에 먼 옛날 박재희와 단둘이 연주했던 곡
의 선율이 환청처럼 맴돌았다. 그건 그리움이었다.

에필로그

방 벽에는 여전히 커다란 지도가 붙어 있었다. 그것은 그녀의 이동 경로를 표시하는 하나의 좌표다. 빨간 압정은 가느다란 혈관처럼 몽골에서 북경으로, 북한과 중국 국경 두만강이나 압록강에서 중국 싼성 안으로, 그곳에서 중국 서남부로 이어지다가 라오스와 미얀마를 가로질렀다. 뾰족한 침들은 매번 그의 심장을 찔렀고 아릿한 통증이 번지면서 그보다 더 아래쪽으로 향했다. 이번엔 심장부인 방콕을 지나서 체코를 거쳐 마지막 지점인 싱가포르였다.

그녀와 연인이 되기에 걸림돌이 될 이유들은 많았다. 그녀는 잦은 장기 출장으로 그와 충분한 시간을 함께 보내지 못한다. 활동 기간에는 며칠씩 연락이 두절된다. 피해형 편집증으로 매번 누군가 자신을 미행한다고 착각하며 초조하게 뒤를 흘긋거린다. 잘 걷다가도 발걸음을 멈추고 화장실이나 좁은 골목 안쪽으로 숨어들었다가 뒤에서 오던 행인들이 지나가길 기다리기 일쑤다. 한번은 집 앞에 있던 남자가 며칠째 자신을 스토킹했다고 지구대에 신고하기까지 했다. 그 남자는 같은 골목에 사는 20대 여자의 남자 친구였고, 치장을 하느라 번번이 약속 시간에 늦는 여자 친구를 골목에서 기다렸던 것으로 밝혀졌다. 출장에서 돌아오면 도청이나 몰래카메라 설치 여부를 감지하는 기계를 그의 집 안 곳곳에 들이댔다. 오랜만에 한 침대에서 잠들라치면 식은땀을 줄줄 흘리고 괴성을 지르며 깨어나기도 했다.

이한수는 견딜 수 있었다. 그런 그녀를 볼 때마다 말로 다 표현할 수 없을 만큼 안타까움이 컸지만 정신과 의사 말처럼 그가 변치 않고 신뢰를 준다면 차차 회복되리라 믿었다. 다만 한 가지가 내내 마음에 걸렸다. 강유나가 그를 사랑하는 것인지 아직 확신이 서지 않았다. 그녀는 잠자리에서 깨어날 때마다 간절한 목소리로 그 이름을 불렀다.

박재희.

신의주로 향하는 헬기 안에서 박재희로부터 리드 목걸

이를 받으며 목걸이에 대한 사연을 들었었다. 그녀와 동반자가 되겠다는 다짐은, 그녀 안에서 언제고 다시 자라날 수 있는 못다 한 사랑에 대한 그리움을 평생 같이 감내하겠다는 의미이기도 했다.

그래서 박재희는 그에게 당부했을 것이다. 그녀가 살인자거나 사기꾼이거나 거짓말쟁이인지를 떠나서 있는 그대로 그녀를 진정으로 사랑하게 됐을 때, 그녀가 어떤 삶을 살든 그녀의 곁을 평생 지켜 줄 수 있겠다는 결심이 섰을 때, 이 목걸이를 다시 그녀에게 걸어 달라고.

멋진 말이었지만 실행에 옮기기는 말처럼 쉽지 않았다. 서로 사랑한다는 확신이 든 후에도 복잡하고 어려운 게 남녀 관계가 아닌가.

지난 일 년, 이한수는 시간이 날 때마다 지하철 안에서, 운전을 하다가, 횡단보도에서 신호를 기다리다가, 편의점에 서서 인스턴트 라면을 먹다가 이 생각에 잠기곤 했다. 일부러 이 생각에 몰두하고자 한적한 호숫가나 공원으로 산책을 나가기도 했다. 과연 내가 평생 이 불안전한 사랑을 유지하고, 그녀 곁을 지킬 수 있을까?

어떤 날은 그럴 것 같다가도 어떤 날에는 자신감이 곤두박질쳤다. 그래서 오늘은 그 기나긴 갈등에 마침표를 찍기 위해 한강 변으로 나갔다.

여름 밤바람이 퍽 선선했다. Queen Yuna라고 쓰여 있는 나침반이 달린 자전거를 타고 한강변을 달렸다. 잠원지구에서 여의도까지 갔다가 다시 돌아오니 서쪽 하늘에서부터 석양이 번지고 있었다. 어떤 사물이나 사람과 충돌할라치면 정확한 타이밍에 자전거 핸들에 부착한 나침반 고리를 잡아당겼다. 나침반에서는 「가브리엘의 오보에」가 흘러나왔다.

이제 그녀가 없는 삶은 상상할 수 없었다.

결심을 마치고 그는 집으로 돌아갔다. 오늘은 그녀의 생일이다. 과거의 그녀 아버지가 그랬듯 한 달 전 강화도까지 가서 산지 배추와 새우젓과 생새우를 사왔었다. 레시피를 보면서 소금물에 배추를 절이고, 고춧가루와 풀죽과 다진 생강과 마늘과 소금과 까나리 액젓을 버무려 양념을 만들고, 마지막으로 무채와 실파와 생새우를 넣어 김치를 담갔다. 그렇게 익힌 김치로 그녀의 아버지가 자주 만들어 주었다던 멸치 다시에 두부만 숭숭 썰어 넣어 담백하고 칼칼한 김치찌개를 요리했다.

이케아에서 다량으로 산 향초들을 방 곳곳에 밝혀 놓았다. 작은 생크림 케이크도 준비했다. 마지막으로 압정 케이스를 열어서 마지막 압정을 집어 들어 일주일 후 그녀가 오게 될 이곳, 서울에 꽂았다. 그리고 그녀의 리드 목걸이를 압정에 걸어 두었다.

받침대에 고정해 준 휴대폰으로 영상통화가 연결되었다. 방 곳곳에서 빛나는 촛불들을 본 그녀는 놀란 기색이었다. 그녀는 카페 안에 앉아 있다가 버릇처럼 뒤를 흘긋거리며 목소리를 낮췄다. 무언가 불안했는지 휴대폰을 들고 인적이 없는 곳으로 이동했다. 어딘가의 그늘에 선 그녀는 머리에는 노란 가발을 뒤집어쓰고, 알 큰 선글라스를 끼고, 번들거리는 새빨간 오렌지색 립스틱을 발랐다. 그녀의 브래지어 사이즈는 A컵인데 미키마우스가 프린트된 티셔츠 앞으로 튀어나온 가슴은 족히 D컵은 돼 보였다.

"아까 청바지에 흰색 티셔츠를 입은 남자가 나를 미행했어. 그래서 화장실에 들어가 가방에 든 가발을 쓰고 뽕브라를 하고 나왔지. 어때 내 입술 색깔? 키스를 마구 퍼붓고 싶지 않아?"

"유나야, 오늘 생일이잖아. 밥은 챙겨 먹었어?"

"내 생일이라고? 그딴 게 뭐 중요해. 내일 아침 미스터 오닐과 미팅할 거야. 계약을 성사해야 해서 머리를 쥐어짜 내느라 며칠 밤을 샜어."

미스터 오닐은 북조선의 오민수 교수였다. 계약이란 탈북 시도를 의미했다. 그녀는 며칠 전 방콕에서 오민수 교수가 교환교수로 나가 있는 체코의 브루노 공대로 갔다.

이틀 후에는 다시 싱가포르로 이동했다.

사흘 후 싱가포르에선 미국 트럼프 대통령과 북한의 김정은 최고위원장이 만난다. 전 세계 언론들이 동남아시아에 있는 적도의 작은 나라에 주목하고 있었다. 그녀가 그곳, 싱가포르에 간 목적은 성대한 국제 파티가 열린 그곳에서 탈북을 시도하려는 오민수 교수를 돕기 위해서였다.

그녀는 아직 압정에 걸린 리드 목걸이를 발견하지 못했다. 그녀의 아버지가 남긴 100개의 리드 중 마지막 리드가 걸린 압정. 그녀가 평생 마음에 간직한 사랑의 징표이기도 한 목걸이. 이한수는 무의식적으로 리드 목걸이를 흘긋 돌아보았다.

"한수 씨, 오늘 표정이 왜 그래?"

"음······."

"하하, 이 초들은 다 뭐야. 설마 프로포즈 같은 거 하려는 거야?"

그녀가 볼멘 목소리로 물었다. 그 바람에 김이 샜다. 목덜미와 어깨를 짓눌러 오던 긴장도 무너졌다. 식탁 위의 영상통화를 켜 둔 채로 그는 전기밥통에서 밥 한 주걱을 퍼서 밥공기에 덜었다. 그리고 식탁으로 돌아오다가 TV 화면을 보고는 밥공기를 놓쳤다. 쨍그랑 소리를 내며 사기 밥공기가 바닥에서 세 동강이 났다.

"이틀 후 이곳 싱가포르에서 미국 대통령 트럼프와 만나기 위해 북한의 김정은 국무위원회 위원장 북측 대표단이 싱가포르에 도착했습니다."

TV 화면에는 김정은 뒤로 북한 측 대표단과 의전들의 모습이 드러났다. 그중 김정은 다음으로 가장 나이가 젊어 보이는 남자는 감청색 양복에 작은 물방울무늬가 촘촘히 들어간 파란색 넥타이를 매고 있었다. 이마가 훤히 보이도록 머리를 빗어 넘기고 예의 그 자신감 넘치면서 고독한 눈빛으로 걸었다. 평양 오렌지, 박재희. 이한수는 지도로 시선을 옮겼다. 조금 전 박재희가 도착한 곳은 강유나와 박재희의 운명적인 사랑이 시작된 바로 그곳이었다.

작가의 말

등단 후 발표한 소설들이 마음에 들지 않았다. 어떤 틀 안에서 벗어나지 못하는 내 소설들의 한계를 인지하고 있었다. 다른 소설을 쓰고 싶었다.

그 무렵 나는 장편 연재를 마친 기념으로 가장 친한 친구 선영과 싱가포르로 짧은 여행을 갔다. 선영은 싱가포르에서 청소년기를 보낸 친구였다. 현지 경험이 있는 친구가 안내하는 알찬 여행 일정을 마치고 숙소로 돌아갔다. 깊은 밤 불을 끄고 각자의 침대에 누웠다. 어둠 속에서 선영이 잠이 밀려오는 낮은 목소리로 싱가포르 시절 이야기를 들려주었다. 같은 국제 학교에 다니던 북한 남학생 이야기였다. 새벽 4시가 넘도록 그 이야기는 끝나지 않았다.

  이튿날 잠에서 깨어 무언가에 홀린 듯 멍하니 천장을 바라보았다. 간밤에 친구에게 들은 이야기를 소설로 써 보고 싶었다. 그 후로 일어난 모든 사건들은 과히 충동적 이었다. 이 소설의 배경이 될 싱가포르에서 집필하자. 환 경이 바뀌면 글도 변하지 않을까. 싱가포르에서 이 소설 을 쓰겠다는 내 의견에 반대하는 남편과 몇 번의 말다툼 을 벌였다. 어린 아들이 다닐 새 학교에 입학 신청서를 보 냈다. 서점에 가서 자료가 될 책을 100권 가까이 사 모았 다. 비행기 표를 끊었다. 미치지 않고서야 그럴 수 없었 다. 싱가포르로 향하는 비행기 안에서 제 아내로서의 나 보다 작가로서의 나를 인정하고 결국 내 의견을 존중해 준 남편 —— 지금의 전 남편에게 진심으로 고마웠다.

  낯선 땅에 도착했다. 생경한 아침의 새소리를 들으며 새로 산 노트북을 열었다. 슈퍼마켓에 장을 보러 나갔다 가 당시 소설 자료 속 인물이었던 김정남과 우연히 마주 쳤다. 언어 코너 앞에서 짧은 대화를 나누었다. 새로운 환 경의 자극들이 내 감정의 결들 사이에서 너울거렸다. 비 로소 내가 쓰고 싶었던 작품이 나올 것 같았다.

  첫 문장을 적었다. '우리는 아직 헤어지지 않았다'였는지 '우리는 완전히 이별하지 않았다'였는지 이제는 기억조차 나지 않는다. 그사이 노트북이 세 번 교체되었고, 원고들을 저장해 둔 하드디스크가 손상되었으며, 소설이 100번쯤 바뀐 까닭이다.

번번이 이게 아닌데 하는 의구심이 들었다. 한 권 분량이 다 되도록 이야기가 아직 도입부를 맴돌았다. 이야기는 기승전결의 구조를 가지는데, '기'만 가열차게 쓰다가 갑자기 '결'을 낼 순 없는 노릇이었다. 부분적인 수정으로 해결할 수 없는 치명적인 문제였다.

처음부터 새로 쓰기를 수없이 반복했다. 그때마다 색채도 확연히 달라졌다. 처음엔 국제 학교에서 만난 북한 남학생과 남한 여학생의 이데올로기적 거리감을 중심으로써 내려간 서정적인 심리 묘사가 주였는데, 그다음 버전에선 슬픈 가족사가 두드러졌다. 그다음엔 미스터리 스릴러가 되었다. 정치물로 변색되기도 했다. 이야기의 맥과 동떨어진 양육 문제가 중심축이 되기도 했다. 애틋한 로맨스로 흘러갔다. 판타지 소설이 되었다. 소설이 만날 수 있는 거의 모든 장르를 종횡무진했다. 고민 끝에 이 이야기에 가장 어울리지 않은 판타지를 제거하고 나머지 모든 걸 담아냈다. 그러자 이도저도 아닌 소설이 되어 버렸다.

점입가경은 소설 집필 기간이 연장될 때마다 인물들의

삶이 바이러스처럼 변이한다는 것이었다. 미혼자였는데 그다음 버전에선 기혼자가 되었고, 그다음 버전엔 이혼을 하고, 다시 미혼자가 되는 식이었다. 나이와 직업과 이름도 수시로 바뀌었다. 처음에 성실하고 모범적인 어떤 인물은 1년 후에 악인이 되어 있었다. 2년 후엔 정의롭고 씩씩한 인물이었는데 3년 후엔 방어적이고 조용한 인물이 되었다. 그리고 5년 후엔 다시 허풍선이가 되었다.

도대체 내가 무얼 하고 있는 것인가?

소설 속에서 완전히 길을 잃었다. 당분간 이 소설을 쓰지 않기로 했다. 원래 하던 것을 멈추면 금단현상이 온다. 그 괴로운 시간과 마주 서면 운동을 하고 음악을 듣고 그림을 보고 영화를 시청했다. 목관악기의 기초 연주법을 배웠다. 맥주병을 땄다. 소설을 읽거나 쓰지 않는 다른 무엇인가에 몰입했다. 그렇게 여섯 달이 지났을 즈음 러닝머신 위를 걷다가 유튜브로 피겨스케이터 김연아의 「죽음의 무도」를 보았다. 생상스의 강렬한 오케스트라 곡인 「죽음의 무도」에 맞춰 빙판을 활주하는 우아한 동작과 정교한 스핀을 보자 가슴이 쓰렸다.

내가 쓰고 싶었던 소설이 바로 저런 거였는데.

당장 그런 소설을 쓸 수 없어서 김연아의 「죽음의 무도」만 몇백 번 시청했다.

2017년 다카시마야 백화점에서 두 번 만났던 김정남이 암살당했다. 2018년 여름, 미국과 북한의 지도자인 트럼프와 김정은이 전 세계의 이목을 집중시키며 싱가포르에서 만났다. 이 소설을 읽어 본 사람들이 말했다. "지금이야." "지금이 시기적으로 출판하기에 좋아." "심지어 소설의 배경인 싱가포르에서 만나잖아!" 나는 한동안 이 이야기를 쓸 수 없었다.

다시 원고를 열어 보기 전 생각에 잠겼다. 무엇이 잘못된 걸까. 왜 족히 한 권 분량이 넘도록 도입부에서 맴도는 것일까. 왜 소설 속 인물들의 삶과 성격과 직업이 계속 변하는 것일까. 왜 이 이야기는 모든 장르를 떠도는 것일까. 이렇게 갈피를 잡지 못하는데도 왜 나는 여기서 중단하지 못하는 것일까.

답은 없었다.

어렴풋이 불길한 예감이 스치고 지나갔을 뿐이다. 이 이야기는 작가인 나보다 힘이 세다. 그러니 내공 약한 작가가 휘둘려서 이러지도 저러지도 못하는 것이다. 여기에 이르니 안타까웠다. 이 이야기가 더 훌륭한 작가를 만났으면 벌써 세상 밖으로 나갔을 텐데……. 잘난 자식을 온전히 뒷받침해 주지 못하는 무능한 부모가 된 기분이었다. 이 이야기를 잘 쓸 수 있을 것 같은 정유정과 같은 작가에게 입양 보내고 싶은 밤도 여러 번이었다.

당장 내릴 수 있는 결론은 이 소설이 절대 한 권으로 종결되지 않을 것이라는 점이었다. 세 권에 걸쳐 써 볼까 생각하니 부담은 줄었다. 한편으로 긴 서사를 써 본 경험이 없어서 두렵기도 했다. 우리가 두려움을 안고 첫발을 내딛는 순간은 용감해서가 아니다. 다른 방도가 없어서다.

2019년 봄, 세 권에 해당하는 원고 중 비교적 완성도가 높은 120매 분량을 1권으로 결정했다. 민음사의 박혜진 편집자님께 보냈다. 열흘 후 답장이 왔다. 그날 내 원고에 대한 박혜진 편집자의 소감을 읽으며 나는 그 자리에서 울었다.

그로부터 1년이 지났다.

집필 전 기획 단계에서 김미현 교수님이 주셨던 이 '소설의 방향성'은 어둠 속 미로와 같은 이 소설 속에서 언제나 등불이 되었다. 박혜진 편집자는 이 소설에 '100개의 리드'라는 멋진 이름을 주었고, 이 소설의 장단점을 명확하게 짚어 주셨다. 이는 이야기에 색을 입힐 때 명암을 어디에 두어야 하는지 알려 주는 지침표가 되었다. 그사이 고등학교 때 처음으로 소설 창작을 가르쳐 주셨던 박미숙 선생님을 18년 만에 아들의 한국문학 선생님으로 재회하는 감동적인 경험을 했다. 고등학교 시절에 썼던 내 짧은 글들의 제목과 문장과 대사 들을 토씨 하나 틀리지 않고 기억하시는 선생님께 어린 시절 그랬던 것처럼 원고를 보내 격려와 조언을 받았다. 내가 발표하거나 발표하지 않은 모든 글에 애정을 갖고 지원을 아끼지 않는 정수진 언니는 이 소설이 결정적으로 놓친 부분을 정리해서 지적해 주었다. 이 소설에 등장하는 학교 UWC 재학생인 민준기는 학생의 관점에서 리뷰를 주었다. 신문령, 김민석 피디님은 이야기 속에서 인물들이 어떤 점을 보완해야 이야기가 더 풍요로워지는지 조언해 주었다. 함께 사는 아들은 원고를 읽고 매번 단마디 일침을 던졌다. "고구마 서사야." "도입부가 이렇게 설명충이면 곤란해." 장르 소설광인 아들의 지적도 매번 나를 생각하게 만들었다.

이토록 가난한 내 바깥에서 이 이야기는 자력으로 다른 이들의 도움을 얻어서 성장했다.

올해 3월 말 편집자에게 최종 원고를 보냈다. 답변이 올 때까지 원고를 보지 않을 작정이었지만 그러지 못했다. 눈을 뜨면 여지없이 플롯의 오류들과 소설 속 오문들이 머릿속에 오롯이 떠올랐다. 관성이었다. 다시 소파 위에 가부좌를 틀고 앉았다. 쿠션 위에 노트북을 올려 두고 수정을 했다.

『100개의 리드』에 중독되어 9년이라는 긴 시간을 보냈다. 이 소설에 대한 평가와 무관하게 작가로서 그 시간은 무의미하지 않을 것이다. 반면 대가 없는 의미가 존재하지 않듯 많은 걸 잃었고 자연인으로서의 생활은 망가졌다. 후회는 없다.

2020년 가을
이홍

추천의 말

　공고한 분단의 경계를 넘어선 사랑. 그 가능성 제로의
세계에서 속수무책으로 서로에게 빠져드는 연인. 넘을
수 없는 국경의 강 앞에 선 듯 자기 안의 벼랑에서 분투
하는 인물. 시공간을 넘나들며 미궁의 소용돌이를 뚫고
가는 역동적이고 속도감 있는 전개. 이 가능성 제로의 세
계를 향한 우리들의 오래된 상상과 기원을 작가 이홍이
드디어 소설로 펼쳐 놓았다. 정교하고 아름답다. 그리고
강렬하다. ―정유정(소설가)

　이 소설을 읽는 내내 가슴 속에서 아련한 음악소리가

들려왔다. 이 소설을 읽으면, 가장 깊이 사랑하는 대상을 잃어버린 사람들, 쓰라린 후회를 가슴에 남긴 채 떠나온 인연들을 향한 애틋한 그리움이 버무려진, '노스탤지어'라는 이름의 음악이 들려오는 듯하다. 강유나가 아버지로부터 물려받은 흑단 오보에의 '리드'는 바로 그 멈출 수 없는 그리움의 시간, 노스탤지어의 시간을 환기시키는 마법같은 기억의 장치다. 결코 이룰 수 없는 사랑일지라도, 불가능한 사랑을 향한 꿈을 잃지 않은 사람의 마음 속에서만 들려오는 감미로운 노스탤지어의 음악. 그것이 바로 이홍 작가가 우리에게 선물하는 이야기의 마법이다. 이 소설을 읽는 동안, 나는 그리움을 짓누르지 않는 법을, 사랑을 포기하지 않는 법을 배웠다. ─정여울(작가)

고전적인 우아함을 풍기는 소설이다. 인물들이 서 있는 공간 속 장면장면이 섬세하고 선명하다. 잃어버린 아버지를 찾기 위해 낯선 상처에 지지 않고 나아가는 인권운동가 강유나. 품격을 갖춘 평양 오렌지이지만 탈북자 브로커로 위장하게 된 박재희. DMZ를 넘어선 그들의 애틋한 사랑은 북한과 남한이라는 높고 견고한 장벽 앞에 마주선다. 각자의 다른 경험과 상처들로 인해 서로에 대한 절박함을 저버린 채 결국 각자의 벽 뒤로 숨어들어 헤어진다. 첫사랑의 맛은, 이토록 절절하고 숭고하고 아프다. 그들의 봄을 기다리며…… ─송진선(드라마 기획피디)

『100개의 리드』는 한반도 분단의 아픔을 젊은 세대의 감각으로 새롭게 쓴 문학 작품이자 역사서이다. 이 작품에서 정치-인권과 권력-정의 문제는 팽팽한 대립각을 이룬다. 어떤 역경 속에서도 가치와 신념을 버리지 않는 주인공 강유나를 중심으로 다양한 글로벌 이슈를 논쟁적으로 다루고 있다. IB (International Baccalaureate) Program의 한국문학 Free Choice Work 로 추천하는 이유다. ─IB 프로그램 한국문학 담당 박미숙 교사

소설 속 인물과 같은 연령의 독자로서, 소설의 주요 배경인 UWCSEA 재학생 중 한 명으로서, 이 이야기에 빠져들고 공감했다. 삶에는 서로 다른 문화, 종교, 정치, 이데올로기와 같은 사회 권력이 넘어설 수 없는 영역이 반드시 존재해야 한다. 이는 소설 속 인물 이한수가 말한 것처럼 우리가 '삶을 계획하는 것에 그치지 않고 삶을 상상하는' 길로 인도한다. 나는 그 삶의 비무장지대를 『100개의 리드』에서 가장 눈부시게 빛났던 세 인물의 순수한 사

랑과 우정 안에서 발견했다. 오래 기억에 남을 감동적인
소설이다. —UWCSWEA 재학생 민준기

이홍

1978년 서울에서 태어났다. 장편소설『걸프렌즈』『성탄 피크닉』과 연작소설집『나를 사랑했던 사람들』이 있다. 2007년 오늘의 작가상을 수상했다. 현재『100개의 리드』의 주요 배경인 싱가포르에 살며 이 소설의 2권을 집필 중이다. Lee Hong was born in Seoul, 1978. She is the author of three novels, *Girlfriends* and *A Christmas Picnic* and *the People who loved me*. Lee won the 'Writer of Today award' in 2007. She lives in Singapore, background of *100 reeds* and writes the next work of this novel.

100개의 리드 100 reeds

1판 1쇄 찍음 2020년 9월 14일
1판 1쇄 펴냄 2020년 9월 21일

지은이   이홍
발행인   박근섭·박상준
펴낸곳   (주)민음사

출판등록   1966. 5. 19. 제16-490호
주소   서울시 강남구 도산대로1길 62(신사동)
         강남출판문화센터 5층(06027)
대표전화   02-515-2000 | 팩시밀리 02-515-2007
홈페이지   www.minumsa.com

ISBN 978-89-374-7996-0 (03810)